Suzanne Vermeer is het pseudoniem van de in juni 2011 overleden auteur Paul Goeken. In overleg met zijn familie is besloten om de boeken van Suzanne Vermeer voort te zetten. Alle titels van Vermeer zijn in de bestsellerlijst verschenen en twee titels werden genomineerd voor de NS Publieksprijs.

Van dezelfde auteur

All-inclusive
De vlucht
Zomertijd
Cruise
Après-ski
De suite
Zwarte piste
Bella Italia
Noorderlicht
Bon Bini Beach
Het chalet
Route du soleil
Winterberg
Goudkust
Mont Blanc
Costa del Sol
Sneeuwengelen
Hittegolf
Lawinegevaar
Het paradijs
Winternacht
Super de luxe
IJskoud
Het strandhuis
Zuidenwind
De eilanden
Sneeuwexpress
Lentevuur
Waterland
Midwinter
Zomeravond

Volg Suzanne Vermeer op:
Facebook.com/SuzanneVermeerFanpage
www.suzannevermeer.nl
www.awbruna.nl

Suzanne Vermeer

Souvenir

A.W. Bruna Uitgevers

Omslagontwerp
Wil Immink Design

ISBN 978 94 005 1368 6
NUR 332

Proloog

'Ben je er klaar voor?' vraagt hij. Ik wil nee zeggen, nee schreeuwen, maar in plaats daarvan knik ik ja.

'Ik wil het van je horen,' zegt hij. 'Ben je er klaar voor?'

'Ja. Ja, ik ben er klaar voor,' fluister ik.

'Ik versta je niet.'

Hij kijkt me aan, en de anderen ook.

'Ja!' schreeuw ik. 'Doe het nou maar!'

'Oké, wat jij wilt.'

Ik zie iets op me afkomen, er volgt een klap en dan is alles donker. De paniek slaat meteen toe. Ik begin zo diep en geforceerd adem te halen dat mijn neusvleugels bijna vacuümtrekken. Daarna puf ik als een vrouw die ligt te bevallen.

'Rustig blijven ademen, dan gebeurt er niets,' hoor ik hem in mijn hoofd zeggen met die zalvende stem van hem. Het helpt niet. Er klinken geluiden boven mijn hoofd en ik weet precies wat er gebeurt. Ik ruik aarde, vochtig en schimmelig. Ik grijp het pvc-buisje boven mijn hoofd vast. Het is slechts anderhalve centimeter in omtrek en mijn enige kans op een beetje lucht en licht. Het laat een sprankje oranje avondlucht door. Ik plaats mijn lippen eromheen in de hoop wat extra zuurstof binnen te krijgen. Net als ik een diepe ademteug neem, komt er iets in mijn keel terecht. Het is korrelig en vochtig. Ik stik er bijna in en moet vreselijk hoesten. Wild begin ik om me heen te slaan en krijs 'Laat me eruit!', maar het geluid boven me gaat onverbiddelijk door en klinkt steeds doffer. Ik ben compleet afhankelijk van hem en de anderen. Ik zal volledig op hen moeten vertrou-

wen, want zelf kan ik geen kant meer op. De angst dat het misgaat, dat ik mijn laatste uren hier onder de godvergeten grond doorbreng, groeit met de minuut. Mijn hartritme raakt ontregeld van de paniek. Mijn geschreeuw gaat over in wanhopig gesnik. Waarom zet ik het leven dat ik zo lief heb op het spel? Ineens begrijp ik er niets meer van. Ik moet compleet krankzinnig zijn geweest toen ik hiermee akkoord ging. Zo wanhopig dat ik niet helder meer kon denken. Maar die verwijten had ik mezelf eerder moeten maken. Nu is het te laat. Als ik hier levend uit kom wil ik hem nooit meer zien. Stoere taal waarvan ik nu al weet dat ik het niet waar ga maken. Ik weet namelijk precies wat ik straks ga doen als hij me uitgraaft en de kist opent. Dan laat ik toe dat hij me in zijn armen neemt en zegt hoe trots hij op me is. Dat ik het maar mooi geflikt heb. Dat ik nu vrij ben. En als ik eerlijk ben, is dat het enige wat ik wil. Dat hij me vasthoudt en dat ik voor even de speciaalste ben. Net als de anderen adoreer ik hem, ben ik bereid alles te doen wat hij me vraagt, ongeacht de consequenties. Dat effect heeft hij nou eenmaal op mensen, dus ook op mij.

1

Over de glibberige grindgewassen tegels, die groen zien van de aanslag, loopt Nienke naar de voordeur van haar moeders huis. Ze zal het pad straks even moeten schoonmaken. Haar moeder staat al zo wankel op haar benen en het zou een ramp zijn als ze zou uitglijden en iets brak. Het zou haar weer een stuk zelfstandigheid ontnemen. Bovendien zou het een streep trekken door hun ophanden zijnde vakantie naar Umbrië.

Vertedering en verdriet overvallen Nienke als ze haar moeder met haar rug naar het raam aan de grote tafel in de kamer ziet zitten. Ze heeft haar T-shirt vanochtend binnenstebuiten aangetrokken. De tafel is bezaaid met origamipapier in alle kleuren van de regenboog. Aan de licht gekromde rug ziet ze dat haar moeder in opperste concentratie verkeert. Nienke kan wel raden wat ze aan het doen is; de zoveelste kraanvogel vouwen die in een ton in de woonkamer zal belanden, met op zijn vleugels de datum van vandaag gekrabbeld. Haar moeder is er twee jaar geleden mee begonnen en het begint steeds meer op een obsessie te lijken, net als de onbedwingbare behoefte om scrabble te spelen. Elke dag waarop ze weer een kraanvogel heeft gevouwen en een potje scrabble heeft weten uit te spelen, voelt als een kleine overwinning – het is een teken dat ze het monster alzheimer weer een dag op afstand heeft weten te houden. Twee jaar geleden is de diagnose gesteld en sinds een jaar zijn Nienke en haar zus Noor ook op de hoogte. Naast 'alleenstaande moeder' staat er sinds die tijd ook 'mantelzorger' op Nienkes cv.

Toen haar moeder haar en Noor met tranen in haar ogen vertelde wat er aan de hand was, riepen ze allebei uit: 'Maar je bent nog zo jong! Je bent de vijftig net gepasseerd!' Alzheimer was in hun beleving iets wat zich pas op latere leeftijd openbaarde en in elk geval niet voor je zeventigste. Hoe mis ze het hadden, bleek wel toen hun moeders arts hun het fenomeen 'vroege alzheimer' uitlegde. Hun moeder zat er stilletjes bij. Starend naar haar handen in haar schoot. Een geslagen hond die wist dat er nog veel meer klappen zouden komen. Het was zeer pijnlijk om te zien. Hun moeder die altijd zo zelfstandig was, een feilloos geheugen had en zich door niemand de kaas van het brood liet eten. Unithoofd op de afdeling Oncologie van het Leids Universitair Medisch Centrum, bestuurslid van de plaatselijke tennisvereniging, initiator en gastvrouw van een leesclub voor Nederlandse en vertaalde literatuur, vrijwilligster voor het Leger des Heils en De Zonnebloem. De activiteitenlijst was eindeloos en het sociale leven van haar moeder overvol. Na het plotselinge overlijden van haar man David in 2007 aan een hartstilstand had ze na een periode van rouw haar leven weer voortvarend opgepakt, tot opluchting en grote trots van Nienke en Noor. Als er iemand midden in het leven stond, dan was het hun moeder wel en het was extreem frustrerend om te zien hoe Carolien op het moment worstelde om alle ballen in de lucht te houden en soms niet eens doorhad dat er eentje viel. Het was moeilijk te accepteren dat de rollen in hun gezin steeds verder kantelden. Waar zij en Noor altijd op Carolien hadden geleund, moesten ze nu meer en meer de moederrol op zich nemen en hun kindrol steeds verder loslaten. Regelmatig voelt Nienke zich verweesd en ze weet dat haar zus met dezelfde gevoelens kampt, ook al laat ze zich daar niet vaak over uit.

Met moeite maakt Nienke zich los van het tafereel dat ze door het raam ziet. Als je niet beter zou weten, dan lijkt het zo vredig. Gewoon een vrouw aan een tafel die met veel plezier haar hobby uitoefent en nog een hele toekomst voor zich heeft. Het valt moeilijk te rijmen met het toekomstbeeld dat dokter Van Kampen haar en Noor heeft voorgespiegeld, van een vrouw die uiteindelijk niet eens meer in staat zal zijn om zelfstandig te eten. Ze huivert en wrijft over haar met kippenvel bedekte armen. Dat is van latere zorg, nu is het nog niet zover. Nienke schudt het horrorbeeld letterlijk van zich af en drukt op de bel. Het geluid is buiten te horen. Geduldig wacht ze tot haar moeder de deur opendoet en haar met een wazige blik aankijkt.

'Ha, mam.'

De blik in haar moeders ogen blijft verstrooid en ze lijkt iets terug te deinzen als Nienke haar een kus op haar wang geeft. Nienke houdt ongemerkt haar adem in en wacht af. Gelukkig, daar is-ie dan, de blik van herkenning. 'Wat leuk, lieverd, was je in de buurt? Kom binnen, dan zet ik een kop thee.'

Een zucht van opluchting ontsnapt aan Nienkes lippen als ze haar moeder naar binnen volgt. Als Carolien meteen doorloopt naar de keuken moet Nienke zich bedwingen. Ze heeft de neiging haar moeder te veel uit handen te nemen en dat heeft al vaker tot irritaties en discussies geleid. Ze gaat aan de tafel met origamiblaadjes zitten terwijl haar moeder theezet. Nienke pakt een gele, half afgevouwen kraanvogel en laat hem door haar handen gaan. Legt hem terug, verzamelt alle vouwblaadjes en rangschikt ze in keurig op kleur geselecteerde stapeltjes. De halve kraanvogel en een nieuw geel vouwblaadje legt ze alvast klaar. De waterkoker slaat met een klik af en haar moeder komt de kamer in lopen. Doelgericht loopt Carolien in de richting van de servieskast, maar blijft dan plots staan. Nienke ziet de blik in haar ogen weer vervagen. Vragend kijkt ze om zich heen. *Blijf bij me, mam,* smeekt Nienke in gedachten. 'Doe mij maar gewoon thee in een mok hoor, mam.' Nienke hoopt dat deze aanwijzing haar moeder weer op het goede spoor zet. Dat ze zich weer kan herinneren waar ze mee bezig is zonder dat ze haar desoriëntatie hoeven te benoemen. Het werkt.

'Ah ja, een mok. Dat is ook net zo makkelijk.'

'Ik zag die van papa laatst nog in de keukenkast boven het aanrecht staan,' hint Nienke verder om haar moeder naar de juiste locatie te dirigeren. Ze ziet dat Carolien de info verwerkt en weer in de keuken verdwijnt. Dichtslaande keukenkastjes en weer het geklik van de afslaande waterkoker, het geluid van porselein dat op een aanrechtblad wordt gezet. Het lijkt de goede kant op te gaan. Met een beetje mazzel krijgt ze vandaag nog een kop thee.

Geduld is iets wat Nienke de afgelopen tijd heeft moeten leren. De traagheid van haar moeder staat haaks op haar eigen hectische leven met haar zesjarige zoon Levi, waarin alles door elkaar loopt en er altijd tijd te kort is. En dan heeft ze ook haar werk nog als secretaresse bij de poli Dermatologie in hetzelfde ziekenhuis waar haar moeder tot voor kort werkte. Levi's vader betaalt haar wel alimentatie, maar het is niet genoeg om volledig van rond te komen. De man is net zo gierig als hij rijk is. Ze hebben gedeeld ouderschap, maar Kevin laat steeds meer doorschemeren dat hij eigenlijk de volledige voogdij wil hebben. Opgestookt door zijn ouders, die haar nooit goed genoeg hebben gevonden voor hun 'fantastische zoon,' laat hij haar steeds vaker weten dat Levi beter af zou zijn bij hem. Steeds vaker schendt hij gemaakte afspraken en de ruzies lopen soms hoog op. Tot nu toe is ze niet gevoelig geweest voor zijn dreigementen en daarom trekt hij sinds kort ook de emotionele kaart. *Ik maak me zorgen om je, Nienke. Je ziet er zo moe uit. Slaap je wel goed? Heb je af en toe nog weleens tijd voor jezelf?* Na dat riedeltje komt altijd de ultieme troef. *Hoe fijn zou het niet zijn als je wat meer tijd hebt om voor je moeder te zorgen? Ik wil met alle liefde Levi wat vaker van je overnemen.* Op de momenten dat hij haar moeders gezondheidssituatie schaamteloos misbruikt voor zijn eigen gewin, knapt er iets in haar en moet ze zich inhouden om hem niet te lijf te gaan. 'Je kunt me beter meer alimentatie betalen zodat ik minder kan gaan werken. Dan wordt Levi niet bij zíjn moeder weggehaald en heb ik meer tijd om voor míjn moeder te zorgen,' bijt ze hem dan knarsetandend toe. Uiteraard is meer alimentatie niet bespreekbaar. Hij wil alleen helpen in natura (lees: haar ouderschapsuren inperken), dat is lekker concreet en dan weet hij zeker dat zijn hulp honderd procent wordt besteed aan zijn zoon. Want ja, tegenwoordig wist je het maar nooit als je geld overmaakte aan een goed doel. Misbruik ligt altijd op de loer. Van zijn liefhebbende echtgenote is ze nu getransformeerd in een clandestien goed doel en regelmatig vraagt ze zich af hoe het toch zover heeft kunnen komen.

De waterkoker klikt voor de derde keer en Nienke besluit dat het nu tijd is om in te grijpen voordat het ding droogkookt. Ze loopt naar de keuken en ziet haar moeder wezenloos uit het raam staren, naar de overbuurjongen die een balletje hooghoudt. 'Lukt het, mam?'

Haar moeder schrikt en draait zich met een verwilderde blik in haar ogen om. 'Hé, Nienke, wat een verrassing. Ik heb de bel helemaal niet gehoord, ben je binnengekomen met de sleutel? Ik ben net thee aan het zetten, jij ook een kop?'

'Dat lijkt me heerlijk, mam.' Carolien zet de waterkoker voor een vierde keer aan en Nienke wacht geduldig tot hij weer afslaat. Voordat haar moeder weer vergeet waar ze mee bezig is, geeft Nienke haar twee zakjes Pickwick Zen-kruidenthee aan.

'Dank je wel, schat.' Haar moeder hangt de zakjes in de dampende mokken en de geur van kamille en lavendel dringt Nienkes neus binnen. Ze pakt de mokken en neemt ze mee naar de kamer, haar moeder volgt met de Delfts blauwe theezakjesschoteltjes en de Curver-cakedoos met de laatste plakken van een zelfgebakken kruidkoek. Nienke slaat haar handen om haar mok heen en blaast. De hete waterdamp zet haar gezichtsporiën open. 'Verheug je je al een beetje op Italië, mam?'

'Italië?'

'Je weet wel, onze vakantie in Umbrië? Die kookcursus die ik je voor je verjaardag heb gegeven? We gaan binnenkort een weekje naar een leuke bed and breakfast in Todi die gerund wordt door een Nederlands stel.'

'Ah, ja, natuurlijk,' antwoordt Carolien, maar aan alles is te zien dat ze geen flauw idee heeft waar Nienke het over heeft.

'Kijk, ik zal je wat foto's laten zien.' Nienke pakt haar iPad uit haar tas, maakt verbinding met de wifi en klikt op de bovenste link in haar bladwijzermenu. '*Il Ghiottone Umbro*,' leest haar moeder hardop voor. De Italiaanse woorden rollen sierlijk over haar tong en er verschijnt een twinkeling in haar ogen die Nienke al een hele tijd niet heeft gezien. 'Logeren in een achttiende-eeuwse molen net buiten de historische muur van Todi.' Langzaam scrolt Nienke door de foto's, zodat Carolien de kans krijgt de plaatjes goed in zich op te nemen. 'Zie je ons al zitten?' Nienke wijst naar een terras waar een dak van blauweregen boven hangt en dat uitkijkt op een prachtige groene vallei en een kerk. De blik in haar moeders ogen wordt nu dromerig. '*Bella Italia.* Ik heb daar nog een paar jaar gewoond, wist je dat?'

Nienke knikt. 'Vertel eens.'

'Jouw opa, mijn vader, gaf een paar jaar les aan de universiteit van Florence en ik ging daar toen naar een internationale school, de International Academy of Florence.'

'Vond je het leuk om een paar jaar in het buitenland te wonen?'

'Ik had een moeilijke leeftijd toen we vertrokken, ik was veertien en zat midden in de puberteit. Ik was erg aan het worstelen met mezelf en vond het vreselijk dat ik uit mijn eigen omgeving werd gehaald, terwijl ik toch al zo onzeker was.

En dat ik mijn vrienden en vriendinnen moest achterlaten, vond ik een drama. Ik had net een maand verkering met een jongen op wie ik al een jaar smoorverliefd was, toen mijn ouders me doodleuk vertelden dat we voor onbepaalde tijd naar Italië gingen verhuizen. Het heeft een tijd geduurd voordat ik daar mijn draai vond. Uiteindelijk zijn we drie jaar gebleven.'

'Maar je hebt het daar toch uiteindelijk ook wel een beetje leuk gehad?'

'Jawel hoor.'

'Nou, dat klinkt niet heel enthousiast.'

'Toen ik goed gewend was, gingen we weer terug naar Nederland en kon ik weer opnieuw beginnen. Al mijn voormalige Nederlandse vrienden stonden op het punt om uit te vliegen en toen ik ze weer terugzag, miste er iets. We hadden geen aansluiting meer. Drie jaar is lang als je niet tot nauwelijks contact hebt.'

'Waarom heb je geen contact gehouden?'

'Het waren andere tijden, Nienke. Wij hadden toen nog geen internet, Skype, WhatsApp en zo. Wij schreven nog ouderwetse brieven in de jaren tachtig. De eerste maanden na mijn vertrek naar Italië kwamen er nog wel wat enveloppen binnen, maar snel daarna droogde de stroom op tot af en toe nog een verdwaalde nietszeggende kaart met "Groeten uit Holland". Uit het oog, uit het hart, hè. Zo gaat dat nou eenmaal. Het leven in Nederland ging ook verder zonder mij. Iedereen was druk met zijn eigen leven en sores.' Carolien haalt met een trieste uitdrukking op haar gezicht haar schouders op.

'Eigenlijk zat jij in een voorloper van *Ik vertrek*.' Nienke legt haar hand op die van Carolien.

'Ik vertrek?'

'Dat televisieprogramma waarin mensen een nieuw leven beginnen in het buitenland. Doet er verder niet toe.'

'Ah, ja.'

'Waarom gingen jullie na drie jaar alweer terug naar Nederland?' Nienke weet het antwoord, maar vraagt toch naar de bekende weg. Als haar moeder praat over vroeger is ze helder en gedetailleerd. Dan lijkt het net of er niets met haar aan de hand is. Dan zijn ze weer even een 'normale' moeder en dochter die keuvelen over ditjes en datjes en herinneringen ophalen. Hoewel altijd wordt beweerd dat het niet goed is om in het verleden te blijven hangen, ziet Nienke er in het geval van haar moeder toch zeker de voordelen van. Caroliens kortetermijngeheugen is in deze fase van haar alzheimer het probleem en soms is het heel fijn om even aan het heden te ontsnappen. Ze opent de Curver-box en zet haar tanden in een stuk kruidkoek. Na een paar happen spoelt ze de smaak van vroeger genietend weg met een slok thee.

'Dat heb je van je vader.'

'Wat?'

'Die voorliefde voor kruidkoek.' Carolien krijgt een vertederde glimlach op haar gezicht. 'Vanaf onze huwelijksdag bakte ik elke zondag zo'n cake en daar ben ik nooit mee opgehouden.'

'Ik hoop dat je dat nog heel lang kunt doen, mam. Maar vertel eens, waarom gingen jullie na drie jaar alweer terug naar Nederland?'

Caroliens gezicht betrekt en ze lijkt dicht te klappen. De verandering in haar houding is zo opvallend dat het niet te negeren valt.

'Wat is er, mam?' vraagt Nienke bezorgd.

'Niets, er is niets. We gingen terug naar Nederland omdat opa een baan aangeboden kreeg aan de universiteit van Leiden.' Caroliens ogen draaien kort naar links als ze de woorden uitspreekt en ze vermijdt zorgvuldig elk oogcontact met Nienke.

'Heb je nog weleens contact gehad met een van je Italiaanse vrienden uit die tijd?'

'Nee. Toen we daar weggingen heb ik dat afgesloten. Ik ben niet zo van de langeafstandsrelaties.'

'Hmm, relaties... Was je verliefd?' vraagt Nienke met een knipoog.

Haar moeder schudt het hoofd, maar Nienke ziet dat ze het er moeilijk mee heeft. Daarna lijkt ze eventjes helemaal van de wereld. Doorvragen of laten gaan? denkt Nienke. Haar moeder heeft nooit veel losgelaten over de jaren dat ze in Italië woonde. Wel wat algemeenheden over het land waar ze haar hart aan verloren heeft, maar nooit over specifieke mensen die ze daar in die tijd heeft ontmoet. Geen anekdotes, geen smeuïge verhalen, niets. Nienke heeft nooit doorgevraagd, maar sinds de ziekte van haar moeder zich geopenbaard heeft en steeds meer van haar herinneringen wegvreet, wordt de behoefte steeds groter om alles wat in het hoofd van haar moeder zit te redden. Om alle herinneringen van haar moeder over te pompen naar haar eigen hoofd om te voorkomen dat ze verloren gaan. Op die manier haar zo veel en zo lang mogelijk bij elkaar te houden, voordat ze uiteindelijk uit elkaar valt in scherven die niet meer tot herinneringen aaneen te lijmen zijn.

'Zou je het leuk vinden om je Italiaanse vrienden van vroeger een keer op te zoeken? Nog een keer naar de school te gaan waar je een paar jaar hebt doorgebracht?' waagt Nienke een poging. 'Voordat, eh, nou ja, je het je niet meer kunt herinneren? Het lukt me qua werk waarschijnlijk niet meer om nu alsnog een paar dagen aan onze kooktrip vast te plakken, maar we zouden later in het jaar *a trip down memory lane* kunnen maken? Misschien wil Noor ook wel mee. Als jij me de namen van je vrienden geeft, dan probeer ik ze wel op te sporen.'

Nienke wordt steeds enthousiaster, maar Carolien lijkt zich steeds verder terug te trekken in haar schulp.

'Bespaar je de moeite, Nienke. Ik kan me de namen van

mijn Italiaanse vrienden niet meer herinneren.' Carolien wrijft krampachtig met haar duim en wijsvinger over het medaillon dat al sinds mensenheugenis om haar nek hangt. Nienke weet niet beter dan dat ze ermee vergroeid is en er neurotisch overheen wrijft als ze gespannen is. Haar vader heeft het aan haar moeder gegeven in hun verkeringstijd, met een foto van hem erin. Vanaf het moment dat hij het om haar nek deed, heeft ze het naar eigen zeggen nooit meer afgedaan.

'Maar je hebt toch wel ergens foto's of brieven, of een dagboek of zo? Iets? Je bent altijd een verzamelaar geweest, mam, ik kan me niet voorstellen dat je geen herinneringen aan je Italiaanse jaren hebt bewaard,' blijft Nienke proberen.

'Hou erover op, Nienke, ik weet het niet meer, dat zeg ik toch.' Carolien slaat met vlakke hand op tafel en Nienke schrikt van de getergde blik in haar ogen. Ze heeft deze blik de laatste tijd vaker bij haar moeder gezien, als de frustratie om haar falende geheugen haar even te veel wordt en de machteloosheid het overneemt. Vandaag is echter de eerste keer dat ze twijfelt aan de oprechtheid ervan. De frustratie ligt er te dik bovenop, komt op de een of andere manier niet echt over. Voor het eerst sinds haar moeder is gediagnosticeerd met alzheimer bekruipt Nienke het gevoel dat ze haar alzheimer misbruikt om zaken die ze zich nog levendig voor de geest kan halen achter een zogenaamde muur van vergetelheid te zetten. Maar waarom, en waarom nu? Heeft de aanstaande trip naar Italië dingen bij haar moeder losgemaakt die ze zorgvuldig had weggestopt? Herinneringen waarvan ze had gehoopt dat haar alzheimer haar ervan zou bevrijden? Heeft iemand haar gekwetst, is er iets gebeurd?

Ze ziet dat het geen zin heeft om er nu op door te vragen. Sterker nog, dat zou een averechts effect hebben. Aan haar moeders houding en haar gezichtsuitdrukking is duidelijk te zien dat ze de deur naar vroeger keihard heeft dichtgeslagen.

Maar ze neemt zich voor dat ze er op een ander moment alles aan zal doen om die deur weer open te krijgen. Misschien wel op het terras van hun Italiaanse B&B, waar de zon en de bloeiende blauweregen haar moeder wellicht in een nostalgische en loslippige stemming brengen.

2

De nacht is donker en een beetje broeierig. Nienke ligt onrustig te woelen en gooit in haar slaap haar klamme laken van zich af. Als haar bezwete lijf droogt aan de lucht wordt ze al snel rillend wakker. De geur van de deodorant die ze voor het slapen opdeed, vermengd met vers zweet, hangt in de kamer. Zuchtend draait ze op haar rug en trekt het laken weer over zich heen. Ze balt haar vuisten en blijft zo een tijdje naar het plafond staren. Een bonkende hoofdpijn dient zich aan en ze wrijft over haar pijnlijke nekspieren, die zo strak staan als snaren.

Het is al veel te lang geleden dat ze eens echt ontspannen heeft. Haar leven bestaat alleen nog maar uit gejakker en gezorg en dat begint haar zo langzamerhand een beetje op te breken. Op haar werk begint het ook op te vallen. 'Wat ben je kortaf… Gaat het wel goed met je? Je ziet er zo moe uit…' De zorg voor Levi, mantelzorgen voor haar moeder, werken, het vreet al haar energie en de chronische vermoeidheid begint zich steeds meer vast te zetten in haar lijf. Hoewel ze het allemaal met liefde doet, zou ze er wat voor geven om eens een dag alleen maar aan zichzelf te mogen denken. Een dagje sauna met een massage. Even opladen. Maar wanneer en hoe dan? Haar moeder trekt aan haar ene arm en Levi aan de andere. Ze hebben haar allebei keihard nodig. Ze weigert om Levi een dag langer dan nodig is bij zijn vader te laten.

De verhouding tussen haar en Kevin komt steeds meer op

scherp te staan en hij grijpt op het moment alles aan om te bewijzen dat ze geen goede moeder is. Van een oude vriend heeft ze gehoord dat hij van plan is om het volledige voogdijschap over Levi te krijgen en dat hij munitie verzamelt om haar in een kwaad daglicht te stellen. Ze moet dus ontzettend op haar tellen passen. Dat weekje naar Italië met haar moeder is eigenlijk heel beroerd getimed gezien het gedoe met Kevin, maar ze kan het niet over haar hart verkrijgen om het te annuleren. Op dit moment is haar moeder nog in staat om zo'n reis te maken, maar over een paar maanden kan dat weleens heel anders zijn. Carolien gaat duidelijk achteruit en uitspraken als 'het moment pakken' en 'leven alsof elke dag je laatste is' zijn de dagelijkse realiteit en zijn het niveau van cliché ontstegen.

Ze kijkt op haar wekker: 04:55 uur. Over amper anderhalf uur begint de nieuwe dag alweer en ze is er nog lang niet klaar voor. Ze knijpt haar ogen stijf dicht. Ze móét nog even slapen, maar net als ze eindelijk een beetje begint weg te doezelen, schrikt ze op van het geluid van haar telefoon. Sinds haar moeder gediagnosticeerd is met alzheimer heeft ze hem ook 's nachts aanstaan. Adrenaline schiet door haar lijf en ze vliegt overeind. Een telefoontje op dit tijdstip kan niet veel goeds betekenen. De knoop in haar maag trekt strakker als ze in het scherm ziet staan dat het haar moeder is. Gehaast neemt ze op.

'Mam, is alles goed met je?'

'Nienke, je moet komen. Er is ingebroken, ik ben zo bang.' Haar moeder huilt hartverscheurend en gunt zichzelf amper de tijd om adem te halen. Nienke springt haar bed uit en trekt haar joggingbroek aan terwijl ze haar telefoon tussen haar kin en schouder klemt. 'Oké mam, probeer even een paar keer diep door te ademen. Heb je de inbrekers betrapt, hebben ze je iets aangedaan?'

'Nee, dat niet. Ik kon weer eens niet slapen en ging naar

beneden om wat tv te kijken. De tv is weg, Nienke.'

'Heb je de politie gebeld?'

'Nee, ik wist het nummer niet meer. Jouw nummer zit onder knopje 1, dat staat op het briefje dat naast de telefoon zit geplakt.'

'Je weet zeker dat er niemand meer in huis is?'

'Ik denk het. Ik ben zo bang, Nienke, kom je?'

'Natuurlijk kom ik. Een kwartiertje. Als je dat te lang vindt, moet je maar even bij de buren aanbellen.'

'Nee, die denken al dat ik gek ben. Echt een kwartiertje?'

'Ja, maar dan moet ik nu wel gaan ophangen. Ik bel onderweg naar jou de politie wel, dus niet schrikken als er wordt aangebeld, oké? Schrijf het voor de zekerheid even op anders, mam. Op zo'n gele post-it die op het tafeltje ligt naast de telefoon. Plak die post-it daarna op je hand, oké, zodat je hem niet kwijtraakt. Doe je dat?'

'Ja. Kom je, Nienke? Ik heb je nodig.' Haar moeder verbreekt de verbinding en Nienke schiet in een T-shirt en rent naar Levi's kamer. Met pijn in haar hart maakt ze haar in diepe slaap verzonken zoon wakker. 'Schatje, het is tijd om op te staan.' Ze aait hem even over zijn blonde stekeltjeshaar, dat zacht aanvoelt omdat ze er gisteravond nog alle gel uit heeft gewassen. Levi wrijft in zijn ogen, die nog dichtzitten van de slaap. Haar hart breekt als ze zijn bleke, vermoeide koppie ziet. 'Sorry schat, maar we moeten voor school nog even bij oma langs. Er is ingebroken en oma is een beetje bang.'

'Echt waar?!' Levi oogt ineens een stuk wakkerder. 'Komt de politie ook?'

'Mama gaat de politie zo bellen.'

Nienke helpt haar zoon uit zijn pyjama en trekt hem vlug een spijkerbroek met een shirt aan. Ze prijst hem in gedachten omdat hij zo goed meewerkt. Ze probeert met haar handen tevergeefs de pieken in zijn haar een beetje recht te strijken terwijl hij zijn veters strikt. Ze draait haar hoofd weg van de spiegel op de overloop als ze erlangs loopt, Levi aan zijn hand achter zich aan sleurend. Het ventje geeft geen kik en probeert haar tempo dapper bij te houden. Ze werpt hem zijn jas toe.

'Trek maar vast aan, mama pakt even haar tas.'

Nog geen vijf minuten nadat ze het paniektelefoontje van Carolien kreeg, zit Nienke al in de auto. Levi zit met een tevreden gezicht naast haar op de passagiersstoel. Een felbevochten plek die ze hem maar zelden toestaat. In haar haast doet ze haar eigen gordel niet om, maar controleert wel of die van Levi goed vastzit. De versnellingsbak knarst en kraakt als ze de pook in de achteruitstand probeert te zetten. Bij de eerste poging slaat de auto af omdat ze door alle stress de koppeling te snel op laat komen. De tweede poging is wel succesvol en hobbelend en stotend rijdt ze de parkeerplek af om vervolgens vol gas de donkere straat uit te scheuren. De zon is nog niet op, dus ze moet het hebben van de her en der haperende straatverlichting. Ze vloekt hartgrondig als ze moet uitwijken voor een onhandig geparkeerde auto. Zonder af te remmen scheurt ze langs een weg aan haar rechterkant. Gelukkig komt er geen auto uit. Ze werpt een vluchtige blik op Levi, die met een bleek gezicht in de zitting van de stoel knijpt. 'Sorry knul,' mompelt ze. Ze betwijfelt of hij het verstaan heeft, maar ze wil het in elk geval gezegd hebben.

Terwijl ze doorjakkert naar het huis van haar moeder, pakt ze haar telefoon en belt 112 om de inbraak te melden. Haar gordel heeft ze nog steeds niet om. Als ministers en zelfs de minister-president een loopje nemen met die wet, waarom zou zij zich er dan aan houden? *Voor je eigen veiligheid, stommerd. Levi heeft maar één moeder.* Sneller dan ze ooit voor mogelijk had gehouden rijdt ze enkele minuten later al met piepende banden de straat van haar moeder in en parkeert haar auto dubbel voor de deur. Ze bevrijdt Levi uit zijn gordel, helpt hem de auto uit en pakt zijn hand. Een zwarte auto die al een paar straten achter haar aan reed, rijdt stapvoets langs haar en Levi heen naar een vrije parkeerplaats verderop in de straat. Ze registreert het, maar niet meer dan dat.

Samen met Levi rent Nienke naar de voordeur van haar ouderlijk huis. Godzijdank heeft ze de gladde tegels bij haar laatste bezoek onder handen genomen met de hogedrukreiniger. Ze belt aan en steekt tegelijkertijd haar sleutel al in het slot om de voordeur te openen. Terwijl ze daarmee bezig is, realiseert ze zich dat de deur gewoon op slot zit en dat er geen sporen van braak te zien zijn. Zijn de inbrekers via de tuindeur binnengekomen? Als ze de deur opendoet, staat haar moeder bibberend en hulpeloos in de gang. Tranensporen tekenen haar wangen en haar haren zitten door de war. Ze ziet er veel ouder uit dan de vierenvijftig jaar die ze is. *O, mam.*

'Oma!'

Levi laat Nienkes hand los en rent naar zijn oma toe. Hij slaat zijn armen om haar heen en drukt zijn hoofd tegen haar borst. In een reflex legt Carolien een hand waar een gele post-it op geplakt zit op zijn hoofd, terwijl ze Nienke met grote, bange ogen aankijkt.

'Is de politie er al?'

'Nee. De tv is gestolen.'

'Dat weet ik, mam. Is er nog meer weg?'

'Dat weet ik toch niet.'

'Blijf jij maar even in de gang staan met Levi, dan maak ik even een rondje door het huis om de schade op te nemen.'

Carolien staart wezenloos voor zich uit.

'Is dat goed, mam?'

Carolien knikt.

'Levi, blijf jij even bij oma? Als de politie aanbelt mag je opendoen, maar voor niemand anders, oké?' Haar zoon knikt plechtig. Nienke loopt meteen door naar de tuindeur. Ook hier zijn geen sporen van braak te zien. Ze fronst. Kan het zijn dat haar moeder vergeten is de deur op slot te doen en daardoor haar huisraad op een presenteerblaadje aan de inbrekers heeft aangeboden? Als dat het geval is, dan wordt het nog problematisch om iets van de verzekering terug te krijgen. Verzekeraars grijpen tegenwoordig alles aan om niet te hoeven betalen en het woord 'empathie' staat niet in hun woordenboek. Ze zullen de alzheimer van haar moeder waarschijnlijk niet als verzachtende omstandigheid of reden voor coulance zien. Nienke krijgt al hoofdpijn van de gedachte aan het eindeloze bureaucratische steekspel dat ze hierover zal moeten voeren.

Terwijl ze de argumenten voor de verzekering al op een rijtje zet, legt ze haar hand op de klink van de tuindeur. Tot haar verbazing zit die ook op slot. Raar. Zowel aan de voorkant als aan de achterkant zijn op de benedenverdieping geen sporen van braak te ontdekken. Als ze de woonkamer in loopt, slaat ze haar hand voor haar mond. Links van de schouw staat het ebbenhouten tv-meubel met daarop... de televisie.

'*What the f...*'

Net op tijd slikt ze de vloek in, in de wetenschap dat haar moeder daar een hekel aan heeft. Dan neemt ze de rest van de woonkamer goed in zich op. Voor zover ze kan zien staat alles op zijn plek. Ze trekt de la in de buffetkast open waar haar moeder waardevolle papieren en wat cashgeld bewaart. Paspoort, rijbewijs, verzekeringspasjes, portemonnee met vijf briefjes van twintig euro die ze van de week zelf nog voor haar moeder heeft gepind, allemaal onaangeroerd. Via de keuken loopt ze terug naar de hal, waar haar moeder en Levi nog steeds staan.

'Is het erg?' vraagt haar moeder.

'Mam, de televisie staat nog gewoon op zijn plek.'

'Nee, nee dat kan niet. Ik heb zelf gezien dat hij weg was.'

'Hij staat er nog. Je was misschien toch een beetje slaperig en hebt het niet goed gezien.'

'Ik ben toch niet gek, Nienke, hij is weg.'

'Ik zeg niet dat je gek bent, mam...' Voordat Nienke haar zin af kan maken gaat de deurbel.

'Is dat de politie?' vraagt Levi opgewonden. Hij is sinds een paar maanden geobsedeerd door beroepen waar een uniform bij wordt gedragen. De politie staat op nummer één, gevolgd door de brandweer. Nienke loopt naar de deur en opent hem.

'Goedemorgen mevrouw,' zegt een mannelijke agent met een indrukwekkend postuur. De collega die naast hem staat doet niet voor hem onder.

'We kregen een bericht van de meldkamer dat er ingebroken zou zijn?'

'Ja, nou, mijn moeder belde me mijn bed uit met die boodschap. Ik heb net de benedenverdieping gecheckt en die lijkt in orde. Als u me een minuutje geeft, dan controleer ik de bovenverdieping nog even.'

'Dat kunt u ook aan ons overlaten. Daar zijn we voor.'

'Ja, dat weet ik, maar ik kan in één oogopslag zien of er dingen missen.' Ze wacht de reactie van de agenten niet af en rent met twee treden tegelijk de trap op. Als een wervelwind raast ze door alle kamers om te constateren dat ook hier op het eerste oog geen spullen ontbreken. De computer staat nog op zijn plek en haar moeders iPad en telefoon liggen op het nachtkastje naast Caroliens bed. Ook hier geen sporen van braak, geen open of geforceerde ramen. Er is maar één conclusie mogelijk: haar moeder heeft zich vergist. En nu is aan haar de taak om dat uit te leggen aan de agenten die beneden op haar staan te wachten.

Ze dendert naar beneden. Haar moeder en Levi staan nog steeds in de hal, maar de agenten zijn verdwenen.

'Waar zijn ze?' vraagt ze.

'In de kamer,' antwoordt Levi.

'Oké, blijf nog even bij oma, ik kom er zo aan.'

Met lood in haar schoenen loopt Nienke de woonkamer in en sluit de deur. De agenten draaien zich tegelijkertijd om en kijken haar aan.

'Alles lijkt hier inderdaad in orde, mevrouw. Zelfs de televisie die gestolen zou zijn staat op zijn plek, of waren er twee tv's aanwezig in de woonkamer?'

'Ik vrees dat het allemaal om een misverstand gaat,' hakkelt Nienke terwijl ze letterlijk met haar handen in het haar staat. 'Mijn moeder heeft alzheimer en is steeds vaker de kluts kwijt. Ze belde me helemaal in paniek op en zei dat haar televisie was gestolen, dus ik ben meteen gekomen en heb 112 gebeld op weg hiernaartoe. Je hoort tegenwoordig steeds vaker van brute woningovervallen en ik was doodongerust.'

'Een misverstand, zegt u?'

'Ja, het spijt me.'

De agenten kijken elkaar even aan.

'Mag ik dan voorstellen dat u, gezien de "situatie" met uw moeder, in het vervolg eerst even checkt wat er precies aan de hand is, voordat u het alarmnummer belt?' zegt de agent die steeds het woord heeft gevoerd. Zijn stem klinkt niet echt onvriendelijk. 'We komen al tijd en mankracht tekort.'

'Dat begrijp ik en het spijt me oprecht, maar als je door je moeder volledig in paniek wordt opgebeld, wat doe je dan? Dan onderneem je toch meteen actie?'

'Misschien moet u zich gaan afvragen of het nog wel verantwoord is dat uw moeder zelfstandig woont. Nu is het een vermeende inbraak, de volgende keer vergeet ze het gasfornuis uit te zetten en brandt de hele boel af. Het zal niet de eerste keer zijn dat we dat meemaken.'

De tranen springen Nienke in de ogen en ze krijgt het

woord 'sorry' niet nogmaals over haar lippen. Ze weet dat de woorden van de agent raak zijn, maar ze is er nog niet aan toe om serieus over uithuisplaatsing van haar moeder na te denken. Die stap is nog te groot om te nemen. Het is te snel. Haar moeder heeft ook nog steeds veel heldere en goede momenten. Oké, de afgelopen week was geen topper, maar ze heeft al een aantal keer meegemaakt dat dit soort 'dipjes' weer bijtrokken. Ze weigert om deze week als nieuw uitgangspunt te nemen. Toename van de klachten is vaak ook direct gelinkt aan vermoeidheid door slaapgebrek. Slapen doet haar moeder steeds slechter en deze week was een uitschieter. Tot nu toe weigert Carolien slaapmedicatie te nemen, maar misschien is dat toch iets waar nu op ingezet moet worden. Na de week in Italië staat al een afspraak bij de neuroloog gepland, dus dan kan ze dat mooi meenemen.

'We komen er verder zelf wel uit. We zullen hier wel een melding van moeten maken.' De agenten lopen langs haar heen en mompelen nog een 'sterkte'. Pas als ze de voordeur dicht hoort vallen, waagt ze zichzelf in de gang.

'Waarom gaan ze weg?' vraagt haar moeder paniekerig.

Nienke steekt haar hand uit en pakt die van Carolien. 'Mam, kom eens mee. Ik wil je even iets laten zien.'

'O, nee, ik zet geen stap in die kamer.' Haar moeder maakt een terugtrekkende beweging, maar Nienke laat niet los.

'Het is veilig, mam, anders zou ik het niet aan je vragen. Kom, loop even met me mee.'

Levi ziet de worsteling van zijn moeder en oma en neemt het voortouw. Hij rent langs hen heen de kamer in.

'Levi!' roept Carolien.

'Kom,' sust Nienke.

Uiteindelijk staakt Carolien haar verzet. Bibberend staat ze even later in de woonkamer.

'Zie je dat, mam, de televisie staat gewoon op zijn plek.'

Carolien schudt vastberaden haar hoofd.

'Kijk dan, mam.' Nienke begint haar geduld te verliezen. Ze is nu al bekaf en de echte dag moet nog beginnen.

'Ik kijk toch, maar ik zie alleen maar een zwart gat op de plek waar de tv hoort te staan.'

'Het is geen zwart gat, het is de tv,' verzucht Nienke.

'Er staat echt een tv, oma,' valt Levi haar nu ook bij. De stem van haar kleinzoon lijkt Carolien iets te kalmeren. Ze wil zich voor de jongen blijkbaar toch een beetje proberen groot te houden. Hoewel Nienke het vreselijk vindt dat haar zoon zijn oma zo moet zien, is ze nu blij dat hij erbij is. Is dat egoïstisch? Is ze inderdaad een slechte moeder, zoals Kevin beweert? Ze loopt naar haar moeder toe en pakt haar bij de hand.

'Kom.'

Carolien volgt gedwee, maar aan haar hijgende ademhaling is te horen dat ze zich allesbehalve kalm en veilig voelt. Nienke neemt haar mee naar het kastje waar de tv op staat en legt haar moeders hand op het beeldscherm.

'Hier, voel je het?'

Carolien tast paniekerig het scherm af. Volgt dan met haar handen de buitenranden, bevoelt de achterkant en drukt haar lijf dan tegen de televisie aan in een onhandige omhelzing. 'Waarom zie ik het niet, Nienke? Houden mijn ogen er nu ook al mee op?'

Haar moeder begint hysterisch te huilen en wankelt op haar benen. De kwetsbaarheid en de hulpeloosheid raken Nienke diep, maar vervullen haar tegelijkertijd met liefde voor de vrouw die haar op de wereld heeft gezet. Levi staat er in eerste instantie een beetje beduusd bij, maar vliegt zijn oma dan in de armen.

'Het komt goed hoor, oma. Dat zei je vroeger altijd tegen mij als ik verdrietig was en nu zeg ik dat tegen jou.'

Carolien drukt haar kleinzoon tegen zich aan en strijkt hem afwezig door zijn haren. Ook nu lijkt de jongen haar weer te kalmeren en Nienke gloeit van trots. Tegelijkertijd voelt ze zichzelf schromelijk tekortschieten. Waarom lukt het Levi wel om Carolien onbevangen en geduldig tegemoet te treden, terwijl ze daar zelf steeds meer moeite mee lijkt te krijgen? Is het omdat Levi het grotere plaatje met zijn kinderlijke onschuld niet ziet? De rouw niet voelt van het steeds een stukje moeten loslaten van alles wat haar moeder tot haar moeder maakt? Ze kijkt naar de grote staande klok die rotsvast tegen de muur staat. Een standbeeld van tijd die moment na moment voorgoed wegtikt. Ze zou zijn wijzers willen knakken, voor altijd stil willen zetten, of beter nog, terugdraaien naar het verleden, toen alles nog normaal en redelijk onbezorgd was. Als ze een moment mocht kiezen, dan zou het de dag zijn dat ze Levi voor het eerst in haar armen hield na een zware bevalling. Haar vader, moeder en zus wakend aan haar bed terwijl Kevin koffie haalde. De toekomst had toen nog zoveel mooie beloftes. Ze kon zich door de roes van hormonen op dat moment niet voorstellen dat het ooit anders zou worden. Op dat moment was ze ervan overtuigd geweest dat zij en Kevin altijd bij elkaar zouden blijven, haar ouders in goede gezondheid stokoud zouden worden en dat de band met haar zus onverminderd stevig bleef. Geen van die overtuigingen is uitgekomen en dat maakt haar steeds vaker moedeloos. Soms kost het haar moeite om niet cynisch te worden, vindt ze het lastig om de mooie dingen van het leven te blijven zien. Levi is dan haar redding. Ze hoeft maar even naar hem te kijken, zijn blije koppie met dat springerige hoogblonde haar en die guitige ogen, en dan weet ze weer waar ze het allemaal voor doet. Dan verdwijnen al haar zorgen en ellende. Soms is ze bang dat ze te veel aan Levi hangt, dat ze hem te veel belast, maar hij lijkt er niet onder te lijden. Ze zou niet weten wat ze zonder hem moet en zal nooit toestaan dat Kevin haar de voogdij afpakt.

De klok slaat halfzeven en Nienke staakt met tegenzin haar

gemijmer. De hectiek van alledag neemt meteen weer bezit van haar. Levi moet naar school, haar werk wacht, er moeten boodschappen gedaan worden... Voordat ze haar activiteitenlijstje voor die dag in haar hoofd kan afmaken, klinkt het journaal door de kamer. Als ze opkijkt ziet ze dat Levi de televisie heeft aangezet en vol verwachting naar zijn oma kijkt.

'Kun je de televisie nu wel zien, oma?' vraagt hij terwijl hij een paar keer van zender wisselt.

Carolien staart naar het beeld en knikt bevestigend.

'Gelukkig,' verzucht Levi, terwijl hij zijn oma's hand pakt en de televisie weer uitzet.

Levi's poging om zijn oma te helpen ontroert Nienke zo dat ze een brok in haar keel moet wegslikken voordat ze weer kan overgaan tot de orde van de dag. 'Mam, het lijkt me goed als je met mij en Levi mee naar huis gaat. Ik wil je zo niet achterlaten, maar ik moet zorgen dat Levi op tijd op school is, anders krijg ik weer gezeik met Kevin. Kom, pak je jas maar.'

Levi geeft het goede voorbeeld en staat al in de gang bij de kapstok. Hij is net te klein om zijn oma's jas te kunnen pakken. Carolien staat nog steeds midden in de kamer en de kalmte die Levi haar heeft gebracht is met zijn vertrek naar de hal weer verdwenen. 'Mijn ogen. Wat is er met mijn ogen?' jammert ze terwijl ze haar hoofd tussen haar handen klemt. 'Net zag ik de tv nog en nu niet meer.'

'Ik weet het niet, mam, ik ben geen dokter. Weet je wat, we brengen Levi straks samen naar school en dan rijden we wel even naar de huisarts om je ogen te laten checken. Vind je dat een goed idee?'

Carolien knikt en wordt weer wat rustiger. 'Ja, laten we dat maar doen. We gaan naar de dokter.' Ze schuifelt naar de gang en Nienke helpt haar in haar jas. Ze drukt Levi de handtas van zijn oma in handen terwijl ze zelf haar moeder bij de arm neemt en haar naar buiten leidt voordat Carolien zich kan bedenken of verdere vragen kan stellen. Pas als Carolien en Levi ingesnoerd op de achterbank zitten en ze haar eigen gordel dichtklikt, kan ze weer een beetje ademhalen. Als ze er flink de vaart in zet moet het nog precies lukken om Levi op tijd in de schoolbanken te krijgen. Ze geeft een dot gas en heeft niet in de gaten dat ze net als op de heenweg wordt gevolgd door een zwarte auto.

3

Lorenzo Bianchi trekt de handrem stevig aan en laat de motor stationair draaien. Met een bedenkelijk gezicht kijkt hij naar het grote bord met de verkiezingsposter schuin tegenover hem. De populaire tronie van Sergio Mattareze is slordig over zijn concurrenten heen geplakt. Lorenzo kan die kop niet meer zien, maar hij weet dat hij een van de weinigen is die zich niet laten inpakken door de charmes van Mattareze. Hoe kan het dat hij vrijwel de enige is die zijn wollige populistische woorden niet voor zoete koek slikt? Waar heel Italië weg is van Mattarezes knappe verschijning, kan hij er het mooie niet in ontdekken. Misschien omdat hij een man is en niet op die manier naar iemand van zijn eigen geslacht kijkt? Of is het jaloezie, zoals de vrouwelijke collega's op de redactie van *La Gazzetta del Giorno* steeds plagend beweren als hij zich kritisch uitlaat over de politicus die hard op weg is om aanspraak te maken op het premierschap met zijn rechtse partij Forza Repubblica, die pro-Europa is, maar immigratie fel afwijst. De vijftiger Mattareze is op dit moment de grootste concurrent van Berlusconi's Forza Italia en ligt in Europa een stuk beter dan de bejaarde mediamagnaat die de Duitse bondskanselier Angela Merkel meermalen beledigde en bekendstaat om zijn opmerkelijke en vaak grove uitspraken. Mattareze is in dat opzicht een stuk beschaafder en charismatischer.

Lorenzo heeft Mattareze een keer geïnterviewd omdat hij van zijn hoofdredacteur een profiel over de politicus voor de krant moest schrijven. Dat was vijf jaar geleden, toen de man op het punt stond de lokale politiek te verruilen voor de landelijke. Mattarezes voorlichter had hem zo goed voorbereid dat kritische vragen handig werden ontweken en er voor Lorenzo geen doorkomen aan was. De algemeenheid van het stuk dat hij uiteindelijk schreef, zit hem nog steeds dwars. Clichés als 'gelukkige jeugd' en 'politiek nest' zal hij nu niet zo snel meer gebruiken. Destijds zat hij nog niet goed genoeg in de materie en was hij nog te onervaren om echt kritische noten te kraken. Zijn intuïtie was op dat moment al wel goed ontwikkeld en in de afgelopen jaren door schade en schande alleen maar scherper geworden. Daarom kan hij het onderbuikgevoel dat hij al jaren bij Mattareze heeft ook niet negeren. De man is te glad, te clean – op het heilige af – zijn lach is te nep, zijn uiterlijk en kapsel te gestyled. De man praat te veel, maar zegt weinig. Lorenzo moet er niet aan denken dat Mattareze het land gaat leiden en daarom ziet hij het als zijn taak om de ballon van de diepgebruinde politicus met zijn halflange, achterovergekamde haren door te prikken. In het landsbelang en bijna op het obsessieve af. Er moet iets te vinden zijn over Mattareze, daar is Lorenzo van overtuigd. En wat het ook is, hij zal het vinden.

Zijn hoofdredacteur, die in de wandelgangen 'de slappe zak' wordt genoemd, is groot fan van Mattareze en wil geen kwaad woord over hem horen. Hij heeft Lorenzo pas te verstaan gegeven dat hij moet ophouden een persoonlijke hetze te voeren tegen de politicus en dat als hij dingen wil onderzoeken, hij dat dan maar in zijn vrije tijd moet doen. Op de redactie is Mattareze voor hem tot nader order een no-goarea en Lorenzo heeft daar voor de bühne knarsetandend mee ingestemd. Hij kan het zich niet permitteren om zijn baan kwijt te raken. Voorzichtig contact met concurrerende kranten heeft uitgewezen dat hij daar niet terechtkan, omdat de redacties op volle sterkte zijn en er bij het gros weer een nieuwe bezuinigingsronde aankomt wegens teruglopende advertentie-inkomsten. Bovendien worden kritische journalisten niet meer zo gewaardeerd als vroeger. Aan hun controlerende taak wordt steeds minder waarde gehecht – de elite vindt hen maar lastige onruststokers die in de weg lopen en het volk is inmiddels zo murw van alle corruptie en bedrog dat ze het accepteren als een chronische ziekte.

Zich op de redactie gedeisd houden en de orders van zijn hoofdredacteur opvolgen is het enige wat er voor Lorenzo op zit, maar buiten werktijd is er niemand die kan beslissen over zijn agenda of de activiteiten die daarin staan. Sinds twee maanden werkt hij dan ook in de avonduren en elke minuut die hij verder vrij kan maken in het geheim aan een boek over Sergio Mattareze. Naarstiger dan ooit is hij op zoek naar een grote onthulling, een rel, waardoor het boek meteen in de bestsellerlijsten zal verschijnen. Zonder een schandaal zal het boek niet meer zijn dan een van dertien in een dozijn, en zal het door Mattareze worden ingezet als propaganda. Dat zou onverdraaglijk zijn voor Lorenzo. Hij ziet het als zijn taak om het land te behoeden voor deze sluwe vos, die in zijn ogen alleen maar slecht nieuws voor Italië betekent. Heel even heeft hij zelfs overwogen om een schandaal te verzinnen, maar dat idee heeft hij nog sneller laten varen dan dat hij het verzon. Daar is hij toch te veel journalist voor, dat is zijn beroepseer te na. Hij moet zich aan de feiten houden om zijn geloofwaardigheid niet te verliezen, maar vooral ook om zichzelf nog recht in de ogen te kunnen kijken. Leugens zouden zijn carrière onherstelbare schade toebrengen en hem een paria maken in de beroepsgroep waar hij zo van houdt. Het zou hem vriendschappen met gelijkgestemden kosten, de enige vriendschappen die hij heeft. Het zou ook zijn kansen verspelen bij Fabia Innocenti, die voor *La Repubblica* schrijft en op wie hij stiekem een oogje heeft. Hij heeft haar een paar keer zover gekregen om iets met hem te gaan drinken, maar het voorgenomen dinertje heeft tot zijn grote spijt nog steeds niet plaatsgevonden, omdat ze nog geen tijd heeft kunnen vrijmaken. 'Geen tijd' betekent voor Lorenzo hetzelfde als 'geen prioriteit'. Het steekt hem dat zijn behoefte aan contact met haar blijkbaar groter is dan andersom. Hij heeft het ook druk, maar voor een etentje met haar veegt hij zijn agenda graag een paar uur leeg. Temeer omdat zijn moeder hem zo in zijn nek hijgt omdat hij nog steeds geen vaste relatie heeft en steeds vaker aan komt zetten met: 'Zal ik je eens voorstellen aan die leuke dochter van die en die?' Ze wil koste wat het kost oma worden, omdat al haar vriendinnen het al zijn en nergens anders meer over kunnen praten. Ze heeft het gevoel dat ze niet meer echt meetelt en dat haar vriendschappen onder druk staan. Lorenzo kan dat in één klap voor haar oplossen en waarom doet hij dat niet voor zijn lieve moedertje, die ook altijd alles voor hem over heeft gehad? Zijn moedertje die haar halve leven heeft geofferd om het hem naar de zin te maken en hem te vertroetelen? Na de verwijten – waar hij niet op ingaat en zich zogenaamd niets van aantrekt, maar die diep vanbinnen toch pijn doen – volgen altijd de impertinente vragen. Is hij soms homo en durft hij niet uit de kast te komen? Moet hij niet eens wat meer werk besteden aan zijn lijf in de sportschool, wellicht wat proteïneshakes of anabolen nemen om wat gespierder en dus aantrekkelijker te worden? Met de zin 'van anabolen word je impotent' had hij zijn moeder vorige week in één keer stil gekregen, maar hij heeft niet de illusie dat het schokeffect heel lang doorwerkt. Ze broedt vast weer op een rijtje nieuwe do's-and-don'ts waar hij zich volgens haar aan moet houden om een echte casanova te worden.

Het spijt Lorenzo oprecht dat hij zijn moeders grootste teleurstelling is geworden, maar hij weet ook niet wat hij eraan moet veranderen. Buiten dat het schier onmogelijk is om aan zijn moeders hoge verwachtingspatroon te voldoen, is hij op dat front ook niet bereid om tot het uiterste te gaan. Hij is geen moederskindje. Hij heeft zijn eigen leven en zit niet zo strak in het pak als die walgelijke Sergio Mattareze, want, nou ja, zittend beroep. Sinds zijn moeder de politicus 'de ideale schoonzoon' heeft genoemd heeft Lorenzo een nog grotere hekel aan de man gekregen. 'Jaloers!' hoort hij zijn vrouwelijke collega's weer schamperen. Mattareze roept veel gevoelens bij Lorenzo op en misschien zit er, als hij heel eerlijk is, een tikkeltje jaloezie bij, maar zeker niet meer dan dat. Dat hij Fabia laatst aan de arm van Mattareze in een roddelblad zag staan bij een benefietgala, speelt ook geen rol bij zijn verbeten zoektocht naar een schandaaltje rond de getrouwde politicus... Echt niet.

Hij maakt zijn blik los van de verkiezingsposters, zet zijn richtingaanwijzer aan en vervolgt zijn weg naar huis. Het loopt al tegen achten en de schemering zal binnen een halfuur invallen. Lorenzo voelt zich prettig in het donker. In de duisternis vind je de meeste verhalen die het daglicht niet kunnen verdragen en hij wil ze allemaal vinden. Als kind al was hij gefascineerd door de nacht en geobsedeerd door obscure portalen en dichte bosschages. Regelmatig klom hij 's nachts stiekem – via het balkon op de eerste verdieping dat grensde aan zijn slaapkamer – naar beneden. Dan ging hij naar een braakliggend weiland in de buurt waar geen kunstlicht was en dat omringd was door grote bomen en struiken. Met zijn rug tegen de stam van een boom en onder de beschutting van een dik bladerdak keek hij dan naar alle donkere hoekjes waar het licht van de maan niet in doordrong. Elk takje dat bewoog, elk blaadje dat ritselde gaf hem een adrenalinestoot vanjewelste en hij verzon er de meest fantastische verhalen bij. Dat kon hij als kind ongedwongen doen omdat de maatschappij toen anders was. Veiliger en minder geniepig. Inmiddels is hij door schade en schande wijs geworden en heeft de wereld zijn onschuld voor hem voorgoed verloren. Hoe erg hij dat ook vindt, het heeft hem bitter en cynisch gemaakt. Met zijn werk voor de krant – het aan de kaak stellen van onrecht en het blootleggen van schandalen – probeert hij nog iets recht te zetten van wat steeds verder kromtrekt, ook al weet hij diep vanbinnen dat het een druppel op een gloeiende plaat is. Maar hij moet desondanks die druppel zijn. Hij kan niet anders.

In een rustig tempo rijdt hij het laatste stuk naar zijn appartement, dat zich net buiten het hart van Florence, of Firenze, zoals de Italianen het zelf noemen, bevindt. Toen hij vijf jaar geleden een vaste aanstelling kreeg bij de krant heeft hij het voor een goede prijs kunnen kopen en daar heeft hij nooit spijt van gehad. Het is een fijne plek van ongeveer tachtig vierkante meter met een prima woonkamer met aangrenzend balkon op het zuiden, een slaapkamer en een werkkamer. Hij heeft nooit de moeite genomen zijn studentikoze meubels te vervangen door modernere exemplaren of de witte tegelvloer in te ruilen voor een houten plankenvariant. Van decoratieve prutsels en frutsels houdt hij niet, daar heeft hij in zijn ouderlijk huis lang genoeg tegen aan moeten kijken. Hij kan geen kunststof bloemen en porseleinen beeldjes meer zien en verse bloemen zul je bij hem ook niet vinden – zonde van het geld, hij vergeet ze toch water te geven en is niet genoeg thuis om ervan te genieten. Aan zijn boekenkast, die een hele wand beslaat, is hij wel erg gehecht, net als aan het kroegje een paar honderd meter verderop waar hij graag een biertje mag drinken. Fabia heeft er regelmatig samen met hem op een van de bruine banken met gele kussentjes gezeten. In gedachten dan, want de realiteit gebiedt te zeggen dat ze nog nooit zelfs maar in de buurt van zijn appartement is geweest. De keren dat hij wat met haar heeft gedronken, zaten ze samen met wat collega's in een cafeetje dat een ontmoetingsplek is voor journalisten en bleven ze uiteindelijk samen over nadat de rest gapend en aangeschoten naar huis was vertrokken.

Hij baalt dat het zo is, maar hij kan Fabia niet loslaten. Haar lange zwarte haren, de kuiltjes in haar wangen als ze lacht, de felheid in haar ogen, hij is er helemaal gek op. Hoe geweldig zou het zijn als hij dat, als hij haar, helemaal voor zichzelf had. Maar zover is het nog lang niet. Er is nog heel wat werk aan de winkel. Hij vraagt zich af of ze überhaupt weleens op een romantische manier over hem gedacht heeft, of ze hem wel echt ziet staan. Daarom moet hij indruk op haar maken en zijn boek over Mattareze moet hem daarbij helpen. Hij zal niet stoppen voordat hij de rechtse politicus schaakmat heeft gezet.

Hij draait de Via del Caravaggio in en ziet vlak bij de voordeur van het appartementencomplex een plekje waar hij de tweedehands Lancia vlotjes inparkeert. Als hij zijn spullen heeft gepakt, loopt hij via de centrale hal van het gebouw naar de wand met brievenbussen. Zijn sleutelbos rinkelt als hij de zijne opent. Hij verwacht wat reclamefolders en misschien een enkele rekening te vinden, maar tot zijn verbazing ziet hij een grote witte envelop liggen. Er zit een etiket op geplakt, met zijn naam in sierlijk geprinte letters. Een adres ontbreekt.

Nieuwsgierig pakt hij de envelop uit de brievenbus en voelt eraan. Er zit iets in met een harde kaft wat, hoewel minder dik, het formaat van een boek heeft. Opwinding maakt zich van hem meester en hij moet zich bedwingen om de envelop niet meteen open te scheuren. Met twee treden tegelijk rent hij de trap op naar zijn appartement, gaat naar binnen en duwt de voordeur met zijn voet achter zich dicht. Hij negeert het knorren van zijn maag – een mens moet prioriteiten stellen – en scheurt de envelop slordig open. Hij vloekt als hij zich snijdt aan het scherpe papier en steekt zijn schrijnende vinger in zijn mond, terwijl hij met zijn andere hand de envelop leegschudt op tafel. Er komt iets uit met een groenblauwe, glinsterende kaft. Het lijkt op een schrift, maar dan dikker. Ergens halverwege is een A4'tje tussen de pagina's gestoken.

Het lijkt op een gewoon wit vel zonder belijning. Hij trekt het tussen de pagina's uit en ziet dat het een getypte brief is in hetzelfde lettertype als dat op het etiket van de envelop. Gretig vliegen zijn ogen over de regels.

Eerwaarde heer Bianchi,

Lorenzo glimlacht. Hij gelooft niet dat hij eerder in zijn leven is aangesproken met 'eerwaarde', maar de enigszins ouderwetse formulering bevalt hem wel.

U kent me niet, maar de eerlijkheid gebiedt me te zeggen dat ik u al een tijdje in de gaten houd. Sinds het profiel dat u schreef over Sergio Mattareze hebt u mijn interesse gewekt en ben ik uw werk gaan volgen. Het is geen geheim dat Mattareze een grote schare fans heeft in ons land en dat hij stelselmatig van kritiek verschoond blijft omdat mensen zich laten verblinden door zijn uiterlijk en charisma. Ik weet uit ervaring dat hij slechts een rol speelt. Achter dat goedlachse masker gaat een sluwe man schuil die zich als een kameleon aanpast aan elke gewenste situatie, maar in werkelijkheid nietsontziend te werk gaat om zijn doelen te bereiken. Hij is een manipulatieve duivel die zich door niets of niemand laat tegenhouden en de grenzen van de wet niet respecteert. Berlusconi was al een blamage voor ons land, maar als Mattareze premier wordt, is het leed niet te overzien. Als hij eenmaal op die plek zit, zal hij er alles aan doen om daar te blijven zitten, net zoals hij er alles aan heeft gedaan om op het punt te komen waar hij nu is.

Mattareze is altijd een berekenende man geweest en zijn politieke carrière is zorgvuldig gepland. Al in zijn middelbareschooltijd was hij ermee bezig en verwoestte hij alles en iedereen die hem in de weg stond. Tot nu toe is alles altijd bedekt met de mantel der liefde door zijn familie en die hie-

lenlikkers om hem heen, maar daar moet een eind aan komen. Het is tijd dat de waarheid over Sergio Mattareze eindelijk naar buiten komt en u, Lorenzo Bianchi, bent een belangrijke schakel in het bewerkstelligen daarvan. Ik wil u vragen mijn spreekbuis te zijn, omdat het voor mij te gevaarlijk is om in de openbaarheid te treden. De kans dat het me mijn leven zal kosten is levensgroot en ik houd te veel van het leven om dat risico te lopen. Daarmee laat ik ook meteen een waarschuwing naar u uitgaan. De jacht openen op Mattareze is niet zonder gevaar, dat moet u zich goed realiseren. Het spijt me oprecht dat ik u naar voren schuif om de klappen op te vangen, maar iets zegt me dat u de juiste persoon bent om de strijd met Mattareze aan te gaan, de enige persoon, en ik hoop dat u bereid bent die strijd te voeren.
Ik zal u ondersteunen waar ik kan. Het bijgesloten dagboek bevat genoeg aanwijzingen om de sporen te volgen die leiden tot Mattarezes ontmaskering. Ik zal u op afstand blijven volgen en contact zoeken als ik het nodig acht. Ik vraag u met klem om mijn verzoek om anonimiteit te respecteren en niet te proberen mijn identiteit te achterhalen. Als de tijd rijp is, zal ik mijzelf bekendmaken, maar ik bepaal het moment. Ik moet eerst zeker weten dat ik u volledig kan vertrouwen. Niet alleen mijn leven staat op het spel, maar ook het leven van degenen die mij liever dan lief zijn. Ik heb er zelf voor gekozen om dit risico te lopen, maar zij niet, en ik wil ze niet meesleuren in mijn strijd. Er is al te veel geleden en er zijn al genoeg slachtoffers gevallen.

De brief eindigt zonder verdere ondertekening, zelfs geen cryptische nepnaam. De opwinding die Lorenzo al voelt sinds het openen van zijn brievenbus heeft na het lezen van de brief een hoogtepunt bereikt. Van spanning heeft hij zijn lip kapotgebeten en hij likt het bloed er ongeduldig af. Zie je wel, hij wist wel dat die man niet deugde! Woorden als 'recht' en 'onrecht', maar ook 'bestseller' en 'rinkelende kassa' schieten door zijn hoofd, gevolgd door een beeld van een trots kijkende Fabia aan zíjn arm en niet aan die van Mattareze.

Hij pakt het dagboek van tafel en bladert het globaal door, op zoek naar de naam van de eigenaar of eigenaresse. Aan de glinsterende buitenkant te zien, gokt hij op een vrouw. Op het eerste gezicht komt hij geen concrete naam tegen, niet aan de binnenkant van de kaft en ook niet in het dagboek zelf. Hij ziet dat de schrijver of schrijfster alleen met initialen werkt en nergens volledig uitgeschreven namen gebruikt. En als er al een naam wordt gebruikt, dan betreft het een voornaam. Dat maakt het er allemaal niet makkelijker op. Hij moet alles wat hij mogelijk door het lezen van dit dagboek te weten komt, kunnen verifiëren om hoor en wederhoor te kunnen plegen. Eén bron is geen bron is een gouden regel in de serieuze journalistiek.

Ineens bekruipt Lorenzo een heel naar gevoel. Hoe authentiek is dit dagboek? Als kritisch journalist maak je vijanden en moet je altijd op je hoede zijn, ervoor oppassen dat je niet geframed wordt. Is dit dagboek nep en een manier om hem erin te luizen? Een manier om op basis van valse informatie zijn gretigheid om Mattareze ten val te brengen aan te wakkeren in de hoop dat hij roekeloos wordt en fouten maakt? Het zal niet de eerste keer zijn dat zoiets gebeurt. Hij heeft het gezien bij een collega die achter een tabaksfabrikant aan ging en uiteindelijk door het stof moest. Zou het mogelijk zijn dat het dagboek door iemand uit de kringen rond Mattareze is gemaakt en naar hem is gestuurd? Iemand van zijn campagneteam die een hele strategie heeft uitgedacht om hem uiteindelijk monddood te maken zodat Mattareze vrij spel heeft? Met of zonder medeweten van Mattareze? Zou het kunnen dat Fabia tegen Mattareze heeft gekletst over zijn voornemen om een boek over de politicus te schrijven?

Hij voelt een knoop ontstaan in zijn maag en het zweet breekt hem uit. Zijn mond wordt droog en hij moet even gaan zitten. Hij gooit het dagboek naast zich neer en steunt met zijn hoofd in zijn handen. Heeft Mattareze Fabia op hem afgestuurd om hem uit te horen, terwijl hij dacht gezellig met haar in de kroeg te zitten als collega's onder elkaar met een mogelijkheid tot meer? Hij probeert zich hun gesprekken te herinneren, elk woord dat ze hebben gewisseld voor de geest te halen. Hij pijnigt zijn hersenen, maar veel meer dan flarden kan hij niet naar boven halen. Hij had al behoorlijk wat gedronken toen hij alleen met Fabia achterbleef in die kroeg. Mattareze is ter sprake gekomen, dat weet hij nog, maar hij weet niet meer wat hij precies heeft gezegd. Of hij zijn afkeer van de politicus slechts heeft laten doorschemeren, of dat hij volledig los is gegaan. Hij weet dat hij erom bekendstaat loslippig te worden als hij aangeschoten is.

In gedachten gaat hij weer terug naar de kroeg. Fabia die tegenover hem zat, naar hem lachte, af en toe subtiel zijn hand aanraakte als hij iets grappigs zei. Was dat gespeeld of gemeend? De geïnteresseerde blik in haar donkere ogen; nep of echt? Hij had zich speciaal gevoeld die avond, zich gewenteld in haar aandacht en zich laten inpakken door haar charmes. Als hij eerlijk was, had ze er nauwelijks moeite voor hoeven doen. Wat een sukkel was hij toch. Want als ze echt zo in hem geïnteresseerd was, waarom belde ze hem dan niet om iets af te spreken? Waarom bleef het bij een vage toezegging? Aan de andere kant, hij belde zelf ook niet. Nam op dit moment geen enkel initiatief, omdat hij bang was om afgewezen te worden. De foto van Fabia en Mattareze in *Chi* had hem meer geraakt dan hij wilde toegeven. Het hoefde niets te betekenen, de politicus was getrouwd en zijn vrouw was op die gala-avond ook aanwezig geweest, en hij weet hoe het gaat met de rioolpers en paparazzifotografen. Een kiekje zonder de werkelijke context kan zoveel insinueren en verkeerd voorstellen. Maar die blik in Fabia's ogen terwijl ze opkijkt naar Mattareze... Misschien moet hij het haar op de vrouw af vragen. Aan de andere kant legt hij daarmee wel meteen zijn eigen kaarten op tafel en dat wil hij ook weer niet. Hij wil nog even dromen en hopen.

Hij gaat wat verzitten en voelt de punt van de dagboekkaft in zijn been prikken. Dan neemt hij een besluit. Om zijn knorrende maag tot rust te brengen, bestelt hij eerst een pizza. Met een rammelende maag kan een mens niet helder nadenken. Zodra de pizza er is, zal hij het dagboek van voor tot achter uitspellen en alle informatie die ook maar enigszins van nut kan zijn, moet vervolgens zorgvuldig worden nagetrokken. Voorzichtigheid is geboden in deze zaak, want er staat veel op het spel. Voor hemzelf, maar ook voor degene die hem het dagboek heeft bezorgd. Ook neemt hij zich voor om de volgende dag een rondje langs zijn buren te maken om te vragen of ze toevallig hebben gezien wie de envelop in zijn brievenbus deed. Mevrouw Rossi in het appartement boven hem houdt alles in de gaten - het gros van de tijd staat ze langs haar overgordijn naar buiten te loeren en ze heeft zelfs een verrekijker waar ze regelmatig de straat mee afspeurt. De vrouw is extreem nieuwsgierig, dol op buurtroddels en als je eenmaal een praatje met haar maakt kom je bijna niet meer van haar af. Normaal ergert Lorenzo zich dood aan haar bemoeizucht en gezwets, maar nu zou het hem weleens van pas kunnen komen. Het liefst zou hij haar eigenlijk nu nog spreken, maar het lijkt hem verstandiger om te wachten totdat haar man niet thuis is. Meneer Rossi steekt het niet onder stoelen of banken dat hij haar spionagegedrag net zo irritant vindt als de rest van de buurt. Niet iemand om er dus bij te hebben als hij mevrouw Rossi informatie wil ontfutselen.

4

De wachtkamer bij de huisarts zit redelijk vol als Nienke er gearmd met Carolien binnenloopt. Er zijn nog maar een paar stoelen beschikbaar. Ze laat haar moeder plaatsnemen en loopt zelf naar de balie met het glazen schuifraam waar de assistente achter zit.

'Het spreekuur is behoorlijk uitgelopen,' vertrouwt de vrouw haar toe.

Nienke knikt en meldt Carolien aan. Haar eigen planning heeft er ook aan moeten geloven. Levi was uiteindelijk toch een kwartier te laat op school doordat er een wegafzetting op de route was door een ongeluk, en haar werk heeft ze laten weten dat ze er vanmiddag pas kan zijn door een spoedgeval met haar moeder. Tot nu toe is haar werkgever heel coulant geweest met het toekennen van mantelzorguren en ook ad-hocsituaties zijn steeds keurig opgelost, maar daar zit ongetwijfeld ook een grens aan. Ze maakt zich er steeds meer zorgen over dat die binnenkort bereikt is, en wat moet ze dan? Haar zus Noor zit veel in het buitenland en is zelden in staat om bij te springen. Ook vandaag gaf ze weer niet thuis. Dat begint steeds meer aan haar te vreten en het maakt het contact met haar zus er niet beter op. Waarom moet zij alles opgeven terwijl Noor gewoon haar gang gaat? Noor is zoveel makkelijker dan zij, gaat veel nonchalanter met dingen om. De woorden 'thuiszorg' en 'verpleeghuis' rollen veel te makkelijk uit haar mond wanneer Nienke haar erop aanspreekt dat wat hulp bij de verzorging van hun moeder welkom zou zijn.

'Afschuiven van verantwoordelijkheid noemen ze dat, Noor. Ik wil mama zolang het kan zelf verzorgen. Met een beetje hulp kan ze best nog een tijd zelfstandig zijn.'

'Hou jezelf nou niet zo voor de gek, zus. Mama is niet meer honderd procent zelfstandig, hoe moeilijk dat ook is. Wat is er mis met het inschakelen van wat hulp? Dit kan nog wel jaren duren en het wordt alleen maar zwaarder. We moeten goed voor mama zorgen, maar vooral ook voor onszelf om het vol te houden. En nee, dat is niet egoïstisch, dat heet zelfbehoud.'

'Hoe denk je dat het voor mama is als ze steeds nieuwe gezichten om zich heen ziet? Ik heb nu al af en toe het idee dat ze mij niet herkent. Het zou haar in een constante staat van paniek brengen als we vreemden op haar afsturen. Dat wil ik niet, ik wil dat ze zich veilig voelt. Althans zo veilig mogelijk.'

'Je kunt haar lijden niet overnemen, Nienke, je kunt het ook niet wegnemen. Accepteer dat nou.'

'Dat kan en dat wil ik niet accepteren. Nu nog niet en misschien wel nooit.'

'Je zult wel moeten.'

'Mevrouw Dijkstra.'

Huisarts van Kampen steekt zijn hoofd om de deur van zijn spreekkamer en kijkt de wachtkamer in. Carolien stoot Nienke aan en staat op. Bijna struikelt ze over een stel benen dat haar looproute blokkeert en Nienke werpt de eigenaar, die uitgezakt op zijn stoel hangt, een vernietigende blik toe voordat ze met haar moeder in de spreekkamer verdwijnt. Ze slaat de deur harder dicht dan ze van plan was en mompelt een halfbakken excuus tegen de huisarts, die haar bezorgd aankijkt en hen uitnodigt plaats te nemen voor zijn bureau.

'Wat kan ik voor u doen?' vraagt Van Kampen terwijl hij in traag tempo iets intypt op zijn computer. Nienke stoot Carolien aan.

'Vertel het zelf maar, mam.'

'Ik, eh...'

Nienke laat haar moeder even worstelen en neemt het dan toch van haar over. Zo gedetailleerd mogelijk vertelt ze de huisarts over de 'verdwenen tv'. Hij hoort haar aan en knikt veelvuldig met zijn hoofd.

'En nu is mijn moeder dus bang dat ze ook iets aan haar ogen mankeert.' Nienke kijkt hem vragend aan.

'Ik denk niet dat u daar bang voor hoeft te zijn, maar ik zal zo voor de zekerheid en voor uw eigen geruststelling even een paar testjes doen. Maar eerst heb ik een vraag voor u. Staat de televisie in een donker hoekje, voor een donkere wand of op een donker meubel?'

Nienke en Carolien knikken allebei instemmend.

'Dat vermoedde ik al. Laat me u eerst wat uitleggen. Wat u vandaag is overkomen, mevrouw Dijkstra, is een vervelende "bijwerking" van alzheimer. Naarmate het ziekteproces vordert, hebben mensen met alzheimer moeite met het onderscheiden van, zoals ik het maar even noem, contrastloze voorwerpen. Dingen vervagen en vloeien in elkaar over, waardoor ze bijvoorbeeld een zwart gat zien op de plek waar de tv staat of een gat in de vloer waar gewoon tegels liggen. Het kan ook gebeuren met deuren van kasten die allemaal dezelfde kleur hebben. Of met witte stopcontacten die op een witte muur zijn gemonteerd. Als ik uw verhaal zo aanhoor, denk ik dat u iets soortgelijks is overkomen vannacht. Uw tv is "weggevallen" tegen de donkere achtergrond en daarom leek het voor u net alsof hij er niet meer stond. Dat moet heel beangstigend voor u zijn geweest en ik begrijp dat u daar heel erg van bent geschrokken.' Van Kampens stem klinkt warm en meelevend.

'Het zal voor u ook een raar moment zijn geweest,' richt hij zich nu tot Nienke. 'Voor dag en dauw uit uw bed gebeld worden, uw moeder in paniek, een tv die gestolen zou zijn maar gewoon op zijn plek staat, politie die voor niets is gekomen... Er zal van alles door uw hoofd zijn gegaan.'

'Ze keek me aan alsof ik gek was,' zegt Carolien benepen.

'En dat is dus niet zo. Het is belangrijk om te weten dat het zwarte gat voor uw moeder levensecht was. Dat ze die televisie echt niet zag en dat in haar beleving de conclusie dat er was ingebroken een heel logische was.'

Nienke zit er een beetje bij als een geslagen hond.

'Ik maak u geen verwijten en u hoeft zich niet schuldig te voelen,' probeert de opmerkzame huisarts haar op te beuren. 'Het is logisch dat u allebei verward was door de situatie, ieder op uw eigen manier. U zat beiden in uw eigen wereldje en op het moment van het voorval was het onmogelijk om die twee werelden te integreren. Daarom help ik daar nu achteraf mee door uit te leggen wat er is gebeurd. Mocht het in de toekomst nogmaals voorkomen, dan kunt u er beter mee omgaan en uw moeder sneller kalmeren.' Nu kijkt hij Nienke alleen aan. 'Ik zal u wat trucjes verklappen die het leven van uw moeder wat makkelijker kunnen maken. Ik ben weleens in een verzorgingstehuis geweest waar ze een lichtgekleurde doek over de tv hingen als hij niet gebruikt werd of er een poster met gekleurde ballonnen op plakten. Kleurcontrasten helpen letterlijk om de begrenzing tussen voorwerpen te zien en ze makkelijker van elkaar te kunnen onderscheiden.'

'We moeten mijn huis dus omtoveren in een kleurencircus,' concludeert Carolien gelaten.

'Ik geef u op een briefje dat u daar veel baat bij gaat hebben. Zeker in het kader van zo lang mogelijk zelfstandig blijven wonen. Want ik neem aan dat u dat wilt?'

'Niets liever dan dat. Ik ben pas vierenvijftig.'

Nienke knikt instemmend en slikt een brok weg uit haar keel. 'Ik bel mijn werk om te zeggen dat ze het vandaag een dagje zonder me moeten doen, mam. Wij gaan shoppen en verf uitzoeken.' Ze pakt haar moeders hand en knijpt er bemoedigend in. 'We gaan dit oplossen, mam.'

Van Kampen glimlacht en krabbelt iets op een briefje, dat hij aan Nienke geeft. 'Als u er behoefte aan hebt, kunt u op dit forum wat ervaringen uitwisselen met andere mantelzorgers. Mijn vrouw heeft er veel baat bij en ervaart grote steun sinds ze voor haar moeder zorgt. De kleurentip komt daar ook vandaan.'

'Dank u wel. Ik weet dat u het heel druk hebt, maar mag ik nog een vraag stellen?' Nienke kijkt Van Kampen smekend aan.

'Natuurlijk mag dat.'

'Ik las een tijdje terug een artikel in *de Volkskrant* over een medicijn dat alzheimer misschien kan afremmen.'

'Ah, u bedoelt Aducanumab. Biogen, dat is de fabrikant, wil het volgend jaar op de Amerikaanse markt brengen, maar moet daarvoor eerst nog goedkeuring krijgen van het controlerend orgaan in de VS, de FDA. Het is het eerste medicijn dat alzheimer zou moeten vertragen. Het zou de achteruitgang van geheugen en taal tegengaan en het langer mogelijk maken om huishoudelijke taken zelfstandig uit te voeren.'

'Dat klinkt veelbelovend, toch? Ik heb mijn hoop er eerlijk gezegd wel op gevestigd. Hebt u enig idee wanneer het medicijn op de Nederlandse markt verschijnt?'

'Ik vrees dat dat nog wel jaren kan duren. En hoe veelbelovend het ook lijkt, er zitten ook nog wel wat haken en ogen aan. Het middel schijnt lang niet bij iedereen te werken en is een eerste stap op de lange weg die nog te gaan is. Het middel geneest de ziekte niet, maar vertraagt alleen. De mensen waarbij het aanslaat, gaan ook met dit middel nog steeds achteruit. Om een echte oplossing voor alzheimer te vinden is echt nog veel meer onderzoek nodig en ik vrees dat het nog vele jaren gaat duren voordat het zover is, als het al zover komt.'

Nienkes gezicht betrekt steeds meer.

'Het spijt me, ik wil u uw hoop niet ontnemen, maar ik kan maar beter eerlijk tegen u zijn en u geen valse hoop geven. Het is echter wel een feit dat er al vijftien jaar geen nieuwe medicijnen tegen alzheimer op de markt zijn gekomen en dat dit medicijn het eerste is dat ingrijpt in het ziekteproces en niet alleen aan symptoombestrijding doet. In die zin kunnen we het dus beschouwen als een doorbraak. Hoe het daadwerkelijk gaat uitpakken als het eenmaal op de markt is, moeten we afwachten. Het is in elk geval goed nieuws dat Biogen zo positief is dat ze het middel op de markt durft te brengen.'

'Maar realistisch gezien komt het voor mij dus te laat,' concludeert Carolien, die tot nu toe als toehoorder bij het gesprek zat.

'Daar kan ik geen enkele zinnige uitspraak over doen, mevrouw Dijkstra. Het zal er helemaal aan liggen hoe de ziekte zich de komende jaren bij u gaat ontwikkelen. De laatste tijd gaat uw achteruitgang wat sneller, dat moeten we onder ogen zien, maar het zou best kunnen dat daarop weer een hele stabiele periode volgt. Ik heb helaas geen glazen bol, maar soms zou het handig zijn als we even konden spieken in de toekomst, nietwaar?' Van Kampen glimlacht hen vriendelijk en begripvol toe. 'Verder nog vragen?'

'Nee, ik niet. Jij, mam?'

'Als ik al een vraag had, dan ben ik hem vergeten,' grapt Carolien met de duidelijke behoefte om het zware gesprek met een lach te eindigen.

De dokter schudt hun beiden de hand en wenst hun sterkte. Als Nienke gearmd met haar moeder het gebouw verlaat, realiseert ze zich dat de oogtesten waar de huisarts het in het begin van het consult over had niet gedaan zijn. Ze besluit niet terug naar binnen te lopen. Haar moeder heeft er niet meer aan gedacht of net als zij genoegen genomen met de uitleg van Van Kampen. Zijn verklaring voor het 'incident' is een heel plausibele en die constatering stemt Nienke meteen ook treurig. Het betekent dat haar moeder weer een stapje achteruit is gegaan en de machteloosheid, omdat ze er helemaal niets tegen kan doen, is vreselijk.

5

De bel gaat op het moment dat Lorenzo zichzelf een bescheiden glaasje rode Chianti Classico inschenkt. Hij zet de fles, met het label met de beroemde zwarte haan, en zijn glas neer op tafel en loopt naar het schermpje van zijn intercom, dat in de gang hangt. Hij herkent het blije hoofd van Erico, de pizzabezorger die hij zeker één keer in de week en meestal vaker laat komen. 'Ik kom naar beneden, Erico,' laat hij de jongen weten terwijl hij een greep doet in de fooienpot die hij op een kastje in de gang heeft staan.

Twee minuten later staat hij weer boven en doet de deur achter zich op slot. De kartonnen pizzadoos voelt warm aan in zijn handen en als hij hem opent, komt de geur van peper en salami hem tegemoet. Zijn maag knort inmiddels onophoudelijk en doet er nog een schepje bovenop als zijn zintuigen de geur van voedsel registreren. Hij glimlacht als hij ziet dat de pizza keurig is voorgesneden in royale taartpunten. Een beetje extra service, dat hoort bij vaste klant zijn. Hij stopt een stuk in zijn mond en voelt zijn tanden wegzakken in de royale plakken salami en de romige laag kaas waar de pizza mee bedekt is. Het deeg van de bodem is knapperig en vers. Nadat hij de pizza voor driekwart heeft opgegeten, verandert het vervelende geknor van zijn maag in een tevreden gerommel en wordt het gevoel van urgentie om het dagboek te lezen met de minuut groter.

Hij loopt naar de keuken en wast het vet van de pizza van zijn handen. Het laatste wat hij wil, is vieze vingers achterlaten op de pagina's. Hij knipt de leeslamp bij zijn lievelingsfauteuil aan en gaat erin zitten. Het afgesleten leer kraakt zachtjes onder zijn gewicht als hij het dagboek met een plechtig gebaar openslaat. In het meest gunstige geval heeft hij nu letterlijk iets in handen waarmee hij het verschil kan maken. Informatie die hij kan gebruiken om meer dan die druppel op de gloeiende plaat te zijn. Hij begint te lezen.

Ik heb een dagboek gekocht. De kaft heeft de kleur van de zee en glinstert. Nu staar ik naar de eerste lege pagina. Pen tussen mijn vingers geklemd, maar nog geen woord geschreven. Hoe begin je een dagboek? Met de clichématige aanhef 'Lief dagboek'? Met het vermelden van plaats, datum en tijd? Of met een zin die meteen inslaat als een bom? Ik besluit het allemaal te doen.

Florence, 5 november 1980
Lief dagboek,
DM is dood en ik ben medeverantwoordelijk. Ik heb haar met geen vinger aangeraakt, maar toch reken ik mezelf haar dood aan. Iemand over de rand duwen zonder dat er fysiek contact aan te pas komt, is helemaal niet zo moeilijk. Als je de druk maar lang genoeg opvoert, knapt er vanzelf iets. Bij DM kon je het bijna horen toen het gebeurde. Alsof ze een twijg was die doormidden knakte. Voor altijd gebroken, net als haar nek, die net als zij de val van het dak van de campus niet overleefde. Ik heb haar niet tot het uiterste gedreven, het was haar eigen beslissing, maar ik heb haar ook niet tegengehouden. Niks doen terwijl je weet dat iets onmogelijk goed kan aflopen, maakt je medeplichtig. Nu zal ik moeten leven met het schuldgevoel. Vanaf nu zal ik elke ochtend wakker worden met DM op mijn netvlies. Ik zal met haar opstaan en met haar naar bed gaan, vermoedelijk mijn hele leven lang. Het is een milde straf in vergelij-

king met wat zij heeft moeten doorstaan, dus ik klaag niet en incasseer mijn verdiende loon. DM was het eerste slachtoffer van het Leliegenootschap en ik vermoed dat ze zeker niet het laatste zal zijn.

Lorenzo heeft zo ingespannen zitten lezen dat hij de hap pizza die hij in zijn mond heeft nog steeds niet heeft doorgeslikt. Hij is zelfs vergeten er goed op te kauwen. Terwijl zijn kiezen het deeg en de topping vermalen staat hij op om zijn laptop te pakken. Hij neemt een slok wijn terwijl zijn computer opstart en kijkt bedenkelijk voor zich uit. Het Leliegenootschap. Het is de eerste keer dat hij ervan hoort. De lelie is het symbool van de stad Florence en staat onder andere op het stadswapen. Het zou dus aannemelijk zijn dat het genootschap in Florence huist of er in elk geval iets mee te maken heeft. De dagboekschrijver of -schrijfster bevond zich ook in Florence tijdens het schrijven van de tekst.

De computer is inmiddels opgestart en zijn vingers typen gretig 'Leliegenootschap' in de Google-zoekbalk. Opmerkelijk genoeg verschijnt er geen specifieke hit over het genootschap. Hij voegt wat trefwoorden toe aan zijn zoekopdracht, maar steeds draait het op niets uit. Dat is vreemd. Tegenwoordig is alles wel zo'n beetje op internet terug te vinden en een genootschap dat een dode op zijn geweten heeft, zoals in het dagboek wordt beweerd, moet toch ergens te vinden zijn. Al is het maar met een summier zinnetje in een artikel of een nieuwsbericht. Hij trekt het dagboek naar zich toe en leest de pagina opnieuw. Er wordt gesproken over het dak van een campus waar DM vanaf zou zijn gevallen. Of gesprongen? Zou het Leliegenootschap een studentenvereniging zijn? Lorenzo voert het nieuwe trefwoord in en een rits aan studentenverenigingen verschijnt, maar allemaal met andere namen. Hij stelt een lijst samen van alle universiteiten in Florence en schrijft hun telefoonnummers erachter. Morgen gaat hij ze allemaal bellen en vragen of ze ooit van het Leliegenootschap hebben gehoord. Voor nu laat hij het even rusten.

Afwezig neemt hij een slok wijn en gaat op zoek naar informatie over dodelijke ongelukken en gevallen van zelfmoord onder studenten in de periode augustus tot en met november 1980, en dan specifiek gericht op Florence. In beide categorieën worden wel een paar gevallen omschreven, maar geen van de slachtoffers heeft een naam die gekoppeld kan worden aan de initialen DM, dus daar komt hij ook niet verder mee. Voor een gerichtere zoektocht zal hij er oude krantenarchieven uit 1980 op moeten naslaan, in de hoop dat hij daar ergens een rouwadvertentie of berichtje vindt dat op de een of andere manier aan de beweringen in het dagboek valt te koppelen. Enerzijds baalt hij ervan dat de tekst die hij tot nu toe heeft gelezen weinig concreet is, maar anderzijds is hij ook niet vies van een beetje ouderwets speurwerk. Sterker nog, hij zou willen dat hij het gros van zijn dagen ermee kon vullen. Het internet is inmiddels onmisbaar voor het snel vinden van achtergrondinformatie of het beantwoorden van prangende vragen op welk gebied dan ook. Ook in zijn vak is het niet meer weg te denken, maar charme heeft het niet. Natuurlijk voert hij ook wel gesprekken buiten de deur, maar het gros van zijn tijd zit hij toch achter zijn bureau op de redactie om dingen even snel na te bellen of op te zoeken op het world wide web. Soms slaat hij er een boek op na. Deskresearch is een 'steriele' manier van werken waar geen sjeu aan zit.

Vroeger moest een journalist er echt op uit om documenten en oude kranten door te spitten en bracht hij dagen onafgebroken door in de bibliotheek. Lorenzo mist de romantiek en de spanning van die oude journalistiek, waarbij de technische middelen nog een stuk beperkter waren en je jezelf bijna een detective waande als je een dossier probeerde vlot te trekken of breed onder de publieke aandacht te krijgen. Toch logt hij in op zijn account bij de European Library, een zoekmachine waar miljoenen historische Europese kranten in zijn opgenomen van vijfentwintig bibliotheken uit drieëntwintig Europese landen. Tot zijn verbazing constateert hij dat er tussen augustus 1980 en juli 1983 maar heel weinig krantenartikelen over Florence te vinden zijn, en de berichten die hij wel vindt hebben in de verste verte niets van doen met de onderwerpen waar hij informatie over zoekt. Je zou toch op zijn minst verwachten dat er destijds in elk geval een berichtje, hoe klein ook, was gewijd aan iets ingrijpends als de dood van een studente. Hij kan er helemaal niets over terugvinden en dat is op zijn minst vreemd te noemen. Probeert de schrijver van het dagboek hem toch een oor aan te naaien en is de tekst op de eerste pagina verzonnen? Voor de zekerheid moet hij de volgende dag maar eens een bezoekje brengen aan het stadsarchief, misschien dat hij daar verder mee komt. Hij heeft door de jaren heen een goed contact opgebouwd met Arlo Gallo, de archivaris. De man loopt tegen de zestig en werkt al sinds de jaren tachtig in het archief. Misschien kan hij nagaan of er echt maar zo weinig berichten in de periode 1980-1983 waren of dat er een andere verklaring is voor het ontbreken ervan. Is men vergeten een stuk archief van dat jaar in te scannen en op te nemen in de European Library? Is er bewust een selectie gemaakt waarbij berichten zijn uitgesloten en er dus censuur is gepleegd? Er zijn legio antwoorden mogelijk en Lorenzo wil ze allemaal onderzoeken om de waarheid boven tafel te krijgen.

Hij laat de computer even voor wat hij is en begint door de huiskamer te ijsberen, terwijl hij een punt koud geworden pizza meegrist uit de doos. Hij eet zonder echt te proeven. Alleen de eerste pagina van het dagboek heeft al bezit van hem genomen. Ieder ander zou misschien het hele boekje in één keer hebben uitgelezen, maar Lorenzo kiest voor zorgvuldigheid en pluist pas een nieuwe pagina uit als hij zich de inhoud van de vorige volledig eigen heeft gemaakt. Hij wil elke zin uitspellen, elke bladzijde kunnen dromen om niets te missen. Hij heeft het talent om goed tussen de regels door te kunnen lezen, maar dat vergt wel zelfbeheersing, tijd en energie. Werktuigelijk neemt hij een nieuwe hap pizza.

Ineens krijgt hij een ingeving. Het dagboek is bezorgd om hem te helpen bij zijn onderzoek naar Sergio Mattareze. Het Leliegenootschap, en wellicht de campus waar DM het leven heeft gelaten, moet dus op een of andere manier aan hem te linken zijn. Met drie stappen is hij terug bij zijn computer. Hij veegt zijn vette handen af aan zijn broek en typt een zoekopdracht in naar het profiel dat hij een paar jaar geleden over Mattareze schreef. Als hij het artikel aanklikt, scrolt hij meteen door naar het kadertje waarin Mattarezes biografie is opgenomen. '1979-1983: de International Academy of Florence,' leest hij hardop voor, terwijl hij de opwinding in zijn stem niet kan onderdrukken. Het kan bijna niet anders dan dat dat de campus is waar in het dagboek over wordt gesproken. In het lijstje dat hij heeft gemaakt zet hij een paar dikke strepen onder de naam van de school en plaatst er wat uitroeptekens achter. Daarbij zet hij zoveel kracht dat de punt van de pen door het vel papier gaat en op de tafel krast. Toch neemt hij zich voor om, in het kader van de zorgvuldigheid, alle scholen op de lijst te bellen. Het Leliegenootschap kan immers ook een club of verbond zijn dat zich over meerdere scholen uitstrekt, dus het zou stom zijn om die al bij voorkeur uit te sluiten. Maar de International Academy of Florence heeft vanaf nu wel zijn bijzondere aandacht, alleen al omdat Sergio Mattareze er vier jaar politicologie heeft gestudeerd.

Morgen begint hij met een speurtocht in het archief en het bellen van de scholen. De komende dagen zal hij verder lezen in het dagboek en alle informatie die hij vindt meenemen in zijn voorbereiding op een bezoek aan de International Academy of Florence, want dat dat bezoek er gaat komen staat buiten kijf. Hij wil de campus met eigen ogen zien, de sfeer proeven en de jaarboeken doorspitten op zoek naar iemand met de initialen DM. De adrenaline stuwt zijn hartslag tot grote hoogte en zijn handen trillen van de ingehouden opwinding. Het is lang geleden dat zijn werk een dergelijke reactie in hem heeft losgemaakt. Als zijn baas hem niet de ruimte geeft om een en ander te onderzoeken, neemt hij een paar weken vrij. Hij heeft nog genoeg dagen staan. Mattareze is de prooi en hij de jager.

Hij pakt het dagboek op en streelt liefkozend over de kaft. Hoewel hij nog geen enkele bewering die hij tot nu toe heeft gelezen kan staven, begint hij er toch met de minuut een beter gevoel over te krijgen. Hij bladert het globaal door en ziet dat achterin een cryptische opsomming staat, keurig puntsgewijs onder elkaar. Hij leest het lijstje door en fronst zijn wenkbrauwen. 'Grote hoogte', 'Boterham met pindakaas', 'Zand erover' en nog meer van dat soort kreten. Wat heeft dat nou weer te betekenen? Onder het lijstje staat een potloodschets van een doodskist, die een halve pagina in beslag neemt. Hij bladert het dagboek nog eens door, maar vindt nergens een uitleg of uitweiding die naar de opsomming verwijst. Dat mag hij dus blijkbaar ook zelf uitzoeken.

Al met al heeft hij maar een paar concrete aanwijzingen waar hij zijn zoektocht mee kan starten en dat hadden er wat hem betreft best een paar meer mogen zijn. Het Leliegenootschap is de kern van alles, dat leest hij wel tussen de regels door, dus daar zal hij zich in eerste instantie op focussen. Hij voelt aan alles dat hier een sappig verhaal in zit.

6

Het is een druilerige dag en de straat glinstert van de nattigheid als Nienke de bocht neemt. Een blik op de hemel doet vermoeden dat elk moment een dikke plensbui kan losbarsten. De zenuwen gieren door haar lichaam. Op de passagiersstoel ligt de dagvaarding die ze heeft gekregen en die haar gebiedt vandaag voor de rechter te verschijnen. Kevin heeft zijn dreigement om de volledige voogdij over Levi op te eisen waargemaakt en Nienke haat hem nog meer dan ze al deed. De timing had ook niet beroerder kunnen zijn. Overmorgen vertrekt ze met haar moeder naar Italië en Kevin weet dat. Volgens familierechtadvocate Marieke van Dinter – die haar vandaag bijstaat en haar al eerder hielp met haar scheiding – hoeft ze niet meteen te vrezen dat Kevin zijn zin krijgt. Uit niets blijkt dat ze geen goede moeder is of dat Levi iets tekortkomt als hij bij haar is. De verwachting is dan ook dat de familierechter niets zal wijzigen aan de afspraken die bij haar scheiding van Kevin zijn vastgelegd. Dat betekent dat Levi zijn hoofdverblijfplaats bij haar houdt.

Destijds is in goed overleg met Kevin afgesproken dat het belang van hun zoon vooropstond en dat hij zo min mogelijk last moest hebben van de breuk van zijn ouders. Toen viel er nog met de man te praten. Een van de dingen waar ze het over eens waren, was dat het belangrijk was om Levi niet uit zijn vertrouwde omgeving weg te halen en hem zo veel mogelijk zijn dagelijkse routine te laten behouden. Dat betekende dat hij met Nienke in het ouderlijk huis zou blijven wonen, niet van school zou veranderen en alleen in de weekenden naar zijn vader zou gaan om zijn weekritme niet te verstoren. De eerste zes maanden verliepen prima en Kevin hield zich keurig aan de afspraken, maar na dat halfjaar begon hij ineens moeilijk te doen. Steeds vaker haalde hij Levi eerder op dan was afgesproken en bracht hij hem later weer thuis. Een aantal keer zelfs een dag te laat. Ze had hem er natuurlijk op aangesproken, maar durfde niet te veel op haar strepen te gaan staan. Ze wilde geen scène trappen waar Levi bij was en wilde voorkomen dat de boel zou escaleren. Nu had ze er spijt van dat ze niet meteen een duidelijke grens had getrokken. Kevin draaide de duimschroeven steeds strakker aan en nu was het dus zover dat hij het hoofdverblijfschap opeiste.

Toen ze de oproep voor het eerst zag, kon ze alleen maar huilen. Doodsbang was ze om haar kind te verliezen. Maar toen de eerste emoties waren gezakt en ze weer een beetje helder kon nadenken, kwam de strijdlust boven die haar door het leven sleepte. Ze was geen mak schaap, geen opgever en ze zou vechten voor wat ze waard was om te voorkomen dat Levi's én haar eigen leven volledig overhoop werden gegooid door haar wraakzuchtige ex. Kordaat had ze de telefoon gepakt en Marieke weer gebeld voor bijstand. Het feit dat ze haar niets hoefde uit te leggen en niet de hele voorgeschiedenis met Kevin hoefde te herkauwen, was haar een lief ding waard. Ze had al meer dan genoeg aan haar hoofd en kon dit er eigenlijk niet meer bij hebben. Maar ja, daar werd niet naar gevraagd.

Ze denkt aan Levi's blije koppie toen ze hem vanochtend afzette bij school. Voelt de natte zoen die hij haar als afscheid gaf nog op haar wang en zijn armen nog om haar nek. Dat is waar ze het voor doet. Daarvoor komt ze elke dag haar bed uit. Al het andere is bijzaak. Levi's geluk is haar alles waard en ze is bereid om voor hem haar eigen geluk opzij te schuiven. Als Levi zelf aan zou geven dat hij liever bij zijn vader was, dan zou ze daar desnoods in meegaan, hoewel hij met zijn zes jaar nog niet beslissingsbevoegd is. Maar dat was nou juist het punt, Nienke was er niet van overtuigd dat Levi gelukkiger zou zijn als hij bij zijn vader woonde. Sterker nog, de jongen had steeds minder zin om naar zijn vader toe te gaan. Hij wilde liever thuisblijven bij haar en in de weekenden met zijn vriendjes van school spelen. Levi klaagde ook steeds vaker over het feit dat hij zijn vader nauwelijks zag en het gros van de tijd bij Kevins ouders werd gedumpt. Als ze Kevin ernaar vroeg, mompelde hij iets vaags over 'andere bezigheden'. Wat die bezigheden waren, kon Nienke wel raden.

'Ik vind het zooo saaaaai bij opa en oma, mam, mag ik alsjeblieft bij jou blijven?' had Levi haar vorig weekend nog gesmeekt. Ze had hemel en aarde moeten bewegen om hem uit te leggen dat hij toch echt met zijn vader mee moest omdat dat de afspraak was.

'Maar ik vind die afspraak stom.'

'Dat vind ik heel vervelend, schatje, maar mama kan er op dit moment even niets aan veranderen.' Ze had twee vingers omhooggestoken en die voor zijn gezicht gehouden. 'Zoveel nachtjes slapen en dan ben je weer bij mama.' Levi had net als zij zijn wijs- en middelvinger in de lucht gestoken en die tegen de hare aan gehouden. Daarna had hij zijn armen om haar middel geslagen en haar vastgehouden alsof hij haar nooit meer wilde loslaten. Ze had hem stevig geknuffeld en hem verteld dat hij voor hij het wist alweer thuis zou zijn en dat papa vast leuke dingen met hem ging doen. Toen Kevin hem een kwartier later kwam ophalen, was hij zonder mokken meegegaan. Ze was zo trots op haar mannetje. Zo jong als hij was, had hij al een uitstekend gevoel voor situaties. Hij voelde feilloos aan wanneer hij in de luwte moest blijven. Ook begreep hij dat het soms het verstandigst was om te gehoorzamen, ook al was je het niet met een beslissing eens.

Het brak haar hart dat Levi door omstandigheden al zo vroeg wijs was geworden. Omstandigheden waar ze hem zo lang mogelijk tegen had proberen te beschermen. Het leven met Kevin was alleen onhoudbaar geworden, en toen hij op een avond tijdens een ruzie zijn vuisten begon te gebruiken, wist ze dat de grens bereikt was en haar huwelijk voorbij. Ze had altijd tegen zichzelf gezegd dat ze zich niet zou laten slaan door een man en daar hield ze zich ook aan. Ze had te vaak in haar omgeving gezien dat het nooit bij maar één keer bleef. De vrouw van Kevins beste vriend Peter had geprobeerd te bemiddelen en haar over te halen bij hem te blijven. Soms gebeurde zoiets nou eenmaal, zei ze, en in de periodes erna werd je altijd heerlijk in de watten gelegd. Kevin bedoelde het niet zo, net zoals haar man het niet zo bedoelde – mannen hadden nou eenmaal een korter lontje. Nienke was ter plekke misselijk geworden van alle excuses die Janine voor Peter verzon en de kruiperige manier waarop ze zich gedroeg om haar huwelijk ten koste van alles maar in stand te houden. Wat zal de buitenwereld er niet van denken? Heb je wel goed nagedacht over de financiën? Over een dak boven je hoofd? Om dat allemaal te behouden, moest je kennelijk een prijs betalen. Nou, dat ging Nienke niet gebeuren. Dat huis en geld konden haar gestolen worden, ze zou haar eigen boontjes wel doppen. Wat had je aan een dak boven je hoofd als het daaronder niet veilig was?

Hoe moeilijk het ook was geweest en hoeveel excuses Kevin ook had gemaakt, ze was niet gezwicht. Levi mocht niet opgroeien in een omgeving van ruzie en geweld. Afstand nemen van Kevin was de beste manier om zichzelf en Levi te beschermen en de gemoederen niet te hoog op te laten lopen. De eerste maanden na hun scheiding had dat ook goed gewerkt en gingen ze bijna vriendschappelijk met elkaar om, maar daarna was er ineens een ommekeer gekomen. Hij behandelde haar niet meer als een gelijkwaardige gesprekspartner en respect was ver te zoeken. Nienke kon het niet hardmaken, maar had het vermoeden dat Kevin door zowel zijn vrienden als zijn ouders behoorlijk werd opgestookt en dat vooral zijn vrienden hem een loser vonden omdat hij zijn vrouwtje niet onder de duim had kunnen houden.

Door haar gemijmer is de rit naar de rechtbank vlot verlopen. Tot haar opluchting ziet ze dat Marieke haar met een grote gekleurde paraplu voor het gebouw staat op te wachten. Ze toetert en wijst naar een parkeerplek een klein stukje verderop, waar ze haar auto soepeltjes in draait. Marieke loopt naar haar toe en houdt de paraplu boven Nienkes hoofd als ze de auto uit stapt.

'Wat een pokkenweer, hè,' moppert Marieke. 'Van regen word ik altijd bloedchagrijnig en ik weet al op wie ik dat ga botvieren.' Er verschijnt een vilein lachje op haar gezicht en ze knipoogt naar Nienke.

Samen lopen ze de rechtbank binnen en Nienke huivert als ze een voet over de drempel zet.

'Heb je wel iets gegeten?' vraagt Marieke bezorgd.

'Eerlijk gezegd kon ik geen hap door mijn keel krijgen. Er staat zoveel op het spel.'

'We gaan dit tackelen. Er is geen enkele reden om te twijfelen aan jouw geschiktheid als moeder. Eerlijk gezegd begrijp ik niet waarom Kevin dit allemaal optuigt, terwijl hij moet weten dat hij geen poot heeft om op te staan. Tenzij het een pesterijtje is om jou uit je evenwicht te brengen.'

'Het zal het laatste wel zijn. Hij schijnt er steeds meer genoegen in te scheppen om mij het leven zuur te maken. Nou, hij doet zijn best maar, maar van Levi blijft hij af.'

'Precies, en om daarvoor te zorgen, ben ik hier.'

De kracht en het zelfvertrouwen die haar advocate uitstraalt, brengen de storm in Nienkes buik een beetje tot rust. Marieke meldt hen aan bij de balie en ze worden naar de familiekamer gebracht waar de zitting een kwartier later achter gesloten deuren plaatsvindt. Kevin en zijn advocaat zijn nog niet aanwezig.

'Mooi,' mompelt Marieke. 'Ik ben altijd graag de eerste.'

Nienke neemt plaats en dan begint het lange wachten. Ze zou de klok aan de muur het liefst eigenhandig een zet geven om de tijd sneller te laten lopen. Na wat een eeuwigheid lijkt, komt ook haar ex met zijn advocaat eindelijk om twee minuten voor tien aankakken. Zijn wangen zijn vuurrood en hij ziet eruit alsof hij zich enorm heeft moeten haasten om op tijd aanwezig te zijn. De blik in zijn ogen is onzeker en hij keurt Nienke geen blik waardig.

'Dag Kevin,' zegt Nienke vriendelijk, om zich niet te laten kennen, maar hij weigert haar terug te groeten. *Wat een sneu figuur ben je toch ook, Kevin van Bergenhouwen.* Ze twijfelt of ze er nog iets van zal zeggen, maar besluit te zwijgen als de rechter binnenloopt. Het is dezelfde vrouw die ook hun scheiding heeft uitgesproken en Nienke hoopt dat ze zich hun zaak nog een beetje herinnert. Destijds was ze fair en kordaat in haar visie en uitspraken.

Na de formele begroetingen neemt Rogier Pietersen, Kevins advocaat, als eerste het woord. Na een korte inleiding waarin hij het doel van de zitting en Kevins eisen voor het voetlicht brengt, pakt hij een envelop en haalt er een paar stapeltjes papieren uit. Hij geeft een keurig aan elkaar geniet pakketje aan de rechter en vervolgens een aan Marieke. Het laatste stapeltje houdt hij zelf. Terwijl Marieke de rechter om een korte time-out vraagt om met haar cliënte te overleggen, heeft Nienke de papieren al naar zich toe gegrist. Haar mond valt open als ze ziet dat het geen tekstdocumenten zijn, maar foto's waar zijzelf op staat.

Marieke buigt zich opzij en trekt het stapeltje foto's uit Nienkes handen om ze te kunnen bestuderen. 'Wat is dit?' vraagt ze zachtjes.

'Ik heb geen idee.'

'Dit zijn foto's van jou. Kan hier iets op staan wat ze tegen je kunnen gebruiken?'

'Dat weet ik niet, laat me ze nog eens bekijken.'

'Ik vind dat we bezwaar moeten maken en de zitting naar een ander tijdstip moeten laten verplaatsen, dan kunnen we dit materiaal eerst goed bestuderen.'

'Nee, dat kan niet!' Nienke schrikt van haar eigen stemverheffing en gaat fluisterend weer verder. 'Dan moet ik mogelijk komen opdraven als ik met mijn moeder in Italië zit en die reis moet echt doorgaan, dat weet je.'

'Je weet dat je daarmee een risico loopt, hè? Ik zal moeten improviseren en ik weet niet of dat je zaak ten goede komt.'

'Ik vertrouw erop dat we er samen wel uitkomen.'

Advocaat Pietersen schraapt zijn keel. 'Kan ik verdergaan?'

De rechter kijkt vragend naar Marieke en die knikt wat halfslachtig. Pietersen gaat er meteen vol in. 'Edelachtbare, wat u hier ziet – en ik wind er geen doekjes om – is een moeder die het met de veiligheid van haar kind niet zo nauw neemt. Sterker nog, ze brengt haar kind willens en wetens in gevaar en dat is reden voor mijn cliënt om u te verzoeken het hoofdverblijf van zijn zoon Levi aan hem toe te wijzen. Mijn cliënt maakt zich ernstige zorgen om het welzijn van zijn zoon en heeft er slapeloze nachten van als Levi bij zijn moeder verblijft.'

De rechter wappert ongeduldig met het stapeltje foto's. 'Kunt u concreet worden?'

'Natuurlijk. Op de eerste foto ziet u moeder midden in de nacht haar huis uit lopen terwijl ze Levi achter zich aan sleurt. Ik hoef u niet te vertellen hoe slecht het is voor een kind als het gestoord wordt in zijn nachtrust.' Pietersen laat even een korte stilte vallen en gaat dan verder. 'Op foto nummer twee zien we moeder en Levi in de auto zitten. Moeder draagt geen gordel, zoals u ziet, en begaat dus onder de ogen van haar kind een overtreding. Geen goede voorbeeldfunctie, lijkt me zo. En dan heb ik het nog niet eens over de gevaarzetting van het rijden zonder gordel.'

De rechter zet de leesbril op die aan een koordje rond haar nek bungelt en bekijkt de foto zorgvuldig. 'Het kind draagt wel een gordel,' zegt ze droogjes, 'dus de gevaarzetting voor het kind gaat niet op.'

'Rijden zonder gordel is bij wet verboden…' begint Kevins advocaat.

'U hoeft mij de wet niet uit te leggen,' geeft de rechter lik op stuk, 'want die ken ik uit mijn hoofd.'

Precies, denkt Nienke, dien hem maar van repliek. Marieke tikt onder tafel met haar voet Nienkes enkel even kort aan en krult subtiel haar mondhoeken.

'Gaat u verder,' gelast de rechter.

'Ik wil toch nog even doorgaan op de gevaarzetting, edelachtbare,' gaat Pietersen verder en de rechter heeft zichtbaar moeite haar ergernis te onderdrukken. 'Bekijkt u foto nummer drie eens. Daarop zien we mevrouw Dijkstra duidelijk bellen en dit gebeurt niet handsfree. Dát levert wel degelijk een acute gevaarlijke situatie op voor Levi. Buiten het feit dat ze maar één hand aan het stuur heeft, reed ze op dat moment ook veel te hard. Ik heb zo nodig een getuige achter de hand die dat kan bevestigen.'

De rechter trekt een zuur gezicht en kijkt Nienke streng aan. Ze kijkt onzeker terug. 'Het was een noodsituatie,' mompelt ze. 'Ik was…'

'Ik ga u straks vragen om te reageren,' snoert de rechter haar de mond. 'Eerst mag de advocaat van meneer Van Bergenhouwen zijn verhaal afmaken.'

'Dank u, edelachtbare,' reageert die op kruiperige toon. Hij is zichtbaar in zijn hum met de 'overwinning' die hij net heeft geboekt. Hij vervolgt: 'Op de vierde foto ziet u moeder met Levi parkeren voor de deur van haar demente moeder en op de vijfde foto ziet u moeder en Levi het huis binnengaan. Niet veel later arriveert de politie.' Foto zes wordt in de lucht gehouden. Op de zevende pagina staat een stukje tekst. Het is een uitgeprinte Prio 1-melding van een inbraak op het adres van Nienkes moeder.

'Mevrouw Dijkstra is dus willens en wetens met Levi een huis binnengegaan waar mogelijk nog een inbreker rondliep.'

'En was dat zo?'

'Nee, maar het had gekund,' pareert Pietersen. 'Het feit dat mevrouw Dijkstra Levi ongeacht het mogelijke gevaar rücksichtslos dat huis in heeft gesleept, baart mij en mijn cliënt grote zorgen en het past niet bij wat mijn cliënt en ik onder goed ouderschap verstaan. Edelachtbare, u zult toch met mij eens zijn dat dergelijk onverantwoordelijk gedrag niet in het belang van het kind is en dat we dat niet moeten tolereren?'

'Ik word inderdaad niet vrolijk van de situatie die u schetst, maar' – de rechter steekt streng haar vinger in de lucht – 'ik trek nog geen conclusies en laat mij niet verleiden tot uitspraken totdat ik beide kanten van het verhaal heb gehoord. Had u verder nog wat te melden?'

Pietersen schudt zijn hoofd.

'Goed, dan geef ik nu het woord aan de tegenpartij.'

Marieke staat op en schraapt haar keel. 'Zoals u zult begrijpen, edelachtbare, worden mijn cliënt en ik nogal overvallen door de foto's waar de heer Van Bergenhouwen en zijn advocaat mee aankomen. Mijn cliënte was zich er niet van bewust dat ze in de gaten werd gehouden. De eerlijkheid gebiedt mij te zeggen dat ik de situatie die aan de hand van de foto's wordt geschetst niet ken en dat het daarom voor mij ook niet mogelijk is om er adequaat op te reageren. Daarom zou ik u willen vragen mijn cliënt zelf haar kant van het verhaal te laten vertellen en uitleg te geven bij de foto's en de achtergronden ervan. Het lijkt me in ieders belang dat we zo snel mogelijk duidelijkheid scheppen en dit uit de wereld helpen.'

De rechter denkt even na en knikt dan. 'Ik geef het woord aan mevrouw Dijkstra.'

'Ik vul aan waar nodig,' fluistert Marieke Nienke toe als ze zenuwachtig kucht.

'Dank u wel dat u mij de kans geeft om mijn kant van het verhaal te doen, edelachtbare,' begint Nienke. Ze baalt ervan dat haar stem wat onvast klinkt. Ze is woedend op Kevin omdat hij blijkbaar iemand heeft ingehuurd om haar te volgen, maar ze heeft in het heetst van de strijd inderdaad een paar overtredingen begaan en dingen gedaan die achteraf gezien misschien niet zo handig waren. Hoewel ze niet weet hoe ze het anders had moeten doen, maakt het hele gebeuren haar toch onzeker.

'Uiteraard mag u uw verhaal doen,' spoort de rechter haar niet onvriendelijk aan. 'Kunt u zich de nacht waarin de foto's zijn genomen herinneren?'

'Jazeker. Het speelde zich een week of twee geleden af. Rond een uur of vijf 's ochtends ging de telefoon. Het was mijn moeder en ze was helemaal in paniek. Ze was ervan overtuigd dat er was ingebroken. Mijn moeder slaapt slecht en ze was naar beneden gegaan om een kopje thee te zetten. Toen ze de woonkamer binnenliep was de televisie weg.'

'En toen belde ze u. Waarom niet de politie?'

'Mijn moeder heeft alzheimer en ik ben haar vaste mantelzorger. Mijn nummer staat geprogrammeerd in haar telefoon en er zit een briefje op geplakt waarop staat op welke knop ze moet drukken om mij aan de lijn te krijgen. In haar paniek is ze niet in staat geweest om de politie te bellen of zich het alarmnummer te herinneren. Mijn moeder was doodsbang dat er nog iemand in huis was en vroeg me onmiddellijk te komen. Ik wist niet hoe ernstig de situatie was, dus ik ben in een reflex met Levi in de auto gesprongen en naar mijn moeder toe gereden. In de auto heb ik de politie gebeld en melding van de inbraak gemaakt.'

'Je had Levi eerst naar mij moeten brengen voordat je naar je moeder ging,' onderbreekt Kevin haar verhaal ineens. Zijn stem is vervuld van woede. Zijn advocaat grijpt hem echter bij zijn arm en sist hem iets onverstaanbaars toe. Kevin laat zijn opgetrokken schouders zakken en biedt zijn excuses aan de rechter aan, die hem met opgetrokken wenkbrauwen aankijkt.

'Daar was geen tijd voor, Kevin, het was een noodsituatie en ik heb instinctief gehandeld,' richt Nienke zich rechtstreeks tot haar ex. 'Uiteraard had ik het achteraf ook liever anders gedaan, maar op dat moment kon ik even niet anders.' Ze kijkt de rechter weer aan. 'Ja, ik heb zonder gordel gereden en ja, ik heb gebeld terwijl ik niet handsfree was en dat had ik niet moeten doen. Ik doe dat anders nooit en ik beloof u ook dat het nooit meer zal gebeuren. Maar ik verzeker u, edelachtbare, dat ik gezien de omstandigheden op dat moment niet anders kon.'

'Het nalaten om uw autogordel om te doen, heeft u misschien een paar seconden tijdswinst opgeleverd,' concludeert de rechter.

'Daar hebt u gelijk in, maar het was een situatie waarbij elke seconde telde. Althans, daar was ik op dat moment van overtuigd.'

'Op dat moment?'

'Het bleek al snel om loos alarm te gaan. Door haar alzheimer is mijn moeder niet altijd meer in staat om voorwerpen te onderscheiden, ze heeft moeite met het zien van contrastloze voorwerpen, zoals ze dat noemen. Haar tv staat in een donkere hoek en omdat het apparaat niet aanstond, zag ze een zwart gat of een lege plek op de plaats waar ze de tv had verwacht.'

De rechter fronst haar wenkbrauwen. 'Daar heb ik nog nooit van gehoord.'

'Ik tot voor kort ook niet.'

'En ze zag de televisie dus echt niet?'

'Nee, het is alsof...' Nienke probeert zich voor de geest te halen wat ze hierover heeft gelezen en dan weet ze ineens weer hoe ze het het beste kan uitleggen. 'Hebt u misschien een bril of lenzen, edelachtbare?'

'Lenzen en mijn leesbril.'

'Als u uw lenzen uit hebt, kunt u dan op afstand helder zien?'

'Nee, ik ben bijziend. Voorwerpen zijn onscherp of wazig als ik mijn lenzen niet in heb.'

'Kunt u gezichten onderscheiden op afstand zonder lenzen?'

'Nee. Ik zie alleen een soort roze vlek, waarin ik geen gelaatstrekken herken. Ik zie bijvoorbeeld geen neus.'

'Dat is nou precies wat mijn moeder ook ervaart. Ze ziet niet altijd contrasten en dingen van dezelfde kleur vloeien dan in elkaar over.'

'Ik denk dat ik wel begrijp wat u bedoelt,' knikt de rechter. 'Dus toen u de woonkamer van uw moeder binnenging, zag u de televisie gewoon staan?'

'Inderdaad. Voor de zekerheid ben ik het hele huis nog even door gelopen, maar er ontbrak niets en er waren geen sporen van braak.'

'Waar was Levi gedurende uw zoektocht door het huis?'

'In de hal bij zijn oma, en de politie arriveerde een fractie na ons bij mijn moeders huis.'

'Wat had u gedaan als er wel was ingebroken en de inbrekers nog in huis bleken te zijn?'

'Dan was ik met Levi en mijn moeder naar buiten gerend en had ik stennis op straat geschopt tot de politie er was. Mijn moeder leeft in een buurt waar grote sociale controle is en als daar midden in de nacht op straat wordt gekrijst, loopt de hele buurt uit.'

'Kunt u zich voorstellen dat uw ex-man zich zorgen heeft gemaakt over Levi's veiligheid?'

‘Ja, maar hij hoeft het ook niet te overdrijven. Levi is me alles waard en ik zou hem nooit in gevaar brengen. En dat weet hij.’

‘Nou, gelukkig is het allemaal met een sisser afgelopen,’ concludeert de rechter. ‘Dan even voor mijn eigen nieuwsgierigheid, meneer Van Bergenhouwen, hoe komt u aan deze foto’s?’ Opnieuw wappert de rechter met het stapeltje papier in de lucht.

Advocaat Pietersen neemt weer het woord. ‘Mijn cliënt heeft een privédetective ingehuurd om de omgang van zijn ex-vrouw met Levi vast te leggen. Hij maakt zich al langere tijd zorgen over de veiligheid van zijn zoon wanneer hij bij mevrouw Dijkstra is.’

‘Zijn er buiten het genoemde incident meer concrete aanleidingen of voorbeelden te noemen die de zorgen van meneer Van Bergenhouwen rechtvaardigen of ondersteunen?’

‘Nou, eh, het is meer een gevoel.’

‘We zitten hier niet om het gevoelsleven van de heer Van Bergenhouwen te bespreken. Ik zit hier om feitelijkheden van beide partijen aan te horen en op basis daarvan een weloverwogen beslissing te nemen aangaande uw verzoek om het hoofdverblijfschap van Levi te veranderen ten gunste van de heer Van Bergenhouwen. Ik heb hier een aantal verklaringen, onder andere van Levi’s school en zijn voetbalclub, waarin staat dat mevrouw Dijkstra voor zover zij het kunnen inschatten een liefhebbende, goede moeder is die goed voor Levi zorgt. Zijn schooljuf zegt daar bijvoorbeeld over, en ik citeer:

Levi ziet er altijd pico bello verzorgd uit en is altijd vrolijk en blij. Zijn moeder brengt hem keurig op tijd naar school en als ze hem weer ophaalt, vliegt hij haar enthousiast in de armen. Levi kan goed meekomen in de groep en is een leuke, sociale en leergierige jongen. Soms moet Levi overblij-

ven als zijn moeder moet werken of mantelzorg moet leveren aan Levi's oma, maar daar heeft hij geen enkel probleem mee. Hij kletst altijd honderduit en verveelt zich geen moment. Alle overblijfmoeders zijn dol op hem.

Dat klinkt niet bepaald alsof uw ex-vrouw er met de pet naar gooit of alsof Levi lijdt onder haar opvoeding, toch, meneer Van Bergenhouwen? Ik ben het met u eens dat dat akkefietje midden in de nacht niet zo handig was, maar gezien de omstandigheden én de kwetsbare situatie van Levi's oma, kan ik er wel enig begrip voor opbrengen. Ik weet niet hoe de band met uw moeder is, maar als mijn moeder me 's nachts in paniek opbelt, dan vlieg ik er ook naartoe. Eerst denken en dan doen gaat niet altijd op in crisissituaties. Verder moet me van het hart dat ik het nogal ver vind gaan dat u uw ex-vrouw laat volgen door een privédetective. Het komt op mij nogal paranoïde over en het zet de verhoudingen tussen u en uw ex onnodig op scherp. Dat lijkt me niet in het belang van Levi en daar zitten we hier in wezen toch voor, meneer Van Bergenhouwen. Of niet soms?'

Nienke verschuilt haar mond achter haar hand, ze kan een glimlach nauwelijks onderdrukken. Kevin bestudeert aandachtig de vloer tussen zijn voeten en zegt niks. Zijn advocaat kijkt intussen uitermate zuur, maar hij houdt zijn mond omdat hij weinig tegen de rechter kan inbrengen. Mariekes voet tikt weer zachtjes tegen Nienkes enkel ten teken dat het voor hen de goede kant lijkt op te gaan.

'Mevrouw Van Dinter, hebt u nog iets toe te voegen aan het verhaal van uw cliënt?'

Marieke gaat staan. 'Ik denk dat mijn cliënt de situatie heel helder heeft uitgelegd. U zult begrijpen dat mijn cliënt grote moeite heeft met het verzoek van haar ex-man. Het is haar wens dat de huidige situatie wordt gecontinueerd, te weten: Levi's hoofdverblijf blijft bij mevrouw Dijkstra. Doordeweeks is Levi bij haar en in de weekenden bij zijn vader. Mits, en dit is voor mijn cliënt een belangrijke voorwaarde, de vader belooft zijn spionagepraktijken te stoppen, want daar is geen enkele aanleiding voor. Het komt voort uit rancune die de verhoudingen onnodig op scherp zet en, zoals u al eerder zei, het is allerminst in het belang van Levi. Mijn cliënt heeft het al zwaar genoeg met de zorg voor Levi en haar moeder. Daarbij werkt ze ook nog parttime. Ze verdient het niet om zo wantrouwend bejegend en opgejaagd te worden. De praktijken van de heer Van Bergenhouwen roepen wat ons betreft eerder vraagtekens op ten aanzien van de geschiktheid van de vader dan van de moeder in dit hele verhaal.'

'Waarvan akte,' mompelt de rechter terwijl ze wat in het dossier bladert. 'Normaal gesproken doe ik in dit soort zaken na twee weken uitspraak om alle informatie goed te laten bezinken en de argumenten van beide partijen nog eens door te nemen en zorgvuldig af te wegen. Deze zaak is voor mij echter zo helder dat ik nu meteen overga tot een uitspraak om u niet langer dan nodig in spanning te laten zitten. Ik zie geen enkele reden om gehoor te geven aan het verzoek van meneer van Bergenhouwen en laat de bestaande situatie dan ook in stand.'

Kevins advocaat wil opstaan, maar de rechter dwingt hem met een strenge handbeweging om te blijven zitten. 'U hebt uw zegje mogen doen, nu ben ik even aan het woord. Voor de goede orde: het hoofdverblijf van Levi blijft bij mevrouw Dijkstra en de omgangsregeling wijzigt ook niet. Dat betekent dat Levi doordeweeks bij zijn moeder woont en in de weekenden bij zijn vader verblijft.'

Pietersen steekt zijn hand in de lucht. De rechter knikt hem kort toe en dat vat hij op als permissie om te spreken. 'U zult begrijpen dat de uitspraak teleurstellend is voor de vader en daarom wil ik u een verzoek doen. Mevrouw Dijkstra is de komende week op vakantie. Levi zou tijdens die doordeweekse dagen logeren bij een tante, de zus van mevrouw Dijkstra. Mijn cliënt zou graag zien dat Levi gedurende de volledige vakantie van zijn moeder bij hem verblijft in plaats van alleen het weekend.'

Nienke schiet overeind. 'Mag ik daar even een toelichting op geven?' vraagt ze de rechter.

'Ga uw gang.'

'Levi verheugt zich er ontzettend op om een week met zijn tante door te brengen. Mijn zus heeft speciaal vrij genomen en trekt een week in mijn huis zodat Levi gewoon in zijn eigen omgeving is en zijn doordeweekse ritme kan vasthouden qua school en voetbalclub. Mijn zus zit veel in het buitenland voor haar werk, dus ziet Levi haar al veel minder dan hij zou willen. Hem die dagen met haar afnemen zou zowel voor hem als voor mijn zus een grote teleurstelling zijn. Het liefst zou ik volgende week thuisblijven gezien de druk die Kevin op mij legt, maar dat is niet mogelijk. Het is niet "zomaar" een vakantie – ik ga een weekje naar Italië met mijn moeder, die daar een aantal jaar heeft gewoond en graag nog een keer terug wil nu ze zich nog dingen kan herinneren. De ziekte die mijn moeder heeft is onvoorspelbaar in haar verloop, maar ze heeft de afgelopen tijd wel een jasje uitgedaan, als u begrijpt wat ik bedoel. De tijd is op dit moment onze grootste vijand.'

'Ik begrijp uw punt.' Er klinkt begrip door in de stem van de rechter. Ze richt zich weer tot Pietersen. 'Ik wijs het verzoek af. Meneer Van Bergenhouwen kan zijn zoon gewoon ophalen voor het weekend, maar tijdens de dagen die zijn moeder normaal voor haar rekening neemt, verblijft Levi bij zijn tante.'

'Laat u niet in de luren leggen, edelachtbare. De moeder van mevrouw Dijkstra heeft in Florence gewoond en ze gaan naar Todi,' begint Kevins advocaat weer een nieuw betoog, maar de rechter legt hem het zwijgen op.

'Genoeg nu. Ik kom niet terug op mijn beslissing. En verder

wil ik u en uw cliënt nog iets op het hart drukken. Denk de volgende keer als u van plan bent een dergelijk verzoek te doen, eerst nog even goed na. De tijd van de rechtbank is kostbaar en we weten al niet hoe we alle achterstanden binnen een redelijke termijn moeten wegwerken. En dan heb ik het over zaken die juridisch wél goed onderbouwd zijn en kans van slagen hebben.' Ze zwijgt even en kijkt Kevin en zijn advocaat doordringend aan. Beiden kijken weg. 'Ik wens u allen nog een prettige dag.'

Ze staat op en verlaat de ruimte, en dan zit het er ineens op. Marieke staat op en Nienke volgt haar voorbeeld, maar als ze langs Kevin naar buiten wil lopen, houdt hij haar staande aan haar arm.

'Denk maar niet dat je nu gewonnen hebt. Vandaag was een mazzeltje voor je, maar je geluk is niet oneindig. Ik blijf net zo lang doorgaan tot Levi van mij is. Ik vind wel wat om dat voor elkaar te krijgen.'

Ze rukt haar arm los en duwt Kevin aan de kant zonder iets te zeggen. Met een strak gezicht loopt ze naar buiten, zonder nog om te kijken.

'Ik zou me voorlopig maar even koest houden,' hoort ze Marieke achter zich tegen haar ex zeggen. 'Je hebt vandaag geen vrienden gemaakt bij de rechtbank.'

'Er zijn vele wegen die naar Rome leiden, mevrouw de advocaat,' schampert Kevin, 'en de rechtbank is er daar slechts één van.'

7

Nienke wordt wakker van een rommelend geluid. Als ze haar ogen opendoet, is ze even gedesoriënteerd. Waar is ze? Hoe laat is het? Voor haar gevoel moet het nog midden in de nacht zijn. De kamer waar ze zich in bevindt, heeft een andere afmeting dan wat ze gewend is. Ze ligt in een eenpersoonsbed in plaats van in haar twijfelaar en de gordijnen zijn niet zandkleurig maar blauw. Dan hoort ze in de kamer naast zich iets vallen en ineens vliegt ze overeind. Van versuft naar klaarwakker in een fractie van een seconde. Ze rent naar de kamer waar de onheilspellende geluiden vandaan komen, gooit de deur open en ziet haar moeder op haar knieën op de grond zitten. Ze kijkt met een verwilderde blik in haar ogen op. Om haar heen liggen kleren en andere spullen, en Nienke ziet in één oogopslag dat het de dingen zijn die ze gisteren samen met haar moeder in een koffer heeft gestopt voor Italië. Over drie uur moeten ze op Schiphol zijn voor hun vlucht naar Rome en daarvandaan zullen ze met een huurauto de rit van zo'n twee uur naar Todi aanvangen.

'Mam, gaat alles goed met je?' Nienke loopt naar haar moeder toe en knielt bij haar neer. 'Wat ben je aan het doen?' Liefdevol wrijft ze haar moeder over haar rug.

'Ik werd wakker en zag die koffer naast mijn bed staan. Ik wilde weten wat erin zat.'

'Kun je je nog herinneren dat we hem gisteren samen hebben ingepakt?'

Carolien denkt zo diep na dat ze haar ogen samenknijpt en

er rimpels in haar voorhoofd verschijnen. Na een tijdje haalt ze in een moedeloos gebaar haar schouders op.

'Weet je nog waarom we die koffer hebben ingepakt?' vraagt Nienke hoopvol.

'Vakantie?'

'Ja, goed zo! We gaan een weekje op vakantie naar Italië. We gaan een kookcursus doen.'

'O ja. Wanneer gaan we dan? Gaat David ook mee?'

Met een brok in haar keel realiseert Nienke zich dat dit niet de eerste keer is dat haar moeder zich de dood van haar man niet meer kan herinneren. Er schiet haar een verhaal te binnen dat ze heeft gelezen op het forum dat dokter Van Kampen haar had aangeraden en waar ze sindsdien regelmatig even een kijkje op neemt. Het was een verhaal van een vrouw die voor haar dementerende moeder zorgde totdat de ziekte zulke ernstige vormen aannam dat een plek op de gesloten afdeling van een verpleegtehuis niet langer te vermijden was. De echtgenoot van de dementerende vrouw, met wie ze vijfenveertig jaar lang gelukkig getrouwd was geweest, was een paar jaar daarvoor overleden en de alzheimer had haar herinnering aan zijn dood weggevreten. Dat betekende dat de vrouw elke dag opnieuw moest worden verteld dat haar man dood was als ze naar hem vroeg. Elke dag weer werd ze geconfronteerd met het rauwe verse verdriet van zijn dood. Van verwerking of het verdriet 'een plekje geven' kon op die manier geen sprake meer zijn. De vrouw op het forum ging bijna kapot aan het ondraaglijke lijden van haar moeder, dat dag in dag uit bleef doorgaan.

'Eh nee, mam, papa gaat niet mee,' weet ze met moeite uit te brengen.

'Waarom niet?'

'Omdat we lekker saampjes gaan. Meiden onder elkaar,' omzeilt Nienke de harde waarheid. Ze wil er nog niet aan dat een dergelijke ingrijpende gebeurtenis soms tijdelijk uit haar moeders geheugen is gewist. Met een beetje geluk kan ze het zich morgen weer gewoon herinneren en zijn de gebeurtenissen van de afgelopen weken slechts een terugvalletje dat weer bijtrekt. Als ze haar moeder maar genoeg afleidt, dan zakken de vragen over haar vader vast vanzelf naar de achtergrond. Dat moet. Ze is nog even niet klaar voor een ander scenario.

'Zullen we de koffer samen weer inpakken?'

Haar moeder knikt gehoorzaam.

'Weet je wat. Ik maak een lijst van alles wat we erin stoppen en die plakken we op de koffer. Als je je dan weer afvraagt wat erin zit, hoef je hem niet open te maken en leeg te halen, maar kun je het gewoon aflezen. Goed idee?'

'Ja. Ja, laten we dat maar doen.'

'Ik haal even een vel papier uit de printer en er ligt vast ook nog wel ergens een pen in de studeerkamer.'

In een mum van tijd is Nienke weer terug. Carolien is inmiddels op het bed gaan zitten. Nienke legt de koffer naast haar neer en begint alle spullen van de grond op te rapen. De kleding vouwt ze eerst op tot een keurige stapel en vervolgens beschrijft ze elk kledingstuk voordat ze het in de koffer legt. Ze let erop dat haar moeder goed meekijkt. Na de kleding volgen de eerste twee delen van de *Zeven zussen*-serie van Lucinda Riley en een pak gekleurde origamiblaadjes. Ze vult de koffer verder met haar moeders toiletspullen, ondergoed en een paar makkelijk zittende gympen, sandalen en slippers. Als ze alle spullen weer terug in de koffer heeft gestopt en de lijst erbovenop heeft geplakt, doet ze de koffer voor de zekerheid op slot met het kleine hangslotje dat erbij zit. De sleutel stopt ze in de zak van haar pyjamabroek.

'Ik zet je koffer bij de mijne in de gang. Als jij vast gaat douchen, dan spring ik er na jou onder,' spoort ze haar moeder aan terwijl ze op haar horloge kijkt. 'Smeer ik in de tussentijd snel wat broodjes voor in de auto en dan rijden we naar Schiphol.'

Ze dirigeert haar moeder naar de badkamer en zet de douche aan. Voordat haar moeder erin stapt controleert ze de temperatuur. Niet te koud, niet te warm. 'Kan ik je even alleen laten?'

'Ja, waarom niet? Ik weet heus wel hoe ik mezelf moet wassen.' Carolien kijkt haar geërgerd aan en Nienke neemt het voor lief. Ze is allang blij dat haar moeders ogen weer wat helderder staan dan toen ze haar in de slaapkamer op de grond aantrof.

Zodra haar moeder onder de douche staat, sleept ze de koffer achter zich aan naar beneden. Daarna belegt ze snel een zestal bolletjes met kaas. Op de automatische piloot zet ze een pot koffie en vult daarna twee *travel mugs* tot net onder de rand. Ze roert er melk en een beetje suiker doorheen en draait de doppen goed vast. Daarna rent ze met twee treden tegelijk de trap weer op. De tijd begint te dringen. Carolien staat zich gelukkig al af te drogen en Nienke kan daardoor snel de douche in stappen. Ze zal blij zijn als ze over een paar uur zonder al te veel gedoe in het vliegtuig zitten. Italië moet voor haarzelf ook even een korte adempauze worden in een nogal hectische tijd. Het liefst zou ze Levi meenemen, ze mist hem nu al, maar omdat hij geen schoolvakantie heeft, kan dat niet. Nu Kevin haar zo op de huid zit, durft ze de school ook niet om een uitzondering te vragen. Maar Noor verblijft sinds gisteren in haar huis en de blije selfie die haar zus gisteravond van haar en Levi stuurde, stelt Nienke enigszins gerust. Het kan niet anders dan dat ze allemaal een leuke week tegemoetgaan. Ze is er ook harder aan toe dan ze wil toegeven.

8

Lorenzo kauwt afwezig op een stuk *schiacciata* – het overheerlijke, typisch Toscaanse brood – terwijl hij een to-dolijstje samenstelt voor die dag. Zijn latte macchiato staat koud te worden op zijn bureau. Na wat wikken en wegen heeft hij besloten het dagboek niet mee te nemen naar de redactie. Hij wil het voorlopig nog even helemaal voor zichzelf houden en misschien gaat hij het uiteindelijk wel helemaal niet met zijn collega's delen. Ze lezen de smeuïge informatie die hij naar boven hoopt te halen te zijner tijd wel in zijn boek. Van de belangrijkste pagina's in het dagboek heeft hij foto's gemaakt, zodat hij ze er op elk gewenst moment bij kan pakken en kan nalezen.

Hij besluit zijn onderzoek simpel te starten, het is immers nog vroeg in de ochtend en zijn brein is nog beneveld door slaap en de wijn van gisteravond (waarom heeft hij die fles helemaal leeggedronken?). Maurizio komt intussen binnen en klopt hem in het voorbijgaan vriendschappelijk op zijn schouder, en Lorenzo mompelt iets wat voor een groet moet doorgaan. Als zijn collega aan het bureau tegenover hem plaatsneemt, start Lorenzo zijn computer op. Uit de desktop onder zijn bureau komt een aangenaam gesnor, dat steeds luidruchtiger wordt. Als het ding is uitgerateld, typt hij met een vinger 'lelie + symboliek' in terwijl hij met zijn andere hand de latte naar zijn mond brengt. Er poppen een aantal woorden op, waarvan 'zuiverheid' en 'maagdelijkheid' er voor hem uitspringen. Ze roepen meteen ook vraagtekens op, aangezien de schrijfster van het dagboek allerminst positieve associaties bij het Leliegenootschap heeft. Zou 'maagdelijkheid' erop kunnen wijzen dat het iets met seks of seksueel misbruik te maken heeft? Hoe vaak draait het daar uiteindelijk niet op uit bij sektes en genootschappen? *Allemaal speculatie, Lorenzo, je moet feiten hebben.*

Hij zet de gedachtestroom die in zijn hoofd op gang komt stop en pakt zijn lijstje met scholen in Florence erbij. Eerst maar eens kijken wat hij te weten komt als hij een paar telefoontjes pleegt. Hoewel het verleidelijk is om meteen de school te bellen waar Mattareze op gezeten heeft, werkt hij het lijstje keurig in alfabetische volgorde af. Als hij uiteindelijk is aanbeland bij de International Academy of Florence, waar het voor zijn gevoel allemaal om draait, is hij van de andere scholen nog niet veel wijzer geworden, behalve dat ze allemaal erg terughoudend reageerden op zijn vragen over het Leliegenootschap. Stuk voor stuk beweerden ze dat ze nog nooit van het genootschap hadden gehoord en dat het absoluut niets te maken had met hun school. De stelligheid waarmee dat werd beweerd, was voor Lorenzo juist reden om achterdochtig te worden.

Hij toetst het nummer van de International Academy of Florence in en vraagt meteen naar de directeur. Met een klik wordt hij doorverbonden en al vrij snel klinkt er een vragend '*Si?*' in zijn oor.

'Spreek ik met Jovani Valentini?'

'Si, si.'

'Lorenzo Bianchi, *La Gazzetta del Giorno*,' stelt Lorenzo zichzelf voor. 'Ik zou graag een paar vragen stellen, schikt dat?'

'Dat ligt eraan. Ik ben vrij druk, dus...'

'Hebt u ooit gehoord van het Leliegenootschap?'

Het valt meteen stil aan de andere kant van de lijn. Zo stil dat Lorenzo zich afvraagt of de verbinding niet is verbroken. 'Hallo, bent u daar nog, meneer Valentini?'

'Ja, ja. Kunt u uw vraag nogmaals stellen? Ik verstond u niet goed.'

'Natuurlijk. Ik vroeg of u weleens gehoord hebt van het Leliegenootschap?'

'Nee, nee, dat zegt me niets.'

Het antwoord komt te snel naar Lorenzo's zin. 'Ik heb een tip gekregen dat dit bewuste genootschap een link heeft of heeft gehad met uw school en dat Sergio Mattareze erbij betrokken was.'

'Van wie komt die tip, als ik vragen mag?'

'Dat kan ik u niet zeggen. De tipgever wil anoniem blijven.'

'Die tipgever wil vast anoniem blijven omdat het complete kolder is wat hij beweert. Ik ben nu twintig jaar directeur van deze school en ik heb nooit iets gehoord over dat genootschap waar u het over hebt, en ik kan me ook niet voorstellen dat het voor mijn tijd actief was op deze school. Mijn voorganger heeft er nooit iets over gezegd.'

'Wie was uw voorganger?'

'Enrico Mancini.'

'Hebt u zijn contactgegevens voor mij?'

'Nee, nee, die heb ik niet, of beter gezegd, die krijgt u niet. Ik geef nooit gegevens aan derden zonder uitdrukkelijke toestemming.'

'Ik vind hem ook wel zonder uw hulp, maar u kunt me tijd besparen als u me zijn telefoonnummer en mailadres geeft.'

'En waarom zou ik dat doen? Het is mijn taak om mijn school goed te runnen, niet om uw werk makkelijker te maken.'

Valentini gooit duidelijk zijn kont tegen de krib en dat is voor Lorenzo alleen maar reden om door te vragen. 'Het klopt toch dat Sergio Mattareze een aantal jaar op uw school heeft gezeten?'

'Dat is geen geheim. Voor mijn tijd overigens.'

'Zijn er in de jaren dat hij aan uw school studeerde opmerkelijke dingen gebeurd?'

'Zoals?'

'Ik zal wat concreter worden. Zijn er in de tijd dat hij op uw school verbleef ongelukken gebeurd? Wellicht met dodelijke afloop?'

'Waar bent u op uit? Als u de reputatie van mijn school of van de heer Mattareze onderuit probeert te halen, dan schakel ik meteen onze afdeling Juridische Zaken in.'

'Ik heb er geen enkel belang bij om uw school zwart te maken, ik trek alleen wat aanwijzingen na. Dat is mijn werk.'

'U zit dus achter Mattareze aan,' concludeert Valentini.

Lorenzo gaat niet in op de insinuatie. 'Ik heb aanwijzingen dat er in de tijd dat de heer Mattareze op uw school verbleef iemand van het dak van de campus is gesprongen of gevallen. Die persoon, met de initialen DM, heeft het niet overleefd. De dood van DM zou wellicht iets te maken hebben met Sergio Mattareze en het Leliegenootschap waar ik u net naar vroeg.'

'Allemaal suggestief. Daar hebben we niets mee te maken. Dit is je reinste riooljournalistiek. Mijn tijd is te kostbaar om naar deze onzin te luisteren. Als u hier ook maar iets over publiceert, krijgt u een klacht wegens smaad aan uw broek.'

'Maar de initialen DM, zeggen die u iets?' drukt Lorenzo door.

'Goedendag meneer Bianchi. Ik raad u aan mij niet meer lastig te vallen.'

Valentini verbreekt de verbinding, maar Lorenzo spoort in een mum van tijd het mobiele nummer van de man op en belt hem terug. Hij wordt meteen doorgeschakeld naar de voicemail. Lorenzo schakelt zijn nummermelding uit en probeert Valentini nu anoniem te bellen, maar ook dat telefoontje gaat meteen naar de voicemail. Daar komt hij op dit moment dus niet verder mee. Maar de resolute weigering van de directeur om hem nog langer te woord te staan en zijn kribbige reactie geven te denken. Voor Lorenzo reden genoeg om zich niet te laten afschepen en juist door te zoeken. Natuurlijk kan het nog steeds zo zijn dat de beweringen in het dagboek vals zijn, maar hij draait inmiddels lang genoeg mee om te weten dat waar rook is, meestal ook vuur is. En het zit hem ook nog steeds niet lekker dat hij in de European Library helemaal niets heeft teruggevonden over een incident met dodelijke afloop op de school.

Voor vandaag staan hem nog twee dingen te doen. Een: proberen de oud-directeur van de school, Enrico Mancini, op te sporen. En twee: een bezoekje brengen aan het archief om te kijken of Arlo hem daar verder kan helpen. Hij typt de naam van de oud-directeur van de International Academy of Florence in. Er poppen wat foto's van de man op en wat artikeltjes met lovende woorden over zijn verdiensten voor de school. Via het kadaster heeft Lorenzo in een mum van tijd zijn adresgegevens te pakken. Hij maakt er een notitie van in zijn telefoon. Mancini woont in het plaatsje Fiesole, dat zo'n zeven kilometer ten noorden van Florence op een heuvel ligt. Lorenzo is er een aantal jaar geleden eens geweest om de archeologische schatten uit de renaissance en de middeleeuwen te bekijken. Vooral het goedbewaarde Romeinse theater vond hij fascinerend, net als het feit dat de machtige familie De Medici veelvuldig in het dorpje had verbleven en er veel huizen en grond had bezeten. Hij begrijpt wel waarom Mancini ervoor heeft gekozen om daar zijn oude dag te slijten. De kalmte en de rust die het stadje uitstraalt en de prachtige uitkijkjes op de Arno en de Mugnone-vallei zijn bij uitstek geschikt voor een pensionado die de drukte van Florence wil ontlopen, maar er wel in de buurt wil blijven zitten om van de geneugten te genieten. Heen en weer reizen tussen Fiesole en Florence is prima te doen met de trein en met de auto.

Lorenzo heeft Mancini's telefoonnummer al bijna volledig ingetoetst als hij zijn telefoon weer uitschakelt. Gezien de terughoudende reactie van Valentini is het misschien beter om voor het verrassingseffect te gaan en oud-directeur Mancini op een livebezoekje te trakteren. Lorenzo's ervaring is dat mensen uit beleefdheid toch eerder geneigd zijn hem binnen te laten en hem om die reden ook niet meteen het huis uit zetten. Achteraf gezien was het misschien ook verstandiger geweest om Valentini met een bezoekje te vereren. Lorenzo had maar wat graag de jaarboeken van de school bekeken van de periode dat Mattareze er student was, maar daar hoeft hij bij Valentini natuurlijk niet meer mee aan te komen. Maar goed, met een beetje mazzel heeft Mancini zijn jaarboeken uit die tijd bewaard en kan hij daar de hand op leggen.

Om ervoor te zorgen dat hij goed beslagen ten ijs naar Fiesole gaat, besluit hij eerst naar het stadsarchief te gaan om nog wat meer informatie te verzamelen. Als hij met Arlo's hulp meer te weten kan komen over de mogelijke dood van studente DM, kan hij Mancini met die concrete info om zijn oren slaan en meteen zijn reactie zien. Non-verbale signalen zeggen vaak meer dan woorden, vooral bij delicate kwesties, en daar gokt hij in dit geval ook een beetje op. Hij sluit zijn computer dus snel af en appt zijn baas om te zeggen dat hij de rest van de dag en zo nodig ook de volgende dag in het stadsarchief zit om informatie na te trekken. Aan welk verhaal hij eigenlijk werkt, laat hij achterwege. Als zijn baas er niet concreet naar vraagt, gaat hij hem ook niet wijzer maken dan hij is. Hij pakt zijn spullen en vlak voordat hij de deur uit loopt, ontvangt hij nog een berichtje terug met een opgestoken duimpje, zonder verder verzoek om uitleg. Mooi. Twee dagen uit het zicht en alle vrijheid om aan zijn onderzoek te werken.

Met een glimlach op zijn gezicht stapt hij in zijn Alfa en tuft op zijn gemakje naar het archief. Voordat hij er naar binnen gaat haalt hij bij de nabijgelegen broodjeszaak twee broodjes caprese en twee lattes om Arlo gunstig te stemmen. In het archief mag officieel niet gegeten en gedronken worden, maar in zijn kantoor hanteert Arlo de regels niet zo streng. Lorenzo stuurt hem een appje om zijn komst vast aan te kondigen terwijl hij staat te wachten op zijn bestelling.

Zin in latte met caprese?

Moet je iets van me? stuurt Arlo vrijwel meteen terug met een paar lachende smileys.

Betrapt, antwoordt Lorenzo en hij plaatst er een smiley met een aureooltje achter.

Kom maar op dan. Ik kan een uur voor je vrijmaken. En vergeet de extra parmaham op mijn broodje niet.

Lorenzo stuurt een duimpje terug en zet zijn telefoon op stil om er zeker van te zijn dat hij het komende uur niet wordt gestoord. Als er iets is waar Arlo een hekel aan heeft, dan is het wel het doordringende geluid van een telefoon die de stilte in zijn archief verstoort.

Lorenzo houdt bij binnenkomst in het archief de lattes en broodjes uitnodigend in de lucht als hij Arlo ziet. De archivaris zwaait enthousiast en wenkt hem naar zijn kantoor. Eenmaal binnen plaatst Lorenzo de broodjes en koffie op Arlo's bureau en schudt hem hartelijk de hand.

'Lorenzo, mijn vriend, hoe is het met je?'

'Alles onder controle,' zegt Lorenzo glimlachend.

'Niet alles, anders zou je mij vandaag niet komen paaien met koffie en lekkers,' grinnikt de archivaris terwijl hij met een voldaan gezicht een grote hap neemt van zijn broodje caprese.

'Je kent me te goed, Arlo,' verzucht Lorenzo terwijl hij het vershoudfolie van zijn eigen broodje verwijdert en aan een stukje tomaat begint te knabbelen.

'Vertel op, wat kan ik voor je doen?'

'Ik heb wat anonieme tips gekregen met betrekking tot de persoon Sergio Mattareze die ik wil natrekken. Online kom ik niet veel verder en ik hoop met jouw hulp een paar stappen te kunnen zetten.'

'Mattareze is nog steeds je favoriete politicus, begrijp ik.' Arlo haalt zijn hand door zijn grijze halflange haar, een gebaar dat al jaren kenmerkend voor hem is. Hij kijkt Lorenzo met een twinkeling in zijn ogen aan en geeft hem dan een samenzweerderige knipoog. 'Vertel me eens iets meer over die tips, je maakt me nieuwsgierig.'

'Mattareze heeft vier jaar politicologie gestudeerd aan de International Academy of Florence en tijdens zijn verblijf op die school schijnt er een "ongeluk" met dodelijke afloop te zijn gebeurd. Iets van een val van het dak van de campus. Mijn bron legt een link met een bepaalde groepering, het Leliegenootschap genaamd, en het slachtoffer zou de initialen DM hebben. Ik heb een belrondje gedaan naar alle scholen in Florence, maar geen ervan heeft, naar ze beweren, ooit van het Leliegenootschap gehoord. Online heb ik er niks over terug kunnen vinden. Ik heb de directeur gesproken van die International Academy, Jovani Valentini. De man voert daar nu zo'n twintig jaar het bewind, dus het incident moet onder zijn voorganger hebben plaatsgevonden. Hij beweerde er niets van te weten en ook het genootschap niet te kennen. Hij was nogal onvriendelijk, om niet te zeggen vijandig, en al helemaal toen ik de naam Mattareze noemde. Hij dreigde met een smaadklacht als ik hem en de school niet met rust liet en verbrak de verbinding terwijl we nog niet waren uitgepraat.'

'Terwijl jij nog niet was uitgepraat!' zegt Arlo lachend. 'Man, jij bent nooit uitgepraat.'

Hij neemt een slok van zijn latte en slaakt een vergenoegde zucht. 'Met elke slok voel ik mijn behulpzaamheid toenemen. Wil je me iets meer vertellen over je bron?'

'Daar valt weinig over te vertellen. Ik vond een dagboek in mijn brievenbus met een begeleidende brief waarin mijn bron benadrukte anoniem te willen blijven. Geen contactmogelijkheid of iets van een aanwijzing verder.'

'Je hebt dat dagboek zeker niet bij je?'

'Nee. Dat ligt veilig opgeborgen. Jij bent de eerste en misschien wel de enige die ik erover vertel. De informatie die erin staat is explosief en kan Mattarezes carrière vernietigen. Totdat ik dingen zwart-op-wit heb, blijft het achter slot en grendel. Als Mattareze lucht krijgt van het bestaan van een dagboek dat hem in diskrediet brengt en hem linkt aan mogelijke misstanden in het verleden, zal hij er alles aan doen om dat dagboek in handen te krijgen. Daar ben ik van overtuigd.'

'Ik voel me vereerd dat je mij dit allemaal vertelt, dank voor je vertrouwen. Wat is je concrete vraag aan mij?'

'Ik wil graag alle artikelen doorspitten uit de tijd dat Mattareze aan de International Academy of Florence studeerde die een link hebben met hemzelf, de school of mogelijke incidenten die op de school hebben plaatsgevonden, en ik wil alle overlijdensadvertenties in de periode 1980 tot en met 1984 zien om te kijken of er iemand met de initialen DM tussen zit.'

'Dat is nogal wat.'

'Ik ben nog niet klaar. Ik ben ook benieuwd of het jou lukt om iets aan informatie naar boven te halen over dat Leliegenootschap. Bestond of bestaat het echt? Wat is hun missie en doelstelling? Wie zijn de leden? Et cetera.'

'Was dat het?'

Lorenzo knikt.

'Omvangrijk klusje.' Arlo trommelt met zijn vingers op zijn bureau en trekt er een bedenkelijk gezicht bij.

'Misschien vergoedt dit iets van je kostbare tijd?' Lorenzo trekt twee biljetten van vijftig euro uit zijn zak en legt ze op het bureau. Arlo's slanke handen – waar de eerste ouderdomsvlekken zich op beginnen te vertonen – grissen het geld zo snel weg dat het net lijkt alsof het nooit op het bureau heeft gelegen.

'Als ik mijn koffie opheb, gaan we aan de slag. Schrijf nog even exact op wat je wilt.'

Arlo schuift Lorenzo een notitieblok en een pen toe en nipt dan weer aan zijn latte. Lorenzo specificeert de zoekopdrachten nogmaals en geeft de archivaris het lijstje dat hij in zijn sierlijke handschrift heeft neergepend. De archivaris zet zijn leesbril op en bestudeert het zorgvuldig, terwijl hij zachtjes mompelt en met zijn hoofd knikt. Ineens geeft hij met zijn vlakke hand een klap op zijn bureau.

'Oké, aan de bak.' Hij staat op en Lorenzo volgt meteen zijn voorbeeld.

Het duister begint al in te vallen als Lorenzo voetstappen hoort naderen. Hij wrijft over zijn slapen en onderdrukt een geeuw. Hoewel het allang sluitingstijd is, bevindt hij zich nog steeds in het archief. De hele dag is hij al documenten aan het doorspitten zonder heel veel wijzer te zijn geworden. Nog steeds kan hij geen van de beweringen in het dagboek staven met keiharde feiten. Rationeel gezien zou hij nu wellicht moeten concluderen dat de informatie die hij zoekt domweg niet bestaat. Dat de afzender van het dagboek een fantast is die Mattareze of hem erin wil luizen. Toch zegt zijn journalistieke radar dat hij door moet gaan, dat het nog te vroeg is om los te laten. Op dit moment heeft hij al zijn hoop gevestigd op het gesprek met oud-directeur Enrico Mancini dat hij morgen wil voeren.

De voetstappen klinken dichterbij en worden nu vergezeld met de geur van pizza. Zijn maag herinnert hem er met een verontwaardigd gerommel aan dat hij de hele dag niks meer heeft gegeten. Lorenzo draait zich om en ziet Arlo naderen.

'*Food for thought*. Dacht dat je daar wel aan toe was.'

De archivaris zet een pizzadoos voor hem neer en neemt zelf ook plaats aan de tafel die Lorenzo al de hele dag bezet houdt. Hij klapt zijn eigen pizzadoos open en begint meteen te eten. 'Nog wat wijzer geworden?' vraagt hij met volle mond.

Lorenzo, die inmiddels ook is begonnen met eten, schudt kauwend zijn hoofd. 'Niet echt eigenlijk. Ik kom hier niet veel verder dan via de European Library. Ook in jouw archief zijn bar weinig artikelen te vinden over de school en Mattareze. Over een ongeluk of zelfmoord wordt nergens gerept en informatie over dat Leliegenootschap is ook niet te vinden. Dat genootschap is dus óf iets heel kleinschaligs geweest wat de pers niet het vermelden waard vond, óf het heeft nooit bestaan en dat zet meteen de beweringen in het dagboek op losse schroeven.'

Hij slaakt een gefrustreerde zucht en steekt daarna een stuk pizza in zijn mond.

Arlo kijkt hem met een zelfvoldaan gezicht aan en vouwt zijn handen achter zijn hoofd. 'Niet zo somberen, vriend.'

'Ik heb op dit moment niet heel veel reden om een vreugdedansje te doen.'

'Ik denk dat ik je blij ga maken. In het officiële archief is inderdaad niet veel te vinden, maar in het inofficiële archief daarentegen...'

'Wat bedoel je?'

'Sinds ik hier werk, en dat is best al een paar jaartjes, hou ik mijn eigen papieren krantenarchief bij. Dus ook van de jaren 1980 tot en met 1984. Ik heb mijn archief en het digitale archief naast elkaar gelegd en wat blijkt?'

'Nou?'

'Ze komen niet overeen. Mijn archief is uitgebreider dan het digitale, ingescande archief.'

'Je bedoelt dat niet alle artikelen zijn ingescand?'

'Dat bedoel ik.'

'Maar dat is censuur!'

'Als het bewust is gedaan wel, ja. En ik denk, nee ik weet, dat dat zo is. In eerste instantie ging er geen lampje branden toen je me vanochtend vertelde waar je naar op zoek was, maar toen ik wat ging spitten en wat krantenknipsels tegenkwam, begon ik me dingen te herinneren.'

'En daar kom je nu pas mee. Je laat me eerst een dag onnodig zwoegen in dat archief. Vertel op, man.'

'Ho ho, ik ben niet van de werkverschaffing. Jouw werk is ook niet voor niks geweest, want nu weet ik zeker dat ik informatie heb die men destijds gepoogd heeft te verbergen. Tot de dag van vandaag was die poging succesvol.' Arlo pakt een map onder zijn pizzadoos vandaan en schuift hem naar Lorenzo toe. 'Kijk er eerst maar eens in en dan geef ik je zo meteen wat toelichting. Eet ik ondertussen mijn pizza verder op.'

Lorenzo veegt bij gebrek aan een servet zijn vette pizzavingers af aan zijn broek en opent de map. Tot zijn teleurstelling zit er maar één artikeltje in. 'Een hele map voor zo'n lullig stukkie?' moppert hij met zijn mond vol.

'Lees het nou eerst maar eens voordat je conclusies trekt.'

Lorenzo buigt zich over het krantenstukje en bij de eerste zin gaat zijn hart al sneller kloppen. Het kleine artikeltje is groots in zijn waarde en gaat over een zelfmoord op de International Academy of Florence in het jaar 1980. Het slachtoffer, wiens naam niet wordt genoemd om privacyredenen, is van het dak van de campus gesprongen en was op slag dood. Ingewijden uit de omgeving van het slachtoffer hebben laten weten dat er een link is met een geheim genootschap met een onbekend aantal leden. De zoon van burgemeester Domingo Mattareze, Sergio Mattareze, schijnt lid te zijn van dat genootschap en wordt zelfs als oprichter genoemd. Zowel de familie Mattareze als de school ontkent het bestaan van dit genootschap en wil geen verder commentaar geven op deze geruchten. De datum van het artikel is 1 november 1980 en het is geschreven door Romeo De Luca voor een van de oudste regionale kranten van Florence, *La Nazione*.

Lorenzo verslikt zich bijna in de hap pizza die hij nog steeds in zijn mond heeft en zwaait met het krantenartikel in de lucht. 'Dus toch! Heb je ook de overlijdensadvertenties van de eerste week van november in 1980 bekeken?'

'Natuurlijk heb ik dat gedaan, maar geen van de advertenties kwam overeen met wat jij zoekt. Als er al overledenen waren met de voorletter D en een achternaam beginnend met een M, dan klopte de leeftijd niet. Ik ben in die week sowieso geen overlijdens van jonge mensen tegengekomen. De jongste dode in die week was zesenvijftig jaar. Niet bepaald een leeftijd waarop je van het dak van een school springt.'

'Maar dat is toch raar? Als die DM op 1 november is overleden, dan is dat toch ergens terug te vinden in een advertentie, zou je zeggen.'

'Tenzij de familie onder druk is gezet om er geen ruchtbaarheid aan te geven.'

'Denk je?'

'Even voor me uit filosoferend sluit ik dat niet uit. De familie Mattareze was destijds al, en nu nog steeds, heel invloedrijk. Domingo Mattareze was burgemeester van Florence in de jaren dat zijn zoon Sergio aan de International Academy of Florence studeerde. Hij was ook een van de grootste particuliere geldschieters van de school. Daar komt nog eens bij dat de school waarschijnlijk zijn goede reputatie als een leeuw verdedigde, misschien wel tegen elke prijs.'

'Zoals ze nu klaarblijkelijk nog steeds doen. Ik ben van plan om morgen een bezoekje te brengen aan Enrico Mancini, de directeur die ten tijde van de zelfmoord de scepter zwaaide. Hij is inmiddels met pensioen, dus wellicht dat dat hem wat loslippiger maakt. Ik hoop dat hij de jaarboeken uit de tijd dat Sergio Mattareze aan de school studeerde nog heeft en dat ik die mag inzien. Ik moet weten wie die DM is om verder te komen.'

Arlo knikt, maar trekt een bedenkelijk gezicht. 'Ik betwijfel of die Enrico Mancini je iets gaat vertellen. De gelederen in en rond de school zijn altijd erg gesloten geweest en de loyaliteit naar de familie Mattareze was en is heel groot.'

'Hmm, dat zal best, maar toch moet ik het proberen. Mancini is een van de weinige concrete ingangen die ik op dit moment heb. Mag ik dit artikeltje houden?'

'Ik maak zo een kopie voor je. Ik zou je willen adviseren om ook eens met de schrijver van het artikeltje, Romeo De Luca, te gaan praten. Hij kwam in het verleden vrij vaak naar het archief en eind 1980 hield dat ineens op. Ik heb hem nooit meer gesproken, dus ik heb geen idee wat er van hem is geworden en of hij überhaupt nog leeft. Ik gok dat hij inmiddels al tegen de tachtig loopt en het was destijds nogal een verstokte roker.'

'Heb je toevallig nog iets van contactgegevens van hem?'

'Nee, helaas.'

'Geeft niet, ik spoor hem wel op.' Met een tevreden gezicht stopt Lorenzo een nieuw stuk pizza in zijn mond. Het smaakt hem ineens een stuk beter. 'Heb je nog een lekker drankje?' vraagt hij smakkend. 'Ik vind dat we wel iets te vieren hebben.'

Arlo haalt een roestvrijstalen heupflacon uit zijn zak. 'Dit is het enige wat ik in de aanbieding heb.' Hij geeft het flesje aan Lorenzo en die schroeft de dop eraf.

'Grappa,' concludeert hij als hij de dranklucht opsnuift en een slok neemt. Na een tweede slok schroeft hij de dop weer vlug op de fles om de aroma's niet te lang in contact te laten komen met de lucht. Arlo pakt de fles van hem aan en neemt zelf ook een slok. Lorenzo kijkt ondertussen op zijn horloge. 'Het is mooi geweest voor vandaag, dus ik ga maar eens op huis aan. Als je nog een kopietje voor me wilt maken van dat artikeltje...'

'Zo terug.'

Arlo loopt naar het kopieerapparaat in de hoek, terwijl Lorenzo zijn spullen bij elkaar pakt. Als hij even later met twee kopietjes in zijn tas naar buiten loopt en het geluid van zijn telefoon weer aanzet, ziet hij dat hij een halfuur geleden een sms heeft ontvangen van een anoniem nummer. Hij opent het bericht en schrikt van de dreigende tekst.

Stop met het wroeten in het verleden van Sergio Mattareze. Doe je dat niet, dan nemen we maatregelen. De keuze is aan jou.

Hij maakt meteen een screenshot van het bericht en slaat het op in het fotoalbum op zijn telefoon. Wie zijn 'we' en welke 'maatregelen' zouden ze bedoelen? Het klinkt nogal serieus. Feit is in elk geval dat iemand heeft gekletst tegen Mattareze of de mensen om hem heen over zijn belletjes over het Leliegenootschap, de zelfmoord van DM en de eventuele connectie die Mattareze met beide heeft. Hij weet eigenlijk honderd procent zeker dat het Arlo niet is geweest, want waarom zou de archivaris hem van cruciale informatie voorzien en hem tegelijkertijd een oor aan willen naaien? Daar zit geen logica in. Nee, de beste kandidaat is toch wel Jovani Valentini, de directeur van de International Academy of Florence. Als de familie Mattareze nog steeds sponsor is van de school heeft Valentini er een financieel belang bij dat Sergio Mattareze niet in verband wordt gebracht met een mogelijk schandaal. En er staat nog meer op het spel voor Valentini en zijn school: de reputatieschade die kan ontstaan als Lorenzo zaken boven water weet te krijgen die het daglicht niet kunnen verdragen, maar wel oogluikend zijn toegestaan.

Hoewel Lorenzo buikpijn heeft gekregen van het sms-bericht, is hij er op een bepaalde manier toch ook blij mee. Het feit dat iemand, of meerdere personen, de moeite neemt om hem dit bericht te sturen, geeft aan dat hij wel degelijk iets op het spoor is. Dat is reden genoeg om zijn angsten opzij te zetten en op volle kracht door te gaan met zijn onderzoek.

Eventuele represailles neemt hij dan maar voor lief. Hij is niet van plan zich in een hoek te laten drukken of te wijken voor dreigementen. Als Mattareze niet deugt en hij kan daar eindelijk bewijzen voor vinden, dan is het zijn taak als journalist om het Italiaanse volk te beschermen tegen deze man voordat hij de leider van het land wordt. Met zijn blik nog op zijn telefoon gericht drukt Lorenzo op de knop van het stoplicht bij de voetgangersoversteekplaats en wacht tot het licht op groen springt. Terwijl hij wacht, kijkt hij om zich heen. Het is rustig op straat en de temperatuur is zo aangenaam dat hij zijn jas openritst. Het voetgangerslicht geeft aan dat hij over kan steken. Op zijn gemakje loopt hij de straat op. Als hij halverwege is, komt uit een nabijgelegen zijstraat plotseling een auto aanracen die alle stoplichten negeert. Het voertuig rijdt in volle vaart recht op Lorenzo af. Hij springt opzij, maar net niet ver genoeg om te voorkomen dat de auto hem raakt. De zijspiegel schampt zijn arm en de kracht waarmee dat gebeurt brengt hem hard ten val. Hij slaakt een kreet van de pijn, maar instinctief rolt hij toch naar de stoeprand aan het einde van de oversteekplaats. Als hij op de stoep wil kruipen, wordt hij onder zijn oksels gepakt en de stoep op gesleurd. De auto rijdt met piepende banden door en Lorenzo ziet nog net vanuit zijn ooghoek dat er iets uit het raam wordt gegooid. Het dwarrelt op de weg en blijft daar liggen. Het is een papiertje.

'Gaat het, *signore*?'

Een man met een vriendelijk gezicht hurkt naast Lorenzo neer en kijkt hem bezorgd aan. Lorenzo knikt automatisch en kijkt beduusd langs de man die hem de stoep op trok. Hij probeert op te staan en de man biedt hem wederom de helpende hand. Voorzichtig beweegt hij al zijn ledematen en opgelucht concludeert hij dat hij niets heeft gebroken of gekneusd. Hooguit wat beurse en geschaafde plekken door de harde kennismaking met het asfalt. Hij kijkt goed om zich heen en strompelt dan de weg op om het papiertje te pakken voordat het wegwaait of er verkeer overheen rijdt. Hij grist het van de straat en brengt zichzelf weer in veiligheid op de stoep voordat hij leest wat erop staat. Als hij nog twijfelde of de auto het specifiek op hem had gemunt, dan is die twijfel nu weggenomen. De tekst luidt: *Een gewaarschuwd mens telt voor twee, Lorenzo...*

9

‘Op ons, mam, en op Italië.’

Nienke tikt haar glas koele prosecco tegen dat van Carolien. Aan het begin van de middag zijn ze gearriveerd in hun bed and breakfast in Todi en tot nu toe overtreft het verblijf Nienkes stoutste verwachtingen. Eigenaren Bas en Claudette zijn een jong, sprankelend koppel dat niet alleen gek is op koken, maar ook op elkaar. Hun liefde werkt voelbaar door in de warme atmosfeer die in de kamers met hoge balkenplafonds hangt. De Scandinavisch aandoende inrichting met zachte pasteltinten is helemaal Nienkes smaak en ook Carolien lijkt zich tot nu toe thuis te voelen in de voor haar vreemde omgeving.

Nienke staat op van haar stoel en loopt naar het stenen muurtje dat de begrenzing vormt van de sprookjesachtige patio die uitkijkt op de heuvelachtige, groene vallei. Het plaatje is zo vredig en rustgevend dat ze voor het eerst in lange tijd het gevoel heeft dat er een last van haar schouders valt. Terwijl de wind de trossen van de blauweregen die over de pergola hangt zachtjes laat ruisen, voelt ze de spanning langzaam uit haar lijf vloeien. Ze ademt een paar keer diep in en laat de zoetige geur van bloemen en grassen tot diep in haar cellen doordringen. Het werkt bevrijdend. Nu pas merkt ze hoeveel stress ze het afgelopen jaar heeft gehad. De zorgen om haar moeder, het getouwtrek om Levi, haar werk… Het is haar allemaal niet in de koude kleren gaan zitten. Carolien komt naast haar staan en slaat een arm om haar heen. Nienke laat haar hoofd rusten op de schouder van haar moeder en geniet intens van het moment. Het is weer even zoals het hoort. Zij leunt als kind op haar moeder in plaats van andersom.

'Mooi is het hier, hè, mam?'

'Prachtig. Dank je wel dat je me hier mee naartoe hebt genomen. Ik merk nu pas hoezeer ik Italië heb gemist.'

'Waarom ben je dan nooit meer teruggegaan na die drie jaar dat je in Florence hebt gewoond?' Nienke voelt haar moeder verstijven. De ontspannen sfeer is in één klap weg.

'Het kwam er gewoon niet van,' mompelt Carolien. 'Je vader was niet zo reislustig.'

'Nou, dat ben ik niet helemaal met je eens. Voor verre reizen naar Afrika of Australië was hij inderdaad niet te porren, maar Europa vond hij geen probleem. Duitsland, Frankrijk, Kroatië, Gran Canaria, Mallorca, Portugal als ik het me goed herinner. Daar had Italië makkelijk tussen gepast, toch?'

'Het kwam er niet van, basta,' antwoordt Carolien afgemeten, terwijl ze Nienke loslaat en terugloopt naar de tafel die al gedekt is voor de lunch.

'Waarom doe je toch steeds zo korzelig als ik je naar Italië vraag, mam? Ik begrijp het gewoon niet, je bent zo ambivalent. Je liefde voor het land spat ervan af, maar als ik vraag waarom je nooit bent teruggegaan, dan sla je ineens dicht of kom je met een smoes aanzetten. Ik kan me niet aan de indruk onttrekken dat er iets is gebeurd toen je in Florence woonde. Als dat zo is, dan kunnen we daar toch gewoon over praten?'

'Je haalt je dingen in je hoofd, Nienke, er is helemaal niets aan de hand.' Carolien grijpt automatisch naar haar medaillon en houdt het krampachtig vast.

'Mam!'

'Snap je het dan echt niet, Nienke? Je vraagt me naar mijn

herinneringen. Weet je hoe pijnlijk het is dat ik elke dag moet constateren dat iets binnen in mijn hoofd mijn hersenen sloopt en dat ik het niet kan stoppen? Dat die herinneringen waar jij het over hebt me stukje bij beetje worden afgenomen? Heb je enig idee hoe angstaanjagend het is om 's ochtends wakker te worden en niet te weten waar je bent, hoe gruwelijk het is als je in de spiegel kijkt en een vreemde vrouw ziet die je niet herkent, terwijl het je eigen hoofd is? Het klinkt misschien stom, maar ik wil mijn herinneringen zo lang mogelijk bij me houden en ik heb het gevoel dat dat het beste lukt als ik er niet over praat. Het voelt alsof elke herinnering die ik uit mijn hoofd haal, wegvliegt en voorgoed verdwijnt zodra ik haar onder woorden breng. Ik word steeds verder uitgewist, Nienke, en ik haat het, dus neem me niet kwalijk dat ik af en toe ook even wat voor mezelf hou.'

Tranen van verdriet, woede en onmacht staan in Caroliens ogen en Nienke voelt die van haar ook vollopen. Ze pakt haar moeders hand.

'Ik begrijp het, mam. Ik snap je frustraties, je angsten, je verdriet. Daar heb ik op mijn manier als betrokkene ook last van. Ik steek mijn kop echt niet in het zand en zie ook wel dat het niet goed met je gaat, maar ik wil je graag helpen. Door je herinneringen aan mij toe te vertrouwen, verdwijnen ze juist niet. Ik kan ze levend houden en ze aan je blijven vertellen, zo vaak als je wilt. Op die manier kunnen we de stukjes Carolien die ons worden afgenomen weer een beetje terugpakken. Dat is míjn houvast, mam. We laten je niet uitwissen door die stomme ziekte.'

'Dat zijn mooie woorden, Nienke, maar jij weet net zo goed als ik dat die alzheimer het uiteindelijk gaat winnen. Met kunst- en vliegwerk en een hele hoop aanpassingen kunnen we misschien nog een tijdje het onvermijdelijke vermijden, maar uiteindelijk moeten we eraan geloven. Moet ík eraan geloven. Er komt een moment dat je me zult moeten loslaten, lieverd, en misschien is het verstandig als je daar alvast mee begint. Als je dat geleidelijk doet, is de klap straks niet zo groot.'

Nienke pakt haar moeders hand en drukt er een kus op. 'Dat kan ik niet, mama,' fluistert ze met verstikte stem.

'Je zult wel moeten, meisje. Je komt er wel overheen. De dood van je vader heb je ook een plekje kunnen geven.'

'Ja, maar dat ging ook niet vanzelf.'

'Niets in het leven gaat vanzelf. Een mensenleven is nu eenmaal eindig, ook dat van mij.'

'Denk je daar veel over na?'

'De laatste tijd steeds meer. Ik overweeg een euthanasieverklaring te ondertekenen nu ik nog redelijk bij kennis ben.'

Nienkes adem stokt.

'Schrik je daarvan?'

'Ja, eigenlijk wel.'

'Weet je schat, ik ben mijn hele leven een vrouw geweest die erg hechtte aan haar zelfstandigheid en ik ben ook nog wel een beetje ijdel en trots. Van een toekomstbeeld van mezelf als een soort kwijlende plant die zichzelf bevuilt en compleet afhankelijk is van de zorg van derden, word ik niet vrolijk. Ik wil dat eigenlijk voor zijn. Ik wil dat mijn leven op een waardige manier eindigt en als ik dat aan alzheimer overlaat, weet ik zeker dat die wens voor mij niet in vervulling gaat. Ik heb nog geen definitieve beslissing genomen over een euthanasieverklaring, maar ik wil er snel eens met jou, Noor en de huisarts over praten als we terug zijn uit Italië.'

Carolien neemt een flinke slok prosecco en haalt de doorzichtige vershoudfolie van de schalen die Bas voor hen op de houten buitentafel heeft gezet. 'Eens kijken wat we hier hebben. Een salade met meloen, parmaham en... hoe heten die witte dingetjes ook alweer?'

'Mozzarella.'

'Ah ja, mozzarella. En dit hier lijkt me een koude pastasalade met pesto, cherrytomaatjes en pijnboompitten afgetopt met wat schaafsel van *Parmigiano Reggiano*.' Carolien prikt een stukje huisgemaakte penne aan haar vork en kauwt er genoeglijk op. 'Inderdaad pesto. Dit moet je proeven, Nienke, het is echt zalig.'

'Klinkt goed.'

Enthousiast schept Carolien haar eigen bord en dat van Nienke vol. 'Kom zitten,' moedigt ze haar dochter aan.

Nienke neemt plaats tegenover haar moeder, die alweer een nieuwe hap salade in haar mond steekt en een stukje van het krakend verse brood afbreekt dat erbij is geserveerd. Nienke pulkt een stukje brood los en draait er tussen haar vingers een balletje van. Bij de gedachte dat ze het op moet eten, wordt ze bijna onpasselijk. Het gapende gat tussen een euthanasieverklaring en Italiaanse salades is zo groot dat ze het zelfs niet gedicht krijgt met de enorme steen in haar maag. Voor de vorm prikt ze een stukje meloen met mozzarella aan haar vork en brengt het langzaam naar haar mond. Tot haar opluchting begint haar telefoon te rinkelen en snel legt ze de vork weer terug op haar bord. Ze neemt op, hoort de beller aan en geeft een bevestigend antwoord. Haar moeder kijkt haar vragend aan.

'Dat was Bas,' zegt ze als ze heeft opgehangen. 'We worden over een uurtje verwacht in de aanbouw met het kookgedeelte voor onze eerste les.'

Er verschijnt een blije lach op haar moeders gezicht, die haar er jaren jonger doet uitzien. De blik in haar ogen is behoorlijk helder. Italië lijkt haar goed te doen, constateert Nienke hoopvol. Ondanks het zware gesprek van daarnet voelt ze dat ze er een leuke en ontspannen week van gaan maken. Daarna zien ze wel weer verder. Voor nu geeft ze zich over aan de Italiaanse bubbel en schenkt ze beide glazen nog eens bij voor een nieuwe toost.

De ruimte waar Bas en Claudette hun kookcursussen geven, is adembenemend. Tussen de plafondgewelven zijn robuuste eikenhouten gebinten aangebracht en de vele ramen met witte omlijsting laten een enorme hoeveelheid daglicht binnen, die reflecteert op de lichtgrijze gietvloer. Aan een van de wanden staat een indrukwekkend groot wijnrek met een verzameling waar je u tegen zegt. Tegen de rest van de muur zijn kleinere rekjes geplaatst met servies en kookgerei. In het midden van de ruimte staat een groot rvs aanrechtblok waar een man of acht eten op kunnen voorbereiden, met aangrenzend een ruime spoeltafel waar een Quooker-combikraan op is gemonteerd.

Buiten Nienke en haar moeder zijn er nog vier vrouwen en twee mannen aanwezig die zich ook voor de cursus hebben opgegeven. Vier van hen zijn van Engelse afkomst en twee van hen komen uit Duitsland. Na een kleine voorstelronde neemt Bas het woord en vertelt hun dat ze een echt Italiaans viergangendiner gaan maken dat ze straks gezamenlijk zullen nuttigen. Elk koppel is verantwoordelijk voor een gang van het diner. Als hij is uitgepraat, vraagt hij zijn vrouw om alle koppels even kort op weg te helpen en uit te leggen waar alle spullen staan. Nienke moet glimlachen als hij zijn vrouw uit gewoonte met haar koosnaampje 'kadetje' aanspreekt.

Nienke en Carolien krijgen de opdracht om zorg te dragen voor het toetje, een authentieke tiramisu. Vluchtig laat ze haar ogen over het recept gaan, dat keurig is uitgewerkt op een geplastificeerd A4'tje en op een houten kookstandaard staat. Alle ingrediënten staan al klaar bij het recept, alleen de hoeveelheden moeten nog afgemeten worden. Claudette zet een zacht Italiaans muziekje op en tot Nienkes vreugde begint haar moeder meteen mee te neuriën, alsof ze het nummer kent. Nienke koestert elke herinnering die haar moeder te binnen schiet, elk momentje van herkenning, in de hoop dat het betekent dat haar moeder een tijdje stabiel zal blijven en de alzheimer zich even koest houdt. Enthousiast gaat ze aan de slag met de eieren, waarvan eiwit en eigeel gescheiden moeten worden voor de zelf te maken lange vingers en het mascarponemengsel. Carolien neemt het eiwit van haar over en klopt het op met suiker. Daarna schept ze het stijve eiwit in een spuitzak en spuit het in langwerpige repen op de bakplaat met bakpapier. Als finishing touch strooit ze er nog een ruime laag suiker overheen. Claudette neemt de bakplaat van haar aan om hem in de oven te zetten. Daarna stort Nienke zich op het maken van het mascarponemengsel en mengt Carolien de koffie met de likeur.

Als de lange vingers na een kwartiertje uit de oven komen – perfect gelukt, ziet ze trots – bedekt Nienke de bodem van de grote ovenschaal die klaarstaat, waarna Carolien de lange vingers rijkelijk insmeert met het mengsel van koffie en amaretto dat ze heeft gemaakt. Nienke topt de boel af met de helft van het mascarponemengsel en schaaft er wat chocolade overheen. Daarna herhalen ze als een geoliede machine het ritueel voor de volgende laag. Met gepaste trots overhandigt Carolien de goedgevulde schaal aan Claudette, die hem in de koelkast zet om verder op te stijven. Bas zet een mousserend wijntje en een schaaltje olijven voor hen neer en Carolien prikt meteen een olijf aan een van de bijgeleverde prikkertjes en steekt hem genietend in haar mond.

'Het ging hartstikke goed,' mompelt ze tevreden tegen Nienke. 'Ik heb het koken nog echt in mijn vingers. Het is net als met fietsen, dat verleer je niet.'

Tenzij je alzheimer hebt, flapt Nienke er bijna uit, maar ze kan zich nog net inhouden. Ze baalt ervan dat deze negatieve gedachte meteen naar boven komt en dat ze de vreugde van haar moeder niet kan delen. Vanuit haar ooghoeken heeft ze gezien hoe Carolien worstelde met het recept en er veel langer naar staarde dan normaal voordat ze aan de slag ging. De handomdraai waarin haar moeder vroeger allerlei kooksels en baksels in elkaar flanste is verdwenen. Of Carolien heeft het niet in de gaten, óf ze voert een toneelstukje op ten faveure van haar eigen en Nienkes gemoedsrust.

Om de zorgelijke blik op haar gezicht voor haar moeder te verbergen, neemt Nienke een slok wijn en kauwt daarna vol overgave op een paar olijven. Carolien loopt intussen een rondje om het kookeiland en maakt geanimeerde praatjes met de andere deelnemers van de cursus. Nienkes hart maakt een sprongetje als ze haar moeder onbevangen hoort lachen. Het is duidelijk dat Carolien geniet en daar was het allemaal om te doen. Ze probeert de spanning die zich weer in haar spieren heeft opgebouwd los te laten.

Claudette komt glimlachend naar haar toe en tikt haar glas tegen dat van Nienke. 'Eerste indruk?'

'Geweldig. Wat hebben jullie hier een prachtig plekje.'

Claudette knikt. 'Ja, hè. We zitten hier nu vijf jaar en er is voor ons echt een droom uitgekomen. De cursussen lopen als een tierelier en we leren zoveel leuke mensen kennen. Een aantal gasten van het eerste uur blijft elk jaar terugkomen.'

'Fantastisch dat het ook allemaal zo uitpakt als jullie hoopten. Je hoort weleens van die verhalen...'

'*Ik vertrek*, bedoel je zeker.' Claudette grinnikt geamuseerd. 'Wij mochten niet meedoen met dat programma omdat we onze zaakjes te goed voor elkaar hebben. Ze willen natuurlijk het liefst mensen en verhalen waar een "randje" aan zit, anders wordt het te saai. De echte succesverhalen zul je daar niet zien.'

'Ah, werkt dat zo.'

'Yep, zo werkt dat.'

'Ik weet niet of ik het lef zou hebben om al mijn zekerheden op te geven om mijn droom na te jagen en naar het buitenland te vertrekken. Daar ben ik te veel een controlfreak voor, denk ik.'

'Wij vonden het natuurlijk ook wel spannend. We hadden allebei een goede vaste baan bij een Italiaans restaurant in Amsterdam, maar echt iets voor onszelf beginnen onder de Italiaanse zon was al heel lang een stille wens. Dat Bas half Italiaans is speelde ook een rol.'

'Ha, zie je wel, ik had al zo'n vermoeden dat Bas niet alleen Nederlandse roots had.'

'Eigenlijk heet hij Bastiano,' vertrouwt Claudette Nienke toe. 'Maar goed, Italië bleef dus kriebelen en uiteindelijk hebben we de stap maar gewaagd. Tot nu toe hebben we daar geen seconde spijt van. Nou scheelt het natuurlijk ook dat wij geen kinderen hebben, dan onderneem je zoiets toch makkelijker.'

'Dat is denk ik ook de reden dat ik zo'n project niet zo makkelijk aan zou gaan. Ik heb een zoontje. Ik kijk weleens naar *Ik vertrek* en dan vind ik het altijd hartverscheurend hoe kinderen uit hun vertrouwde omgeving worden gehaald en al hun vriendjes en vriendinnetjes moeten achterlaten omdat hun ouders "een droom" hebben. Die kinderen zijn soms doodongelukkig.'

'Aan de andere kant zijn kinderen vaak ook heel flexibel. In het begin hebben ze inderdaad wel aanpassingsproblemen, ze moeten een nieuwe taal leren, wennen aan een nieuwe leefomgeving, nieuwe vriendjes maken, maar uiteindelijk komt het meestal wel goed. Dus mocht je plannen hebben, dan is er nog hoop,' knipoogt Claudette.

'Ik laat de kans toch aan me voorbijgaan,' zegt Nienke glimlachend. 'Levi's vader en ik zijn gescheiden, dus vertrekken naar het buitenland zou heel ingewikkeld worden met de voogdij. Bovendien vind ik het belangrijk dat Levi opgroeit met zijn moeder én zijn vader. Ook al is het een klootzak,' fluistert ze erachteraan.

Claudette kijkt haar begripvol aan. 'Is Levi nu bij hem?'

'Straks in het weekend wel, ja. Nu past mijn zus nog op hem

in mijn eigen huis, zodat zijn weekritme niet verstoord wordt. Rust, reinheid en regelmaat – stokpaardje van mijn moeder waar ik mee besmet ben.'

'Fijn dat je moeder het zo goed naar haar zin heeft,' fluistert Claudette. 'Je merkt helemaal niets aan haar.'

'Ze heeft gelukkig nog steeds momenten dat het redelijk goed met haar gaat en je als buitenstaander niks aan haar merkt. Ze voelt zich hier erg op haar gemak. Ik hoop dat de rest van de week ook zo goed verloopt.'

'Natuurlijk verloopt die goed. Een beetje positief denken, hoor. Geluk moet je soms ook een beetje afdwingen.'

Misschien wel, maar de afgelopen maanden hebben haar geleerd dat positief denken alleen niet genoeg is. Er speelt momenteel zoveel in haar leven dat ze soms het gevoel heeft de controle kwijt te zijn. Alsof iemand anders de regie over haar leven in handen heeft genomen zonder haar daar toestemming voor te vragen. Zou dat nog veranderen? Zou dat ooit nog goed komen?

Ze neemt een grote slok wijn en ziet dat Claudette haar vragend aankijkt, kennelijk in afwachting van een antwoord. 'O, ik denk altijd positief hoor, maar sommige dingen heb je niet in de hand. Zo las ik vanochtend een artikeltje op Telegraaf.nl over een Nederlander die in Thailand is omgekomen bij een verkeersongeluk. Die had daar echt een relaxed bestaan, werkte als barman in een strandtent in Khao Lak, en dan komt hij zomaar om het leven omdat...'

Claudette wankelt en grijpt zich vast aan het aanrecht.

'Gaat het?' vraagt Nienke bezorgd. 'Voel je je niet goed?'

'W... waar zei je dat dit was gebeurd? Khao...'

'Khao Lak.' Nienke haalt haar telefoon tevoorschijn. 'Kijk, hier: "In de Thaise badplaats Khao Lak is gistermiddag een Nederlandse man om het leven gekomen bij een verkeersongeluk. Rick Peters (28) woonde sinds 2010 in Thailand, waar hij..." Zeg, gaat het echt wel? Je bent opeens lijkbleek.'

'Eh, ja... Gewoon een beetje moe.'
'Ga anders even zitten.'
'Nee, het gaat alweer. Wil je nog wat prosecco? Ik pak de fles even.' En zonder Nienkes antwoord af te wachten, loopt Claudette de ruimte uit.

'Kan je oude moeder er zo een beetje mee door?' vraagt Carolien, terwijl ze als een jong meisje rondzwiert in haar nieuwe blauw-groen gebloemde zomerjurk. Het is iets na zeven uur in de avond en ze maken zich gereed voor het diner.

'Je ziet er prachtig uit, mam. Wacht, blijf even staan, dan maak ik een foto van je.'

Carolien kijkt breedlachend in de camera. Haar blauwe ogen sprankelen en kleuren goed bij de rode lippenstift die ze draagt.

'Je kunt zo in een modeblad, mam,' zegt Nienke goedkeurend, terwijl ze het resultaat bekijkt en het kiekje vervolgens doorstuurt naar Noor.

Kijk eens wat een knappe moeder we hebben!

Carolien trekt het toestel uit haar handen. 'Ik mag er inderdaad best nog wezen. Als je vader me zo toch eens kon zien.' Carolien wrijft even liefkozend over het medaillon dat net boven haar decolleté hangt.

'Ik weet zeker dat hij ons vanuit de hemel, of waar hij dan ook is, nog in de gaten houdt, mam.'

'Eerlijk gezegd denk ik dat ook, lieverd. Elke avond voor het slapengaan praat ik tegen hem en ik voel hem dan regelmatig om me heen. Een soort warme gloed die als een deken om mijn schouders hangt. Dat geeft troost en verzacht het verdriet een beetje. Want hoewel hij al een tijd geleden is gaan hemelen, mis ik hem nog elke dag. Ik zou er alles voor overhebben om hem nog eens aan te kunnen raken en vast te houden. Maar weet je, ik hou het leven vol omdat ik ervan overtuigd ben dat onze scheiding van tijdelijke aard is. In het hiernamaals zien we elkaar weer terug.'

'Hij staat je daar met open armen op te wachten, mam, maar uit egoïstisch oogpunt hoop ik dat je nog een tijdje op aarde blijft. Ik kan je nog niet missen.'

Nienke omhelst haar moeder en drukt haar stevig tegen zich aan. Caroliens ribben drukken tegen haar handen. *Tijd voor een stevige maaltijd, mam, met een extra portie tiramisu.*

'Zullen we gaan eten?' zegt Carolien dan ineens, alsof ze haar dochters gedachten heeft geraden. 'Ik begin wel trek te krijgen en aan het gelach van beneden te horen, heeft de rest zich al verzameld.'

'Goed idee.'

Nienke sluit hun kamers af en hand in hand lopen ze naar beneden, waar het gezamenlijke diner op de veranda in de tuin plaatsvindt. Bewonderend kijken ze naar de sfeervol gedekte tafel, waar twee grote schalen antipasti op staan met bruschetta, flinterdun gesneden parmaham, sardientjes, gevulde olijven, gebakken artisjok, zwarte truffelpaté, crostini's, dadels gevuld met mascarpone en cocktailprikkers met een klein bolletje mozzarella en een cherrytomaatje. Over de tafel verspreid staan een aantal gevulde wijnkoelers met ontkurkte flessen en waterkannen. Aan beide uiteinden staan ter decoratie twee grote vazen met wilde roze en paarse bloemen uit de tuin. Nienke herkent trossen blauweregen, oleander, pioenrozen en rododendron. Stuk voor stuk verspreiden ze een aangename, zoetige geur en Nienke strijkt met haar vingers even langs de bloemblaadjes voordat ze het glas wijn aanpakt dat Claudette haar toesteekt. De vrijgezelle Engelsman John toost met Carolien en nodigt haar uit om naast hem plaats te nemen. Nienke knipoogt naar haar moeder en neemt aan de andere kant van de tafel plaats om de twee wat privacy te geven.

Met geanimeerde gesprekken en veel gelach werken ze zich

door het heerlijke diner heen, dat bestaat uit een tomatensoep met mascarpone, gevolgd door een carpaccio met dikke krullen Parmezaanse kaas. Daarna volgen de hoofdgerechten, met voor ieder wat wils. De visliefhebbers kunnen zich tegoed doen aan een tonijn met kruidenkorst, de vegetariërs aan zeewiergnocchi met spinazie en portobello's, en voor de carnivoren is er ossobuco. Als bijgerechten zijn er een zomerse tagliatelle met citroen, pijnboompitjes en parmezaan, spaghetti met olijfolie en knoflook, en paddenstoelrisotto. Nienke proeft van alle gerechten kleine porties, om nog een gaatje over te houden voor de tiramisu die ze samen met haar moeder heeft gemaakt. Het smaakt allemaal even heerlijk en de complimenten voor ieders kookkunsten vliegen over en weer. Met zijn allen ruimen ze de tafel leeg zodat Claudette kan dekken voor het dessert. Als iedereen weer op zijn plek zit, komt Bas aanlopen met de schaal tiramisu. Zorgvuldig verdeelt hij het toetje over alle cursisten en hij vergeet ook zichzelf en Claudette daarbij niet. '*Buon appetito*,' zegt hij met een overdreven Italiaans accent. Hij stopt als eerste een hap in zijn mond en Nienke krimpt ineen als ze zijn gezicht ziet vertrekken en de tranen in zijn ogen springen. Hij brengt zijn hand naar zijn gezicht en even lijkt het erop dat hij zijn hap wil uitspugen. Het valt stil aan tafel en Nienke kucht zenuwachtig.

'De makers van de tiramisu zijn groot fan van amandellikeur,' grapt Bas als hij zijn mond eindelijk leeg heeft en zijn lippen afveegt met een servet voordat hij een paar flinke slokken water neemt.

Nienke neemt een zuinig hapje en proeft meteen wat hij bedoelt. De vrolijke lach is ook meteen verdwenen van Caroliens gezicht. Wanhopig kijkt ze haar dochter aan. Ze knikt haar moeder geruststellend toe en neemt de schuld op zich.

'Sorry, ik denk dat ik in plaats van vijftig milliliter een halve liter amaretto heb toegevoegd. Wat een extra nulletje al niet kan doen, hè? Is er hier ergens een goede *gelateria* waar we naartoe kunnen, Bas? Ik trakteer om het goed te maken.'

'We kunnen naar Pianegiani gaan, als iedereen het daarmee eens is. Dat is een salon met heerlijk ijs, gebak en patisserieën aan een gezellig pleintje in het centrum van Todi. Je kunt er vanuit hier prima te voet komen.'

'Ik zie zo'n avondwandeling met als beloning een echt Italiaans ijsje wel zitten,' stemt John meteen in.

De andere tafelgenoten knikken tot Nienkes opluchting ook enthousiast. Carolien kijkt haar dankbaar aan en de paniekerige blik verdwijnt langzaam uit haar ogen.

'Als jullie je dan allemaal even klaar gaan maken, dan ruimen Bas en ik het hier verder op. Ik raad jullie wel aan om iets van een vestje of een jasje mee te nemen. 's Avonds kan het nog weleens flink afkoelen.' Claudette kijkt op haar horloge. 'Zullen we over een halfuurtje hier weer verzamelen?'

Iedereen knikt instemmend en verdwijnt naar zijn kamer.

'Leuke man, die John. Volgens mij klikt het wel tussen jullie,' zegt Nienke op luchtige toon tegen Carolien als ze even later weer op hun kamer zijn. Haar moeder zit duidelijk in haar maag met het verknalde toetje en haalt afwezig een borstel door haar vlotte bruingrijze kapsel.

'Ach, lieverd, flirten heeft in mijn geval niet zoveel zin. Ik kan zo'n man toch niet opschepen met een verwarde vrouw die af en toe zelfs haar eigen naam vergeet.'

'Niet zo pessimistisch, zeg. Het is echt niet verboden om het een beetje gezellig te hebben. Je hoeft echt niet meteen met hem te trouwen, hoor. Ook jij verdient het om gelukkig te zijn en een beetje lol te maken. Je bent nog veel te jong om achter de geraniums te zitten.'

'Ik ben niet pessimistisch, maar realistisch,' antwoordt Carolien. 'Je moet maar zo denken, Nienke, negen van de tien keer vergeet ik dat ik soms ook echt ongelukkig ben.' Ze lacht, maar het klinkt gemaakt in Nienkes oren.

'Dan kun je nog steeds weleens plezier hebben.'

'Waarom deed je net alsof jij dat toetje had verknald?' vraagt Carolien.

Even is Nienke verrast door de plotselinge wending van het gesprek, maar ze herpakt zich snel. 'Nou, Bas en Claudette zijn op de hoogte van je ziekte, maar de rest niet en het leek me gewoon beter om dat zo te houden. Je zat zo gezellig en ontspannen te kletsen met iedereen, dus waarom zouden we dat verpesten? Je weet hoe mensen reageren als ze horen dat je alzheimer hebt en op dat akkefietje met de amaretto na, ging het verder vandaag hartstikke goed met je. Dus ik dacht: we hebben een week vakantie en we nemen dus óók gewoon vrij van alzheimer. Lekker even onze zorgen aan de kant en lol maken. Deal?'

Carolien knikt, maar Nienke kan de twijfel in haar moeders ogen zien. Twijfel en angst.

De zon begint al wat te zakken en verspreidt een goudoranje gloed over de Italiaanse heuvels. In een rustig tempo zijn ze met de groep naar de middeleeuwse stadsmuur gewandeld aan het begin van de heuvel waarop Todi ligt. Het treintje dat hen omhoog zal brengen naar het centrum staat al klaar. John helpt Carolien naar binnen en begeleidt haar naar een zitplaats. Nienke geniet van de ongedwongen manier waarop hij met Carolien omgaat en de lol die ze hebben. Ze is hem dankbaar dat hij haar moeder weer het gevoel geeft dat ze mens is, dat hij haar doet vergeten dat haar leven de laatste tijd verre van makkelijk is. Gek, ineens is 'vergeten' niet zo erg meer.

Als iedereen zit en de deuren zijn gesloten, komt het treintje schokkend op gang. Nienke staart naar buiten en kijkt naar de zon. De oranje bal is weer verder gezakt en rust al bijna op de horizon. De punt van de imposante San Fortunatokerk is het hoogste punt van het stadje en steekt donker af tegen de door de laatste zonnestralen gekleurde lucht. De felgele en oranje strepen, slechts af en toe onderbroken door een wolk, lijken aangebracht door een abstracte schilder. Ze zou willen dat ze een lijstje om dit prachtige plaatje kon doen, om het als kunstwerk thuis aan de muur te hangen.

'Ik heb de zon hier al heel wat keren onder zien gaan, maar het blijft indrukwekkend,' verzucht Claudette, die naast haar is komen zitten.

'Van sommige dingen krijg je nooit genoeg,' beaamt Nienke.

Het treintje kruipt verder naar boven en stopt vlak bij Piazza del Popolo, een plein dat wordt gezien als de centrale ontmoetingsplek van Todi. Lopend vervolgen ze het laatste stukje naar het plein, dat volgens Bas een van de meest pittoreske van Italië is en vaak wordt gebruikt als decor voor filmopnames. Ze blijven kort stilstaan om de verschillende gebouwen te bewonderen waarmee het plein omringd is.

'Dat daar is het Palazzo del Popolo,' wijst Bas naar een immens gebouw dat door zijn toren met kantelen in de verte doet denken aan een kasteel. 'Het stamt uit 1213 en is een van de oudste gemeentehuizen van Italië. Tegenwoordig doet het dienst als museum met Romeinse en Etruskische vondsten. Absoluut de moeite waard om te bezoeken tijdens een verloren uurtje.'

'En dat is een kerk?' vraagt een van de Engelse dames terwijl ze naar een hoekig gebouw kijkt met een brede trap voor de ingang.

'Klopt, dat is de Duomo. De kathedraal is net als het Palazzo del Popolo in de dertiende eeuw gebouwd en in 1515 is als verfraaiing boven de hoofdingang dat roosvenster met glas in lood aangebracht,' antwoordt Bas.

'Je moet hier wel goed ter been zijn.' Een van de Duitse vrouwen in hun gezelschap kijkt met een zorgelijk gezicht naar de smalle steegjes met trappen die stuk voor stuk steil omhooglopen en wrijft dan over haar knie.

'Geen zorgen,' stelt Claudette haar gerust. 'Bar Gelateria

Pasticceria Pianegiani, de ijssalon waar we naartoe gaan, is op een steenworp afstand van dit plein.'

Bas en Claudette loodsen hen naar Corso Cavour 40 en pijnlijke knieën en ander leed zijn snel vergeten als ze de bakken met vrolijk gekleurd, ambachtelijk handgemaakt Italiaans ijs zien. Naast traditionele smaken als pistache, stracciatella, aardbei en chocolade is er ook keus uit smaken als wilde kers, walnoot en de specialiteit van het huis: *crema con pinoli di Pisa*, roomijs met pijnboompitten uit een plaatsje vlak bij Pisa met de naam Parco di Rossore. Zowel Nienke als Carolien combineert aardbei en chocolade met crema con pinoli di Pisa. Als iedereen zijn ijsje heeft gekregen en Nienke heeft afgerekend, nemen ze plaats op het terras van de ijssalon, dat ligt aan het Piazza Bartolomeo D'Alviano. Genietend van hun ijsjes kijken ze uit op een fontein met een adelaar waar onophoudelijk water uit stroomt en luisteren ze naar de sterke verhalen van Timothy, de andere man in hun gezelschap. Als iedereen zijn ijsje opheeft, sluiten ze af met de populaire bitterzoete zomercocktail Aperol Spritz. Voordat ze een slok neemt, vist Nienke een stukje aardbei en een partje sinaasappel, die op de bruisende oranje vloeistof drijven, uit haar glas. De vruchtjes zijn verzadigd met drank.

'Zeg Bas, jij als kok kunt me vast wel vertellen waar deze cocktail van gemaakt is,' vraagt ze, terwijl ze de laatste restjes fruit doorslikt.

'Zeker. Aperol Spritz wordt gemaakt van de kruidige sinaasappellikeur Aperol en aangelengd met prosecco en mineraalwater.'

'Vergeet de e-nummers niet,' zegt Nienke lachend, doelend op de feloranje kleur van het spul.

Bas geeft haar een knipoog en vertelt verder. 'Het is oorspronkelijk een populair aperitief uit Noord-Italië, maar inmiddels heeft het door de slimme reclamecampagnes van producent Campari de wereld veroverd. Hier op de Italiaanse pleinen is het drankje echt een way of life. Vooral jongeren verkiezen het graag boven een wijntje.'

'Dan zal het wel met mijn leeftijd te maken hebben dat ik liever een wijntje drink.' John trekt een bedenkelijk gezicht als hij een tweede slok neemt en de ietwat bittere smaak op zich laat inwerken.

'Ik vind het toch niet verkeerd,' concludeert Carolien.

Nienke ziet dat haar moeder haar glas in hoog tempo leegdrinkt. Bas ziet het ook.

'Er zit maar een procentje of elf in,' stelt hij haar met een knipoog gerust. 'Niet alle likeuren staan stijf van de alcohol.'

Nienke lacht opgelucht en ritst haar jas dicht. De frisse avondlucht waar Claudette eerder voor waarschuwde dient zich bijna tegelijk met de schemering aan. Ze kijkt weer naar Carolien en ziet dat haar moeder er wat ingezakt bij zit. De vermoeidheid, versterkt door de alcohol, begint duidelijk toe te slaan. Ze heeft aan een half oor genoeg om te merken dat haar moeder moeite begint te krijgen om de juiste woorden te vinden. John wacht geduldig en geeft Carolien de tijd om haar zinnen zelf af te maken, zonder in te grijpen. Daar kan Nienke nog iets van leren. Maar al te vaak vult ze haar moeder aan uit ongeduld, tijdgebrek en tot haar schaamte soms ook uit ergernis. Ze besluit het nog even aan te kijken, maar als Carolien steeds meer stiltes laat vallen en begint te hakkelen, grijpt ze in.

'Ik begin het ondanks mijn jasje een beetje koud te krijgen, mensen. Ik wil geen spelbreker zijn, maar ik zou er geen bezwaar tegen hebben als we teruggaan...'

'Ik zat net te fantaseren over een lekker ontspannen bad voor het slapengaan, dus ik ben voor,' valt de Duitse dame met de knieproblemen haar bij. Om haar woorden kracht bij te zetten, schuift ze haar stoel vast wat naar achteren.

Uit gewoonte staat Nienke op om haar moeder te helpen,

maar John is haar al voor. Zijn omgang met haar is heel natuurlijk en vanzelfsprekend. Ze vraagt zich af of hij doorheeft dat haar moeder naarmate de avond vordert steeds vaker een steekje laat vallen, of dat hij het bewust niet laat merken om Carolien niet in verlegenheid te brengen. Wat de reden ook is, ze is hem dankbaar. Hij steekt haar moeder zijn arm toe en ze haakt in. Als Carolien stabiel naast hem schuifelt, draait hij zich om naar Nienke en geeft haar een geruststellende knipoog.

Aangekomen bij het Piazza del Popolo, op weg terug naar het treintje, trekt Carolien ineens haar arm terug uit die van John en loopt zwalkend bij hem vandaan. Ze steekt haar hand uit en mompelt iets. Nienke snelt op haar af en slaat een arm om haar moeders schouder.

'Wat is er, mam?' Tot haar schrik ziet ze dat de tranen over haar moeders wangen stromen.

'*Luna, luna*,' zegt Carolien. Ze houdt haar medaillon krampachtig vast.

'De maan is mooi, hè, mam, bijna vol,' zegt ze, omdat ze ook niet zo goed weet wat ze ermee aan moet. 'Vanuit onze kamers kunnen we hem straks prachtig zien schijnen op de vallei.'

'Luna, luna.' Carolien houdt haar medaillon nog steeds vast en probeert in de richting van een steegje te lopen.

Nienke houdt haar tegen. 'We moeten deze kant op, mam.'

Haar moeder krijgt een verwilderde blik in haar ogen, zwaait ongecontroleerd met haar arm en probeert iets aan te wijzen, terwijl ze het woord 'luna' maar blijft herhalen. Nienke probeert haar te kalmeren, in de hoop dat de anderen het vreemde gedrag niet zullen opmerken, maar vanuit haar ooghoek ziet ze dat John al komt aanlopen. Hij legt een hand op Nienkes schouder.

'Laat mij maar even. Mijn vrouw had ook alzheimer.'

Hij steekt zijn arm door die van Carolien en begint met kalmerende stem tegen haar te praten. Haar moeder wordt rustiger. Na een paar minuutjes zetten de twee zich in beweging en in een heel rustig tempo wandelen ze in de richting van het treintje. Nienke kan niet verstaan wat er allemaal wordt gezegd, maar ze ziet haar moeder wel met elke stap meer ontspannen. De anderen houden wat afstand van John en Carolien en Nienke voegt zich bij hen. Zwijgend vervolgt het hele gezelschap zijn weg.

10

Het doordringende geluid van zijn wekker haalt Lorenzo uit een nachtmerrie waarin hij zijn benen onder zijn kont vandaan rent in een poging te ontsnappen aan auto's die hem omver willen rijden. Zijn lichaam voelt zwaar en zijn lakens zijn kletsnat van het zweet. Een drukkende pijn boven zijn wenkbrauwen teistert zijn hoofd. Goh, waar zou díé droom nou vandaan komen? denkt hij cynisch, refererend aan de auto die hem de avond ervoor doelbewust heeft geraakt. Na enige twijfel had hij geen aangifte gedaan, maar was hij linea recta naar huis gegaan om het kostbare artikel dat Arlo hem had gegeven veilig op te bergen in zijn kluis. Het dreigbriefje dat uit de auto werd gesmeten, had hij erbij gelegd – voor het geval hij zich zou bedenken en alsnog aangifte wilde doen, maar ook om een dossier op te bouwen, mocht het niet bij die ene bedreiging blijven.

Kreunend komt hij overeind. Hij heeft een enorme behoefte aan een kop sterke koffie. Hij bijt op zijn tanden om de pijn van de beurse plekken en schaafwonden het hoofd te bieden en blijft even op de rand van zijn bed zitten. Zijn hele rechterkant is stijf en hij beweegt zijn arm en been wat heen en weer voordat hij naar de keuken loopt. Vanuit zijn ooghoek ziet hij zijn antwoordapparaat knipperen. Hij loopt ernaartoe om het ingesproken bericht af te spelen en voelt een steek in zijn buik als hij de stem van zijn moeder hoort. Verdomme, hij had beloofd gisteravond een hapje mee te eten om kennis te maken met de dochter van een vriendin van een vriendin van zijn moeder. De naam van de vrouw is hij alweer vergeten, evenals het geforceerde afspraakje. Zijn zoektocht naar informatie samen met Arlo heeft hem zo in beslag genomen dat hij nergens anders meer aan heeft gedacht. Tot groot verdriet van zijn moeder, die hem dat in een minuten durende klaagzang duidelijk maakt. Ze vraagt niet eens of alles goed met hem is, maar werpt hem het ene na het andere verwijt voor de voeten en is uiterst verbolgen over het feit dat hij haar zo voor schut heeft gezet bij Angelina (zo heette ze dus) door niet op te komen dagen. En het was toch zo'n leuk meisje, bla bla bla…

Normaliter zou hij meteen terugbellen om zijn excuses te maken, maar vandaag kan hij het niet opbrengen. Hij zal zijn moeder zo een appje sturen en zeggen dat hij een ongeluk heeft gehad, om haar even flink te laten schrikken. Dan bindt ze wel in en staat ze waarschijnlijk nog diezelfde dag met een pan soep voor de deur. Kan hij haar meteen duidelijk maken dat het maar eens over moet zijn met die gearrangeerde afspraakjes waar hij niet op zit te wachten. Hij gelooft niet in gedwongen liefde en laat zich zeker niet uithuwelijken, ook niet als zijn moeder daar gelukkig van wordt. Zijn eigen geluk telt voor hem toch net een tikje zwaarder. Dat zijn zus wel een relatie en een hok vol kinderen heeft, kan hem niet worden aangerekend. Hij maakt zijn eigen keuzes en niemand kan op tegen Fabia.

Kordaat wist Lorenzo het gekakel van zijn moeder en trekt dan de koelkast open, waar bedroevend weinig in staat. Hij besluit te gaan douchen en op weg naar Fiesole ergens een cappuccino met een brioche te scoren. De gedachte dat hij oud-schooldirecteur Enrico Mancini straks aan de tand gaat voelen, bezorgt hem kriebels in zijn buik. Geen tien aanrijdingen kunnen voorkomen dat hij doorgaat met zijn onderzoek naar de mysterieuze dood van de studente en het mogelijke verband met Sergio Mattareze en dat Leliegenootschap.

Met een restje melk dat tegen het zure aan zit, slikt hij met een vertrokken gezicht een paracetamol door tegen de hoofd- en andere pijnen en springt dan snel onder de douche. Het lauwwarme water veroorzaakt een rauwe, schrijnende pijn wanneer het over zijn schaafwonden stroomt. Nu ziet hij ook dat zijn rechterenkel en -knie toch echt wel dikker zijn dan normaal. Misschien doet hij er beter aan om zijn auto te laten staan en de bus naar Fiesole te nemen, zodat zijn been wat rust kan krijgen. Dat is meteen ook een stuk veiliger: mochten zijn belagers hem vandaag ook volgen, dan zullen ze hem in een bus naar alle waarschijnlijkheid wel met rust laten. Het van de weg rijden van een bus met passagiers zou veel te veel aandacht trekken en hij vermoedt dat Mattareze en zijn aanhang zo lang mogelijk onder de radar willen blijven om het imago van de populaire politicus niet te schaden.

Hij draait de kraan dicht en stapt onder de douche vandaan. Snel droogt hij zich af en spuit dan een ontsmettingsmiddel op de schaafwonden voordat hij ze afdekt met verbandgaas. Hij twijfelt of hij nog een tetanusinjectie moet halen omdat hij in contact is geweest met straatvuil, maar ziet ervan af omdat hij geen zin heeft in de rompslomp. Het busritje naar Fiesole duurt zo'n twintig minuten, dus hij heeft zijn tijd hard nodig als hij voor de lunch bij Enrico Mancini voor de deur wil staan. Hij trekt zijn kledingkast open en haalt zijn beste jasje tevoorschijn; uit de foto's die de oud-schooldirecteur op Facebook heeft geplaatst valt te concluderen dat hij een statige man is, dus waarschijnlijk maakt Lorenzo meer kans op een gesprek als hij zelf ook een beetje goed voor de dag komt. Bij het donkerbruine jasje trekt hij een dun wit overhemd en een beige pantalon aan. Een stropdas laat hij achterwege, dat past gewoon niet bij hem. Zijn eendagsbaardje heeft hij laten staan en met zijn handen nonchalant in zijn broekzakken kijkt hij tevreden in de spiegel. Ja, zo kan hij er absoluut mee door. Zelfs zijn moeder zou geen commentaar hebben.

Hij steekt de kopie van het krantenartikel, die hij gisteren van Arlo heeft gekregen, in zijn binnenzak. De tweede kopie ligt veilig opgeborgen in zijn kluis. Het liefste zou Lorenzo het origineel hebben gehad, maar Arlo was – ook na herhaaldelijk aandringen – niet bereid dat af te staan. De archivaris heeft hem bezworen dat hij er goed op zal passen en Lorenzo kan weinig anders dan daarop vertrouwen.

Een paar minuten later loopt hij met zijn perskaart, rijbewijs en pinpas naar buiten. Hij heeft er zin in. Een taxi brengt hem naar het Piazza San Marco en daar koopt hij bij een *tabaccaio* voor nog geen anderhalve euro een kaartje voor bus 7 met eindpunt Fiesole. De bus is half gevuld als hij instapt en zijn kaartje stempelt bij het gele apparaat, en daar komt nog een handjevol mensen bij voordat de bus vertrekt. Lorenzo bestudeert ze stuk voor stuk. De kale man met de krant die hem steeds vluchtig aankijkt, trekt zijn bijzondere aandacht. Is de man een toevallige voorbijganger of is hij Lorenzo gevolgd zonder dat hij dat in de gaten had? Eén ding staat als een paal boven water: hij heeft de man nog nooit eerder gezien en het is zeker niet de chauffeur die hem gisteren van zijn sokken reed en waar hij een glimp van opving. Die man had een baard en een flinke bos donker haar. Nee, denkt Lorenzo, een beetje alert blijven kan geen kwaad, maar hij moet zich niet gek laten maken.

Met zijn armen over elkaar blijft hij zitten tot de bus heuvelop rijdt naar het Piazza Mino da Fiesole. Als hij uitstapt, valt zijn oog meteen op het gemeentehuis aan de kop van het plein, met de uit steen gemetselde sokkel met twee bronzen mannen te paard. Het is een eerbetoon aan Vittorio Emanuele II en Garibaldi, die streden voor een verenigd Italië. Ook de Duomo di Fiesole is een blikvanger die niet te negeren valt. De grote toren van de kerk steekt overal boven uit. Het terras van ristorante Villa Aurora waar hij langsloopt, lonkt. Hoewel hij zich uit het verleden kan herinneren dat de bediening nog weleens traag kan zijn, maakt het verpletterende uitzicht op Florence vanaf het terras veel goed.

Hij loopt om de kleine rotonde heen naar een bankautomaat om nog snel even wat geld te pinnen en vervolgt dan zijn weg langs restaurant Fiesolano. De deur staat wagenwijd open en hij werpt een blik naar binnen. De houten tafels met kleurrijke stoelen zijn grotendeels bezet. Het geluid van gezellig geklets en gelach dringt door tot op straat. Ook het kleine terras is al goed gevuld. Op een krijtbord staat de klassieker van Florence en omgeving, *bistecca alla fiorentina*, aangekondigd. Het water loopt Lorenzo in de mond bij de gedachte aan de gigantische steak die na even aanbakken op de grill zo goed als *rare* wordt geserveerd. Na de overdosis pizza van de laatste tijd zou een ouderwetse steak er vanavond wel ingaan. Misschien moet hij straks het gesprek met Mancini maar eens herkauwen met een goed stuk vlees. Wie weet heeft Fabia wel zin om aan te schuiven. Hij roept zichzelf tot de orde voordat zijn fantasie op hol slaat en hij zijn concentratie verliest. Zijn bezoek aan Fiesole is geen pleziertripje, hij is hier met een duidelijk doel.

Hij steekt de Piazza Mino over en betreedt dan de steil omhooglopende Via Giuseppe Verdi. Af en toe blijft hij bewonderend stilstaan bij de ijzeren deurtjes van de gasaansluitingen die in de muren van de huizen verwerkt zijn. Het gros van de deurtjes is beschilderd met uitzichten vanaf Fiesole en inkijkjes in steegjes. Het bekijken van deze streetart geeft hem even de tijd om op adem te komen en de pijn van zijn schaafwonden te laten wegtrekken. Ook zijn dikke knie speelt op; het maakt het bij elke stap die hij zet lastig om zijn been goed op te tillen. Een bijna tandeloos stoffig omaatje hangt half uit een raam en ziet zijn van pijn vertrokken gezicht. Ze vraagt murmelend of alles goed met hem gaat. Hij zwaait vriendelijk naar haar en steekt zijn duim op. Met een zakdoek veegt hij zweet en wat opgewaaid straatstof van zijn voorhoofd voordat hij weer verder ploetert tot een splitsing, waar hij links afslaat. Hij passeert een paar gillende kinderen die zich vermaken in de speeltuin aan zijn rechterhand. Hun moeders zitten op een bankje en kletsen met hoge doordringende stemmen honderduit, terwijl een van hen zachtjes een kinderwagen met een slapende baby heen en weer schommelt. Zodra Lorenzo hen gepasseerd is, hoort hij ze achter zijn rug giechelen en hij kan zich niet aan de indruk onttrekken dat het om hem is. Hij besluit het te negeren, maar voelt zich toch wat ongemakkelijk, zoals hij dat altijd heeft met vrouwen die hij niet kent.

Terwijl hij doorloopt, schudt hij zijn onzekerheid van zich af. *Focus, Lorenzo.* Eindelijk bereikt hij het rustige gedeelte van de weg waar het huis van Enrico Mancini aan ligt. Aangekomen bij het geel gestucte huis met uitzicht op Florence, neemt hij even de tijd om op adem te komen. Dan doet hij het bovenste knoopje van zijn overhemd dicht en belt aan. Het geluid van de bel is doordringend. Enkele tellen later ziet hij door het glas-in-loodraampje in de deur Mancini de gang in lopen. De man is lang en extreem mager. Hij draagt een grijs maatpak waar zijn schouders puntig in uitsteken; de broek slobbert om zijn benen. Zijn gezicht is ingevallen en zijn huid heeft een gele kleur. Met een zwaai doet hij de deur open en neemt Lorenzo van top tot teen op, terwijl zijn mond zich in een scheef lachje krult.

'Aha, ik verwachtte u al. Journalist van *La Gazzetta del Giorno*, toch?'

'Lorenzo Bianchi, aangenaam kennis te maken, meneer Mancini.' Lorenzo verbergt zijn verbazing en steekt de oud-schooldirecteur van de International Academy of Florence zijn hand toe. Mancini's benige vingers met te lange spitse nagels omsluiten de zijne. De hand voelt broos en kurkdroog aan en is op de rug getekend door grillige levervlekken.

'Komt u snel binnen,' zegt Mancini met een stem die niet ver boven fluisterniveau uit komt. 'Er zijn mensen die het niet fijn vinden als ik met u samen word gezien.'

'Bedoelt u soms uw opvolger, meneer Valentini?'

Mancini antwoordt niet, maar geeft een rukje aan Lorenzo's hand en laat hem dan los. Hij volgt de man naar binnen en moet glimlachen om de ouderwetse pantoffels die Mancini onder zijn pak draagt. Het zijn duidelijke dissonanten in de verder onberispelijke kledingstijl. De oud-schooldirecteur ziet hem kijken en voelt blijkbaar de behoefte zich te verantwoorden. 'Ik maak het mezelf in huis graag gemakkelijk.'

'Gelijk hebt u,' knikt Lorenzo terwijl hij de ruime, lichte woonkamer in zich opneemt. In één oogopslag concludeert hij dat Mancini duidelijk van mooie spullen en kwaliteit houdt. Zijn meubels hebben een dure uitstraling en zijn van een antiek, luxe design. Aan de wanden hangen zorgvuldig bij elkaar gezochte schilderijen. Afbeeldingen van Italiaanse steden als Napels, Rome en Florence worden afgewisseld met kleurrijke zonnige landschappen. De grootste blikvanger is een schilderij van een naakte vrouw die in een verleidelijke, nietsverhullende pose op een chaise longue ligt. Het model heeft in de verte wel iets van Fabia weg en Lorenzo kan zijn starende blik niet verbergen.

'Mijn vrouw in haar jonge jaren. Wat een schoonheid, hè? Ik kan mijn ogen ook nog steeds niet van haar afhouden,' zegt Mancini en hij knipoogt erbij.

Lorenzo krijgt het warm en wendt zijn blik af. Even voelt hij zich een schooljongen die betrapt is door de meester. Mancini mag dan een oude man zijn, gezag heeft hij nog steeds en Lorenzo kan zich heel goed voorstellen dat er vroeger niet met hem te spotten viel.

'Gaat u zitten.' Mancini wijst uitnodigend naar een camelkleurige leren kuipstoel met metalen poten van ranke Italiaanse makelij. Zelf neemt hij op het crèmekleurige leren tweezitsbankje met gouden poten ertegenover plaats. Hij vouwt afwachtend zijn handen voor zijn buik en slaat zijn benen over elkaar. 'Zo, wat kan ik voor u doen?'

Lorenzo besluit met de deur in huis te vallen. 'Ik doe onderzoek naar de dood van een studente op de International Academy of Florence in de jaren tachtig en ik hoopte dat u mij daar wat meer over kunt vertellen.'

'Waarom denkt u dat ik daar meer van weet?'

'U was in die tijd directeur van de school en zo'n ingrijpende gebeurtenis vergeet je niet, lijkt me.'

'U weet wat leeftijd doet met het geheugen, meneer Bianchi?' Mancini lacht hem poeslief toe, maar de sluwe blik in zijn ogen ontgaat Lorenzo niet.

'Hebt u weleens van het Leliegenootschap gehoord?' dropt hij een tweede bommetje.

Mancini tikt zuchtend tegen zijn hoofd en haalt zijn schouders op.

'Hoe was het om Sergio Mattareze op uw school te hebben? Was hij een goede leerling die zich aan de regels hield of was hij een lastpak? Had hij iets van doen met dat Leliegenootschap?' Lorenzo blijft maar vragen op Mancini afvuren in de hoop dat een ervan hem ertoe zal aanzetten om te gaan praten.

'Al zou ik het willen, u geeft me niet eens de kans om te antwoorden. U hebt de ene vraag nog niet gesteld of u vuurt de volgende alweer op me af.'

'Dat komt omdat ik niet de indruk krijg dat u van zins bent om te antwoorden. Waarom hebt u me eigenlijk binnengelaten?'

Mancini kijkt hem minzaam aan. 'Stel, ik zeg niet dat het zo is, dat er in de jaren tachtig een studente is overleden, waarom zou u daar nu nog onderzoek naar willen doen? Er gebeurt toch meer dan genoeg in de huidige wereld waar u over kunt berichten? Oude koeien uit de sloot halen is vaak zo zinloos. Leed dat al geschied is kan niet meer worden teruggedraaid, maar leed dat in het vooruitzicht ligt, kan door de juiste berichtgeving wellicht voorkomen worden.'

'Soms strekt het verleden zijn tentakels uit naar de toekomst. Om de toekomst veilig te stellen is het daarom weleens noodzakelijk om diep in het verleden te graven,' kaatst Lorenzo terug. 'Bovendien hebben we gebeurtenissen in het verleden vaak nodig om dingen te begrijpen en verbanden met de toekomst te leggen.'

Mancini lijkt even na te denken over Lorenzo's woorden. 'Misschien hebt u een punt,' antwoordt hij uiteindelijk.

'Ik héb een punt en dat weet u. U lijkt me een heel intelligente man, dus u weet heel goed waar ik het over heb.' Lorenzo begint een beetje geïrriteerd te raken door de moeizame conversatie. Hij haalt de kopie van het krantenartikel uit de binnenzak van zijn colbert en duwt het zijn gesprekspartner onder de neus. 'Hier heb ik het over.'

Mancini pakt het papier met trillende hand aan en Lorenzo kan niet goed beoordelen of dat komt door ouderdom, of door de stress die zich nu voor het eerst aftekent op het gezicht van de oud-directeur.

'Hoe komt u hieraan?'

'Een journalist geeft nooit zijn bronnen prijs, meneer Mancini. Laten we het er maar op houden dat er wat informatie tot mij is gekomen die mij op het spoor van de tragische gebeurtenis op uw school heeft gezet. In die informatie wordt ook gesproken over het Leliegenootschap en Sergio Mattareze, plus het mogelijke verband dat zij met de dood van de studente hebben. Een studente die door mijn bron wordt aangeduid als DM.'

'DM?'

'Ik heb geen volledige naam.'

'En die volledige naam is een van de dingen die u van mij hoopt te horen, nietwaar?' antwoordt Mancini, terwijl hij Lorenzo het artikel teruggeeft.

'Inderdaad. En ik hoop ook antwoord te krijgen op mijn overige vragen.'

Mancini staat op en kijkt naar buiten. Hij checkt alle ramen en begint de gordijnen in de woonkamer te sluiten. Lorenzo kijkt hem bevreemd aan en schuift ongemakkelijk over het leren zitvlak van zijn kuipstoel.

'Muren hebben oren en pottenkijkers zijn overal,' licht Mancini zijn actie toe. 'Als ik met u ga praten, dan wil ik dat in alle rust doen. Ik heb namelijk de indruk dat u mij niet met rust laat voordat u wat antwoorden hebt.'

'Uw mensenkennis is bewonderingswaardig.'

'Ik zal u de antwoorden die u zoekt niet cadeau doen. Ik mag dan wel oud en ziek zijn, maar ik heb het leven nog zeer lief. Liever dan een brandschoon geweten. U staat op het punt om een grote stinkende beerput open te trekken, meneer Bianchi, en voordat we doorgaan wil ik dat u daar goed van doordrongen bent. Als u verdergaat met uw onderzoek, dan zal dat niet zonder gevaar zijn. Bent u bereid dat risico te nemen? Is het u dat waard?'

'Ik wist al voordat ik hier kwam dat ik iets groots op het spoor ben. Voor uw informatie, ik heb de eerste bedreiging al binnen.'

'En daar bent u niet van onder de indruk, neem ik aan, aangezien u nu hier zit.'

'Ik ben wel geschrokken, maar niet genoeg om mezelf terug te trekken uit het onderzoek. Sterker nog, ik ben alleen maar nieuwsgieriger geworden.'

'Zoals ik net al zei, ik ga u de antwoorden op uw vragen niet cadeau geven. Als bepaalde mensen erachter komen dat ik met u heb gepraat, dan zal dat gevolgen voor mij hebben waar ik niet op zit te wachten.'

'U vreest represailles?'

'Zullen we de open deuren verder achterwege laten, meneer Bianchi? U mag mij vragen stellen en ik knik ja of nee, akkoord? Feitelijk gezien kan niemand mij dan verwijten dat ik met u heb gepraat.'

Lorenzo moet lachen. 'U houdt nogal van spelletjes spelen, nietwaar?'

'De wereld waarin ik me bevind, hangt aan elkaar van woordspelletjes, bluf en leugens. Als je het allemaal handig verpakt, kom je er over het algemeen goed mee weg.'

'Voor uw geruststelling, ik geloof niet dat ik ben gevolgd op weg naar uw huis.'

'Er zijn veel manieren om iemand onopgemerkt te volgen. Zou u, voordat we beginnen, uw telefoon willen uitzetten en de simkaart willen verwijderen? Gewoon voor de zekerheid?'

Lorenzo ontmantelt zijn telefoon en pakt uit zijn binnenzak het Moleskine-notitieboekje en de minipen die hij altijd bij zich heeft. 'Oké, laten we beginnen. Is er in november 1980 een sterfgeval geweest op uw school?'

Mancini kijkt hem recht aan en knikt.

'Ging het om een zelfmoord?'

Mancini haalt zijn schouders op.

'De officiële lezing was zelfmoord, maar u hebt uw twijfels?'

Een bevestigende knik.

'Betekent dat dat u moord niet uitsluit?'

Een knik. Lorenzo vergeet even adem te halen.

'Met uitzondering van het artikel dat ik u zojuist heb laten zien, is er helemaal niets over de dood van de studente in de media verschenen. Er is zelfs geen rouwadvertentie terug te vinden. Zijn er pogingen gedaan om de hele zaak in de doofpot te stoppen?'

Een knik.

'Hebt u meegewerkt aan die doofpot?'

Mancini brengt zijn kin naar zijn borst en tilt zijn hoofd dan weer op. Zijn gezichtsuitdrukking is wrang.

'Het initiatief voor de doofpot, lag dat bij u?'

Mancini schudt wild zijn hoofd.

'U werd onder druk gezet?'

Een knik.

'Door de vader van Sergio Mattareze, die in die tijd burgemeester van Florence was en tevens de grootste geldschieter van uw school?'

Weer een bevestigende knik. Lorenzo's opwinding groeit bij elke vraag die hij stelt.

'Werd u onder druk gezet om de zaak in de doofpot te stoppen of werkte u vrijwillig mee omdat u bang was dat het hele voorval geen goed zou doen aan de reputatie van uw school?'

Mancini maakt een vertwijfeld gebaar.

'Een beetje van beide?'

Een knik.

'Aangezien Domingo Mattareze zich actief met het voorval heeft bemoeid mag ik aannemen dat zijn zoon Sergio er iets mee te maken had?'

Mancini maakt weer dat vertwijfelde gebaar.

Lorenzo denkt even na over de formulering van zijn volgende vraag. 'Het is nooit bewezen dat Sergio iets met de dood van de studente te maken had, maar er waren wel geruchten die in die richting wezen?'

Mancini knikt.

'Waar rook is, is vuur?'

Een knik.

'Oké. Hebt u weleens gehoord van het Leliegenootschap?'

Mancini buigt zijn hoofd.

'Het bestaat dus echt.'

Een knik.

'Alleen op de International Academy of Florence, of was het daarbuiten ook actief?'

Mancini steekt zijn lange dunne wijsvinger in de lucht. Lorenzo fronst even zijn wenkbrauwen, maar begrijpt dan wat de oud-directeur bedoelt. 'Alleen op uw school, dus.'

Mancini knikt weer.

‘Is het genootschap nog steeds actief?’

Mancini schudt zijn hoofd.

‘Weet u waar het genootschap voor stond?’

De oud-directeur schudt ontkennend zijn hoofd.

‘Het was geheim?’

Een knik.

‘Had Sergio Mattareze iets met het genootschap te maken? Was hij er lid van?’

Mancini buigt zijn hoofd.

‘Was hij de initiator ervan? De leider?’

Mancini knikt eerst van wel, maar corrigeert zichzelf daarna met een vertwijfeld gebaar.

‘U vermoedt dat Sergio de leiding had, maar u weet het niet honderd procent zeker?’

Nu knikt de oud-directeur vol overtuiging.

‘Oké. Kan ik nog ergens informatie over het Leliegenootschap vinden? Online en in oude krantenarchieven heb ik niets kunnen vinden.’

Mancini schudt van niet.

‘Alle informatie die er was is verwijderd en onder het tapijt geveegd?’

Een ferme knik.

‘Dus als ik meer te weten wil komen, dan zal ik het aan Sergio Mattareze zelf moeten vragen?’

Mancini schudt van nee, en voor het eerst is er paniek in zijn ogen te zien.

‘U bent bang voor Mattareze,’ concludeert Lorenzo. ‘De onverschrokken directeur die van een doofpotje of een leugentje niet vies is, is bang.’

Mancini houdt zijn hoofd opvallend stil en kijkt Lorenzo niet aan. Even vreest hij dat hij te ver is gegaan en dat de oud-directeur zijn bereidheid tot meewerken zal staken. Toch stelt hij een nieuwe vraag. ‘Weet u nog namen van studenten die lid waren van het genootschap?’

Mancini schudt ontkennend zijn hoofd. Hoewel Lorenzo teleurgesteld is over het feit dat Mancini beweert zich geen namen te kunnen herinneren, haalt hij ook opgelucht adem, omdat de oud-directeur nog steeds bereid is zijn vragen te beantwoorden.

'Hebt u wel een vermoeden welke studenten er lid van waren?'

Een knik.

'Kunt u me hun namen geven en de naam van de studente die "zelfmoord" heeft gepleegd? Ik weet dat haar initialen DM luiden.'

'Nee, dat kan ik niet.'

Lorenzo is verbaasd Mancini's stem te horen na al dat geknik en geschud.

'Hebt u nog jaarboeken uit die tijd?'

'Ja, die heb ik. Maar ik ga u natuurlijk geen toegang verlenen tot mijn studeerkamer.' Mancini kijkt omhoog en vervolgens weer naar Lorenzo. Daarna kijkt hij op zijn klok. 'Het is tijd voor mijn dagelijkse wandelingetje. Ik ben over een uurtje of wat terug. Trekt u de deur goed achter u dicht?'

Lorenzo kijkt Mancini dankbaar aan en knikt. 'Nog een laatste vraag. Het artikel dat ik liet zien is geschreven door een journalist met de naam Romeo De Luca. Ik ben van plan met hem te gaan praten. Heeft hij destijds met u gesproken?'

'Nee.'

'En met Sergio Mattareze?'

'Dat weet ik niet. En de heer De Luca zal het u ook niet kunnen vertellen.'

'Waarom niet?'

'Romeo De Luca is dood, meneer Bianchi. Op dubieuze wijze met zijn auto van de weg geraakt. Meneer De Luca had zijn aandacht beter op de weg kunnen houden, als u begrijpt wat ik bedoel.'

Mancini laat een doordringende stilte vallen en Lorenzo

kan zich niet aan de indruk onttrekken dat er een waarschuwing aan ten grondslag ligt. Dan staat Mancini op en loopt met kleine stijve pasjes de kamer uit in de richting van de voordeur. Lorenzo verbaast zich erover dat de oud-directeur zijn broze, fragiele lijf überhaupt nog in beweging krijgt. Hij ziet eruit alsof hij elk moment ter aarde kan storten om nooit meer op te staan.

'Misschien dat zijn weduwe nog leeft,' hoort hij de oude man vanuit de gang zeggen, en dan klinkt het geluid van de dichtslaande voordeur.

11

Het eerste wat Lorenzo doet zodra Mancini is vertrokken, is zijn mobiel weer in elkaar zetten. Hij moet foto's kunnen maken als hij iets interessants tegenkomt. Hij maakt een rondje door de benedenverdieping, maar het enige opmerkelijke wat hij ziet is dat er her en der potjes medicijnen staan met Mancini's naam op het etiket. De namen van de pillen zeggen hem niets. De oud-directeur heeft wel laten vallen dat hij ziek is, maar niet verteld wat hem precies mankeert. Een geel gekleurde huid, wijst dat op leverproblemen? Wellicht heeft hij zich te veel bezondigd aan de dure flessen sterkedrank die in een kast met glazen deuren staan opgeborgen. Het doet er ook niet toe.

Voor alle zekerheid checkt hij nog even een stapel tijdschriften en boeken die keurig opgestapeld op een sidetable liggen, maar ze gaan allemaal over kunst. Niet interessant voor hem, dus. Daarna neemt hij de trap naar boven, op zoek naar de studeerkamer. Het valt hem op dat bij alle deuren een sleutel aan de buitenkant steekt. Al die sloten, het lijkt hem wat overdreven, maar wie is hij? Hij begint maar met het opentrekken van de deur die zich het dichtst bij de trap bevindt. Het is een slaapkamer met een kledingkast. Achter de tweede deur zit een badkamer, waar een rioollucht hangt en die duidelijk wel een schoonmaakbeurt kan gebruiken; hij houdt zijn adem in en gooit de deur snel dicht. Bij de derde deur die hij opentrekt, is het raak. Tegen elke muur van de kamer bevindt zich een kastenwand van vloer tot plafond, volledig gevuld met boeken. In de rechterhoek staat een comfortabel uitziende, okergele fauteuil van een fluweelachtige stof. Aan de slijtplekken op het zitvlak en de rugleuning is te zien dat er veelvuldig gebruik van wordt gemaakt. Naast de stoel staat een leeslamp. Op het ruime bureau dat midden voor het raam staat zoemt een computer op de stand-bystand. Lorenzo beweegt de muis even heen en weer, maar laat het rusten als de computer om een wachtwoord vraagt.

De studeerkamer biedt uitzicht op een rijkgevulde bloementuin, waarin een met wisteria en rozen begroeid prieeltje staat met een gietijzeren zitje erin. Schuin beneden hem staat een schuurtje met een plat dak. Geen verkeerde plek om je oude dag te slijten, concludeert hij. Hij zou ervoor tekenen als hij de kans kreeg. Met zijn handen op zijn rug gaat hij voor de eerste boekenwand staan en laat zijn ogen over de ruggen gaan. Hij gokt dat de jaarboeken qua formaat afwijken van de gewone boeken, dus daar is hij naar op zoek. Teleurgesteld moet hij na een tijdje concluderen dat de eerste wand hem niets heeft opgeleverd. Hij verplaatst zich naar de volgende kast en scant weer zorgvuldig. Al snel ziet hij dat op de middelste plank een hele rits boeken staat met eenzelfde dikte en formaat. Alsof ze onderdeel zijn van een serie. Hij telt er dertig. Was Mancini niet dertig jaar lang directeur van de International Academy of Florence? Hij pakt het eerste deel van de serie en zijn hart begint meteen sneller te kloppen als hij ziet dat hij gelijk heeft. *Annuario del 1960, the International Academy of Florence*, prijkt in sierlijke gouden letters op de harde kaft, waar ook een zwart-witfoto van de school op staat. Hij blaast het stof eraf en zet het boek dan weer terug in de kast. Hij telt twintig exemplaren verder en trekt het boek van 1980 eruit. Net als hij het wil openslaan, hoort hij beneden een geluid. Een soort gebonk. Hij houdt zijn adem in en wacht af. Even is het stil, maar dan begint het weer. Het lijkt van buiten te komen. Is Mancini alweer terug van zijn wandeltochtje?

Hij legt het jaarboek op het bureau en loopt de kamer uit in de richting van de trap om te kijken of de oude man op de deur staat te bonken. Misschien is hij zijn sleutels vergeten?

Lorenzo loopt een paar treden naar beneden en bukt. Hij ziet een vreemde man voor de deur staan met de capuchon van een grijze hoody ver over zijn hoofd getrokken. Geschrokken rent hij meteen terug naar boven. Je hoeft geen expert te zijn om de dreiging te signaleren die van de man beneden uitgaat. Hij hoort de deur rammelen in het kozijn, maar daarbij blijft het. Hij slaakt een zucht van opluchting, maar dan klinkt het geluid van brekend glas. Een raampje dat aan diggelen wordt geslagen? Niet lang daarna hoort hij een deur opengaan, gevolgd door voetstappen. Nu begint hij hem toch echt te knijpen. Zo snel als hij kan vlucht hij terug naar de studeerkamer en grist de sleutel aan de buitenkant van de deur mee. Waar de sloten aan de deuren hem eerst overdreven leken, is hij er nu dankbaar voor. Hij probeert de sleutel aan de binnenkant van de deur in het slot te steken, maar zijn handen trillen zo dat hij hem laat vallen. Het geluid dat de sleutel maakt als hij op de houten vloer terechtkomt, doet hem ineenkrimpen. Blijkbaar heeft de man beneden het ook gehoord; een deur wordt dichtgeslagen en stampende voetstappen klinken op de trap.

Zo snel als hij kan graait Lorenzo de sleutel van de vloer en bijna laat hij hem opnieuw vallen. De angst begint hem nu echt parten te spelen. Op de een of andere manier weet hij de sleutel toch in het slot te krijgen en hem om te draaien. Hij is net op tijd. Slechts een paar seconden later wordt er aan de klink gerammeld en daarna wordt er met grof geweld tegen de deur gebeukt. Lorenzo kijkt om zich heen. Hij moet zichzelf in veiligheid brengen, maar er is nergens in deze kamer een plek waar hij zich kan verstoppen. Dan schiet het raam en het schuurtje met het platte dak hem te binnen. Hij is niet bepaald een waaghals, maar nu heeft hij geen keus; de vorige journalist die zich vastbeet in dit onderwerp heeft het niet overleefd en Lorenzo is niet van plan om in Romeo De Luca's voetsporen te treden. De mensen die niet willen dat er iets over de dood van de studente en het Leliegenootschap naar buiten komt, deinzen volgens Mancini nergens voor terug en zijn voor de duvel niet bang. Hoewel hij uitspraken altijd graag verifieert, neemt hij dit klakkeloos aan.

Zijn schaafwonden en pijnlijke knie herinneren hem al de hele dag aan de harde kennismaking met het asfalt toen hij gisteravond bijna werd platgereden. Het bonzen neemt toe en de deur beweegt vervaarlijk heen en weer in zijn sponningen. Lorenzo klimt op het bureau en gooit het raam open. Hij slikt als hij de afstand ziet tussen het kozijn en het platte dak; het is veel verder dan hij dacht. De deur kraakt en lijkt op het punt te staan onder de druk te bezwijken. Even schiet de studente met de initialen DM door zijn hoofd. Was zij ook op de vlucht voor iets toen ze sprong en had ze, net als hijzelf nu, weinig keus? Hij ademt diep in en springt. Met een klap komt hij op het platte dak van de schuur terecht en hij slaakt een harde grom van de pijnscheut die door zijn toch al geblesseerde knie trekt. Het dak van de schuur is te hoog om nog een sprong te wagen. Hij grijpt de dakrand vast en duikt naar de regenpijp. Onhandig glijdt hij naar beneden en hij bezeert zijn handen als ze langs de ophangbeugels schuren. Het begint meteen te bloeden, maar hij heeft geen tijd om er aandacht aan te besteden. Door het open raam klinkt een schreeuw, gevolgd door het geluid van brekend hout. De man moet het verzet van de deur eindelijk gebroken hebben. Lorenzo weet dat hij geen seconde meer te verliezen heeft en begint te rennen.

De angst geeft hem vleugels en bevrijdt hem tijdelijk van alle pijn. Het zou logisch zijn als hij rechts afslaat en de weg naar het centrum neemt, en daarom gaat hij linksaf. Hij vliegt door de bocht die al snel volgt, zodat hij vanaf Mancini's huis niet meer te zien is. Als zijn achtervolger nu uit het raam kijkt, zal hij een lege weg aantreffen. Hij rent verder tot hij een talud langs de weg ziet dat eindigt op een overhangende rots. Gecontroleerd rolt hij naar beneden en komt op het rotsplateau tot stilstand. Hij verkent de randen en probeert het gapende gat onder hem te negeren. Aan de zijkant van de rots vindt hij een paadje dat trapsgewijs naar beneden loopt, met genoeg houvast om niet te vallen. Het leidt naar een inham onder het rotsplateau – een perfecte schuilplek. Achterstevoren kruipt hij naar beneden en net voordat hij onder het plateau verdwijnt, ziet hij de man op de weg verschijnen. Hij duikt in de inham en houdt zijn adem in.

Terwijl hij in elkaar gedoken zit, hoort Lorenzo schuifelende voeten boven zich, gevolgd door gehijg en binnensmonds gevloek. Geruisloos pakt hij een grote scherpe kei die vlak naast hem ligt. Hij zal er waarschijnlijk niet veel mee kunnen uitrichten, maar het is in elk geval iets. Het is zijn eer te na om compleet weerloos ten onder te gaan. Ineens ziet hij een kei naar beneden vliegen en hoewel de steen hem niet kan raken, krimpt hij in elkaar van schrik. Aan de krachtige boog die de steen maakt, is te zien dat hij niet is gevallen. Lorenzo houdt zijn adem in en wacht af. Hij verwacht dat zijn achtervolger nu elk moment afdaalt en zijn schuilplaats vindt. Zijn hand omvat de kei nog wat steviger. Er klinkt nog wat geschuifel en gestamp boven zijn hoofd en dan wordt het stil. En het blijft stil…

Een halfuur lang durft Lorenzo zich niet te verroeren. Bang dat hij het verkeerd gehoord heeft. Of dat de man met de hoody hem in een hinderlaag opwacht. Uiteindelijk breekt de pijn in zijn gezwollen knie hem op en kan hij zijn gehurkte houding niet meer volhouden. Hij móét uit zijn schuilplaats komen, ongeacht de consequenties. Behoedzaam kruipt hij uit het gat en dondert bijna naar beneden, omdat zijn benen slapen en hij er nauwelijks nog controle over heeft. Hij laat de kei die hij nog steeds in zijn hand heeft vallen en weet zich nog net vast te grijpen aan het rotsplateau boven hem. Zijn benen bungelen heel even boven de diepte, maar dan weten zijn voeten weer houvast te vinden op de rots. Door zijn angst om te vallen is hij de angst voor zijn belager even vergeten. Vlug spiedt hij de weg af die grenst aan het plateau en hij slaakt een diepe zucht als hij ziet dat die leeg is. De man heeft het blijkbaar opgegeven.

Nu het erop lijkt dat hij in veiligheid is, begint hij er stevig van te balen dat hij zo'n held op sokken is. Hij denkt aan het jaarboek dat nog in Mancini's huis op het bureau ligt. Hij was zo dichtbij! De kans om te achterhalen wat de volledige naam is van de studente met de initialen DM lag voor het grijpen en hij heeft hem in de haast om zichzelf in veiligheid te brengen laten schieten. Was het nou echt niet mogelijk om het boek op de een of andere manier naar buiten te smokkelen? *Je had het uit het raam kunnen gooien voordat je zelf sprong, slimmerd.* Lorenzo kan zichzelf wel voor zijn kop slaan. Natuurlijk! Waarom heeft hij dat niet gedaan? Waarom rent hij rond als een kip zonder kop zodra het een beetje spannend of stressvol wordt? Als hij dit onderzoek wil voortzetten, zal hij daar toch echt aan moeten werken. Weerbaar worden, onverschrokken. *Misschien een cursus zelfverdediging...*

Terwijl hij terugloopt naar Mancini's huis blijft hij continu om zich heen kijken, maar er valt geen spoor te bekennen van de man in de hoody. De weg ligt er zo vredig bij dat het bijna lijkt alsof hij het allemaal heeft gedroomd. Wanneer hij Mancini's huis nadert, probeert hij de oud-directeur te bellen. De telefoon gaat een tijd over en springt dan op de voicemail. Hij besluit niets in te spreken, hij probeert het later nog wel een keer. Dan zal hij uitleggen waarom hij zo halsoverkop moest vertrekken en het huis in een chaos heeft achtergelaten, zonder daar zelf verantwoordelijk voor te zijn. Lorenzo voelt de spanning toenemen als hij bij Mancini's voortuin aankomt.

Het huis ligt er verlaten bij, althans op het eerste gezicht. Hoewel het verleidelijk is – het jaarboek ligt namelijk nog steeds binnen – durft Lorenzo eigenlijk niet terug het huis in te gaan. Zijn belager heeft de voordeur dichtgetrokken en Lorenzo's stijve, beurse lijf zal nooit in staat zijn om met halsbrekende toeren en door een ingeslagen raam naar binnen te klimmen. De sneeën in zijn handen bloeden ook nog altijd. Hij veegt zijn handen af aan zijn zakdoek, terwijl hij besluiteloos bij het hekje van de voortuin heen en weer draalt. Zou Mancini bereid zijn hem nogmaals binnen te laten om het jaarboek te bekijken, wetende dat hij in de gaten wordt gehouden? Hij speurt de straat weer af en schrikt als hij een gestalte ziet naderen. Vrijwel meteen blijkt echter dat het een oud dametje is, met een kromme rug en een wandelstok. Haar doorzichtige pantykousen zijn in bruine veterschoenen gestoken, waar haar met vocht gevulde enkels overheen blubberen. Ze moet uit de tuin van het huis naast dat van Mancini zijn gekomen, want daarnet was de weg nog leeg. Ze kijkt hem met een norse blik aan. Over haar gebloemde jurk draagt ze een keukenschort met olie- en andere ondefinieerbare vlekken. Onder haar nagels zitten restanten van iets wat op deeg lijkt. Als ze Lorenzo tot op een meter is genaderd, zwaait ze vinnig met haar wandelstok.

'Wat moet je?' krast ze hem toe, terwijl ze nog dichterbij komt.

'Ik wilde even een bezoekje brengen aan meneer Mancini.'

Het dametje neemt hem van top tot teen op en kijkt fronsend naar zijn gehavende handen en vuile kleren. 'Ik vertrouw jou niet, landloper die je bent. Enrico Mancini zit niet te wachten op mensen zoals jij.' Ze stampt een paar keer hard met haar wandelstok op de grond en Lorenzo weet net op tijd zijn voeten weg te trekken.

'Maakt u zich geen zorgen, ik heb geen kwaad in...'

'Ik mag dan oud zijn,' onderbreekt de vrouw hem, 'maar ik

vergeet nooit een gezicht. Dus mocht je van plan zijn om in te breken, dan zou ik dat maar uit mijn hoofd laten. Ik heb je signalement.' Ze tikt op haar hoofd en wijst naar haar ogen. 'En nou wegwezen, stuk schorem, anders help ik je een handje.'

Lorenzo kijkt naar de vertrokken mond met het donzen snorretje op de bovenlip en de wandelstok die weer dreigend in de lucht wordt gestoken. Hij besluit eieren voor zijn geld te kiezen.

'Ik wens u nog een fijne dag, mevrouw.'

Met een ruime boog loopt hij om Mancini's buurvrouw heen en maakt dat hij wegkomt. Terwijl hij goed om zich heen blijft kijken, loopt hij terug in de richting van het centrum. Hij merkt geen verdachte dingen op en heeft niet het idee dat hij wordt gevolgd, maar eigenlijk zegt dat niks; de man met de hoody had hem in Mancini's huis ook weten te vinden zonder dat Lorenzo dat had gemerkt. Aangekomen bij de Piazza Mino ziet hij een ambulance staan. In de verte hoort hij de sirenes van een politieauto. Een clubje omstanders dat rond de ambulance staat, beneemt hem het zicht. Nieuwsgierig loopt hij ernaartoe en spreekt een lange man aan die over de mensen heen kan kijken.

'Weet u misschien wat er aan de hand is?'

'Er is zojuist een oude man beroofd. De overvallers hebben hem helemaal aan gort geslagen. Dit is ongekend voor Fiesole. Als je hier zelfs niet meer veilig bent…'

'Enig idee wie het slachtoffer is?'

'Nee. Zijn gezicht is zo beschadigd dat hij onherkenbaar is. Ik heb er een glimp van opgevangen. Heel heftig. Ben benieuwd of het goed komt. Wat ik ervan begreep, is dat hij buiten bewustzijn is.'

Op dat moment arriveert een politiewagen met gierende sirenes. De chauffeur drukt nog eens extra op de claxon om de menigte uiteen te drijven en wanneer de mensen wegrennen, vangt Lorenzo een glimp op van de gewonde man op de brancard. Geschrokken pakt hij zijn telefoon en maakt snel een foto, voordat hij bijna onder de voet wordt gelopen. Op een hoek van de straat trekt hij zich terug en bekijkt de foto. Hij zoomt in op het gezicht en moet iets wegslikken. Het ziet er afschuwelijk uit - gezwollen en bloederig - en er is inderdaad met de beste wil van de wereld geen herkenning mogelijk. Maar wanneer hij de rest van de foto beter bekijkt, wordt bevestigd wat hij net al vermoedde - de kleding die het slachtoffer aanheeft, herkent hij wél.

De man op de brancard is Enrico Mancini.

Is dit Mancini's straf omdat hij met Lorenzo heeft gepraat, of is hij het slachtoffer van een ordinaire overval? Eén ding weet Lorenzo in elk geval zeker: hij moet hier geen seconde langer blijven. Naar alle waarschijnlijkheid is degene die Mancini te pakken heeft genomen nog in de buurt en misschien wacht hij wel zijn kans af om ook Lorenzo een lesje te leren. Zijn onderzoek begint steeds gevaarlijkere vormen aan te nemen en dat betekent dat er voor iemand zoveel op het spel staat, dat diegene er niet voor terugschrikt om geweld te gebruiken om verdere onthullingen te voorkomen. Dit is de eerste keer in Lorenzo's journalistieke carrière dat zijn werk echt gevaarlijk is en hij begint zich serieus af te vragen hoe ver hij bereid is te gaan in zijn zoektocht naar de waarheid. Welk risico is hij bereid nog te nemen? En als hij doorgaat, moet hij dan vrezen voor zijn leven? Wat er met Mancini is gebeurd, kan weleens heel verkeerd aflopen. De oude man was al broos en ziekelijk en het is zeer de vraag of hij volledig zal herstellen van een dergelijke aanval. Aan de mogelijkheid dat hij de aanval misschien niet overleeft, durft Lorenzo nog even niet te denken.

Zijn telefoon begint te rinkelen en van schrik laat hij het ding bijna vallen. De naam van zijn baas verschijnt in het schermpje. Even overweegt hij om de man te negeren, maar als hij denkt aan het gezeik dat dat hem ongetwijfeld oplevert, neemt hij toch maar gauw op.

'Met Lorenzo.'

'Lorenzo,' klinkt het kortaf. 'Overval met straatgeweld in Fiesole en ik wil dat je er voor vanavond een stukje over schrijft. Het slachtoffer wordt naar het Hospital of Santa Maria Nuova gebracht. Ga erheen en kijk wat je te weten kunt komen en vooral ook om wie het gaat, zodat we morgen kunnen uitpakken met een achtergrondstuk. Ik wil je artikel voor vier uur vanmiddag hebben, dan kan het nog mee met de avondeditie. En zorg voor wat smeuïge foto's. Begrepen? Mooi.'

Lorenzo is niet eens aan het woord geweest als de verbinding weer wordt verbroken. Hij heeft zijn baas niet kunnen vertellen dat hij bij de ambulance in de buurt staat die eerste hulp geeft aan het slachtoffer, laat staan dat hij waarschijnlijk de laatste persoon is die het slachtoffer gesproken heeft. Bij nader inzien houdt hij dat ook nog maar even zo. Hij belt een taxi en vraagt de chauffeur om hem zo snel mogelijk op te pikken op het Piazza Mino da Fiesole.

Twintig minuten later scheurt de ambulance het ziekenhuisterrein op, achternagezeten door Lorenzo's taxi, die met veel kunst- en vliegwerk de ambulance is gevolgd door de drukke straten van Florence. Lorenzo springt uit de auto en gooit de chauffeur zijn visitekaartje met adresgegevens van de krant toe.

'Hier kan de rekening naartoe.'

Voordat de man bezwaar kan maken, is Lorenzo al weggesprint. Hij weet nog net onder de elektrische roldeur van de ambulance-ingang door te glippen en stelt zich dan verdekt op, met zijn telefoon in de aanslag. In alle hectiek heeft niemand het in de gaten. Het lukt hem om een paar foto's te maken van het moment dat de brancard met Mancini uit de ambulance wordt getild en in vliegende vaart door de ondergrondse gangen van het ziekenhuis wordt vervoerd. Het geschreeuw en de vele medische commando's geven de urgentie van de situatie aan. 'Bloeddruk daalt' en 'zwakke pols' zijn twee dingen die Lorenzo in de gauwigheid opvangt. Met moeite kan hij het rennende medisch personeel volgen, maar het lukt hem nu niet meer om nog wat actiefoto's te maken. Misschien toch iets minder pizza eten en iets meer bewegen.

Mancini wordt een kamer in gereden en een man in een groen steriel pak rent langs Lorenzo. In het voorbijgaan geeft de man hem een zwieper die hem flink uit zijn evenwicht brengt en terwijl hij zich staande probeert te houden, wordt hem het zicht op Mancini ontnomen; een geel gordijn wordt rigoureus dichtgetrokken rond de behandeltafel waar de patiënt inmiddels op is getild.

'Hartstilstand!' wordt er geschreeuwd. 'Start reanimatie.'

Vrij snel daarna klinkt de hoge piep van een defibrillator. Lorenzo kan de schok die erop volgt bijna in zijn eigen lichaam voelen. Hij schrikt als iemand hem op zijn schouder tikt.

'Meneer, wat doet u hier? Bent u familie?' Een man in een pak met een beveiligingsembleem op zijn borst kijkt hem nors aan.

Lorenzo mompelt iets wat door moet gaan voor een bevestiging.

'Mag ik uw legitimatie zien?'

Lorenzo klopt op zijn broekzakken en trekt een onschuldig gezicht. 'Niet bij me.'

'Ik breng u naar de wachtruimte. De artsen moeten ongestoord hun werk kunnen doen.'

De bewaker zet een stap in Lorenzo's richting en hij steekt zijn handen in de lucht.

'Ik ga al, ik ga al.'

Hij loopt een paar stappen achteruit, draait zich dan om en vlucht weg. Rennend weet hij uiteindelijk zijn weg te vinden naar de centrale hal van het ziekenhuis. Hij gokt dat Mancini straks naar de intensivecareafdeling wordt gebracht – als ze hem nu tenminste kunnen redden, waar Lorenzo nog niet zo zeker van is – en bij de receptie vraagt hij waar hij die kan vinden. Hij moet op de tweede etage zijn en met het zweet op zijn rug stapt hij enkele minuten later uit een overvolle lift. Hij loopt de gang in die naar de ic leidt en er gaat een schok door hem heen. Tegen de muur, een paar meter voor de gesloten klapdeuren, zit een vrouw op de grond. Haar donkere krullende haar golft over haar schouders. Ze draagt een wit blousetopje op een strakke spijkerbroek. Haar armen zijn slank en gespierd en hebben een mooie egaal bruine kleur. Ze is druk met haar telefoon en kijkt niet op. Het geeft Lorenzo de tijd om zijn mouw langs zijn bezwete voorhoofd te halen en zijn haren op de tast een beetje te fatsoeneren. Geruisloos loopt hij op haar af. Als hij voor haar staat, kijkt ze op.

'Hé, Lorenzo!'

'Dag Fabia, wat doe jij nou hier?'

'Ik kan jou hetzelfde vragen.'

'Dat gedoe in Fiesole,' hakkelt hij.

Fabia knikt. 'Daarom ben ik ook hier. Ik dacht dat ik een exclusieve tip had gekregen, maar niet dus.' Haar donkere ogen lijken nog een slag donkerder te worden en ze kijkt nors voor zich uit.

'Sorry.' Hij weet eigenlijk niet waarom hij zich verontschuldigt, maar hij doet het toch. Haar gezicht lijkt iets op te klaren.

'Ach, jij doet ook gewoon je werk. Ik hoopte alleen op een scoopje. Ik heb het nodig, zullen we maar zeggen.'

Hij gaat naast haar zitten. 'Ja, ons werk wordt er niet makkelijker op,' beaamt hij.

Ze kijkt hem aan met een blik waar hij vlinders van in zijn

buik krijgt en schuift dan een stuk bij hem vandaan. De vlinders vallen weer neer en blijven voor dood liggen.

'Sorry, maar we zijn nu concurrenten,' verklaart ze zich nader.

'Als dat zo is, dan kun je toch niet van me winnen,' bijt hij voor zijn doen ongekend fel van zich af. Maar hij heeft meteen spijt van zijn woorden en krabbelt terug. 'Als je belooft dat je een keer met me uit eten gaat, dan zal ik je een van de exclusieve foto's geven die ik heb gemaakt van het slachtoffer.'

Fabia gaat weer dichter naast hem zitten. Zo dicht dat hun armen elkaar raken en Lorenzo's vlinders weer opstaan uit de dood. Hij voelt zijn wangen kleuren en hoopt maar dat ze niets in de gaten heeft.

'Laat eens zien, die foto's,' vraagt ze met verleidelijke stem. 'Ik geef mezelf natuurlijk niet voor een habbekrats weg.'

Hij scrolt door zijn telefoon en Fabia wil het toestel uit zijn hand grissen. Onmiddellijk trekt hij zijn hand terug en voorkomt nog net dat zijn toestel hem wordt afgenomen. 'Alleen kijken, niet aankomen.'

'Oké, sorry. Ik liet me even meeslepen door mijn nieuwsgierigheid.' Ze trekt een pruillip en hoewel Lorenzo weet dat ze hem bespeelt, krijgt hij het er toch warm van.

'Hier.' Hij houdt haar zijn telefoon voor en laat haar in rap tempo de foto's zien. Hij verwacht commentaar, maar Fabia fluit goedkeurend tussen haar tanden.

'Wow, jij zat er echt met je neus bovenop.'

Je moest eens weten hoe dicht, denkt Lorenzo.

'Jouw bron was nog beter dan de mijne.' Fabia klinkt teleurgesteld.

'Ik was toevallig in Fiesole toen het gebeurde,' licht hij toe. 'Pure mazzel.'

'Hmm, jouw "pure mazzel" kost mij wel mijn scoop.'

'Ik dacht dat jij alleen op de politieke redactie werkte.'

'Wie zegt dat dit geen politiek is?'

Fabia's antwoord blijft even in de lucht hangen, totdat tot Lorenzo doordringt wat ze net zei. 'Wat bedoel je daarmee?' vraagt hij aarzelend.

Ze kijkt hem aan met een mysterieus lachje. 'Concurrenten, weet je nog?' Ze doet net alsof ze haar mond op slot draait en de sleutel weggooit.

Lorenzo drukt op de homeknop van zijn mobiel en stopt het toestel in de binnenzak van zijn jasje. 'Prima, wat jij wilt.'

Fabia legt een hand op zijn gebogen been en er gaat een stroomstoot door zijn lijf.

'Als jij me nou een van die foto's van je stuurt, dan eten we vanavond samen.'

Haar lange, met mascara aangezette wimpers plakken kort aan elkaar als ze knippert. Onweerstaanbaar vindt Lorenzo het, maar hij heeft gelukkig wel door dat hij zijn verstand niet moet verliezen. Hoe gek hij ook op Fabia is, ze is zakelijk gezien inderdaad een concurrent die er niet voor zal terugdeinzen om hem af te troeven, en dat laat hij niet gebeuren. Die foto kan ze krijgen, hij heeft er nog genoeg over voor zijn eigen stuk, maar meer concessies gaat hij niet doen. Maar haar opmerking over het feit dat de aanval op Mancini misschien wel politiek van aard is, zit hem niet lekker. Weet ze iets van de link tussen Mancini en Mattareze? Komt de bron die haar naar het ziekenhuis heeft gestuurd uit de hoek van Mattareze of juist niet? Eén ding weet hij zeker: hij gaat Fabia niks vertellen over zijn eigen onderzoek naar Mattarezes verleden en het dagboek dat hem in de schoot is geworpen.

Alsof ze zijn voornemen meteen op de proef wil stellen, strijkt ze met haar hand over de schuurplek op zijn broek. 'Wat is er eigenlijk met je gebeurd? Je ziet er zo gehavend uit.'

Terwijl ze haar hand even op zijn been laat rusten, kijkt ze naar de sneeën in zijn handen. Lorenzo's been begint inmiddels te gloeien onder haar aanraking en hij heeft moeite zijn hoofd erbij te houden. Hoewel hij nog uren zo met Fabia zou willen doorbrengen, neemt hij uit zelfbescherming wat afstand en schuift bij haar vandaan. Ze glimlacht en trekt haar hand terug.

'Nou?'

'Ik ben gevallen.'

'Vertel.'

Hij schudt zijn hoofd. 'Ik kreeg een zet toen ik me door de mensenmassa heen moest wurmen om de ambulance te kunnen fotograferen. Het leek wel of het hele dorp was uitgelopen,' overdrijft hij.

Fabia lijkt te twijfelen aan zijn verhaal, maar gaat er niet op door omdat iets anders ineens haar aandacht trekt. Er wordt een bed de lift uit gereden en Fabia vliegt net iets sneller overeind dan Lorenzo. De patiënt in het bed wordt afgeschermd door medisch personeel en allerlei apparatuur waarmee hij verbonden is, maar zowel Fabia als Lorenzo krijgt het voor elkaar om stiekem een foto te maken van het beschadigde gezicht met de gesloten ogen. Achter het bed loopt een vrouw met halflang grijs haar. Sporen van tranen zijn zichtbaar op haar gezicht en de gelijkenis met Mancini is zo groot dat ze wel familie moet zijn. Een jongere broer of zus, of een kind. Heimelijk maakt Lorenzo ook een foto van haar. Fabia kiest voor een andere strategie en bespringt de vrouw die achter het bed aan loopt bijna.

'Hoe is het met hem? Gaat hij het overleven?'

Lorenzo ziet de vrouw geschrokken ineenkrimpen en hij voelt plaatsvervangende schaamte voor de opdringerige manier waarop Fabia de vrouw benadert, die duidelijk overstuur is. Hoewel zijn baas vast wil dat hij haar voorbeeld volgt, doet hij uit fatsoen een stap terug. Fabia blijft echter vragen op de vrouw afvuren, maar meer dan een 'Hij ligt in coma' weet ze niet uit haar te krijgen. Als ze vraagt naar de identiteit van het slachtoffer en het blijft stil, moet Lorenzo stiekem glimlachen; hij is zijn concurrent nog steeds een paar stappen voor.

Hij weet wel wie het slachtoffer is en de vrouw met het grijze haar krijgt hij wel te spreken op een rustiger moment. Hij ziet daarin meteen een nieuwe kans om het jaarboek te bekijken als hij haar vertelt dat Mancini hem daar toestemming voor had gegeven voordat hij aan zijn dagelijkse ommetje begon en tegen de vuisten van 'een overvaller' aan liep. Hij besluit nog even met niemand te delen dat hij nog in Mancini's huis aanwezig was toen de man met de hoody er inbrak. Ook niet met de politie. De man die hem achterna heeft gezeten kan in elk geval niet tegelijkertijd verantwoordelijk zijn voor de verwondingen van Mancini, dus door te zwijgen frustreert hij het politieonderzoek niet.

De vrouw met de grijze haren verdwijnt door de klapdeuren naar de afdeling. Fabia wil haar achternarennen, maar wordt tegengehouden door een man in een groene ziekenhuisoverall. Snel probeert ze nog een foto te maken van het bed dat de afdeling op wordt gereden, maar hij blokkeert haar lens met zijn hand. Lorenzo beziet het allemaal vanaf een afstandje en wanneer Fabia stampvoetend terug komt lopen, constateert hij dat het echt waar is wat er wordt beweerd over boze vrouwen; ze zijn mooi.

'Eikel,' moppert ze, terwijl ze nog eens achteromkijkt naar de man die staat te posten bij de klapdeuren. 'Ik probeer ook maar gewoon mijn werk te doen.'

'Ja, maar hij ook.'

Verbaasd kijkt ze hem aan, alsof ze niet kan geloven dat hij dat tegen haar durft te zeggen. 'Het zal wel. Stuur je me die foto? Dan heb ik in elk geval iets.'

'Tuurlijk, in ruil voor dat diner,' helpt hij haar herinneren.

'Goed dan, kom maar mee.'

Ze beent weg en hij moet moeite doen om haar bij te houden. Zijn gehavende knie en andere blessures protesteren met hevige pijnscheuten. Ongeduldig duwt Fabia een paar keer op de liftknop. Ze zucht en kijkt op haar horloge als het haar allemaal niet snel genoeg gaat. Wanneer de deuren eindelijk opengaan, trekt ze Lorenzo mee de lift in en drukt op de knop voor de begane grond. Terwijl ze naar beneden zoeven, blijft de spanning op haar gezicht zichtbaar en zodra de lift zijn einddoel heeft bereikt, wringt ze zich tussen de opengaande deuren door en vraagt Lorenzo waar hij blijft.

'Moet ik vast een taxi bellen?' biedt hij aan.

'Niet nodig, volg me maar.'

Hij gehoorzaamt, wat kan hij anders? In snelle looppas leidt ze hem naar het bezoekersrestaurant en wijst naar een tafeltje.

'Ga maar vast zitten.'

Voordat hij kan protesteren, loopt ze naar het warme buffet en komt terug met twee pizzapunten en cola. Ze heeft haar tanden al in haar pizzapunt gezet voordat ze zit en slurpt daarna luidruchtig aan het rietje in haar kartonnen drinkbeker.

'Dit was eigenlijk niet wat ik me had voorgesteld bij...' begint Lorenzo.

'Wat zeur je nou, we eten toch samen?'

Fabia's humeur lijkt met de minuut slechter te worden. Als ze ziet dat haar woorden hem kwetsen, bindt ze wat in. Of dat komt omdat ze het echt meent of omdat ze bang is dat hij haar de beloofde foto niet zal sturen, is hem niet helemaal duidelijk.

'Sorry, Lorenzo, ik sta nogal onder druk. We hebben net een reorganisatie achter de rug bij de krant en er gaan geruchten dat er weer een nieuwe ronde aankomt. De eerste heb ik ternauwernood overleefd, maar geen enkele positie is zeker op het moment. Ik móét scoren, begrijp je?'

Hij knikt begripvol; hij weet precies hoe het werkt. Als ze hem aankijkt met die grote donkere ogen belooft hij haar bijna dat hij, naast die foto, ook nog wat achtergrondinformatie met haar zal delen. Gelukkig wint zijn gezonde verstand en slikt hij de woorden in voordat hij ze eruit heeft geflapt. Ook hijzelf moet zijn baan in ere houden en hoewel hij dol is op Fabia, durft hij haar ook niet volledig te vertrouwen. Hij hoeft alleen maar te kijken naar dat armzalige stuk pizza op zijn bord in de ziekenhuiskantine, terwijl hem een dinertje voor twee was beloofd. Wat is Fabia's woord werkelijk waard als het erop aankomt? Hij kijkt naar haar terwijl ze haar laatste hap pizza doorslikt, terwijl hij nog moet beginnen.

'Ik moet er echt vandoor.' Ze trekt een verontschuldigend gezicht, maar staat al naast haar stoel. 'De foto?'

Hij zucht en appt het ding naar haar door. Tenslotte is het haar daar allemaal om te doen. Haar gezicht klaart op als ze zijn bericht op het scherm van haar telefoon ziet verschijnen.

'Je bent een engel, Lorenzo. Heeft iemand dat weleens tegen je gezegd?'

Ze buigt zich naar hem toe en geeft hem een kus op zijn wang. Voordat hij het goed en wel beseft, loopt ze alweer weg. De geur van haar bloemige parfum blijft om hem heen hangen terwijl hij haar nastaart. Hij ziet hoe ze recht op twee politiemannen afloopt die net het restaurant zijn binnengekomen en ze werpt een blik over haar schouder wanneer ze haar passeren. De mannen komen rechtstreeks op Lorenzo af en blijven bij zijn tafeltje stilstaan.

'Lorenzo Bianchi?' vraagt de langste van de twee.

'Dat ben ik.'

'Wilt u opstaan?'

'Waarom? Ik ben nog niet klaar met eten.'

'Omdat ik dat vraag, daarom.' De agent kijkt hem dreigend aan en Lorenzo schuift langzaam zijn stoel naar achteren. Hij staat amper overeind of de andere agent trekt zijn armen achter zijn rug en doet hem handboeien om.

'Hé, wat heeft dit te betekenen?'

'Lorenzo Bianchi, we arresteren u op verdenking van inbraak in het huis van Enrico Mancini en poging tot doodslag. Alles wat u zegt kan en zal tegen u gebruikt worden...'

Lorenzo is te verbouwereerd om weerstand te bieden. Alles om hem heen begint te draaien en wat de agent verder nog zegt verandert in een onverstaanbaar gewauwel. Hij wordt meegevoerd en voelt de starende blikken van de aanwezigen in het restaurant op zijn huid prikken. Fabia, die nog steeds bij de uitgang van het restaurant staat, slaat het met open mond allemaal gade. Hun ogen ontmoeten elkaar kort. Die van haar bevatten vraagtekens, die van hem voornamelijk angst.

'Wat is dit allemaal, Lorenzo?' vraagt ze hem, terwijl ze de agenten bijhoudt met een soepel drafje.

'Ze verdenken me van inbraak en doodslag. Het is een misverstand, dit is allemaal een groot misverstand.'

Hij buigt zijn hoofd als Fabia een foto van hem maakt, terwijl hij als een landloper tussen de agenten hangt met zijn gehavende kleren. Hij kan wel bedenken hoe hij eruitziet: schuldig.

'Doorlopen,' gromt een van de agenten als Lorenzo kennelijk iets te veel treuzelt naar zijn zin.

'Bel de hoofdredacteur van *La Gazzetta del Giorno*, Fabia, en zorg dat hij een advocaat voor me regelt.'

'Als je je verhaal exclusief aan mij doet,' is haar bikkelharde antwoord.

Lorenzo is geschokt. 'W... wat?'

'Niks persoonlijks, Lorenzo, gewoon een zakelijk voorstel.'

'Kom op nou, neem gewoon contact op met de krant.'

'Krijg ik je verhaal exclusief?'

Hij zucht.

'Dat vat ik maar op als een ja.'

Hij denkt triomf in haar stem te horen en voor het eerst ziet hij dat ze vanbuiten mooier is dan vanbinnen. Ineens vraagt hij zich af of ze eigenlijk wel de ware voor hem is. Het is toch werkelijk niet te geloven dat ze hem op dit uiterst kwetsbare moment chanteert? Hij weet niet of hij haar dat kán en wíl vergeven. Even afgezien van zijn gekwetste ego, is het onethisch wat ze doet, als je nuchter naar de zaak kijkt. Dit is een actie die je kunt verwachten van een reporter van een pulpblad, niet van een serieuze, integere journalist. Zijn verbazing en angst maken plaats voor woede. Hij weigert nog een stap te zetten.

'Doorlopen,' blaffen de agenten vrijwel gelijktijdig.

'U hebt de verkeerde persoon te pakken. Ik ben journalist.'

'Al was u de president.'

'Ik heb Mancini met geen vinger aangeraakt, u hebt geen enkel bewijs!'

'Als dat waar was, hadden we u niet gearresteerd,' is het afgemeten antwoord.

'Maar luister nou...'

'Mond dicht! We praten pas verder op het bureau achter gesloten deuren.'

'Ik zeg geen woord zonder een advocaat.'

'Dat moet u zelf weten. Het is uw goed recht.'

'Ik ben al aan het bellen!' schreeuwt Fabia achter hem. 'We spreken elkaar snel. Hou je haaks, Lorenzo.'

Hij neemt niet eens de moeite om zijn nek te draaien en haar aan te kijken. Hij hoopt maar dat ze de waarheid spreekt en inderdaad bezig is om hem aan een goede advocaat te helpen. Want hoewel hij niet schuldig is aan de dingen waarvan hij wordt beschuldigd, voelt hij aan alles dat hij goed in de problemen zit. Hij vraagt zich af wat voor 'bewijs' ze tegen hem hebben en, vooral ook, hoe ze daaraan komen. Het gevoel dat hij erin is geluisd wordt steeds sterker.

De agenten leiden hem naar hun auto en dirigeren hem naar de achterbank. Zijn handen blijven ondanks zijn gesmeek geboeid.

'Jullie hebben het echt mis. Ik ben gewoon een journalist die zijn werk doet.'

Er komt geen enkele reactie en Lorenzo heeft het gevoel dat hij tegen een muur praat. Hij probeert het op een andere manier.

'Als jullie me nu vrijlaten en excuses aanbieden, dien ik geen aanklacht in. Als jullie dit echter doorzetten, dan dien ik een claim in waar je u tegen zegt.'

Het maakt allemaal geen indruk op de agenten. Ze negeren hem volledig, en na een kwartier parkeren ze bij het politiebureau. Lorenzo wordt ruw uit de auto getrokken en verstapt zich pijnlijk als ze hem zonder pardon meevoeren. De tranen springen in zijn ogen van frustratie. De elektrische schuifdeuren van het bureau openen zich langzaam en hij wordt naar binnen geduwd. Daar staat hij plotseling oog in oog met Sergio Mattareze – prominent op de balie staat een verkiezingsposter van de politicus. Op dat moment weet Lorenzo dat hij al met een-nul achterstaat.

12

Het is tien uur in de ochtend als de zon door een kier van het gordijn piept en een gouden gloed over Nienkes gezicht legt. Ze blijft even roerloos liggen en draait zich dan op haar rug, terwijl ze haar handen boven het laken op haar buik vouwt. Ze laat de vredige Italiaanse rust op zich inwerken en haalt een paar keer diep adem om de stress van de afgelopen avond uit haar lijf te krijgen. Haar moeder was behoorlijk overstuur geweest en het had enkele uren geduurd voordat Nienke haar had weten te kalmeren. Het leek alsof haar moeder zich in een andere wereld bevond, waar ze haar niet kon bereiken. Ze bleef het woord 'luna' maar prevelen en leek dingen te zien die voor Nienke onzichtbaar waren.

Uiteindelijk was het haar gelukt om Carolien in bed te krijgen, ook al was het dan met haar kleren nog aan. Ze was naast haar moeder gaan zitten, had haar hand gepakt en er zachtjes overheen gestreeld, zoals haar moeder dat vroeger altijd bij haar deed wanneer ze een nachtmerrie had. Zo had ze een eeuwigheid gezeten. Zelfs toen Carolien eindelijk in slaap was gevallen, had Nienke zich nog een tijdlang niet durven verroeren, bang dat ze de rust die eindelijk over haar moeder was neergedaald weer zou verstoren. Pas toen haar rug begon te protesteren en ze zelf nauwelijks meer wakker kon blijven, had ze haar hand voorzichtig losgemaakt en was ze naar haar eigen kamer geslopen, haar moeder achterlatend in een ruimte die was volgeplakt met post-its vol aanwijzingen zodat ze wist wie ze was, waar ze was en waar ze haar spullen kon vinden als Nienke even niet in de buurt was.

Een pulserende pijn gonst achter haar ogen wanneer ze ze opendoet. Ze komt overeind, loopt op blote voeten naar de badkamer en klokt een groot glas water achterover om de wijnsmaak van de vorige avond weg te spoelen. Ze heeft spijt dat ze niet de moeite heeft genomen om haar tanden te poetsen voordat ze uiteindelijk haar bed in dook. Ze vult een nieuw glas en drukt een paracetamol uit de strip die ze standaard in haar handtas heeft. Nienke is nooit goed geweest in pillen slikken en ook deze keer blijft het ding even pijnlijk in haar keel hangen voordat hij uiteindelijk toch doorglijdt. Ze staat stil en luistert. In de kamer boven haar, waar haar moeder slaapt, is het nog muisstil. Het geeft haar de tijd om eerst nog even snel te douchen voordat ze Carolien ophaalt voor het ontbijt in de gemeenschappelijke ruimte van de B&B.

Een kwartiertje later klopt ze, gewapend met haar tas, op de deur van haar moeders slaapkamer. Er komt geen reactie. Ze klopt opnieuw, nu wat harder. Ze wacht even, maar het blijft stil aan de andere kant van de deur. Voorzichtig duwt ze de klink naar beneden en opent de deur een stukje. Door de kier loert ze naar binnen.

'Mam?'

De gordijnen in de kamer zijn open en het bed ziet er beslapen uit, maar is leeg. Met gefronste wenkbrauwen loopt ze de kamer in. Al haar moeders spullen staan nog net zo uitgestald als gisteren, inclusief de mobiel op haar nachtkastje, maar van Carolien zelf is geen spoor te bekennen. Ze kijkt op de grond naast het bed, waar ze gisteren haar moeders handtas heeft neergezet. Die staat er niet meer. Ingespannen luistert ze of ze geluiden hoort uit de aangrenzende badkamer. Geen stromend water of ander gerommel dat duidt op iemands aanwezigheid. Ze klopt op de badkamerdeur en trekt hem met een ruk open, maar ook hier is haar moeder niet. Langzaam maar zeker slaat de paniek toe…

Met grote passen beent ze de kamer uit en snelt naar beneden, naar de gemeenschappelijke ruimte. Claudette is bezig om de restanten van het ontbijt op te ruimen en kijkt verbaasd op als Nienke ineens hijgend voor haar neus staat.

'Ook goedemorgen,' zegt ze lachend, maar de lach verdwijnt al snel van haar gezicht als ze de angst in Nienkes ogen ziet. 'Wat is er aan de hand? Alles goed met je?'

'Mijn moeder is verdwenen.'

'Verdwenen?'

'Ja, ze is niet op haar kamer en ik kan haar niet vinden. En omdat ze gisteravond zo verward was, maak ik me nu grote zorgen. Wie weet hoe lang ze al weg is.'

'Ik zou me niet al te druk maken,' zegt Claudette. 'Ik heb haar vanochtend rond een uur of zeven nog gezien. Toen ik het ontbijt kwam klaarzetten, zat ze hier aan tafel een krantje te lezen. Ze kon niet slapen, zei ze. Ik heb nog even een praatje met haar gemaakt en ze kwam op mij helder over. Geen spoor meer van de verwardheid van gisteren. Kijk, daar zat ze.'

Claudette wijst naar een stoel aan het hoofd van de grote eettafel, waar een opengeslagen krant ligt. Nienke loopt erheen en pakt de krant op. Het is het katern met binnenlands nieuws en de rechterpagina wordt gedomineerd door een grote foto van een knappe Italiaanse man.

'Wie is dit? Een of andere Italiaanse soapster?'

'Dat zou je af en toe wel denken,' grinnikt Claudette, 'maar nee, dit is een rechts-populistische politicus die waarschijnlijk hoge ogen gaat gooien bij de komende verkiezingen. Op het eerste oog goed premiermateriaal, vind je niet?'

'Niet mijn type,' humt Nienke. 'Mij te gladjes.'

'Je moeder leek haar ogen anders niet van hem af te kunnen houden. Vertel het maar niet tegen John.' Ze geeft Nienke een knipoog en gaat verder met opruimen.

'Maar waar is mijn moeder dan gebleven?'

'Ik nam aan dat ze weer terugging naar haar kamer toen ze hier wegging.'

'Ze is niet boven, ik heb haar hele kamer doorzocht. Hoe laat ging ze weg?'

'Ze heeft rond acht uur een broodje gegeten en een kop thee gedronken, dus wat zal het zijn geweest, kwart over acht?'

'Het loopt nu al tegen halfelf.' Nienkes angst groeit. 'We moeten haar zoeken. Misschien is ze naar buiten gegaan en zwerft ze ergens rond, dat kan rampzalig zijn voor haar. Vreemde omgeving. Vermoedelijk is ze totaal in paniek.'

'Weet je wat, ik maak het hier even af en dan helpen Bas en ik je buiten met zoeken. Ze zit vast ergens bij een van de zitjes van het zonnetje te genieten.'

'Sorry, maar daar kan ik niet op wachten. Elke minuut die we langer wachten kan mijn moeder in zeven sloten tegelijk lopen. Voor hetzelfde geld is ze gevallen en kan ze niet meer overeind komen.'

'Probeer kalm te blijven, Nienke. Hier, neem een *cornetto*, want zoeken op een lege maag schiet niet op.'

Ze steekt Nienke een croissantachtig broodje toe dat gevuld is met gele room en bestrooid met een laagje poedersuiker. Nienke moet zich inhouden om het goedbedoelde broodje niet uit haar handen te slaan. Hoe kan ze nou aan eten denken als haar moeder spoorloos is? Claudette lijkt niet te beseffen hoe gevaarlijk het is als iemand in haar moeders toestand in haar eentje aan de wandel gaat in een onbekende omgeving. Nienke snapt wel dat ze ook niet van Claudette mag verwachten dat ze het begrijpt, omdat het ver buiten haar belevingswereld ligt, maar op dit moment kan ze het moeilijk verkroppen. Met moeite geeft ze een vriendelijk antwoord op Claudettes goedbedoelde geste.

'Lief van je, maar nee, dank je. Ik krijg geen hap door mijn keel totdat ik mijn moeder heb gevonden.'

'Oké, dan bel ik Bas even of hij met je meezoekt. Hij kent het terrein als zijn broekzak.'

'Dat zou fijn zijn. Dank je wel. Ik wacht hem buiten wel op.'

Claudette wikkelt de cornetto in een servetje en duwt het in Nienkes hand. 'Straks ben je me dankbaar. Je weet niet hoe lang de zoektocht gaat duren.'

Nienke knikt haar toe en loopt naar buiten. De cornetto stopt ze in haar tas. Met haar hand boven haar ogen speurt ze het door de zon verlichte terrein van de B&B af. In de verte, bij een prieeltje met een rozenboog, ziet ze John en zijn reisgenoot Henry zitten. Ze zwaaien enthousiast naar haar. Bas is in geen velden of wegen te zien, dus besluit ze naar het zitje toe te lopen. John schuift uitnodigend een stoel naar haar toe.

'Waar is je mooie moeder?' vraagt hij vriendelijk.

'Ik hoopte dat jullie me dat misschien konden vertellen. Ze is niet op haar kamer en niet in de eetzaal. Eerlijk gezegd maak ik me nogal zorgen. Claudette heeft haar vanochtend rond een uur of acht nog gezien, maar nu is ze dus weg.'

'Oei, dat klinkt niet best.' John kijkt haar bezorgd aan. In tegenstelling tot Claudette begrijpt hij heel goed waarom Nienke zich zo'n zorgen maakt. 'Waar heb je allemaal al gezocht?'

'Haar kamer en de gemeenschappelijke ruimtes. Ik wilde net buiten beginnen.'

'Dan gaan we je helpen. Kom op, Henry, in de benen. Ik heb mijn vrouw destijds een keer van het metrospoor moeten plukken.'

Nienke kijkt hem geschokt aan.

'Sorry, dat helpt natuurlijk niet echt. Op zulke verhalen zit je nu niet te wachten,' biedt John meteen zijn excuses aan. 'Laten we ons verspreiden over het terrein. Ik neem de noordkant, Henry het oosten en jij kunt vast beginnen met het zuidelijke stuk. Wie het eerste klaar is neemt het westelijke stuk voor zijn rekening. Akkoord?'

Nienke knikt en loopt, na een blik op de zon om haar richting te bepalen, naar het heuvelachtige stuk land dat John haar heeft toebedeeld. Ook Bas komt nu aanlopen en John dirigeert hem als een natuurlijke leider meteen naar de westkant. Nienke focust zich op haar eigen stuk en begint onafgebroken de naam van haar moeder te roepen. Ze kijkt achter struiken en bomen en slaat geen hoekje over, maar het wordt steeds duidelijker dat Carolien ook hier niet is. Sterker nog, er is geen spoor van haar te bekennen.

Na een zoektocht van ruim twee uur is het hele gebied binnenstebuiten gekeerd en weten ze honderd procent zeker dat Carolien zich niet op het terrein van de B&B bevindt. Claudette heeft binnen nog eens goed gezocht, maar zonder positief resultaat.

'Ik ga de politie bellen.' Nienke moet moeite doen om haar emoties in bedwang te houden.

'Ik denk dat dat het beste is,' beaamt John.

'Laat mij maar even, mijn Italiaans is iets beter,' biedt Bas aan. Hij laat er geen gras over groeien en pakt meteen zijn telefoon. In rap Italiaans legt hij de situatie uit aan de politie.

'Benadruk dat mijn moeder alzheimer heeft,' bemoeit Nienke zich ermee.

Bas knikt bevestigend en praat door. Na een paar minuten hangt hij op.

'En, gaan ze haar zoeken?' vraagt Nienke hoopvol.

'Ik heb gepraat als Brugman, maar ik vrees van niet. Pas als ze langer dan vierentwintig uur vermist is, zullen ze actie ondernemen. Dat is het protocol en dat volgen ze.'

Nienke begint bijna te hyperventileren als Bas' woorden tot haar doordringen. 'Zijn ze gek geworden? Hebben ze enig idee wat er in vierentwintig uur allemaal kan gebeuren? Hoe langer we wachten, hoe lastiger het wordt om mijn moeder te vinden. Het is levensgevaarlijk als ze ergens langs de weg dwaalt en ineens oversteekt. Je moet hen terugbellen, Bas, en ze van de ernst hiervan doordringen.'

'Dat wil ik best doen, maar ik geef het weinig kans. Ze waren zeer stellig in het volgen van dat protocol: vierentwintig uur is vierentwintig uur, ongeacht de bijzondere omstandigheden van je moeder. Ik denk dat we er beter aan doen om naar het dorp te rijden. Misschien heeft je moeder de route van gisteren onthouden en is ze daarnaartoe gelopen.'

Nienke kijkt Bas sceptisch aan bij het woord 'onthouden'.

'Sorry, domme opmerking,' verontschuldigt hij zich. 'Maar het moet haast wel dat ze te voet op pad is gegaan. Jullie huurauto staat nog op de parkeerplaats en er is geen bushalte in de buurt.'

'Oké, actie dan,' reageert Nienke ongeduldig. 'We nemen mijn auto en jij mag navigeren.'

'Ik wil ook graag mee,' zegt John en Nienke kijkt hem dankbaar aan. De anderen – Claudette, Henry en de Duitse dames, die zich inmiddels ook bij hen hebben gevoegd – beloven intussen bij de B&B te blijven, mocht Carolien daar onverhoopt weer opduiken.

Nienke zit al in de auto voordat John en Bas met hun ogen hebben kunnen knipperen. Bas trekt haar deur open.

'Heb je een foto van je moeder die ik kan uitprinten? Dan kunnen we die aan mensen laten zien.'

'Goed idee, ik app er een naar je.'

Bas steekt zijn duim op en rent naar binnen. Tien minuten later komt hij met een stapeltje papieren terug. 'Ik heb provisorisch een affiche gemaakt dat we kunnen ophangen aan lantaarnpalen en bij horecagelegenheden.' Hij laat het aan Nienke zien en ze krijgt een steek in haar maag wanneer ze de foto van haar lachende moeder ziet, met eronder in dikke rode letters: MANCA CAROLIEN, SE L'HAI VISTA CHIAMARE +31 (0) 6-26452697.

Ik hoop toch zo dat alles goed met je is, mam. Alsjeblieft, laat alles goed zijn.

Bas neemt naast haar in de auto plaats en geeft John, die op de achterbank zit, vast een stapeltje van de zelfgemaakte postertjes. Nienke drukt het gas in en rijdt op aanwijzingen van Bas het terrein af. Het kost haar moeite om in een kalm tempo de route naar Todi af te leggen, maar rust is nodig om de omgeving goed te kunnen bekijken en niks te missen. Alles staat of valt met zorgvuldigheid. Ze parkeert de auto uiteindelijk in de buurt van het treintje, dat hen net als gisteravond naar het centrum van Todi brengt. De avond waarop ze haar moeder regelmatig hoorde schaterlachen om de dingen die John tegen haar zei. De avond waarop ze zichtbaar genoot en weer even een normale gezonde vrouw leek. Tot het misging en ze als een kip zonder kop in de richting van dat ene steegje zwalkte terwijl ze maar bleef prevelen over de maan…

13

'Hebt u deze vrouw gezien?'

Het lukt Nienke bijna niet meer om de wanhoop in haar stem te verbergen. Zij, John en Bas hebben zich een paar uur geleden opgesplitst om in het dorp rond te vragen en de affiches met Caroliens foto en Nienkes telefoonnummer te verspreiden. Nienkes voeten doen pijn en het teenstuk van haar slippers heeft een schrijnende schuurplek aan de zijkant van haar rechter grote teen veroorzaakt. De cafébaas die ze het affiche voorhoudt, pakt het uit haar handen en neemt de tijd voor het bestuderen van Caroliens gezicht. Glimlachend kijkt hij op en Nienke denkt dat ze eindelijk een beetje goed nieuws krijgt. Ze is eraan toe.

'Mooie vrouw,' zegt hij goedkeurend. 'Maar niet gezien.'

Ze sluit wanhopig haar ogen en haalt een paar keer diep adem. 'Weet u het zeker?'

'Heel zeker. Zo'n *bella donna* zou ik niet vergeten. Die was niet weggekomen zonder dat ik een praatje met haar had gemaakt, misschien een borreltje met haar had gedronken. Als je haar vindt, stuur haar dan even bij me langs.' De kroegbaas geeft haar een vette knipoog en wil haar het affiche teruggeven.

'Wilt u het ophangen in uw zaak? Daar zou u me heel gelukkig mee maken.'

'Ik doe niets liever dan vrouwen gelukkig maken, bovendien heb ik dan iets aangenaams om naar te kijken.'

Hij hangt het affiche aan een paal tegenover zijn toog. Nienke wil de verlekkerde blik wel van zijn gezicht krabben, maar krijgt het voor elkaar hem keurig te bedanken. Terwijl de frustratie haar vanbinnen opvreet, verlaat ze het café. Ze gaat op het midden van het plein staan waar de kroeg aan ligt en laat haar ogen zorgvuldig over alle mensen op de terrassen gaan. Er is er niet eentje bij die ook maar iets weg heeft van haar moeder. Ze appt John en Bas in de groep 'Carolien' die ze voor hun vertrek nog gauw heeft aangemaakt.

Nog steeds niets. Jullie? Vrijwel meteen appen ze terug dat ook zij nog steeds tevergeefs aan het zoeken zijn. *Ik denk dat we naar het politiebureau moeten gaan*, appt ze terug. *Misschien nemen ze de zaak serieuzer als ik het ze persoonlijk uitleg?*

Laten we dat doen, antwoordt Bas. *Ik hang mijn laatste twee affiches nog op en dan kom ik naar het treintje. Zie jullie zo.*

Zowel Nienke als John antwoordt met een opgestoken duimpje.

Het is niet druk op het politiebureau van Todi. Er staat een moeder met een huilend kind aan de balie en de stoeltjes in de wachtruimte zijn leeg. Meteen bij binnenkomst valt Nienkes oog op een groot prikbord dat in de open wachtruimte hangt. Ze loopt er linea recta naartoe en prikt het laatste affiche dat ze nog in haar zak heeft erop. Iemand spreekt met stemverheffing in rap Italiaans, maar ze verstaat er uiteraard niets van. Als ze zich omdraait en plaats wil nemen op een van de lege stoeltjes naast Bas en John, blokkeert een agent haar de weg. Hij maakt drukke handgebaren en ze herkent de stem die net ook al sprak.

'*Sorry, I don't speak Italian*,' hakkelt ze.

Bas springt op en schiet haar te hulp. Hij hoort de agent aan. 'Hij wil dat je je affiche van het prikbord haalt. Het is niet de bedoeling dat iedereen er maar van alles ophangt.'

'Van alles ophangt? Mijn moeder is meer dan "van alles".'

Nienkes ogen spuwen vuur en Bas steekt in een gebaar van overgave zijn handen in de lucht.

'Sorry, ik vertaal alleen maar wat hij zegt.'

'Misschien kun je hem dan even uitleggen waarom het zo belangrijk is dat het affiche wel blijft hangen op zijn geliefde prikbord,' antwoordt Nienke cynisch. 'En sorry, ik ben gewoon ongelooflijk gestrest en dan ben ik niet de vriendelijkste.'

'Het is al goed,' stelt Bas haar gerust. 'Ik snap het wel. Als het om mijn moeder ging, zou ik precies hetzelfde reageren.'

Hij legt troostend een hand op haar schouder en begint dan de agent de urgentie van hun zoektocht naar Carolien uit te leggen. De man kijkt iets minder boos als Bas klaar is met zijn verhaal en schrijft iets op in een notitieblokje. Daarna knikt hij Nienke en John toe en loopt weg.

'Waar gaat hij nou naartoe? We hebben nog geen officiële aangifte van vermissing gedaan.'

'De politie wil op zijn vroegst morgen pas wat doen. Het spijt me. Maar hij heeft wel vast een aantekening gemaakt die hij in het systeem gaat zetten. Als Carolien morgen nog steeds spoorloos is, kunnen ze het meteen oppakken. Het affiche mag bij hoge uitzondering blijven hangen.'

'Poeh, wat een coulance.' Nienke klinkt bitter. 'Wat moeten we nu? We kunnen mijn moeder toch niet vierentwintig uur aan haar lot overlaten?'

Tranen van wanhoop springen in haar ogen. John, die zich tot nu toe wat afzijdig heeft gehouden, ziet het en slaat een arm om haar heen. 'Ik weet precies hoe je je voelt. Het komt bij mij ook weer allemaal terug. De zorgen, de wanhoop, de angst dat er iets vreselijks gebeurt.'

'Sorry dat ik je vakantie verknal, John,' fluistert Nienke. 'Ik weet dat dit je eerste ontspannen reisje moest worden na het overlijden van je vrouw.'

'Het geeft niet, zo is het leven. Jij kunt er ook niks aan doen.'

'Nee, maar toch... Het is gewoon allemaal zo frustrerend.

Ik heb geen idee waar we nog moeten zoeken. Ze heeft geen enkele aanwijzing achtergelaten en de hele dag rondjes rijden in en om het dorp heeft ook weinig zin.'

'Hier blijven heeft inderdaad niet zoveel zin,' concludeert ook Bas. 'Ik stel voor dat we weer terug naar de B&B gaan en daar even lunchen. En verder heel veel schietgebedjes doen en hopen dat iemand Carolien herkent van het affiche en de moeite neemt om ons te bellen.'

Compleet tegen haar gevoel in stemt Nienke in met zijn voorstel. Het liefst zou ze de hele dag in en om het dorp heen zwerven tot ze haar moeder gevonden heeft. Bij de gedachte aan stilzitten en niks doen – rustig afwachten – wordt ze gek, maar ze weet ook dat het geen zin heeft om zichzelf uit te putten door achter haar eigen staart aan te rennen. Met grote tegenzin volgt ze Bas en John het politiebureau uit.

Het gezelschap zit aan de grote tafel in de tuin van de B&B. Twee grote parasols beschermen hen tegen de fel schijnende zon. Nienke hoort het gekakel van de andere gasten, maar luistert niet. Voor haar staat een bord met pastasalade, maar ze zit compleet in haar eigen wereld en krijgt geen hap door haar keel. Verder dan wat geprik met haar vork is ze nog niet gekomen. Ook haar glas wijn is nog onaangeroerd. Ze had het moeten weigeren, maar Bas had het al ingeschonken voordat ze iets kon zeggen. Hoe kan ze alcohol drinken als ze stand-by moet zijn? Zodra er nieuws over haar moeder is, springt ze in de auto en rijdt ze desnoods de hele wereld over om haar te gaan halen.

Ze neemt een slokje water uit het glas dat naast haar wijnglas staat en laat het bijna vallen als haar telefoon gaat. Haar hart lijkt een paar seconden stil te staan en haar handen beginnen zo te trillen dat ze het toestel amper vast kan pakken. John, die tegenover haar zit, ziet het, pakt het toestel van haar aan en drukt op het groene telefoontje.

'Blijven ademhalen,' fluistert hij haar toe, terwijl hij de telefoon tegen haar oor houdt.

'*Hello?*' groet Nienke voor de zekerheid in het Engels, terwijl ze het toestel overpakt.

'Nien? Met mij.'

'O, Noor, jij bent het.'

'Nou, iets enthousiaster mag ook wel.' Haar zus klinkt beledigd aan de andere kant van de lijn.

'Sorry, ik stond net op het punt om je te bellen. Ik moet... Ik moet je iets vertellen. Mama is ervandoor en ik kan haar nergens vinden.'

'Mama is wat?'

'Vermist, Noor. Mama is vermist.'

'O mijn god, ook dat nog,' mompelt haar zus. 'Wat is er gebeurd?'

'Ik weet het niet precies. We waren gisteravond met de andere cursisten nog wat gaan drinken in Todi toen mama plotseling de kluts weer helemaal kwijtraakte. Ik heb haar veilig in bed weten te krijgen en toen ik vanochtend wakker werd en naar haar kamer ging, was ze weg. De eigenaresse van de B&B heeft haar vanochtend rond een uur of acht de gezamenlijke eetruimte zien verlaten nadat ze een krantje had gelezen en sindsdien is er geen spoor meer van haar. We hebben alles afgezocht, hier op het terrein, in de stad en de omgeving, maar ze is nergens te bekennen.'

'Ben je al naar de politie geweest?'

'Ja, maar die willen niets doen. Ik heb samen met de eigenaar van de B&B en een andere cursist het hele centrum volgehangen met affiches met mama's foto en mijn telefoonnummer, maar tot nu toe nog geen reacties. Toen mijn telefoon ging dacht ik...'

'... dat er iemand belde met nieuws over mama. Nu begrijp ik wel waarom je zo teleurgesteld klonk. Pfff, wat een puinhoop, Nienke.'

'Ja ik zit echt met de handen in het haar.'

'Ik vrees dat ik het nog een fractie erger ga maken voor je.'

'Wat bedoel je? Is alles goed met Levi?'

Het blijft stil aan de andere kant van de lijn.

'Noor! Is alles goed met Levi?'

'Nou, eh, dat weet ik dus niet. Kevin heeft hem niet volgens afspraak teruggebracht gisteravond.'

'Hij heeft wat? De gore... Waarom bel je me nu pas?'

'Om dezelfde reden als waarom jij me nog niet over mama hebt gebeld. Ik heb geprobeerd het eerst zelf op te lossen, maar dat is tot nu toe niet gelukt. Hij neemt zijn telefoon niet op en bij zijn huis blijft de deur gesloten als ik aanbel. Het is er ook allemaal erg stil en donker.'

'Ben je al langs geweest bij het huis van zijn ouders?'

'Nee, ik had het adres niet paraat, dat is een van de redenen waarom ik je bel.'

'Heb je de politie al gebeld?'

'Nee, ik wilde eerst even met jou overleggen.'

'Ik ga Kevin zelf eerst proberen te bellen en ik overleg even met mijn advocaat. Ik bel je zo terug.'

Nienke verbreekt de verbinding en slaat keihard vloekend met haar vuist op tafel. Bas trekt net op tijd haar volle glas wijn aan de kant. Ze mompelt hem een verontschuldiging toe en staat getergd op van de eettafel. Zonder verdere uitleg aan de andere gasten loopt ze naar binnen. Stampvoetend vindt ze de weg naar haar kamer, waar ze haar telefoon eerst met de oplader verbindt voordat ze de sneltoets met Kevins nummer indrukt. Het toestel gaat voor haar gevoel eindeloos over en springt dan naar de voicemail. Het kost Nienke al haar zelfbeheersing om de voicemail niet helemaal vol te schelden en slechts een zakelijke boodschap in te spreken met het verzoek haar binnen vijf minuten terug te bellen en een update over Levi te geven. Het worden de vijf langste minuten uit haar leven, maar natuurlijk laat Kevin niets van zich horen. De gezichten van Levi en haar moeder wisselen elkaar intussen af op haar netvlies en de kramp in haar buik wordt steeds erger. Iemand klopt op haar kamerdeur, maar ze negeert het, blij dat ze de deur aan de binnenkant op slot heeft gedaan. Ze wil met rust gelaten worden om alles op een rijtje te kunnen zetten, zodat ze weldoordacht actie kan ondernemen zonder Levi te schaden.

Ze legt haar hand op haar buik om een paar keer goed en rustig adem te halen en belt dan haar advocaat. In tegenstelling tot Kevin neemt Marieke gelukkig wel meteen op. Ze legt haar uit wat er gebeurd is en vraagt haar dan wat ze moet doen en in welke volgorde.

'Ik ga zo eerst even met Kevins advocaat bellen om te zien of we daar wijzer van worden,' reageert Marieke kordaat. 'Als blijkt dat Kevin Levi inderdaad weloverwogen en tegen alle afspraken in niet heeft teruggebracht naar jouw huis, dan doen we aangifte van ontvoering.'

'Is dat niet wat zwaar meteen?'

'Nee, we moeten dit meteen keihard pareren om te laten merken dat we dit niet pikken en om de piketpaaltjes heel duidelijk de grond in te slaan. De rechter heeft bepaald dat Levi tijdens jouw verblijf in Italië in jouw huis bij Noor blijft. Daar was geen woord Spaans bij. Wat Kevin doet is onrechtmatig. Ik ga even wat rondbellen en dan verschijn ik meteen weer op de radar. Zorg dat je stand-by blijft.'

Marieke hangt op en Nienke laat zichzelf met een plof achterover op bed vallen. De tranen die zich al een tijdje aan haar opdringen kan ze niet meer tegenhouden en ze begint ongecontroleerd te snikken.

Haar telefoon gaat. Er is bijna een uur verstreken. 'Marieke, vertel.'

'Ik vrees dat we een groot probleem hebben, Nienke. Kevin heeft Levi meegenomen naar het buitenland.'

'Hij heeft wát? Maar dat kan helemaal niet. Levi's paspoort ligt bij mij in huis en Kevin heeft daar geen toegang toe.'

'Ik ben erachter gekomen dat hij via een vriendje op de ambassade een nooddocument heeft geregeld voor Levi. Hij heeft dit al langer gepland, Nienke, hij was goed voorbereid.'

'Maar waar is hij dan heen?'

'Zoals het er nu naar uitziet, verblijven ze ergens in Thailand, maar dat moet ik nog bevestigd krijgen.'

'Maar dat... maar...' Nienke begint te hyperventileren als Mariekes woorden en de implicaties ervan tot haar doordringen. De zaak van het ontvoerde meisje Insya schiet door haar hoofd. Elke keer als ze in de afgelopen jaren daar wat over had gelezen of op tv had gezien, was haar hart ineengekrompen van medelijden met het meisje en haar moeder. De moeizame onderhandelingen met de vader waren een schrikbeeld geweest. Nu dringt dat schrikbeeld ook haar eigen leven binnen en kan ze er niet omheen.

'Hoe groot is de kans dat we Levi weer snel terug hebben in Nederland?' vraagt ze met een stem die piept van angst.

'Daar kan ik op dit moment geen enkele uitspraak over doen. Zoals ik al zei, we gaan aangifte doen van ontvoering en dan zal er een internationaal opsporingsbevel naar Kevin en Levi uitgaan, evenals een verzoek om rechtshulp aan Thailand.'

'Die rechtshulpverzoeken hebben lang niet altijd kans van slagen, toch?'

'Klopt, het komt voor dat landen weigeren mee te werken of dat ze zich niet houden aan de gestelde termijnen. Maar in jouw zaak heb ik goede hoop dat het ministerie van Justitie en Veiligheid en de politie extra hun best zullen doen. Vorig jaar zijn ze op de vingers getikt door de ombudsman voor onzorgvuldig handelen in een zaak tegen een voormalige Nederlandse coffeeshophouder en zijn vrouw, die zich in Thailand hebben gevestigd. Bovendien gaat het hier om een kind en dat wordt altijd hoog opgenomen.'

'Hoe kan ik Levi ooit nog aan Kevin toevertrouwen nu hij dit geflikt heeft?'

'We gaan eerst zorgen dat we Levi weer veilig in Nederland krijgen en daarna vragen we volledige voogdij aan. Als dat lukt, is het aan jou om te bepalen of je Levi door Kevin wilt laten bezoeken onder toezicht.'

'Zonder toezicht sowieso niet. Het liefste zou ik Kevin helemaal uit Levi's leven bannen, maar Levi moet zelf aangeven wat hij wil en ik zal dat moeten respecteren.'

'Knap van je dat je dat kunt, maar wel een opstelling die Levi recht doet. Het zou fijn zijn als Kevin die moraal er ook op na hield...'

'Ja, want dan zaten we nu niet in deze ellende.'

'Sorry dat ik je vakantie verpest.'

'Daar ben jij niet verantwoordelijk voor, maar Kevin.'

'Wanneer kun je in Nederland zijn? Ik zag in de gauwigheid dat er vanavond rond tien uur een vlucht is waar nog een paar stoelen vrij zijn en...'

'Ik kan hier niet weg, in elk geval vandaag niet. Je zult het namelijk niet geloven, maar mijn moeder is sinds vanochtend vermist en we hebben echt alles afgezocht hier in de omgeving. Ik maak me grote zorgen, gezien de verwarde toestand waarin ze gisteravond verkeerde.'

'O, Nienke wat erg...'

'Ik weet niet meer wat ik moet doen. Levi heeft me nodig, mijn moeder heeft me nodig en ze zijn allebei onvindbaar. Ik kan me niet in tweeën splitsen. Wat moet ik nou?'

'Focus jij je maar even op je moeder, dan pak ik hier alles op rond Levi. Het gros kan ik wel af zonder jou en als ik een krabbel van je nodig heb dan kunnen we dat ook snel regelen. Ze hebben daar in die B&B wel een fax of een scanner, toch?'

'Ik app je zo de nummers wel even door en ik zal mijn zus Noor vragen om je te helpen. Ze is de hele week beschikbaar en zeer kordaat.'

'Extra handen zijn altijd welkom, breng me maar met haar in contact.'

'Misschien kan de politie langsgaan bij Kevins ouders? Zij zijn ongetwijfeld op de hoogte van Kevins verblijfplaats.'

'Dat was een van de eerste punten op mijn lijstje. Ik ga...'

Er wordt op de deur geklopt en Nienke hoort de stem van Bas. 'Nienke, de politie is hier. Ze willen je graag spreken.'

'Marieke, ik moet je even hangen. De politie staat hier op de stoep. Misschien hebben ze nieuws over mijn moeder. Ik bel je terug zodra ik kan.'

'Prima. Ik duim voor je dat ze je moeder gevonden hebben. Veel sterkte, Nienke. Met alles.'

Nienke vliegt naar de deur en haalt hem van het slot. Bas staat in de gang op haar te wachten. 'Hebben ze haar gevonden?'

'Ze willen niks tegen me zeggen, maar ze hebben haar in elk geval niet bij zich.'

'Hoe kijken ze? Ernstig? Denk je dat ze een slechte boodschap hebben?'

'Ik weet het niet, Nienke. Het lijkt me beter als je naar beneden komt om het ze zelf te vragen.'

Bas loopt de trap af en Nienke volgt. De zenuwen gieren door haar lijf en ze prevelt schietgebedjes. Haar hart klopt in haar keel als ze de agenten ziet staan. Ze loopt naar hen toe en steekt haar hand uit.

Een vrouwelijke agent, die Nienke nog niet eerder heeft gezien, pakt haar hand aan.

'Mevrouw Dijkstra? Ik ben agent Esposito en dit is agent Romano. Klopt het dat u dit affiche op het prikbord in ons bureau hebt opgehangen?'

'Ja, dat klopt.' Er gaat een schok door Nienkes lijf als ze de lachende foto van haar moeder ziet.

'Iemand heeft haar herkend.'

'Wat?! Waar is ze? Waarom hebben jullie haar niet bij je?'

'Zoals ik al zei, iemand heeft haar herkend, maar we hebben haar nog niet gevonden.'

'Maar wie dan, en waar?'

'Een vrouw met het signalement van uw moeder heeft vanochtend een taxi genomen naar Florence. De taxichauffeur is net bij ons op het bureau geweest omdat ze iets verloren is in zijn auto. We vroegen ons af of u ons kunt vertellen of het van uw moeder is. Het is een soort souvenir.'

Esposito overhandigt Nienke een doorzichtig geseald zakje. Ze herkent het voorwerp dat erin zit meteen. 'Dit is het medaillon dat mijn moeder altijd om haar hals draagt. Ze doet het nooit af, dus ik begrijp niet hoe het in die taxi terecht is gekomen. Weet u zeker dat het niet gestolen is?'

'Volgens de chauffeur heeft ze het de hele rit als een soort rozenkrans in haar handen gehouden.'

'Mag ik?'

'Ja, u mag het zakje openmaken.'

Nienke haalt het medaillon eruit en klapt het open. Haar oog valt op de vertrouwde foto van haar vader, die een beetje scheef in het medaillon zit. 'Dit medaillon is inderdaad van mijn moeder.'

'De chauffeur vond ook nog iets anders op de vloer bij de achterbank.' Esposito steekt Nienke een nieuw zakje toe. 'Hij wist niet zo goed wat hij ermee aan moest, maar heeft het toch maar bij ons afgegeven.'

Nienke pakt het tweede gesealde zakje aan. Ze laat het ongeopend omdat ze zo al kan zien wat erin zit. 'Dit is ook van mijn moeder. Ze vouwt elke dag een kraanvogel. Dat is een beetje haar handelsmerk geworden.' Nienke streelt het rode vogeltje door het plastic heen over zijn kop. 'Ze heeft hem vanochtend gevouwen, dat kun je zien aan de datum die ze erop heeft geschreven. Kijk maar.'

Ze overhandigt het zakje weer aan Esposito, die het nader bestudeert.

'Inderdaad, wat bijzonder.'

'Deze spullen zijn dus gevonden in een taxi die mijn moeder naar Florence heeft gebracht?'

'Dat klopt. De taxichauffeur heeft de vrouw, van wie we aannemen dat het uw moeder is, in Todi opgepikt en haar naar Florence gebracht. Hij was blij met de, zoals hij het zelf noemde, "vette rit" van bijna twee uur, want die komen niet zo vaak voor. Uw moeder heeft hem op zijn verzoek voorafgaand cash betaald omdat hij het niet helemaal vertrouwde. Volgens eigen zeggen heeft hij haar begeleid naar een pinautomaat in Todi.'

'Hij vertrouwde haar niet? Waar slaat dat op? Wie zegt dat hij zelf te vertrouwen is? Mijn moeder is verminderd toerekeningsvatbaar. Voor hetzelfde geld heeft hij haar haar halve bankrekening laten leegtrekken.'

'Het feit dat hij de spullen die uw moeder in zijn auto heeft verloren terug is komen brengen, zegt wel iets over zijn betrouwbaarheid, toch? Het hele gebeuren zat hem niet lekker. Hij heeft al aangegeven u te woord te willen staan, mocht u daar behoefte aan hebben, en als hij zijn administratie een beetje bijhoudt, kan hij u vast ook het bonnetje laten zien van het bedrag dat uw moeder betaald heeft. Dit is zijn naam en telefoonnummer.'

Nienke pakt het visitekaartje aan en stopt het in haar zak. 'Ik ga hem zeker bellen, maar ik neem aan dat jullie hem ook al wat vragen hebben gesteld over waar hij mijn moeder in Florence heeft afgezet en in welke toestand ze was?'

Esposito en Romano wisselen een blik en kijken Nienke daarna niet aan. Esposito wiebelt van haar ene op haar andere voet. 'Dat we u deze spullen komen brengen, is eigenlijk al een gunst. Uw moeder is een volwassen vrouw die blijkbaar zin had om een bezoekje aan Florence te brengen. Wij zien daar geen kwaad in.'

'Ik heb toch uitgelegd dat ze alzheimer heeft en daardoor

soms helemaal de kluts kwijt is? Het is levensgevaarlijk om haar in haar eentje rond te laten zwerven in een stad waar ze ruim veertig jaar geleden voor het laatst is geweest.'

Romano neemt het woord. 'Zou het misschien mogelijk zijn dat uw moeder naar Florence is gegaan omdat u zo krampachtig met de situatie omgaat? Wij kunnen ons voorstellen dat ze er behoefte aan had om even ongestoord haar gang te gaan zonder dat u elke stap volgt die ze zet.'

De stoom komt uit Nienkes oren. 'Wát zegt u? Hebt u ook maar enig idee waarover u het hebt? Hebt u zich ook maar één moment in alzheimer verdiept?'

Romano wil reageren, maar Nienke snoert hem de mond. 'Nee, laat maar, ik weet het antwoord al. Als u zich er ook maar enigszins in verdiept zou hebben, dan zou u niet zulke kul uitslaan. Ik mag hopen dat het affiche met mijn moeders foto nog wel bij jullie op het prikbord hangt?'

'Aangezien nu bekend is waar uw moeder is, hebben we dat verwijderd.'

'Pardon? Mijn moeder is nog steeds vermist. Dat ze ergens in Florence is afgezet, zegt helemaal niets. Voor hetzelfde geld heeft ze daar weer een taxi gepakt naar een andere stad of zwerft ze daar doelloos rond zonder te weten waar ze is.'

'U moet begrijpen dat het prikbord voor urgente zaken is en dat de foto van uw moeder er bij voorbaat al nooit opgehangen had mogen worden. U hebt het geluk gehad dat onze collega zo coulant is geweest, en het heeft nog iets opgeleverd ook. De taxichauffeur heeft haar herkend en u hebt dat souvenir terug.' Romano kruist zijn armen en lijkt daarmee duidelijk te willen maken dat wat hem betreft de discussie nu ten einde is.

Esposito werpt intussen een opvallende blik op het medaillon. 'Als u uw moeder nou gewoon even opbelt...'

'Jeetje, dat ik daar zelf niet op gekomen was. Ze heeft haar telefoon niet bij zich,' reageert Nienke geërgerd. 'Weet u wat, ik regel het zelf wel, want ik had nog niet genoeg aan mijn hoofd. Bedankt voor niks.'

Zonder verder nog handen te schudden of te groeten beent ze weg, ondertussen de agenten binnensmonds een oer-Hollands 'Stelletje eikels' meegevend. Ze hoort Romano verontwaardigd snuiven en het kost haar moeite om haar zelfbeheersing te bewaren. Bas roept haar nog na, maar ze negeert hem; ze is even helemaal klaar met alles en iedereen. Ze vist het visitekaartje met het nummer van de taxichauffeur uit haar broek. 'Stefano Rizzo' staat erop. Op weg naar haar kamer toetst ze zijn nummer in.

De telefoon wordt in rap onverstaanbaar Italiaans opgenomen en zodra er een stilte valt aan de andere kant van de lijn, stelt Nienke zich voor. De man schakelt over op gebrekkig Engels en geeft aan dat hij inderdaad Stefano Rizzo is en dat hij haar telefoontje al had verwacht. Na een moeizame conversatie komt Nienke erachter dat haar moeder die ochtend rond een uur of elf ergens in de buurt van het Palazzo Vecchio is afgezet. Daarna is ze in het straatgedruis verdwenen en nee, Rizzo heeft geen idee waarheen. Hij merkt wel op dat ze doelgericht overkwam en bij zijn taxi wegliep alsof ze de buurt op haar duimpje kende. Van verwardheid was in zijn ogen geen sprake. Loslippig was ze echter ook niet geweest; ze had de hele taxirit naar buiten gestaard, terwijl ze haar medaillon als een rozenkrans door haar handen liet gaan. Alsof het iets heiligs was. Een paar keer had hij haar belangstellend een vraag gesteld, maar slechts een glimlach als antwoord gekregen. Hij had aangenomen dat ze een buitenlandse toeriste was die hem niet verstond. Toen ze bij hem instapte had ze 'Palazzo Vecchio' gemompeld, dus daar was hij maar naartoe gereden. Op de plaats van bestemming had hij nog aangeboden op haar te wachten of haar verder rond te rijden door Florence, maar dat aanbod had ze vriendelijk afgeslagen. Voor de zekerheid had hij haar zijn visitekaartje gegeven. Daarna was hij weer teruggereden naar Todi en toen hij daar een nieuwe klant oppikte, vond die het medaillon en de kraanvogel. Vervolgens was hij zo eerlijk geweest om het naar de politie te brengen zodat ze het bij de gevonden voorwerpen konden opbergen. Die kraanvogel leek hem niet zo waardevol, maar hij kon zich voorstellen dat aan het medaillon, hoewel het er goedkoop uitzag, iets van emotionele waarde zat. Mede ook omdat de vrouw het de hele rit had vastgehouden.

Nienke beaamt dat het een souvenir is dat haar moeder ooit van haar vader heeft gekregen en dat het inderdaad belangrijk is. Dat ze daarom ook niet snapt dat haar moeder het in de taxi heeft laten liggen. Stefano Rizzo denkt er wel een verklaring voor te hebben.

'Vlak voordat ze uitstapte, begon ze in haar tas te rommelen en pakte ze wat geld. Waarschijnlijk heeft ze het medaillon toen even uit haar handen gelegd en is ze het vergeten op te pakken voordat ze uitstapte. En de kraanvogel is misschien uit haar tas gevallen toen ze hem binnenstebuiten keerde? Voor zover ik het in de gauwigheid kon zien was het een vrij volle tas.'

'Waarom pakte ze geld? Ik begreep van de politie dat u haar voorafgaand aan de rit hebt laten betalen.'

'Dat klopt. Ik was ook verbaasd over het feit dat uw moeder me opnieuw wilde betalen en ik heb het geld dus ook niet aangenomen. Dat was ze even vergeten, zei ze, toen ik haar daarop wees.'

Zou hij de waarheid vertellen? Of had hij stiekem toch van de gelegenheid gebruikgemaakt om haar moeder dat geld af te troggelen? Nee, zo mag ze niet denken. Deze Stefano heeft heel fatsoenlijk gehandeld door het medaillon bij de politie af te geven en er is geen enkele reden om nu ineens aan zijn eerlijkheid te twijfelen.

'Hebt u verder nog vragen?' onderbreekt hij haar gedachten. 'Ik krijg een telefoontje binnen van de centrale dat ik een nieuwe klant moet oppikken en dit is echt alles wat ik u kan vertellen.'

'Nee, nee, dat was het. Heel veel dank voor uw toelichting en voor het feit dat u mij het medaillon hebt terugbezorgd.'

'Graag gedaan.'

Nienke hangt zuchtend op, loopt naar de badkamer en plenst een paar handen koud water over haar gezicht. De mascara die in haar ogen loopt schrijnt en laat een slordig spoor achter op haar wangen. Ze boent het eraf en neemt niet de moeite nieuwe aan te brengen. Haar kind en haar moeder zijn spoorloos verdwenen en in beide gevallen zijn er amper aanwijzingen. Waar moet ze beginnen? Ze toetst het nummer van Marieke in om te vragen of zij nog nieuws heeft, maar krijgt meteen een bericht terug met de tekst: *Het komt nu niet uit.* Vervolgens probeert ze Noors toestel, maar dat springt op de voicemail. Op zo'n manier komt ze natuurlijk geen mallemoer verder. Ze staart voor zich uit en overweegt haar opties, en al snel komt ze tot de conclusie dat er maar één ding op zit: naar het Palazzo Vecchio in Florence gaan. Het is de plek waar haar moeder voor het laatst is gezien en vanaf daar kan ze het spoor mogelijk weer oppikken. Alleen heeft dat nu natuurlijk geen zin meer, het is al avond en tegen de tijd dat ze in Florence aankomt kan ze toch niks meer doen. Nee, ze kan beter morgenochtend vroeg vertrekken. Wat ze wel alvast kan doen, is aan Bas vragen of hij morgenochtend een stapel affiches voor haar klaar kan leggen om mee te nemen.

Even later zit ze te wachten tot Bas klaar is met de postertjes – uiteraard had hij aangeboden ze meteen te printen – en denkt ze na over wat haar moeder in Florence te zoeken kan hebben. Gedachteloos opent ze het medaillon, dat ze al die tijd krampachtig heeft vastgehouden.

'Pap, kun je vanuit de hemel niet helpen om mama weer veilig terug te krijgen?' fluistert ze. Ze legt haar vinger op haar vaders foto om hem recht te leggen, maar wanneer ze hem probeert te verschuiven, valt haar iets op. Onder de foto zit iets verstopt. Ze tilt haar vaders beeltenis een stukje op en ziet dat er een andere foto achter schuilgaat, eentje die ze nog nooit heeft gezien. Voorzichtig haalt ze beide prentjes uit het medaillon. De tweede foto toont een meisje van overduidelijk Italiaanse afkomst. Met haar gitzwarte ogen en dito haren kijkt ze Nienke uitdagend aan. Rond haar mond ligt een mysterieus lachje. Nienke heeft geen idee wie het meisje is. Ze draait de foto om. Op de achterkant staat een symbooltje dat haar direct doet denken aan het wapenschild van Florence, maar er niet helemaal identiek aan is. Het is het symbool van een lelie. Daaronder staan de letters IAF.

Wie ben jij? En waarom loopt mijn moeder met een foto van jou rond?

Het moet iemand zijn die haar moeder heeft gekend in de tijd dat ze in Florence woonde. Een schoolvriendin? Maar waarom heeft ze haar moeder nooit over dit specifieke meisje gehoord? Ze moet belangrijk voor haar zijn, als ze nu nog steeds een foto van haar bij zich draagt. Nienke probeert zich de naam te herinneren van de school waarop haar moeder een paar jaar heeft doorgebracht. Het was iets internationaals. Ze haalt haar mobiel tevoorschijn en googelt op scholen in Florence, en al snel vindt ze wat ze zoekt. De International Academy of Florence. IAF. Ze klikt op de weblink en ziet het logo verschijnen dat achter op de foto staat. Een schoolfoto dus. Zou het kunnen dat haar moeder weer een van haar flashbacks naar vroeger heeft gehad en dat ze haar oude vriendin is gaan opzoeken in Florence? Een van de 'bijwerkingen' van haar moeders alzheimer is dat ze zich steeds vaker dingen uit het verleden herinnert die zo levensecht zijn dat ze erin verdwijnt. Alsof tijd niet meer bestaat en ze alleen nog in dat moment is. Ze hoort, ziet en voelt dan het verleden en ziet ook waanbeelden. Nienke heeft haar weleens betrapt toen ze een heel 'gesprek' met haar vader voerde en thee en kruidcake neerzette bij de lege stoel aan tafel waar hij altijd zat, terwijl ze hem een liefkozend kneepje in zijn denkbeeldige schouder gaf. Toen de mist weer optrok en haar moeder weer terugkeerde in het heden, kwam het besef dat haar vader er niet meer was. Het verdriet op haar moeders gezicht, alsof ze hem opnieuw was verloren, sneed dwars door Nienkes hart.

Zouden de herinneringen aan het meisje op de foto haar moeder hebben overspoeld, nu ze na lange tijd weer terug in Italië is? Zou dat het zijn? Iets in haar zegt dat de foto van het meisje een spoor is waar ze zich aan moet vastklampen in de zoektocht naar haar moeder. Ze moet zien te achterhalen wie het meisje is en waar ze woont. En er is op dit moment maar één plek waar ze die informatie vandaan kan halen: de International Academy of Florence.

14

Het is broeierig warm in de politiecel waar Lorenzo naartoe is gebracht om de nacht door te brengen. De bedompte geur in de ruimte verstikt hem en ademhalen lijkt twee keer zo zwaar als anders. Zijn jasje heeft hij op de brits met plastic matras gelegd en de bovenste knoopjes van zijn overhemd heeft hij opengeknoopt. Zijn bezittingen zijn hem afgenomen en zelfs zijn veters zijn uit zijn schoenen gehaald. Alsof hij de eerste de beste crimineel is.

Hoewel hij zichzelf eerst voor zijn kop sloeg omdat hij het jaarboek niet had meegenomen tijdens zijn vlucht, is hij daar nu heel blij om. Het zou een nachtmerrie zijn als het in verkeerde handen valt voordat hij het heeft ingekeken. Zijn onrust neemt met de minuut toe. Hij zit hier nutteloos naar een blinde muur te staren, terwijl hij zoveel werk te doen heeft. Hij heeft nog geen telefoontje mogen plegen. Hoe kan hij zijn deadline van vanavond halen, voor zijn stuk over de mishandeling van Mancini? Zijn baas zal woest zijn als er niks in *La Gazzetta del Giorno* staat, terwijl Fabia wel met een stuk komt, waar nota bene zijn foto bij staat. Hij is benieuwd of ze haar woord heeft gehouden en in elk geval een poging heeft gedaan om zijn baas in te lichten en een advocaat voor hem te regelen. Maar het duurt maar en het duurt maar en hoe meer hij erover nadenkt, hoe meer hij begint te twijfelen aan haar oprechtheid. Het zou haar natuurlijk heel goed uitkomen als hij hier een tijdje wordt vastgehouden, zodat ze een voorsprong op hem kan nemen en samen met haar krant *leading* kan worden in dit verhaal. Door hem hier bijna letterlijk aan handen en voeten gebonden te laten zitten, kan hij geen kant op. De enige manier om haar nog te verslaan, is door de link met Mattareze in dit hele verhaal naar buiten te brengen, maar alles in hem zegt dat hij dat niet moet doen. Althans, niet zolang hij geen keiharde bewijzen heeft en alleen maar vermoedens te berde kan brengen. Hij zit niet te wachten op een klacht wegens laster en smaad, en zijn baas al helemaal niet. Bovendien wil hij andere journalisten niet op 'zijn' spoor zetten, het spoor van de gebeurtenissen op de International Academy of Florence, het Leliegenootschap en de mogelijke betrokkenheid van Mattareze. Kortom, hij moet hier weg.

Nu hij bekomen is van de eerste schrik, neemt hij zijn arrestatie niet meer zo serieus. Het is een onhandige, slecht getimede hobbel die hij moet nemen. De beschuldigingen die hem eerst angst inboezemden, zijn wat hem betreft getransformeerd tot misverstanden. Als hij zijn verhaal uitlegt, zal iedere weldenkende agent hem onmiddellijk vrijlaten, waarschijnlijk met een dik excuus voor de gemaakte fouten en de overlast. Hij loopt naar de deur en begint erop te bonken, in de hoop dat er iemand op afkomt om hem te woord te staan. Als zijn toch al beschadigde handen zo'n pijn beginnen te doen dat hij zijn gebonk moet staken, begint hij te roepen. Dat lijkt meer effect te hebben, want eindelijk gaat het kijkluikje in de deur open. Een mannengezicht met borstelige grijze wenkbrauwen en een gelooide huid met diepe groeven tuurt naar binnen.

'Ik wil een advocaat spreken,' roept Lorenzo hem toe.

'Achteruit,' bijt de bewaker hem toe, terwijl hij zijn wapenstok door het luikje steekt en Lorenzo tegen zijn borst prikt. Lorenzo doet een stap naar achteren en loopt dan naar de brits, waar hij op gaat zitten. De bewaker lijkt tevreden en maakt de deur open met de indrukwekkend rinkelende sleutelbos die aan zijn broeksband hangt. Maar in plaats van zelf de cel binnen te stappen, zet hij een stap opzij om iemand anders door te laten. Het is een man die Lorenzo nog nooit gezien heeft. Hij draagt een duur uitziend zwart maatpak met scherpe snit. Zijn gezicht is knap, hoekig en gebruind. De man knikt de bewaker toe en de celdeur wordt gesloten.

Lorenzo schuift wat heen en weer op zijn brits. Voordat hij kan vragen met wie hij het genoegen heeft, begint de man zichzelf voor te stellen.

'Dag Lorenzo, ik ben Danilo Caruso, je advocaat. Leuk optrekje heb je hier.' Caruso kijkt met opgetrokken neus de cel rond. 'Je krijgt de groeten van Fabia.'

Bij het horen van Fabia's naam veert Lorenzo op. Ze heeft zich dus toch aan haar belofte gehouden. 'Mijn baas heeft je gestuurd, neem ik aan?'

'"De groeten van Fabia", zeg ik toch. Zíj heeft me gestuurd.'

'Eh... oké?' zegt Lorenzo. 'Maar ik weet eerlijk gezegd niet of mijn werkgever een advocaat vergoedt die niet van onze eigen juridische afdeling is en zelf heb ik het niet zo breed.'

'Geen zorgen. Fabia had nog iets van me tegoed, dus deze is van het huis. We gaan je eerst proberen hier weg te krijgen en daarna kijken we of ik, indien nodig, juridische bijstand aan je blijf verlenen of dat je werkgever dat oppakt. Je bent gearresteerd terwijl je aan het werk was, toch?'

'Klopt.'

'Fabia heeft me wel iets verteld, maar ik hoor graag alle ins en outs van jouzelf.'

'Bent u bevriend met Fabia?'

'Zeg maar jij en om je vraag te beantwoorden: we zijn ex-geliefden.'

Er gaat een schok van jaloezie door Lorenzo heen en hij ergert zich eraan dat hij die niet kan onderdrukken. Als hij zich Fabia naast deze Danilo Caruso voorstelt, kan hij niet anders dan concluderen dat ze voor het oog een prachtig koppel waren. Caruso kijkt Lorenzo met een scheef lachje aan.

'Er is niets meer tussen ons dan vriendschap,' zegt hij, alsof hij Lorenzo's gedachten heeft kunnen raden, en hij laat er een knipoog op volgen. Lorenzo kijkt ongemakkelijk weg.

'Goed, laten we ter zake komen. We hebben nog drie kwartier voordat de politie je gaat verhoren.' Caruso pakt een map uit zijn aktetas en gaat naast Lorenzo op de brits zitten. 'Dat ze je verdenken van de mishandeling van Enrico Mancini is belachelijk. Fabia heeft een aantal getuigen gesproken die twee mannen met blauwe hoody's hebben zien wegrennen bij het lichaam van de bewusteloze Mancini, dus daar komen we wel uit. Maar er is iets anders wat je me wel moet uitleggen. Waarom is jouw DNA gevonden in het huis van Mancini en zit jouw bloed aan de regenpijp bij zijn schuurtje?'

Lorenzo begint prompt nog harder te zweten. De uitslag van de DNA-test die ze bij zijn arrestatie hebben afgenomen, is dus al binnen.

'Dat kan ik uitleggen.'

'Ik hoor het graag, maar voordat je begint moet je ook weten dat er naast het gevonden DNA ook een getuige is die je daar heeft gezien en je naar eigen zeggen zelfs heeft weggejaagd.'

Dat oude wijf, denkt Lorenzo knarsetandend. 'Ik ben inderdaad bij Mancini geweest. Over het exacte waarom kan ik niet uitweiden, want ik zit nog midden in mijn onderzoek, maar ik had wat dingen ontdekt die ik bij Mancini wilde verifiëren. We hebben samen wat gedronken terwijl hij enkele vragen beantwoordde en toen stond hij me toe om wat stukken te checken die hij in zijn bezit had. Als de beweringen van mijn oorspronkelijke bron kloppen, ben ik een explosief verhaal op het spoor dat belangrijke mensen raakt en zelfs de kop kan kosten. Mancini gaf tijdens het gesprek ook aan dat hij met vuur speelde door me überhaupt binnen te laten in zijn huis. Maar goed, toen ik boven in zijn werkkamer op zoek was naar de documenten, hoorde ik beneden gerommel bij de deur, dat al snel werd gevolgd door brekend glas.'

'Was Mancini toen beneden?'

'Nee, die was een wandeling gaan maken. Hij had me gezegd dat ik in zijn huis kon blijven om die documenten door te nemen.'

'Hoe laat was dat, dat hij het huis verliet?'

'Een uur of elf, denk ik.'

'Prima. Je hoorde gerommel aan de deur en brekend glas. Een inbreker dus. Even for the record, er werd dus ingebroken terwijl jij met Mancini's toestemming nog aanwezig was in zijn huis. De getuige heeft zich dus vergist toen ze jou als inbreker aanmerkte.'

'Correct. Er is ingebroken door een man met een grijze hoody, van wie ik een glimp heb opgevangen toen ik ging kijken wat er aan de hand was. Hij kwam me achterna en ik ben ternauwernood ontsnapt via het schuurtje dat grenst aan Mancini's huis. Ik kon vanuit zijn werkkamer op het dak van dat schuurtje springen en ben via de regenpijp naar beneden gegleden. Daarbij heb ik mijn handen opengehaald, dus dat verklaart het bloed aan de regenpijp.' Ter illustratie laat Lorenzo zijn geschaafde handen zien. 'Daarna ben ik weggerend en heb ik me verderop verstopt. Wonder boven wonder heeft de inbreker me daar niet gevonden, maar het scheelde bar weinig. Het was allemaal heel bedreigend.'

'Hij is je dus achternagekomen. Waarom zou een gewone inbreker dat doen? Die pakt toch zijn buit en vertrekt weer zo snel mogelijk?'

'Omdat het geen gewone inbreker was. Hij en de twee mannen die Mancini in elkaar hebben geslagen, moeten wel bij hetzelfde clubje horen. De eerlijkheid gebiedt me te zeggen dat ik de afgelopen dagen al vaker ben bedreigd. De boodschap was steeds dat ik moest stoppen met mijn onderzoek. Ze hebben zelfs geprobeerd me dood te rijden nadat ik research had gedaan in het stadsarchief.'

‘Heb je daar aangifte van gedaan?’

‘Nee. Ik wilde het niet groter maken dan het was en vooral ongestoord verdergaan met mijn onderzoek. Als ik aangifte zou doen, dan zou ik dat niet meer in alle rust kunnen voortzetten omdat er dan allemaal mensen bij betrokken zouden worden. Buiten een paar schrammen en een pijnlijk been ben ik er goed van afgekomen.’

‘Je motivatie voor dit onderzoek moet wel heel groot zijn als je er zoveel risico voor neemt.’

‘Ik durf te beweren dat het in het landsbelang is.’

‘Toe maar, je maakt me wel erg nieuwsgierig. Hoe staat het met de stukken die je van Mancini mocht inzien; is dat gelukt?’

‘Nee, ik werd gestoord door die inbreker en het lukte me niet om ze mee te nemen tijdens mijn vlucht. Ik heb het achtergelaten op Mancini’s bureau en weet niet of die vent het heeft gepakt of laten liggen. Ik hoop dat ik het alsnog mag inzien van Mancini’s dochter. Ik heb haar in het voorbijgaan gezien in het ziekenhuis en hoop haar een dezer dagen te spreken te krijgen, mocht Mancini zelf nog niet bij kennis zijn.’

‘Het lijkt me toch verstandig als je me wat meer vertelt over je onderzoek, zodat ik wat munitie heb om je hieruit te krijgen.’

Lorenzo trekt een moeilijk gezicht. ‘Ik wil het gewoon nog even onder de pet houden, om geen slapende honden wakker te maken.’

‘Volgens mij zijn die honden al wakker en ben je flink gebeten.’

‘Toch zou ik me graag beroepen op mijn verschoningsrecht.’

‘Wacht eens even, je bent toch niet bang dat ik dingen doorklets tegen Fabia? Alles wat wij samen bespreken valt onder mijn beroepsgeheim en blijft strikt tussen ons. Hoe graag ik Fabia ook mag, mijn beroepseer staat voorop.’

Lorenzo kijkt hem onderzoekend aan.

'Je zult me moeten vertrouwen, Lorenzo, anders kan ik je niet helpen. Je wilt hier toch weg?'

'Ja, natuurlijk wil ik hier weg. Mijn baas is waarschijnlijk woest over het feit dat ik het gevraagde artikel over de mishandeling van Mancini niet voor de deadline heb ingeleverd en ik lig al onder vuur.'

'Op dat front kan ik je geruststellen.' Caruso haalt een krant uit zijn aktetas en geeft hem aan Lorenzo. 'Pagina vier.'

Lorenzo bladert door de krant en tot zijn verbazing is de halve pagina gevuld met een artikel waar zijn naam bij staat. De foto die hij aan Fabia heeft doorgestuurd is erbij geplaatst.

'Hoe kan dit?' vraagt hij verbaasd.

'Fabia. Ze heeft een artikel geschreven voor haar eigen krant en een voor die van jou, dat ze namens jou heeft ingeleverd bij je hoofdredacteur. Uiteraard zijn het twee verschillende artikelen, volgens eigen zeggen heeft ze de nieuwtjes verdeeld.'

'Waarom zou ze dat doen?'

'Twee mogelijkheden. Óf ze vindt je heel erg aardig, óf ze wil net als jij geen ruchtbaarheid geven aan je bedreigingen en arrestatie omdat ze er een verhaal in ziet waar ze zelf de scoop van wil.'

Lorenzo's gezicht betrekt en Caruso springt er meteen op. 'Het kan natuurlijk ook zijn dat het een beetje van beide is. Hoe dan ook, ze heeft je in elk geval uit de brand geholpen.'

'Dat klopt en ongeacht haar motieven ben ik haar daar ook dankbaar voor.'

Caruso kijkt op zijn dure horloge. 'Ik denk dat we nu echt ter zake moeten komen. De tijd tikt door. Als je wilt dat ik je zo goed mogelijk kan bijstaan in je verhoor, dan zul je echt open kaart moeten spelen. Ik zou daaraan toe willen voegen dat je er op dit moment niet al te best voor staat...'

Lorenzo denkt even na en neemt dan een beslissing. Deze

man is op dit moment zijn enige kans en hij zal hem moeten vertrouwen. Iets in hem zegt dat hij er spijt van krijgt als hij de gok niet neemt. En dus begint hij te vertellen.

Caruso kijkt Lorenzo met open mond aan als hij is uitgepraat. De advocaat heeft hem nauwelijks onderbroken in zijn relaas en slechts een enkele vraag gesteld, terwijl hij volop aantekeningen maakte.

'Voordat we verdergaan, wil ik je vast één ding zeggen: hoe dit verder ook verloopt, ik wil je graag pro Deo bijstaan. Als je echt weet hard te maken dat Sergio Mattareze iets te maken heeft met die overleden studente en dat Leliegenootschap, dan kun je hem ten val brengen. De publiciteit die dat oplevert zet mij als jouw advocaat meteen landelijk op de kaart.'

'En als het me niet lukt om dat aan te tonen? Laat je me dan barsten?'

'Dan is dat mijn bedrijfsrisico. Een risico dat ik graag bereid ben te nemen. En als je op een gegeven moment zelf niet verder zou komen, kunnen we altijd Fabia nog inschakelen. Soms brengt vrouwelijke charme je net een stukje verder. Maar uiteraard snap ik dat je er in eerste instantie zelf mee wilt doorgaan. Die anonieme bron heeft jou benaderd, het is jouw scoop.'

'Dat dat maar even helder is,' mompelt Lorenzo. 'Misschien dat ik Fabia op een later tijdstip wat meer vertel, ik sta tenslotte bij haar in het krijt, maar ik wil voorlopig eerst verder in mijn eentje en op mijn eigen manier.'

'Uiteraard.'

Caruso grijpt naar de binnenzak van zijn pak en trekt zijn telefoon – die kennelijk op trilfunctie stond – eruit. Hij kijkt naar het scherm en mompelt: 'Ik moet deze even nemen, ben zo terug.' Na een klop op de deur is hij weer net zo snel vertrokken als dat hij binnenkwam, Lorenzo verbaasd achterlatend in zijn cel. Weer in zijn eentje, in die schamele, bedompte ruimte, krijgt hij het toch ineens weer Spaans benauwd. Met Caruso naast zich voelde hij zich net nog behoorlijk zelfverzekerd, maar dat had blijkbaar meer met de uitstraling en persoonlijkheid van de advocaat te maken dan met zijn eigen zelfvertrouwen. Heeft hij de advocaat niet te veel verteld en daarmee zijn eigen glazen ingegooid wat betreft zijn onderzoek naar Mattareze? Wat als hij zich niet aan zijn woord houdt en toch een boekje opendoet tegen Fabia? Ze zijn dan wel éx-geliefden, maar dat heeft in de basis niets te maken met de gevoelens die ze misschien nog steeds stiekem voor elkaar hebben. Gefrustreerd gaat hij languit op de brits liggen en slaat kreunend zijn handen voor zijn gezicht. Het liefst zou hij een potje janken, maar hij houdt zich in. Hij wil om meerdere redenen niet dat Caruso hem zo kwetsbaar ziet.

De tijd tikt door en Caruso is niet 'zo' terug. Lorenzo begint net te geloven dat hij helemaal niet meer terugkomt, dat de advocaat hem in de steek heeft gelaten, als zijn celdeur weer opengaat. Hij komt vlug overeind en Caruso stapt binnen met een grijns die zo groot is dat hij bijna niet op zijn gezicht past. 'Sorry dat het wat langer duurde, maar geloof me, het was het wachten waard.'

'Hoe bedoel je?'

'Het is je geluksdag. Mancini is bij bewustzijn en hij is kort verhoord. Hij heeft tegen de politie verklaard dat jij niets met zijn mishandeling en de inbraak in zijn huis te maken hebt, dus daarmee legt hij een bom onder je arrestatie.' Caruso zwijgt even zodat Lorenzo de woorden tot zich kan laten doordringen.

'Je bedoelt dus dat ik word vrijgelaten?'

'Dat is precies wat ik bedoel. De politie wil jouw kant van het verhaal uiteraard nog horen, maar de beschuldigingen die ze op jouw bordje hebben geschoven zijn in elk geval voorlopig van de baan. Ik heb ze wel een beetje moeten helpen bij die conclusie. Het werd mij zeer duidelijk, en dat zei jij ook al, dat er ergens iemand hoog in de boom aan de touwtjes trekt, en die persoon is niet blij met jou. Reden te meer om je onderzoek naar het verleden van Mattareze door te zetten, lijkt me zo.'

Lorenzo knippert even met zijn ogen. 'Hoe weet je dit allemaal zo snel?'

'Fabia. Ze heeft al die tijd staan posten in het ziekenhuis en zat er met haar neus bovenop. Ze heeft inmiddels Mancini's dochter ook even kort gesproken en die heeft alles bevestigd.'

Lorenzo voelt de journalistieke onrust borrelen in zijn buik. Fabia begint echt een te grote voorsprong op hem te krijgen. 'Wanneer kan ik weg? Nu?'

'Je wordt zo eerst gehoord en dan mag je weg.'

'Kan ik daar later niet voor terugkomen?'

'Ik begrijp je haast,' zegt Caruso lachend, 'maar dat ga ik niet voor elkaar krijgen. We moeten dit nog even samen uitzitten. Je kunt erop rekenen dat ik ervoor zal zorgen dat ze niet eindeloos gaan rekken en dat je zo snel mogelijk weer een vrij man bent. Ik heb op mijn manier de druk alvast wat op de ketel gezet.'

Caruso is amper uitgepraat of Lorenzo's celdeur gaat al open. Deze keer zonder het ritueel met het openen van het kijkluikje en zonder geblaf dat hij weg moet wezen bij de deur. Hoewel knarsetandend, wordt hem vriendelijk verzocht mee te komen naar de ruimte waar hij gehoord gaat worden.

'Ze laten er inderdaad geen gras over groeien. Hoe heb je dat zo snel voor elkaar gekregen?' vraagt Lorenzo met bewondering in zijn stem.

'Je zult me hierin moeten vertrouwen,' is het antwoord. 'Ga er maar van uit dat ík ook goede en invloedrijke contacten heb en dat ik niet aarzel om die in te zetten.'

'Je maakt me nieuwsgierig. Misschien moeten we daar eens over doorpraten op een later tijdstip?'

'Een gegeven paard moet je niet in de bek kijken, Lorenzo,'

waarschuwt Caruso hem. 'Sommige dingen kun je maar beter niet vertellen, daar weet jij alles van.'

Lorenzo knikt en besluit het onderwerp te laten rusten. Voorlopig, tenminste. 'Waar is Fabia nu eigenlijk?' vraagt hij dan maar, om van onderwerp te switchen.

'Die staat hier voor de deur met een spandoek met de tekst: FREE LORENZO.'

'Echt?'

'Nee, natuurlijk niet. Ik weet niet waar ze nu is of wat ze nu aan het doen is. Waarschijnlijk nog in het ziekenhuis. Ik beheer haar agenda al een tijdje niet meer, zoals je weet.'

Lorenzo kan niet ontkennen dat hij toch een beetje teleurgesteld is. Hij ziet het wel voor zich, Fabia met dat spandoek, helemaal speciaal voor hem. Wat een mooi plaatje zou dat zijn. Gelukkig kan hij zijn teleurstelling snel weer aan de kant schuiven. Voor zijn onderzoek is het beter als hij Fabia een tijdje mijdt. Alleen dan kan hij ongestoord verder spitten naar de waarheid.

15

Lorenzo trommelt op het stuur van zijn auto terwijl hij wezenloos uit het raam staart. Het duister is ingevallen en de straat wordt summier verlicht door de paar lantaarns die niet kapot zijn. Hij staat half op de stoep en half op het wegdek geparkeerd. Eigenlijk zou hij hier niet eens moeten zijn. Hij zou in zijn bed moeten liggen om alle stress rond zijn arrestatie eruit te slapen. Na het gesprek met de politie heeft Caruso hem thuis afgezet, maar de onrust in zijn lijf was te groot om daar te blijven. In de hoop wat meer ruimte en rust in zijn kop te krijgen, is hij rondjes gaan rijden. In eerste instantie doelloos, maar uiteindelijk werd hij toch naar deze plek toe getrokken: het tweede huis van Sergio Mattareze. Hij weet dat de politicus thuis is. Hij heeft hem een paar keer kort met een glas wijn voor het verlichte keukenraam zien staan. Dat is ook meteen de enige activiteit die hij heeft waargenomen. Hij weet niet of de politicus alleen is of dat er iemand bij hem is. Eigenlijk verbaast het hem dat er nog geen beveiliger naar zijn auto is gekomen om te vragen wat hij zo laat 's avonds nog hier doet.

Hij gaat verzitten om zijn pijnlijke rug wat te ontlasten. Hij snakt naar een sterke bak koffie, of beter nog: een fles wijn. Misschien moet hij maar opgeven wat hij aan het doen is – wat dat dan ook is – en zijn heil ergens anders zoeken. Hij heeft vier voicemailberichten van Fabia en hij heeft haar nog niet teruggebeld. Bang dat ze hem het hemd van het lijf gaat vragen en hij zich laat verleiden tot antwoorden die hij eigenlijk niet wil geven. Hij wordt doodmoe van het continue gevecht tussen zijn libido en zijn verstand als het op haar aankomt.

Wanneer hij zijn hand naar het contactslot brengt om de sleutel om te draaien, ziet hij een vrouw de hoek om komen lopen. Ze beweegt zich wat onwennig en kijkt steeds om zich heen, alsof ze op zoek is naar iets, maar het niet kan vinden. Langzaam maar zeker komt ze dichterbij. Lorenzo laat de sleutel los en legt zijn hand op zijn knie. Het liefst zou hij uitstappen en de vrouw vragen wat ze aan het doen is, maar zijn intuïtie zegt hem dat hij haar niet moet storen in haar proces. Hij observeert haar met een groeiende belangstelling, die haar hoogtepunt bereikt als de vrouw ineens zelfverzekerd en doelgericht naar het huis van Mattareze loopt. Hij is dus niet de enige die interesse heeft in de politicus op dit late tijdstip. Vlug pakt hij zijn telefoon en maakt wat foto's, waarvan hij nu al weet dat ze onscherp en weinig onthullend zullen zijn. In elk geval niet bruikbaar voor de krant. Toch wil hij ze hebben als bewijs. Waarvan weet hij niet, want hij heeft geen flauw idee waar dit heen gaat.

Hij bestudeert de vrouw zo goed als mogelijk is in de slecht verlichte straat. Door het lantaarnlicht kan hij niet goed zien of haar haren donkerblond of grijs zijn. Waarschijnlijk grijs, concludeert hij als hij een glimp opvangt van haar gezicht. Hij schat haar van middelbare leeftijd. Wie is die vrouw? Een vriendin, een minnares? Ze heeft niets weg van de vrouwen met wie Mattareze zich normaal gesproken in het openbaar omringt en lijkt een stuk ouder dan zijn huidige vrouw. Minnares is dus niet waarschijnlijk, maar het kan. Er gebeuren tenslotte gekkere dingen in de wereld, dat heeft hij vandaag wel weer meegemaakt. De vrouw laat inmiddels de zware deurklopper op Mattarezes voordeur neerkomen. Lorenzo kan het ritmische gebonk tot in zijn auto horen. Het heeft iets wanhopigs. Hij zet zijn telefoon voor de zekerheid op filmen.

De deur gaat open en tot zijn verrassing verschijnt niet een van de beveiligers, maar Mattareze zelf in de deuropening. Door de felle lamp bij de deur kan Lorenzo het gezicht van de politicus goed zien. Er valt in eerste instantie verbazing op af te lezen, maar dan lijkt Mattareze de vrouw te herkennen en bevriest de ingestudeerde lach. Hij pakt haar bij haar arm, trekt haar naar binnen en smijt de deur dicht. Hij lijkt duidelijk niet blij te zijn met de vrouw en wil haar blijkbaar zo snel mogelijk van de straat hebben. Waarom zou dat zijn? Lorenzo brandt van nieuwsgierigheid en is blij dat hij eerder zo getreuzeld heeft met het starten van zijn auto. Stel je voor dat hij dit gemist had! Hij kan niet meteen bedenken hoe de vrouw hem verder kan helpen bij zijn onderzoek, maar vreemd is het allemaal wel, en hij is ervan overtuigd dat de vrouw een interessante bron kan zijn. Vastbesloten slaat hij zijn armen over elkaar. Hij blijft hier net zo lang zitten totdat ze weer naar buiten komt en dan gaat hij haar aan de tand voelen. Zijn pijnlijke lijf, zijn vermoeidheid, zijn honger en dorst – het maakt ineens allemaal niet meer uit. De vrouw, haar identiteit en wat ze bij Mattareze te zoeken heeft, is het enige wat nog telt. Lorenzo gaat meer rechtop zitten en knijpt met zijn handen hard in het stuur van opwinding. De pijn die dat veroorzaakt door zijn schrammen voelt hij nauwelijks.

Na ruim een uur komt de vrouw weer naar buiten. Lorenzo schuift wat onderuit als Mattareze even zijn kant op kijkt. De gezichtsuitdrukking van de politicus is moeilijk te peilen. Vanuit zijn onderuitgezakte positie maakt hij een paar foto's. Als hij die uitvergroot, kan hij er later misschien meer van aflezen dan van deze afstand. Mattareze dirigeert de vrouw met een duwtje in de rug over de drempel en fluistert haar vervolgens nog iets in het oor. Haar gezichtsuitdrukking laat niets te raden over; verward en gepijnigd, iets anders kan hij er niet van maken. Het was dus in elk geval geen prettige ontmoeting. Geen minnares dus, tenzij ze net aan de kant is gezet.

Lorenzo blijft in zijn lage positie zitten tot Mattareze de deur van zijn woning heeft dichtgeslagen. De vrouw blijft nog even staan en loopt dan met onzekere pasjes de straat op. In het huis gaan de gordijnen op de benedenverdieping allemaal tegelijk dicht. Elektrisch, vermoedt Lorenzo. Kort daarna verdwijnt ook de gloed van lamplicht die er nog een beetje doorheen kwam. Lorenzo concentreert zich weer op de vrouw, die even verderop midden op de weg is blijven stilstaan. Tijd voor actie. Hij besluit naar haar toe te lopen, in eerste instantie om te vragen of ze hulp nodig heeft, want zo ziet ze er wel uit. Misschien kan hij haar verleiden tot een drankje en een gesprek? Hij stapt uit zijn auto en waakt ervoor dat hij de deur niet te hard dichtslaat, om de vrouw niet te laten schrikken. Ze ziet er zo schuchter en kwetsbaar uit. Behoedzaam loopt hij naar haar toe en als hij een meter of twee bij haar vandaan is, kucht hij om haar te waarschuwen voor zijn komst. Ze draait zich ogenblikkelijk om en kijkt hem angstig aan, terwijl ze haar tas tegen haar borst geklemd houdt. Lorenzo houdt zijn handen in een gebaar van overgave in de lucht.

'*Stai bene?*' vraagt hij bezorgd. Gaat alles goed?

De vrouw staart hem alleen maar aan en geeft geen antwoord op zijn vraag. Nu hij dichter bij haar staat, ziet hij sporen van tranen op haar wangen.

'Stai bene?' vraagt hij nogmaals. Ze schudt nee.

'Kan ik iets voor u doen?' vraagt hij.

De vrouw lijkt even tijd nodig te hebben om zijn vraag te verwerken. Uiteindelijk haalt ze haar schouders op. 'Waar ben ik?' prevelt ze in een mix van Italiaans en Engels.

'Waar u bent? Eh... dit is de Via San Domenico.'

'Waar? Ik bedoel...' De ogen van de vrouw schieten heen en weer, alsof ze wanhopig probeert iets in haar omgeving te herkennen.

'U staat in de Via San Domenico, in Florence. U bent zeker niet van hier?'

'Florence? Hoe kom ik in Italië terecht? Ik woon in Nederland.' De vrouw draait langzaam een rondje om haar as en kijkt met een wazige blik door de straat. Daarna mompelt ze iets wat op 'luna' lijkt. Haar blik wordt schichtig.

Oei, dit is niet goed, daar gaat mijn potentiële 'betrouwbare' bron. Maar ondanks zijn frustratie voelt hij ook medelijden met de vrouw. 'Kan ik u ergens naartoe brengen? Verblijft u hier ergens in een hotel?'

Hij moet haar eerst op een plek zien te krijgen waar ze zich veilig voelt, pas dan kan hij misschien - voorzichtig - over haar bezoekje aan Mattareze beginnen. Hij vraagt zich af of Mattareze haar zo van streek heeft gemaakt of dat er iets anders aan de hand is. De vrouw ziet er van dichtbij niet bejaard uit, hij schat haar leeftijd op begin vijftig. Niet oud genoeg voor ernstige geheugenproblemen, lijkt hem. Zou Mattareze haar iets toegediend hebben waardoor ze de kluts kwijt is? Als dat zo is, dan moet hij haar ergens in een bed zien te krijgen om haar roes uit te slapen.

'Zal ik u naar uw hotel brengen?' vraagt hij nogmaals.

'Ik weet niet welk hotel,' hakkelt ze.

Oké, dit schiet niet op.

Lorenzo haalt zijn handen door zijn haar en neemt dan een besluit. 'Weet u wat, u kunt vannacht bij mij logeren en dan zoeken we morgen uit in welk hotel u verblijft. Het was voor mij een heel lange dag en ik ben moe, en als ik u zo bekijk, kunt u ook wel wat rust gebruiken. Ik ben Lorenzo trouwens.'

Ze kijkt hem achterdochtig aan en negeert zijn uitgestoken hand.

'U kunt me vertrouwen.'

'Ja, dat zeggen ze allemaal, dat ze te vertrouwen zijn,' bijt ze ineens fel van zich af. 'Voor je het weet is je tas gejat.'

Hij slaakt een diepe zucht. 'Luister, het is geheel aan u of u me wel of niet vertrouwt. Ik bied u uit fatsoen een slaapplek aan en die kunt u accepteren of niet.' Hij kijkt haar verwachtingsvol aan en ziet dan tot zijn opluchting dat ze iets lijkt te ontspannen. Voorzichtig pakt hij haar bij de arm.

'Kom, ik beloof u dat ik goed voor u zal zorgen en dat ik u morgen help uw hotel te vinden.'

Als hij samen met de vrouw de eerste stappen in de richting van zijn auto zet, ervaart hij nog wat weerstand, maar uiteindelijk geeft ze zich toch aan hem over en laat ze zich als een mak schaap meevoeren. Hij zet haar op de passagiersstoel en omdat ze haar tas angstvallig tegen haar borst blijft klemmen, klikt hij de autogordel voor haar vast en sluit de deur. Vlug loopt hij naar de bestuurderskant en stapt zelf in. Voor de zekerheid drukt hij op de centrale deurvergrendeling voordat hij wegrijdt. De vrouw, van wie hij nog steeds de naam niet weet, ziet er niet uit alsof ze uit de auto zal springen, maar toch. Hij werpt nog één blik op het huis van Mattareze en rijdt dan weg. '*I'll be back*,' mompelt hij in zijn beste Arnold Schwarzenegger-imitatie.

Lorenzo wordt wakker op de bank in zijn woonkamer met een lijf dat in brand lijkt te staan. Kreunend komt hij overeind. Hij voelt aan zijn pijnlijke knie. Nog net zo dik als gisteren. Hij loopt naar de keuken en trekt een la open waar nog een stripje paracetamols in ligt. Met een groot glas water neemt hij twee pillen in. Op de automatische piloot zet hij koffie en terwijl het apparaat pruttelt en een heerlijke geur zich door de keuken verspreidt, leunt hij met zijn handen op het aanrecht en sluit kort zijn ogen. Zijn onverwachte logee lijkt nog niet wakker. Vannacht heeft hij in allerijl zijn bed verschoond en haar daar met kleren en al in gelegd, om vervolgens zelf op de toch wel wat doorgezakte bank neer te ploffen. Achteraf een slecht idee, gezien de staat van zijn stijve rug en nek. Hoewel hij uiteindelijk nog een paar uur heel diep heeft geslapen, voelt hij zich bepaald niet uitgerust. Dat gedoe met die inbraak en zijn onterechte arrestatie is hem niet in de koude kleren gaan zitten. Hij pakt zijn telefoon en zet het geluid aan. Alweer drie gemiste oproepen van Fabia en eentje van zijn baas.

'Wie bent u?' klinkt het achter hem en hij draait zich geschrokken om. Hij was blijkbaar zo in gedachten dat hij de vrouw helemaal niet heeft horen naderen.

'Ah, u bent wakker. Beetje lekker geslapen?'

'Wie bent u? Wat doe ik hier?'

Lorenzo kijkt de vrouw fronsend aan. Wat Mattareze haar gisteravond ook heeft gegeven, het is nog niet uit haar systeem.

'Mijn naam is Lorenzo Bianchi. Ik heb u gisteren tegen middernacht van de straat geplukt nadat u een bezoekje had gebracht aan Sergio Mattareze.'

Nu fronst de vrouw haar wenkbrauwen en er verschijnt een diepe rimpel boven haar neus. 'Sergio...'

'Kunt u het zich weer herinneren?' vraagt Lorenzo.

'Wat?'

'Dat u bij hem bent geweest? Waar u met hem over gesproken hebt? U was nogal van slag.'

De vrouw sluit haar ogen en trekt een gepijnigd gezicht. Daarna begint ze aan haar haren te trekken en met haar vuisten tegen haar hoofd te slaan. Geschrokken pakt Lorenzo haar polsen beet om haar te stoppen. 'Rustig nou, niet doen.'

'Dat ontzettende rothoofd ook,' jammert de vrouw.

'Wat bedoelt u? Wat is er aan de hand?'

'Ik voel me zo...' Even is het stil, alsof ze naar de juiste woorden zoekt. 'Ik voel me zo verloren sinds ik alzheimer heb.'

Lorenzo slikt hoorbaar en laat de polsen van de vrouw los. Niet gedrogeerd door Mattareze; ze lijdt aan dementie. Daar had hij niet op gerekend. Zo oud ziet ze er nou ook weer niet uit. Ondanks haar toestand leest ze blijkbaar de verbazing van zijn gezicht.

'Ik ben er vroeg bij,' zegt ze en ergens in haar stem klinkt iets van humor door. Ze veegt haar tranen weg en steekt hem haar hand toe. 'U hebt geluk, ik kan me vandaag mijn naam zowaar herinneren. Carolien Dijkstra.'

'Lorenzo,' stelt hij zichzelf nogmaals voor.

'Ja, dat zei u net ook al. Zo kort van geheugen ben ik nou ook weer niet.' De angst in haar ogen is verdwenen en haar blik is ineens een stuk helderder. Alsof iemand een lamp heeft aangedaan in haar hoofd en ze weer wat beter bij haar herinneringen kan.

'Kan ik misschien een kop koffie voor u inschenken?' biedt hij aan. 'Dan kunnen we samen proberen uw herinneringen aan gisteravond terug te halen en wellicht uw hotel opzoeken.'

De vrouw grijpt plotseling naar haar hals en de schrik in haar ogen is weer terug. 'Mijn medaillon is verdwenen! Hebt u het van me afgepakt?'

'Ik zou niet durven. Toen ik u gisteravond meenam naar mijn huis had u zover ik weet geen ketting om. Misschien hebt u hem in uw hotel laten liggen?'

'Nienke, misschien weet Nienke het.'

'Wie is Nienke?'

'Mijn dochter. Ik ben met haar naar Italië gekomen voor een kookcursus!'

'Oké, laten we Nienke dan bellen,' stelt Lorenzo voor.

De vrouw gaat aan tafel zitten, ritst haar tas open en begint er allemaal spullen uit te halen. Lorenzo ziet het met lede ogen aan. De tas wordt leger, de tafel voller en er is geen spoor van een telefoon.

'Mijn toestel. Waar is mijn toestel? Het moet hier in mijn tas zitten.'

'Zal ik even kijken?' biedt hij aan.

Ze aarzelt, maar knikt dan toch instemmend. Hij keert de inmiddels zo goed als lege tas helemaal binnenstebuiten, maar zonder resultaat.

'Weet u het telefoonnummer van uw dochter uit uw hoofd?'

'Nee, natuurlijk niet. Wie kent er tegenwoordig nog een nummer uit zijn hoofd?' reageert ze kribbig.

'Kunt u zich nog iets herinneren van de kookcursus? Was het hier in Florence?'

Beslist schudt ze haar hoofd. 'Niet in Florence, dat weet ik zeker.'

'Waar dan wel?'

Ze kijkt hem met een angstige blik aan. 'Geen idee.'

'Misschien kunnen we proberen er samen achter te komen? Als u nou zo veel mogelijk vertelt over alles wat u nog weet van de locatie of de mensen, dan komen we misschien verder.'

De vrouw sluit geconcentreerd haar ogen. Na een paar minuten begint ze aarzelend te praten. 'Ik herinner me een pergola met blauweregen, John, een treintje.'

'Is John de kok die de cursus gaf?'

'Nee, een deelnemer. Aardige, charmante man.'

'Dat treintje, bent u hier met de trein gekomen?'

'Nee, ik geloof het niet. Met een taxi, denk ik.'

'Oké, taxi. Welke centrale? Hebt u misschien een bonnetje gekregen?'

Hij wijst naar de inhoud van de tas, die verspreid over zijn tafel ligt. Haar handen gaan onzeker door de spullen. Hij zucht. Het gaat hem allemaal veel te traag, maar hij wil de vrouw – Carolien – ook niet overstuur maken. Behoedzaam werpt hij een blik op de spullen en begint dan te helpen met sorteren. Eerst voorzichtig, maar als ze niet protesteert, maakt hij tempo. Oude supermarktbonnen, ongebruikte zakdoekjes, vouwblaadjes, wat make-up, pasjes en pepermuntjes. Geen bonnetje van een taxibedrijf of iets wat verwijst naar de kookcursus waar ze volgens eigen zeggen aan deelneemt. Ook geen adresboekje of iets anders waar het telefoonnummer van haar dochter in te vinden is.

Zijn behoefte aan koffie wordt intussen alleen maar groter en zijn maag zeurt om een ontbijt. Terwijl Carolien haar spullen weer in haar tas stopt, loopt Lorenzo naar de keuken. Hij trekt de koelkast open, maar met de paar spullen die daarin staan valt met de beste wil van de wereld geen ontbijt voor twee personen te maken. Met een klap slaat hij de deur dicht en zet het koffiezetapparaat uit.

'Kom, ik trakteer op een ontbijt buiten de deur voordat we verdergaan.' Hij wenkt Carolien dat ze hem voor moet gaan naar buiten, zodat hij zijn appartement kan afsluiten, wat ze zonder protesteren en zonder verdere vragen doet. Haar wantrouwen lijkt ze volledig te hebben laten varen.

Hij neemt haar mee naar een tentje een straat verderop en zwaait bij binnenkomst naar Renzo, de eigenaar, die er meteen aan komt.

'Goedemorgen signore Bianchi, hetzelfde als altijd?'

Lorenzo knikt en wijst naar Carolien. 'Hetzelfde als altijd keer twee.'

Renzo steekt zijn duim op en verdwijnt weer achter de bar. De twee gaan zitten en Carolien pakt een bierviltje van het tafeltje, dat ze door haar handen laat gaan. Zo zitten ze een tijdje in stilte, totdat Renzo twee kopjes espresso komt brengen. Wanneer hij weer vertrokken is, stelt Lorenzo eindelijk de vraag die al sinds gisteravond op zijn lippen ligt.

'Waarom was u eigenlijk bij Sergio Mattareze?'

Caroliens gezicht betrekt en ze kijkt hem recht aan. 'Gewoon, om herinneringen op te halen. Sergio en ik kennen elkaar al heel lang.'

Er gaat een kriebel door zijn buik en hij moet moeite doen om zijn opwinding te verbergen. 'O, waar kent u hem dan van?'

'Van school en zo.'

Hij moet zichzelf bedwingen. Zou ze dan toch...? Maar de vrouw lijdt aan dementie en hij kan dus onmogelijk weten of de herinneringen die ze nog heeft waarheidsgetrouw zijn.

'En zo?' vraagt hij.

'We studeerden samen, maar trokken ook buiten schooltijd met elkaar op.'

'Maar u zei dat u in Nederland woont.'

'Ik heb in mijn puberteit een aantal jaar in Florence gewoond. Mijn vader was docent en heeft hier een paar jaar lesgegeven.'

'Toevallig op de International Academy of Florence?' Hij kan zichzelf nauwelijks meer inhouden.

'Nee, de universiteit van Florence...'

De teleurstelling moet af te lezen zijn op zijn gezicht, maar Carolien lijkt het niet in de gaten te hebben. Ze praat gewoon door. 'Maar ik heb zelf drie jaar op de International Academy of Florence gezeten. Sergio en ik zaten in dezelfde klas.'

Lorenzo heeft het gevoel dat hij elk moment kan ontploffen. Dit is te mooi om waar te zijn. *Inderdaad, dus laat je niet te veel meeslepen en blijf je gezonde verstand gebruiken.*

'Wanneer was dat ongeveer?'

'De jaren tachtig.'

Het ontbijt wordt neergezet en Lorenzo bedankt met een kort knikje. Hij moet nu doorpakken voordat Carolien haar helderheid weer verliest. Hij heeft vanochtend gezien hoe snel de mist in haar hoofd kan optrekken, maar hij is ook niet vergeten hoe ze er gisteravond aan toe was toen hij haar oppikte. Hij hoopt vurig dat die apathische en gedesoriënteerde toestand nog even uitblijft.

'De jaren tachtig,' herhaalt Lorenzo haar laatste woorden. 'Dan hebt u wellicht ook die zelfmoord meegemaakt van dat meisje?'

Hij vraagt het semiargeloos, terwijl hij ondertussen schietgebedjes doet dat Caroliens geheugen deze herinneringen niet heeft gewist. Haar gezicht betrekt en ze staart voor zich uit. Blijf bij me, blijf bij me, smeekt hij in gedachten en het lijkt of ze zijn smeekbede hoort. Ze kijkt hem recht aan met een felle, heldere blik in haar ogen.

'Het was geen zelfmoord.'

16

Nienke legt een stapel affiches op de bijrijdersstoel van haar huurauto en klikt haar gordel vast. Hoewel het amper zeven uur in de ochtend is staan haar medecursisten – met John vooraan – en Bas en Claudette met z'n allen naast haar auto om haar uit te zwaaien.

'Succes, Nienke, en hou ons op de hoogte,' zegt Claudette door het open raampje.

'Dat zal ik doen,' antwoordt ze met een verbeten gezicht. 'Ik hoop vanavond weer met jullie aan tafel te zitten. Samen met mijn moeder.'

Dat ze daar helemaal niet zeker van is, illustreert de koffer op de achterbank, waar ze wat kleren en toiletspullen in heeft gestopt, mocht ze onverhoopt in Florence moeten overnachten om haar zoektocht de dag erna voort te zetten.

'Weet je zeker dat je in je eentje wilt gaan?' vraagt John voor de zoveelste keer die ochtend bezorgd.

'Ja. Ik wil jullie cursus niet nog verder verpesten of mensen hun vakantie afnemen. Het is al erg genoeg dat het allemaal zo gelopen is en jullie er gisteren al zo druk mee waren.'

'Maak je vooral niet druk om ons, dit is overmacht en niemand kan daar wat aan doen,' stelt Claudette haar gerust. 'Ook tijdens een vakantie gaat het leven door, met zijn mooie momenten en zijn tegenslagen.'

'Ja, we duimen voor je dat je Carolien snel vindt en dat we inderdaad vanavond met zijn allen aan het diner zitten,' vult

Bas zijn vrouw aan. 'Reken er maar op dat we dan een extra flesje opentrekken om dat te vieren.'

Hij geeft een paar klopjes op het dak en doet dan een stap achteruit. De rest van het gezelschap volgt zijn voorbeeld, zodat Nienke genoeg ruimte heeft om weg te rijden. Dat doet ze dan ook meteen. Ze drukt nog een keer op de claxon, steekt een zwaaiende hand door het raampje en laat de auto vervolgens rustig van het terrein af rollen. Zodra ze bij de doorgaande weg aankomt, sluit ze het raampje om te voorkomen dat haar affiches van de stoel waaien en zet ze de airco vol aan om de kokende auto te koelen. Ze geniet van de frisse luchtstroom die de zweetdruppels op haar gezicht droogblaast. Vluchtig controleert ze of ze haar oortje goed in haar telefoon heeft geplugd en als dat het geval blijkt te zijn, draait ze het nummer van Marieke van Dinter. Ze krijgt de voicemail van haar advocate en spreekt deze ongeduldig in. Ze weet dat Marieke meer te doen heeft dan alleen Levi op te sporen en haar te woord te staan, maar ze had gehoopt dat er zo langzamerhand wat nieuws zou zijn. Elke seconde waarin ze niet weet of alles goed is met Levi, is er een te veel.

Ze toetst het nummer van Noor in en in tegenstelling tot Marieke neemt zij wel meteen op.

'Nienke, je bent me net voor,' hijgt haar zus in haar oor. 'Ik pakte net mijn telefoon om je te bellen. Al nieuws over mama?'

'Nee, helaas. Ik hoopte dat jij me iets meer kunt vertellen over Levi. Ik krijg Marieke niet te pakken en ik weet niet waar ik het zoeken moet van de ongerustheid.'

'Misschien heb ik een lichtpuntje voor je. Hulp uit onverwachte hoek. Ik ben gisteravond bij Kevins ouders langs geweest en ze waren godzijdank nog thuis ook. Wat blijkt, ze zijn zwaar *pissed off* dat Kevin hun kleinzoon heeft ontvoerd naar het buitenland.'

'Serieus? Ze zitten dus niet in het complot? En waarom heb je me daar gisteren niet meteen over gebeld?'

'Wacht nou even, laat me uitspreken. Nee, zijn ouders zitten zeker niet in het complot en ik heb je niet gebeld omdat ik nog op bevestiging wachtte. Kevin heeft dit allemaal achter hun rug om gedaan en daar zijn ze op zijn zachtst gezegd niet blij mee. "Uitermate teleurstellend" was de letterlijke tekst van zijn vader.'

'Hebben zij wel contact met Kevin kunnen krijgen?'

'Ja, dat hebben ze dus. Meerdere malen zelfs. Zijn pa heeft hem voor van alles en nog wat uitgemaakt en gedreigd hem te onterven als hij niet meteen het eerste vliegtuig terug naar huis pakt. De financiële steun aan zijn bedrijf kan hij ook vaarwel zeggen als hij niet naar papa luistert.'

'En was Kevin daarvan onder de indruk?'

'Ja, en daar wachtte ik dus op. Zijn moeder belde me zojuist met de mededeling dat het zeker is dat Kevin en Levi morgen samen landen op Schiphol. Ik ga met zijn ouders naar het vliegveld, allebei in onze eigen auto. Ik neem Levi dan onder mijn hoede en zij nemen Kevin onder handen. Hun advocaat neemt dan contact op met Marieke om alles in der minne te schikken. Ze zijn als de dood dat jij aangifte doet en dat Kevin zijn rechten wat betreft Levi verliest en zij hun kleinzoon niet meer mogen zien.'

Nienke kan een snik niet langer onderdrukken. 'Hij komt dus thuis, Noor? Is het echt waar?'

'Morgen rond deze tijd ligt jouw kleine man veilig in de armen van tante Noor en geloof me, totdat jij weer thuis bent verlies ik hem geen seconde meer uit het oog.'

Nienke begint steeds harder te huilen en ze moet haar auto langs de kant van de weg zetten omdat ze door haar waas van tranen niets meer ziet. Het duurt een tijdje voordat ze zichzelf weer onder controle heeft. Dan haalt ze een paar keer diep adem en droogt haar natte wangen, voordat ze weer in staat is om te spreken. 'Sorry, zus, het werd me allemaal even te veel, maar ik ben er weer. Het is zo'n opluchting dat het met Levi goed lijkt te komen. Weet je hoe het met hem is?'

'Volgens Kevins moeder goed. Ze heeft hem even kort gesproken.'

'Beseft hij wat er aan de hand is?'

'Nee, hij denkt dat zijn vader hem als verrassing een paar dagen mee op vakantie heeft genomen omdat jij ook op vakantie bent. Hij heeft geen idee dat zijn vader er eigenlijk een héél lange vakantie van wilde maken.'

'Gelukkig,' verzucht Nienke.

'Wat denk je? Laat je Kevin hiermee wegkomen of ga je aangifte doen en volledige voogdij aanvragen?'

'Het liefst zou ik het laatste doen, Noor, maar ik heb er simpelweg de puf niet voor om die strijd met Kevin aan te gaan nu het met mama steeds slechter gaat. Ik ben op dit moment op weg naar Florence om haar te zoeken. Ik maak me echt heel grote zorgen en de politie weigert iets te doen. En er is nog een heel rare ontwikkeling in deze zaak.'

Nienke praat haar zus bij over het medaillon van hun moeder dat door de taxichauffeur is gevonden en de foto van het meisje die erin verstopt zat, achter de foto van hun vader.

'Wauw, wat mysterieus allemaal. Ik had niet gedacht dat mama geheimen voor ons had. Jij?'

'Nee, ik was ook heel verbaasd toen ik die foto ontdekte, vooral ook omdat ze altijd zo onverschillig doet over de periode dat ze in Italië heeft gewoond. Ik heb recent een aantal pogingen gedaan om met haar over die jaren te praten, maar ze beweert zich er weinig van te kunnen herinneren en klapt daarna elke keer dicht. Ik kan me niet aan de indruk onttrekken dat ze zich elke keer als ik het aankaart achter haar alzheimer verschuilt. Er is meer aan de hand, dat merk ik aan alles. Het lijkt wel of ze een haat-liefdeverhouding heeft met Italië en tot nu toe kon ik daar niet goed de vinger op leggen.'

'Misschien dat die foto meer duidelijkheid schept?'

'Misschien, maar om mama daarmee te kunnen confronteren, zal ik haar eerst moeten vinden. Op dit moment heb ik daar een hard hoofd in, met de weinige aanknopingspunten die ik heb. Ik ben zo bang dat er iets ergs met haar is gebeurd. Een ongeluk, een overval...'

'Het heeft weinig zin om jezelf gek te maken met allerlei scenario's als je geen feitelijke informatie hebt. Probeer je hoofd een beetje koel te houden, zodat je helder kunt nadenken.'

'Jij hebt makkelijk praten.'

'Nee, dat heb ik niet. Het is ook mijn moeder en ik ben nog verder bij haar vandaan dan jij. Wat ik alleen maar wil zeggen is dat je moet proberen niet in paniek te raken, want daar heeft niemand wat aan. Zet de knop om, blijf kalm.'

'Ik zal mijn best doen, maar ik weet niet zeker of me dat gaat lukken. O, wacht, Noor, ik ga je even hangen, ik krijg een tweede lijn. Het is Marieke.'

Terwijl ze Noor wegdrukt, stuurt Nienke haar auto weer de weg op terwijl ze het gesprek met haar advocate aanneemt.

'Marieke, hoi. Ik hang net op met Noor, dus ik ben al een beetje bijgepraat over de draai van Kevins ouders in ons voordeel.'

'Ja, dat is een onverwachte meevaller die ons heel veel gedoe en werk gaat besparen. Het is nu goed om voor jezelf op een rijtje te zetten wat je verder wilt. Kevins advocaat heeft al contact met me opgenomen. Hij wil dat je de aangifte tegen Kevin niet doorzet. Kevin heeft een stomme fout gemaakt, bedoelde het niet zo, et cetera.'

'En wat heb je daarop gezegd?'

'Nog niks, alleen dat ik met jou zou overleggen.'

'Hoe reageerde hij daarop?'

'Nerveus. Hij was zijn grote mond wel een beetje kwijt. Hij weet donders goed dat het er voor Kevin niet best uitziet als je de aangifte doorzet. Zijn ouders hebben me ook al gebeld in een poging de angel uit de situatie te halen.'

'Als je het over de duivel hebt,' zegt Nienke terwijl ze weer een tweede lijn binnenkrijgt, 'ze proberen mij nu ook te bellen. Heeft het zin om op te nemen?'

'Nee, laat Kevins ouders en advocaat maar even aan mij over. Ik wil het zo zakelijk mogelijk houden en als jij ertussen gaat zitten, wordt dat lastig. Als je emotioneel bent laat je je sneller ergens in kletsen en neem je beslissingen waar je later misschien spijt van krijgt.'

'Hoe schat jij de kans in dat Kevin nog een keer zo'n kunstje flikt?'

'Lastig te zeggen. Zijn ouders hebben er flink de wind onder, maar hij blijft natuurlijk onvoorspelbaar. Ik verwacht dat hij zich de komende tijd in elk geval koest zal houden, maar ik kan niet goed inschatten of dat in de toekomst ook het geval zal zijn. Jij kent hem beter dan ik en kunt dat beter beoordelen.'

'Moet ik daar meteen over beslissen? Ik ben op dit moment op weg naar Florence om mijn moeder te zoeken.'

'Nog steeds geen nieuws?'

'Ik heb een summier aanknopingspuntje naar een school in Florence waar ze in haar tienerjaren een paar jaar op heeft gezeten, maar dat is het dan ook. De politie neemt haar verdwijning niet serieus.'

'Wat ontzettend frustrerend. Ik dacht dat het een regel was dat er in het geval van een vermissing van iemand met alzheimer kordater en sneller zou worden opgetreden.'

'Nou, van die regel hebben ze hier blijkbaar nog nooit gehoord. Ze vinden me overbezorgd en denken dat mijn moeder de hort op is omdat ze wilde ontsnappen aan mijn bemoeizucht.'

'Nou ja, belachelijk. Als ik iets voor je kan doen…'

'Het beste wat je voor me kunt doen, is dat gedoe met Kevin voor je rekening nemen. Zorg dat Levi weer veilig bij Noor terechtkomt, zodat ik me kan focussen op het terugvinden van mama. Ik voel me zo vreselijk verscheurd, Marieke. Ik zei het je al eerder, ik zou het liefst meteen naar Nederland vliegen voor Levi, maar ik kan mama ook niet in de steek laten. Ze hebben me allebei nodig en ik kan me niet in tweeën splitsen. Ik voel me de hele tijd schuldig, ik doe hen allebei tekort en ik weet niet hoe ik dat op moet lossen.'

'Jij doet niemand tekort, Nienke, echt niet. Ik begrijp dat het voor jou zo voelt, maar zowel je moeder als Levi mag de handen dichtknijpen met jou. Laat Levi nou maar aan mij en Noor over. Het gaat goed met hem en hij heeft geen idee van de strijd die er over zijn hoofd wordt gevoerd. Hij weet niet beter dan dat hij een paar dagen met zijn vader op vakantie is geweest en nu weer teruggaat naar tante Noor.'

'Wil je me in elk geval één plezier doen, Marieke?'

'Zeg het maar.'

'Zorg ervoor dat Levi bij Noor blijft totdat ik terug ben uit Italië. Daarna zien we wel hoe we de bezoekregeling weer oppakken, maar tot die tijd vertrouw ik Levi in elk geval niet aan Kevin toe.'

'Komt voor elkaar.'

'Fijn. Als alles weer een beetje tot rust is gekomen, dan wil ik met jou even zitten om te bespreken hoe we het verder gaan oppakken. Volledige voogdij aanvragen of niet? Het zou mijn voorkeur hebben om alles te laten zoals het is, mits Kevin zich aan de afspraken houdt. Mama wordt steeds zieker en ik zit niet te wachten op een extra juridische strijd. Ik geloof niet dat ik dat erbij kan hebben.'

'Dat snap ik heel goed. We gaan de dingen gewoon stap voor stap aanpakken en bekijken. Stap één is Levi weer in Nederland krijgen en stap twee is Kevins ouders voor ons karretje zien te spannen om hun zoon in het gareel te houden. Gezien hun woedende reactie op Levi's ontvoering denk ik niet dat dat een probleem zal zijn. Maar goed, ik weet wat me te doen staat, dus ik ga je nu met rust laten zodat je je weer kunt focussen op je moeder. Ik hou je in principe via appjes op de hoogte van de stand van zaken hier en bel je alleen als het niet anders kan, oké? En uiteraard laat ik het meteen weten zodra Levi weer voet op Nederlandse bodem heeft gezet. Noor en ik hebben goed contact, dus daar hoef je je ook geen zorgen over te maken.'

'Marieke?'

'Ja?'

'Dank je wel. Ik zou niet weten wat ik zonder je zou moeten.'

'Graag gedaan, Nienke, graag gedaan.'

17

'Geen zelfmoord?' vraagt Lorenzo, terwijl zijn hart zo hard in zijn keel bonkt dat hij bang is dat Carolien het kan horen kloppen. 'Bedoel je dan dat het meisje vermoord is?'

'Indirect, ja.'

'Indirect? Dat moet je me even uitleggen.'

'Ze is aangezet tot een gestoorde actie die verkeerd afliep.'

'Dan is het toch eerder een ongeluk?'

Carolien schudt woest met haar hoofd. 'O nee, zeker niet. "Een ongeluk" is een veel te lichte benaming voor wat daar gebeurd is. Het doet absoluut geen recht aan de situatie.'

'Nou maak je me wel heel nieuwsgierig. Kun je wat concreter zijn?'

'Dat zal best, dat ik je nieuwsgierig maak.' Carolien krijgt een triomfantelijke uitdrukking op haar gezicht en gaat rechter zitten. Van de bange houding die ze had toen Lorenzo haar gisteravond in de Via San Domenico aantrof, is niets meer over en de blik in haar ogen is nog steeds helder. Ze lijkt er plezier aan te beleven om Lorenzo steeds kleine stukjes aas toe te werpen. Hij vreet ze gretig op in de hoop dat hij uiteindelijk de grote vis kan vangen.

'Was je daarom gisteren bij Sergio Mattareze? Had dat iets te maken met die "indirecte moord"?' Hij maakt met zijn vingers aanhalingstekens in de lucht en kijkt Carolien gespannen aan.

'Dat was niet de hoofdreden om naar Mattareze te gaan, maar het had er wel mee te maken.'

Lorenzo zucht gefrustreerd. Carolien blijft maar om de hete brij heen draaien zonder op enig moment concreet te worden, maar kennelijk heeft ze nu door dat hij zijn geduld begint te verliezen, want ze biedt verkapt haar excuses aan.

'Weet je, Lorenzo, ik praat eigenlijk nooit over mijn tijd op de Academy. Er zijn behoorlijk wat traumatische dingen gebeurd waar ik het nog steeds moeilijk mee heb. Ik ben daar veel verloren. Mijn onschuld, mijn geloof in vriendschappen, vertrouwen in de mens... De enige manier om daar verder mee te kunnen leven was om het weg te stoppen en het er niet meer over te hebben. Inmiddels ben ik oud en wijs genoeg om te weten dat het verleden zich niet laat uitwissen, hoe hard je daar ook je best voor doet. Het ligt heel lang op de loer in een donker hoekje en als je het niet meer verwacht, dan grijpt het je bij de kladden. Zelfs mijn ziekte kan er op dit moment nog niet tegenop. Dat is wat er met mij gebeurde, nu ik na al die jaren weer in Italië ben en een foto van Sergio in de krant zag staan. Alles wat ik zo zorgvuldig probeerde te vergeten, komt de laatste dagen in volle hevigheid terug tijdens mijn heldere momenten.'

'En het heeft dus met Mattareze te maken?'

'Niet alleen, maar hij is wel de spil in het hele verhaal. De aanstichter van alles. Hij was de bedenker en de leider van het Leliegenootschap.'

Lorenzo kan amper stilzitten van opwinding. Eindelijk lijkt hij ergens te komen. Als hij Carolien zover krijgt om hem alles te vertellen, dan heeft hij echt iets in handen en kan hij van daaruit verder werken en onderzoeken.

'Waarom ben je zo geïnteresseerd in Sergio?'

Hij beseft dat als hij wil dat Carolien volledig open kaart speelt, hij dat zelf ook zal moeten doen. 'Ik doe research voor een boek over Sergio Mattareze. De man staat op het punt een belangrijke rol te gaan spelen in de landelijke Italiaanse politiek en mijn onderbuikgevoel zegt me dat dat heel slecht is voor mijn land. De man deugt van geen kant en dat probeer ik al een tijdje hard te maken. Er zijn wel geruchten over de dood van een meisje in zijn studententijd en de rol die dat Leliegenootschap erbij zou hebben gespeeld, maar tot nu toe heb ik niets zwart-op-wit gekregen. Ik baseer me momenteel op een anoniem dagboek dat tot mij is gekomen via een anonieme bron. In de archieven is niks terug te vinden en de mensen die ik gesproken heb, willen er niets of te weinig over kwijt. Het is me nog niet eens gelukt om de naam van het dode meisje te achterhalen. Ik weet alleen dat haar initialen DM zijn, maar daar houdt het op.' Hij besluit haar het hele verhaal rond Mancini en zijn arrestatie te besparen.

'Geloof jij in het lot, Lorenzo?' onderbreekt Carolien hem.

Hij denkt aan alle engeltjes die hij de afgelopen dagen op zijn schouder heeft gehad. Als die onder het lot vallen, dan gelooft hij daar wel in. De stilte die hij laat vallen om na te denken over Caroliens vraag duurt haar blijkbaar te lang, want ze geeft zelf antwoord. 'Ik denk dat het geen toeval is dat wij elkaar zijn tegengekomen. Dat mijn drang om mijn geweten te schonen en jouw vastberadenheid om Sergio ten val te brengen ons op de een of andere manier hebben samengebracht.'

'En wil jij dat ook, Mattareze ten val brengen?' vraagt Lorenzo, om maar meteen te weten hoe Carolien erin staat en hoeveel hulp hij van haar kan verwachten.

'Ik kán mijn geweten alleen maar schonen door Sergio ten val te brengen.'

Het is Lorenzo opgevallen dat Carolien de politicus consequent bij zijn voornaam noemt. Dat doet vermoeden dat er enige vorm van intimiteit tussen hen is geweest en hij besluit het maar meteen te vragen. Caroliens antwoord is helder.

'Er was een tijd waarin ik dacht dat Sergio de liefde van mijn leven was. Het heeft lang geduurd voordat ik hem helemaal los kon laten. Blijkbaar moest ik eerst mijn verstand verliezen om hem te vergeten.' Het cynisme in haar stem valt niet te missen als ze een verwijzing naar haar ziekte maakt. 'We zijn nooit echt intiem geweest, maar toch heb ik me nooit dichter bij iemand gevoeld dan bij hem. Hij had iets over zich waaraan ik geen weerstand kon bieden. In die tijd deed ik alles wat hij vroeg en ik was niet de enige die viel voor zijn charme en charisma. Daarom kon hij het Leliegenootschap ook oprichten. Mensen aanbaden hem, zowel vrouwen als mannen, en als ik jou moet geloven is dat nog steeds zo. Dat maakt Sergio ook zo gevaarlijk. Hij kan mensen dingen laten doen waar ze diep in hun hart niet achter staan of waar ze heel veel spijt van krijgen als ze zich aan zijn klauwen hebben weten te ontworstelen. Hij is zo manipulatief.'

'Dat klinkt als een soort sekteleider. Was het Leliegenootschap een soort sekte?'

'Op microniveau denk ik wel, ja. Dat bedoel ik in de zin dat het genootschap zich nooit buiten de kring van de Academy heeft begeven en dat het vrij snel ter ziele is gegaan. Het heeft een paar jaar bestaan, maar zich nooit echt geworteld.'

'Maar dat begrijp ik dan niet. Als Mattareze zo charismatisch was, hoe kan het dan dat zijn genootschap verloren is gegaan? Dat lijkt een contradictie.'

'Dat had niets te maken met Sergio's charme of de wil van zijn aanhangers om hem te volgen, maar alles met de dood van die studente. Het Leliegenootschap bewoog zich "ondergronds" en was alleen toegankelijk voor ingewijden die de toelatingstest goed hadden doorstaan. Natuurlijk waren er wel geruchten, maar alle ingewijden zwegen als het graf.'

Lorenzo trekt zijn wenkbrauwen op.

'Oké, zwijgen als het graf is misschien niet zo'n handige beeldspraak in dit geval. Toen een van de leden de dood vond bij de toelatingstest, waren de poppen aan het dansen.'

'En dat lid was die studente die zogenaamd zelfmoord had gepleegd door van het dak van de campus te springen?'

'Klopt.'

'Wat was haar naam?'

'Wist ik het maar. Hoewel ik me over het algemeen het verleden met dat stomme hoofd van me nog vrij aardig voor de geest kan halen, zijn er ook details die ik me niet meer kan herinneren. De naam van die studente is daar een van. Misschien dat het me later nog te binnen schiet, maar op dit moment kom ik er niet verder mee. En jij dus helaas ook niet.'

Hij vertelt haar over het bestaan van de jaarboeken en hoe hij werd gestoord op het moment dat hij die bij de vroegere directeur van de International Academy of Florence, Enrico Mancini, wilde inzien. Terwijl hij zijn verhaal doet, beginnen Caroliens ogen te stralen en ze tikt hem enthousiast op zijn hand.

'Ik heb een idee. Die jaarboeken zijn ook aanwezig in de bibliotheek van de Academy. Toen ik daar op school zat, was er een aparte sectie voor. We moeten naar die bibliotheek toe!'

'Is er dan vrije toegang tot die bibliotheek? Ik heb namelijk de huidige directeur, Jovani Valentini, recent gesproken en die begon meteen te dreigen met rechtszaken toen ik hem vroeg naar het Leliegenootschap, de dood van die studente en Mattareze. Ik denk niet dat hij mij toelaat in die bibliotheek.'

'O, dat is nou jammer. Ik denk niet dat de bibliotheek zomaar voor iedereen toegankelijk is. Je kon er in mijn tijd alleen terecht als student van de school, dat zal nu niet anders zijn...'

Ze klinkt terneergeslagen en hij ziet dat haar moedige poging om weer wat controle over haar leven te krijgen, in schoonheid dreigt te sterven. Een enkel moment is ze helder, maar ze weet dat ze zo weer kan wegglijden in de schemerwereld van haar ziekte.

'... maar hoewel die directeur jou als journalist misschien niet zal toelaten in de bibliotheek, Lorenzo, krijgt een oud-studente met alzheimer, die samen met haar neef alle belangrijke plekken in haar leven nog eens wil bezoeken voordat ze alles vergeet, misschien wel toegang.'

Nu zijn het Lorenzo's ogen die beginnen te stralen. Hij heeft zich suf gepiekerd over hoe hij de Academy kan binnenkomen zonder dat Valentini hem zou laten verwijderen, en Carolien biedt hem nu de oplossing op een presenteerblaadje aan. 'Dat zou zomaar kunnen werken,' zegt hij peinzend. 'Het is in elk geval een poging waard.'

'Echt waar?' Ze kijkt hem hoopvol aan.

'Absoluut, we gaan ervoor! Ik ben zo blij dat je me wilt helpen. Dankzij jou kom ik eindelijk een stap verder.'

'Jij helpt mij ook, Lorenzo. Voor het eerst in lange tijd voelt het weer alsof ik er nog toe doe. Ik wil nog één keer in mijn leven iets... iets van belang doen, voordat ik mijn verstand voorgoed verlies. Er is alleen één ding dat je goed moet beseffen, en dat is dat ik me morgen dit gesprek waarschijnlijk niet meer herinner. Je zult me dus steeds weer moeten vertellen wat we aan het doen zijn en er zullen ook momenten zijn dat je me helemaal niet kunt bereiken en dat je op jezelf aangewezen bent. Vandaag heb ik tot nu toe een heldere dag, maar dat kan als een blad aan de boom omslaan.'

Lorenzo knikt begrijpend. 'In dat kader lijkt het me goed als we dan maar meteen actie ondernemen en een afspraak maken met Valentini. Ik vrees dat jij hem zelf zult moeten bellen, aangezien hij mijn stem waarschijnlijk herkent en onze truc meteen doorziet. De man is niet gek en zeer op zijn qui-vive, daar kunnen we van uitgaan.'

'Oké, geef je telefoon maar.'

Lorenzo zet zijn nummerherkenning uit, zodat Valentini niet ziet dat Carolien met zijn telefoon belt, en overhandigt haar het toestel. Ze staat op.

'Waar ga je naartoe?'

'Naar buiten. Het is hier te rumoerig en ik moet me goed

kunnen concentreren om dit gesprek te kunnen voeren.'

Paniek maakt zich van Lorenzo meester wanneer ze langs hem heen naar buiten loopt. Kan hij ervan uitgaan dat ze dit kan? Er hangt veel af van het gesprek, maar hij beseft ook dat er niets anders op zit dan haar te vertrouwen. Met haar verleden op de school komt ze allicht verder bij die directeur dan hijzelf. Valentini kan haar verbintenis aan de school immers met weinig meer dan een druk op de knop controleren. Het is alleen te hopen dat hij Carolien vervolgens niet koppelt aan dat Leliegenootschap en haar daardoor voor de zekerheid buiten de deur houdt. Het is allemaal een gok, maar toch denkt hij dat zijn beste kansen bij haar liggen. Maar waarom duurt het dan zo lang voordat ze terugkeert? Hoe lang kan zo'n gesprek nou helemaal duren? En is het positief of negatief dat ze zo lang wegblijft? Als ze Valentini al die tijd aan de praat heeft weten te houden, dan is dat wellicht positief. Met hem was de man zo klaar. Maar voor hetzelfde geld heeft ze weer een terugval en weet ze niet meer waarom ze op straat staat met een telefoon in haar hand, of erger nog, weet ze helemaal niet meer waar ze is en loopt ze als een kip zonder kop rond.

Net als hij zijn zenuwen niet meer kan onderdrukken en op weg is naar de uitgang om te kijken of alles goed is met Carolien, komt ze binnen. Ze negeert zijn bezorgde uitdrukking en kijkt hem triomfantelijk aan.

'Ik denk dat we ons ontbijt moeten afbreken, want we kunnen over een halfuur terecht voor een rondleiding op de Academy.'

18

Lorenzo's handen plakken aan het stuur van de Lancia. Hoe dichter ze de school naderen, hoe zenuwachtiger hij wordt. Carolien lijkt er minder last van te hebben en kijkt met een uitgestreken gezicht naar de weg. Na een stilte van een paar minuten schraapt Lorenzo zijn keel.

'Misschien is het goed als je me vertelt wat er precies met het overleden meisje is gebeurd, voordat we de school in gaan? Hoe meer achtergrondinformatie ik heb, hoe beter.'

'Om te snappen wat er met haar is gebeurd, moet ik je eerst meer vertellen over het Leliegenootschap en de filosofie erachter. Context is belangrijk in dit verhaal. Het genootschap was gebaseerd op het principe van vrijheid en zuiverheid. Om als mens de status van vrijheid en zuiverheid te kunnen bereiken, moest je volgens het genootschap – oftewel Sergio Mattareze – bevrijd zijn van angst. In de praktijk betekende het dat je je grootste angst onder ogen moest zien en moest overwinnen. Het overwinnen van die angst was het toelatingsexamen dat iedere uitverkorene moest afleggen om tot het genootschap toe te mogen treden.'

'Heb jij ook zo'n toelatingsexamen gedaan?'

'Ja, maar daar hebben we het later wel over. Laten we het voor nu houden bij de omgekomen studente. Zij had last van ernstige hoogtevrees en was doodsbang om van grote hoogte naar beneden te vallen. Sergio bedacht als leider van het genootschap bij elke angst van zijn uitverkorenen een "uitdaging". Voor het bewuste meisje verzon hij dat ze van het dak van de school moest abseilen. Hoewel ze eerst weigerde, liet ze zich uiteindelijk toch door Sergio overhalen. Hij overtuigde haar ervan dat er niets mis kon gaan en dat ze een compleet ander en beter mens zou zijn als ze haar angst te lijf ging. Maar het ging gruwelijk mis. Sergio liet haar 's nachts op het dak van de school klimmen. Op de een of andere manier had hij een reservesleutel van de school weten te bemachtigen. Hij ging met het meisje mee naar de torenkamer, waar een plat dak aan grensde. Hij deed haar zelf het tuig om en zekerde het touw aan een ring in de stenen balustrade. Daarna praatte hij net zo lang op haar in totdat ze uiteindelijk naar de rand van het dak liep. Ik stond samen met een paar uitverkorenen beneden om alles gade te slaan. We hielden onze adem in en net toen we dachten dat ze het toch niet durfde, stapte ze achterover van de rand.

De eerste twee meter ging het goed, maar toen raakte ze in paniek. Ze begon te slingeren, steeds wilder, en door die beweging werd de ring waaraan ze vastzat uit de muur getrokken. Ze viel met haar hoofd naar beneden te pletter op de grond en was op slag dood. Je hoefde geen dokter te zijn om te zien dat ze haar nek had gebroken. Wij stonden er allemaal als verlamd bij te kijken, totaal in shock. Toen kwamen de paniek en het gegil. Niemand wist wat-ie moest doen, niemand durfde naar haar toe te gaan of haar aan te raken. De enige die in staat was zijn hoofd erbij te houden, was Sergio. In no time was hij beneden op de plek van het ongeluk. Hij wist ons te kalmeren en had meteen een plan klaar. We moesten het op een zelfmoord laten lijken. Hij stuurde mij en een vriendin naar binnen om een afscheidsbrief in elkaar te flansen. We mochten hem niet met de hand schrijven, maar moesten hem op de computer maken en uitprinten. Dan zou het niet opvallen dat het meisje hem niet zelf had geschreven. We hadden destijds een paar matrixprinters op school die dag en nacht aanstonden en waar we gebruik van konden maken. Terwijl ik druk was met de brief, ontdeed Sergio het meisje van haar veiligheidstuig. Omdat ze op haar rug lag, heeft hij de geprinte afscheidsbrief opgevouwen in een van de voorste zakken van haar spijkerbroek gestopt. Vervolgens zijn we er met het tuig en de touwen vandoor gegaan, nadat hij ons had laten zweren dat we nooit aan iemand zouden vertellen wat er echt was gebeurd. Tot op de dag van vandaag heb ik me daaraan gehouden, net als de anderen.'

Lorenzo heeft al die tijd ademloos naar Carolien geluisterd en fluit tussen zijn tanden. Hij voelt zich geroepen om iets te zeggen. 'Het lijkt erop dat jij niet de enige bent met een bezwaard geweten. Degene die mij het dagboek heeft gestuurd vond het blijkbaar ook tijd om zijn of haar mond niet langer te houden.'

Carolien knikt. 'Ik vraag me af wie het is geweest.'

'Kan het die vriendin zijn met wie je die afscheidsbrief hebt gemaakt?'

'Luna? Ik weet het niet. Ik heb al bijna veertig jaar geen contact meer met haar. We hebben destijds enorme ruzie gehad om Sergio en elkaar daarna nooit meer gesproken.'

'Nooit meer?'

'Nee. Weet je, Luna is de eigenlijke reden dat ik gisteravond naar Sergio ben gegaan. Luna was vroeger...' Carolien valt stil en het duurt even voordat ze haar verhaal weer vervolgt. 'Laten we het er maar op houden dat ik haar nooit vergeten ben en sinds ik in Italië ben, werd de drang om haar te vinden met de dag groter. Ik heb het verleden altijd willen vergeten, maar nu vergeten door de alzheimer niet meer mijn eigen keus is, wil ik mijn herinneringen vasthouden zolang het kan. En proberen de fouten die ik heb gemaakt zo veel mogelijk recht te zetten. Ik wil vrede sluiten met Luna.'

'Alleen weet je niet waar ze woont.'

'Nee. Maar toen zag ik gisteren ineens in een krant een portret van Sergio en toen heb ik in een opwelling een taxi gepakt en me laten afzetten in de buurt waar hij vroeger woonde. Ik hoopte dat hij me kon vertellen waar Luna was. Alleen bleek hij te zijn verhuisd. Ik heb toen een paar uur rondgezworven, omdat ik geen flauw idee had waar ik heen moest, en toen bedacht ik dat ik waarschijnlijk zijn adres wel online kon vinden. Dus toen ben ik een internetcafé in gedoken en zo kwam ik uiteindelijk in de Via San Domenico terecht.'

Lorenzo is verbaasd. De verwarde vrouw die hij gisteren aantrof, lijkt een heel andere persoon dan de kalme, zelfbewuste vrouw die nu vertelt dat ze in een internetcafé is geweest om onderzoek te doen.

'Wat?' zegt ze, alsof ze zijn gedachten kan raden. 'Dat ik alzheimer heb wil niet zeggen dat ik achterlijk ben. Tijdens mijn heldere momenten weet ik echt wel hoe ik iets online kan opzoeken.'

'Dat blijkt. Maar goed, je vond Mattareze en hij liet je binnen. En toen?'

'Hij vertelde me dat, voor zover hij wist, Luna dood was. Zelfmoord of een ongeluk. Ik weet alleen niet of ik hem moet geloven. Ik zou zweren dat ik Luna heb gezien toen ik met mijn dochter en wat andere mensen in een stadje was waar ik de naam van ben vergeten.'

'Dat stadje met die B&B waar je verbleef met je dochter?'

'Ja. Luna stond me vanuit een steegje gade te slaan. Ik zou zweren dat zij het was, maar na wat Sergio me heeft verteld, weet ik het niet meer. Ik kan de laatste tijd niet bepaald meer op mezelf vertrouwen. Af en toe… heb ik levensechte visioenen, beelden uit het verleden, en bovendien was het donker toen ik Luna in die steeg zag staan. Ik weet niet meer wat echt is en wat niet. Ik word er gek van.'

Voor het eerst sinds ze aan hun missie zijn begonnen, betrekt Caroliens gezicht weer en springen de tranen in haar ogen. Lorenzo klopt haar onhandig op haar schouder en weet niet zo goed wat hij moet zeggen. Hij heeft nooit goed om kunnen gaan met emoties, laat staan met de sentimenten van anderen. 'Eh, mocht je eraan twijfelen, ik ben echt,' zegt hij dan maar. 'Je mag in mijn hand knijpen als je behoefte hebt aan tastbaar bewijs.'

'Nee, dat hoeft niet,' antwoordt Carolien, terwijl ze zijn uitgestoken hand in het luchtledige laat hangen. Hij pakt het stuur maar weer met beide handen vast.

'Nog even over dat dagboek dat ik heb gekregen,' verbreekt hij de ongemakkelijke stilte, 'er zat een pagina in met een vreemde opsomming die ik nu veel beter begrijp.'

'Wat voor opsomming?' vraagt Carolien nieuwsgierig.

'Uit mijn hoofd: "Grote hoogte", "Boterham met pindakaas" en "Zand erover". Daaronder was een doodskist getekend. Na wat je me hebt verteld, krijg ik sterk het vermoeden dat deze opsomming te maken heeft met die toelatingsexamens voor het Leliegenootschap waar je het over had. Klopt dat?'

Carolien knikt bevestigend.

'"Grote hoogte" was vast de uitdaging die DM moest volbrengen.'

Weer knikt Carolien.

'Wil je me meer vertellen over "Boterham met pindakaas" en "Zand erover"?'

'Straks misschien. Ik wil eerst ons bezoekje aan de school tot een goed einde brengen. Het kost me al genoeg energie om mijn hoofd erbij te houden en ik weet niet hoe lang ik dat nog volhou.'

Lorenzo probeert zijn teleurstelling te verbergen en begrip te tonen. Wat kan hij anders? Het liefst zou hij alle informatie nu onmiddellijk uit haar trekken, uit angst dat ze zich bedenkt en haar verhaal niet meer met hem wil delen. Of niet meer met hem kán delen als haar geheugen haar weer in de steek laat. Hij troost zichzelf met de gedachte dat hij, dankzij de informatie die Carolien hem tot nu toe al heeft verstrekt, in elk geval verder is dan ooit. Hij kan voortborduren op haar verhalen.

Ze naderen intussen de International Academy of Florence en hij ziet Caroliens gezicht verstrakken. Haar ademhaling wordt onrustig en ze begint nerveus met haar middelvingers tegen haar duimen aan te tikken.

'Is het eng voor je om de plek des onheils weer te zien?'

'Ja, het doet me meer dan ik dacht.'

'Ik ben bij je, je hoeft nergens bang voor te zijn,' probeert hij haar en zichzelf te overtuigen. Er verschijnt een voorzichtig lachje op haar gezicht.

'Ik weet het. Ik zal proberen om me niet aan te stellen en ons doel voor ogen te houden.'

Hij stuurt de auto het parkeerterrein voor de school op en laat het karakteristieke gebouw even op zich inwerken als de auto op zijn plek staat. Carolien lijkt hetzelfde te doen, en gooit dan ineens haar deur open en stapt uit. Lorenzo pakt haar tas, haalt een verfrommeld baseballpetje uit zijn dashboardkastje en volgt haar voorbeeld. Hij sluit de auto af en moet er flink de pas in zetten om Carolien in te halen.

'Wat een haast ineens,' hijgt hij, terwijl hij de pet op zijn hoofd zet.

'Als ik nu niet doorzet, doe ik het nooit meer.' Ze kijkt hem aan en begint te lachen. 'Moet dat, die pet? Je lijkt wel een landloper.'

'Ik wil voorkomen dat Valentini mijn gezicht goed ziet. Ik wil zo min mogelijk lijken op de foto's die op internet van me te vinden zijn.'

'Wacht even dan.'

Ze pakt de pet van zijn hoofd en strijkt zo goed en zo kwaad als ze kan de vouwen eruit. Vervolgens zet ze hem weer op zijn hoofd en stopt zijn haren er zo goed mogelijk onder. Daarna trekt ze de klep naar beneden, waardoor er een schaduw over zijn gezicht valt. Ze loopt een stukje bij hem vandaan en bekijkt goedkeurend het resultaat. 'Zo, dat is beter.'

Zij aan zij begeven ze zich naar de school. Via een grote

stenen poort lopen ze het terrein op en Lorenzo's oog wordt meteen naar de klokkentoren van het geel-met-witte gebouw getrokken. Carolien, daarentegen, kijkt strak voor zich uit. Op het plein, waar bankjes en royaal gevulde bloembakken elkaar afwisselen, staan en zitten overal groepjes studenten. Sigarettenrook kringelt op verschillende plekken omhoog en er klinkt gelach en geschreeuw. Lorenzo voelt steeds meer nieuwsgierige ogen op zichzelf en Carolien gericht.

'De avondschool voor bejaarden zit een paar honderd meter verderop,' schreeuwt iemand hun na. Het is het type stoere jongen met wie alle jongens bevriend willen zijn en alle meisjes verkering willen. Het type jongen dat Lorenzo nooit geweest is en dat hem in zijn eigen schooltijd altijd met de nek aankeek.

Het groepje studenten dat om de jongen heen staat lacht smakelijk om zijn grap en wisselt high fives met hem uit. Hoewel Lorenzo de jongen het liefst een toontje lager laat zingen, houdt hij zijn mond. Hij wil zo min mogelijk aandacht trekken en een opstootje is het laatste wat hij kan gebruiken. Hij pakt Carolien bij haar arm en leidt haar naar de ingang van de school. Zonder te protesteren haakt ze haar arm in de zijne en fluistert: 'Laten we maar een beetje familiair doen, je bent tenslotte mijn neef.'

Lorenzo lacht en helpt haar het trapje op dat naar de uitnodigend openstaande houten deur met barok sierwerk leidt. Boven de deur hangt een indrukwekkend fronton met een lelie. Binnen in de ruime entree ligt een grijze gietvloer. De wanden zijn voorzien van donkere houten lambriseringen en geel stucwerk. Aan het plafond hangt in een keurige rechte lijn een drietal kroonluchters. In eendrachtige samenwerking met de zon, die door verscheidene boogramen binnenvalt, zetten ze de hal flink in het licht. Ook hier drommen her en der groepjes studenten samen.

Aan hun rechterkant zit een slanke Italiaanse dame achter

een balie die van hetzelfde hout is vervaardigd als de lambrisering. Boven op de balie staat een goudkleurig bordje waar met zwarte letters BANCO INFORMAZIONI op staat. Lorenzo stapt er voortvarend op af en vertelt de vrouw dat zijn tante, mevrouw Dijkstra, om elf uur een afspraak heeft met de conciërge voor een rondleiding. Ze kijkt even kort in een opengeslagen agenda die voor haar neus ligt en knikt terwijl ze ergens op de pagina een krulletje zet.

'Ik zal de heer Cinardo even bellen. Als u hier wacht, dan komt hij u zo ophalen.'

Ze lacht vriendelijk en pakt de mobiele telefoon die naast de agenda ligt. Lorenzo bedankt haar en voegt zich weer bij Carolien, die nog steeds bezig is de entree in zich op te nemen.

'Veel veranderd?' vraagt Lorenzo.

'De oude houten vloer is vervangen, de kroonluchters zijn vernieuwd en alles heeft een lik verf gekregen. Maar de sfeer is nog net als toen. Het is alsof ik mijn verleden binnenstap en mijn vriendinnen elk moment kunnen binnenlopen. Ik krijg er heimwee van.'

'Ondanks de slechte herinneringen?'

'Ja, dat verbaast mij ook. Het was niet alleen maar slecht. Ik ben hier ook een tijdje heel gelukkig geweest. Dat zou ik bijna vergeten.'

Carolien staakt haar verhaal als er een man met uitgestoken hand op hen af komt lopen.

'Welkom op uw oude school, signora Dijkstra,' spreekt hij in vlot Italiaans, terwijl hij haar hand pakt en hem enthousiast schudt. 'Ik ben Silvano Cinardo, de zoon van Vito. Kunt u zich hem nog herinneren?'

Carolien deinst achteruit en kijkt Silvano onbeholpen aan. Lorenzo ziet zich genoodzaakt om voor haar in de bres te springen.

'Aangenaam kennis te maken, meneer Cinardo. Mijn naam

is Lorenzo Bianchi en ik ben mevrouw Dijkstra's neef. Mijn tante lijdt aan de ziekte van Alzheimer en heeft daardoor problemen met haar geheugen. Misschien dat u wat meer kunt vertellen over uw vader, dan gaat er wellicht een lampje branden?'

'Natuurlijk. Vito was, zoals ik al zei, mijn vader en de conciërge in de tijd dat uw tante hier op school zat.'

'"Was", zegt u?'

'Ja, hij is helaas overleden. Nadat hij met pensioen ging, heb ik deze baan van hem overgenomen. Ik zie het maar een beetje als zijn erfenis.'

'Ach, wat erg dat hij dood is.' Carolien lijkt weer bij de les. 'Het was zo'n vriendelijke man. Altijd begaan met iedereen. Het is bijna onmogelijk om de school los van hem te zien.'

Lorenzo maakt een aantekening in zijn hoofd. Vito Cinardo was dus een spin in het web van de school in de tijd dat het Leliegenootschap actief was. Het is ongelooflijk jammer dat de man dood is en hij hem niet meer kan spreken, maar misschien heeft hij de verhalen en gebeurtenissen uit die tijd met zijn zoon gedeeld. Mocht dat het geval zijn, dan blijft het informatie uit de tweede hand, maar het is beter dan niets. Lorenzo besluit deze zoon, Silvano, pas aan het einde van de rondleiding hierover aan te spreken. Eerst maar eens achterhalen aan welke kant de goede man staat.

'Zullen we maar beginnen met de klaslokalen?' stelt de conciërge voor. 'Niet alle lokalen zijn op dit moment bezet, dus we kunnen even rustig rondkijken.'

'Ja, laten we dat doen,' antwoordt Carolien. Ze oogt wat nerveus.

'Volgt u mij maar.'

Silvano loopt rustig voor hen uit en Carolien en Lorenzo volgen. Carolien haakt haar arm weer in die van Lorenzo en deze keer is het geen toneelstukje. Ze doet het omdat ze steun van hem verwacht. Hij drukt haar arm even bemoedigend tegen zijn zij om haar te laten weten dat ze op hem kan rekenen. De conciërge loodst hen langs een groepje luidruchtige studenten een gang in. Tegen de wand staan ontelbare genummerde kluisjes in vrolijke kleuren. Carolien maakt zich los uit Lorenzo's arm en loopt ernaartoe, alsof de kluisjes een aanzuigende werking op haar hebben. Bij nummer honderdvierentwintig blijft ze staan. Met haar hand strijkt ze zachtjes over het blauwe deurtje, dat geflankeerd wordt door een geel en een rood. Haar wijsvinger laat ze even rusten op het cilinderslot.

'Was dit vroeger jouw kluisje?' vraagt Lorenzo.

Carolien lijkt hem niet te horen en hij tikt haar zachtjes tegen haar schouder. Verschrikt kijkt ze op en deinst dan achteruit. Lorenzo ziet meteen dat haar ogen niet goed staan. Complete desoriëntatie. *O nee, niet nu. Ik heb je hierbij nodig, Carolien!* Lorenzo steekt zijn hand uit naar Carolien en begint geruststellend tegen haar te praten, en vanuit zijn ooghoek ziet hij dat Silvano het tafereel met een bezorgd gezicht bekijkt. Carolien kruist haar armen beschermend voor haar borst en maakt geen aanstalten om Lorenzo's hand te pakken.

'Het is goed, tante Carolien,' spreekt hij haar toe. Hij waakt ervoor dat zijn stem rustig en gelijkmatig klinkt. 'Ik ben je neef Lorenzo en we zijn op je oude school voor een rondleiding. Weet je dat nog?'

'Wie ben jij?' prevelt ze. 'Ik heb helemaal geen neef die Lorenzo heet.'

Lorenzo lacht nerveus en voelt de moed in zijn schoenen zinken. Zijn stem klinkt wat onvast als hij zich tot Silvano wendt voor uitleg. 'Dít is dus alzheimer. Ze heeft gelukkig nog regelmatig heldere momenten, maar het komt steeds vaker voor dat ze van het ene op het andere moment niets meer herkent.' Hij probeert er triest bij te kijken en het lijkt te werken, want Silvano knikt begripvol.

'Vreselijk lijkt me dat. Mijn eigen vader had een kort ziekbed, maar is gelukkig wel al die tijd helder gebleven. Juist in die allerlaatste fase is communicatie zo belangrijk om alles goed af te kunnen sluiten.'

Lorenzo knikt nog maar eens. Wat moet hij daarop zeggen? Schuldgevoel steekt de kop op; hij staat hier voor die aardige oprechte man gewoon een toneelstukje op te voeren, maar wat moet hij anders? Ineens krijgt hij een idee.

'Ik weet niet of het veel zin heeft om nu met mijn tante door de school te lopen. Als ze zo'n absence heeft, krijgt ze er niks van mee en wordt ze alleen maar angstiger als ze op vreemd terrein is. Wat vaak wel helpt als ze zover heen is, is het bekijken van oude foto's. Soms haalt dat haar terug naar het nu en is het een houvast voor haar. Dus ik vroeg me af, is het misschien mogelijk dat we mijn tante een paar jaarboeken laten zien van de tijd dat ze hier op school zat? Het zien van oude klasgenoten en vrienden raakt misschien de juiste snaar.'

Verwachtingsvol kijkt Lorenzo Silvano aan en hij kan een zucht nauwelijks onderdrukken als de conciërge instemt met zijn voorstel.

'Dat zou mogelijk moeten zijn. We hebben een sectie met jaarboeken in de schoolbibliotheek. Er is vast wel ergens een rustig hoekje waar we kunnen zitten.'

'Het is inderdaad belangrijk dat mijn tante niet te veel externe prikkels krijgt als ze zo is,' beaamt Lorenzo.

'Uitstekend, dan ga ik u voor naar de bibliotheek.'

Lorenzo slaat zijn rechterarm om Caroliens ranke middel en pakt haar met zijn linkerhand zachtjes doch dwingend bij haar elleboog. 'Kom maar, tante Carolien, het is oké.' Hij duwt haar zachtjes vooruit en Carolien schuifelt als een zombie met hem mee.

'We moeten helaas wel twee trappen op, gaat dat lukken?' vraagt Silvano bezorgd als hij ze samen ziet stuntelen.

'Geen probleem,' antwoordt Lorenzo zelfverzekerd, maar dan ziet hij de trap opdoemen. Breed genoeg om met zijn tweeën naast elkaar omhoog te lopen, maar steil. Misschien wel te steil. Silvano ziet zijn aarzelende blik.

'Zal ik helpen? Ik kan haar vanaf rechts ondersteunen.'

'Ik denk dat dat een goed idee is. Dank u wel.'

Silvano voegt zich rechts van Carolien en pakt net als Lorenzo haar elleboog vast. Samen leiden ze haar de eerste treden op.

Hoewel Carolien fragiel is, kost het hun toch moeite om haar wankele lijf overeind te houden. Als twee studenten in volle vaart langs hen heen naar beneden stormen, verliezen ze bijna met z'n drieën hun evenwicht. 'Rotjongens,' vloekt Lorenzo zachtjes. In opperste concentratie vervolgen ze hun weg en wanneer ook de tweede trap geslecht is, haalt Lorenzo opgelucht adem. Ze lopen een gang in en als Lorenzo twee deuren ziet waar BIBLIOTECA boven staat, kan hij zijn opwinding bijna niet meer bedwingen. Eindelijk gaat hij het jaarboek inzien dat hem verder moet brengen. Eindelijk gaat hij ontdekken wat de volledige naam is van de studente met de initialen DM. Hij zet al koers naar de deur, als er achter hem voetstappen klinken – voetstappen die in rap tempo dichterbij komen.

'Dag Silvano,' klinkt een stem, die Lorenzo meteen herkent.

Loop door, loop door, smeekt Lorenzo in gedachten, maar Silvano houdt halt en wacht tot de man die hen begroette naast hen staat.

'Dag meneer Valentini,' zegt de conciërge met ontzag in zijn stem. 'Mag ik u even voorstellen aan een oud-studente en haar neef. Dit zijn signora Dijkstra en haar neef L...'

'Leonardo!' overstemt hij Silvano voordat de man zijn volledige naam heeft uitgesproken. Wat een ongelooflijke domkop is hij ook, om de conciërge zijn echte naam te geven. Directeur Valentini kan zich zijn voornaam vast nog herinneren van het vervelende telefoongesprek dat ze hebben gehad.

Silvano kijkt hem even verbaasd aan, maar herhaalt dan de

valse naam tegen de schooldirecteur. Valentini kijkt even onderzoekend naar Lorenzo en het zweet breekt hem uit onder de warme pet. Hij duwt de klep wat naar beneden en buigt zijn hoofd een stukje als begroeting. De man lijkt er genoegen mee te nemen en pakt Caroliens slanke hand tussen zijn eigen handen.

'*Benvenuto, signora Dijkstra.* Wat fijn dat u ons komt bezoeken.'

Carolien kijkt hem wazig aan.

'Mijn naam is Jovani Valentini en ik ben de directeur van de International Academy of Florence. In uw tijd was dat de heer Mancini, nietwaar?'

'Ik, eh...' stamelt Carolien.

Silvano springt voor haar in de bres voordat Lorenzo het kan doen, en hij is de conciërge er dankbaar voor. Hoe minder hij zegt, hoe kleiner de kans dat de directeur zijn stem herkent.

'Mevrouw Dijkstra heeft wat problemen met haar geheugen, u weet wel.'

'Ja, ja, dat hebben we besproken.'

'We gaan even wat oude jaarboeken bekijken in de hoop dat ze zich daarna weer wat dingen gaat herinneren. Oude klasgenoten, vriendinnen uit die tijd.'

'En over welke periode hebben we het dan ook alweer precies?' Valentini's stem klinkt ineens kil en hij kijkt Lorenzo doordringend aan.

'De jaren tachtig,' mompelt die als antwoord.

Valentini fronst zijn wenkbrauwen. 'Zou u die pet even kunnen afzetten, zodat ik u in de ogen kan kijken? Dat vind ik altijd prettig als ik een gesprek voer.'

Shit, hij vertrouwt het niet. Alsjeblieft, herken me niet. Niet nu ik zo dichtbij ben!

Lorenzo beseft dat hij geen keus heeft en doet zijn pet af. Zijn haren plakken tegen zijn schedel. Hij kan wel door de grond zakken als Valentini hem onderzoekend aankijkt en hij perst er een geforceerd glimlachje uit, maar de directeur lacht niet terug en zijn gezicht krijgt een grimmige uitdrukking.

'Kan het kloppen dat uw achternaam Bianchi is?' vraagt hij op mierzoete toon.

De atmosfeer voelt ineens stroperig en Lorenzo wordt licht in zijn hoofd.

'Uw gezicht vertoont niet veel gelijkenis met dat van uw tante. Weet u zeker dat u familie bent?'

'Eh...' stamelt Lorenzo.

'Leuk geprobeerd, meneer Bianchi. Wat denkt u nou? Dat ik achterlijk ben?' Hij richt zich tot de conciërge. 'Deze meneer is niet de neef van mevrouw Dijkstra, deze meneer is journalist bij *La Gazzetta del Giorno*. Hij is bezig met een lastercampagne tegen onze school.'

Silvano kijkt Lorenzo aan alsof hij niet kan geloven wat hij net gehoord heeft en Lorenzo kijkt beschaamd naar de grond.

De directeur focust zich weer op Lorenzo. 'Ik had u toch verzocht om de school met rust te laten? Er is niets waar van al die speculaties tijdens ons recente telefoongesprek.'

'Dus u blijft volhouden dat het Leliegenootschap nooit heeft bestaan, dat de dood van de studente een zelfmoord betrof en dat Sergio Mattareze een modelstudent was?' verweert Lorenzo zich.

'Dat is correct.' Valentini trekt zijn stropdas wat losser.

'Beginnen de leugens te knellen, meneer Valentini?' Lorenzo begint nu kwaad te worden.

De directeur gaat niet in op zijn vraag. 'Ik weet niet hoe het u gelukt is om onze oud-studente voor uw karretje te spannen en dit toneelstukje op te voeren, maar ik vind het walgelijk. Walgelijk dat u misbruik maakt van deze kwetsbare vrouw om uw zin door te drammen. Of is die alzheimer ook gespeeld?'

Op dat moment loopt Carolien bij hen vandaan en begint

door de gang te zwalken. Lorenzo snelt achter haar aan en met de nodige moeite weet hij haar terug te leiden naar de plek waar Valentini en Silvano staan. De kleine onderbreking is niet genoeg om de angel uit het gesprek te halen.

'Silvano, ik wil dat je deze mensen nu meteen naar buiten begeleidt. Mocht het nog niet helder zijn,' richt hij zich weer tot Lorenzo, 'bij dezen ontzeg ik u verdere toegang tot mijn school. Als ik ook maar een glimp van u opvang bij het gebouw of als ik u zie praten met een van onze studenten, zal ik onmiddellijk aangifte doen. En nou wegwezen.'

Hij wappert met zijn hand alsof hij een hinderlijke vlieg wegjaagt en beent bij hen vandaan. Silvano kijkt in eerste instantie zijn baas met open mond na en draait zich dan om naar Lorenzo en Carolien. Maar net als de conciërge iets wil zeggen, verdwijnt directeur Valentini uit het zicht en ziet Lorenzo zijn kans schoon. Hij besluit om open kaart te spelen.

'Het spijt me, Silvano. Ik ben iets op het spoor, iets groots, en om tot de bodem van deze zaak te komen moet ik toegang zien te krijgen tot de bibliotheek van de Academy.'

'U hebt tegen mij gelogen?' Het ongeloof klinkt door in de stem van de conciërge.

'Ja, maar ik kon echt niet anders. Zou je mij alsjeblieft vijf minuten willen gunnen in die bibliotheek? Ik móét iets opzoeken in het jaarboek van 1980. Er zijn in het verleden dingen gebeurd op deze school die niet pluis zijn. Vijf minuten maar en dan zijn we weg, dat beloof ik.'

'Als uw belofte net zoveel waard is als uw eerlijkheid, dan kan ik daar helaas niet op vertrouwen. U hebt me gewoon in de maling genomen. En ik weet niet precies wat haar rol in dit verhaal is' – hij wijst naar Carolien – 'maar het deugt van geen kant.'

'Alsjeblieft, vijf minuten. Ik ben zo dichtbij.'

'Waarom zou ik mijn baan voor u op het spel zetten? Meneer Valentini's woorden waren duidelijk genoeg.'

'Ik begrijp dat ik veel van je vraag, maar doe het voor de waarheid. Er wordt hier iets onder het tapijt geveegd, een schandaal dat een hooggeplaatst persoon betreft.'

'Van de waarheid kan ik mijn gezin niet voeden, meneer Bianchi.'

Ineens staat Valentini weer voor hun neus. 'Bent u hier nou nog steeds?'

'U kunt nu vrijwillig met me meelopen, anders bel ik de bewaking,' valt Silvano zijn baas bij.

Vazal, denkt Lorenzo, maar hij weet dat verder tegenstribbelen geen zin heeft. Hij pakt Carolien bij de hand en trekt haar mee. Apathisch, zonder vragen te stellen, volgt ze hem. Als hij omkijkt, ziet hij dat Valentini hen met een verbeten blik in zijn ogen nakijkt tot ze helemaal uit het zicht zijn verdwenen. Zo dichtbij. Hij was zo dichtbij...

Silvano is ondanks alles toch nog zo vriendelijk om Carolien de trap af te helpen en daarna dirigeert hij hen zwijgend naar de uitgang. Maar kennelijk is dat niet ver genoeg, want de conciërge begeleidt hen helemaal tot buiten, alsof hij zeker wil weten dat ze écht het gebouw hebben verlaten.

'We redden het zelf wel naar de parkeerplaats, hoor, je hoeft niet bang te zijn dat we weer naar binnen sneaken.'

Silvano blijft echter doorlopen en negeert Lorenzo's commentaar. Pas wanneer ze bij de parkeerplaats zijn aangekomen, houdt hij halt en gaat hij vlak bij Lorenzo staan, met zijn rug naar het gebouw toe dat ze net hebben verlaten. In zijn hand heeft hij een visitekaartje, dat hij aan Lorenzo overhandigt.

'Kom vanavond om halfnegen naar mijn huis, dan liggen de kinderen in bed. Als u mij volledige anonimiteit garandeert, kan ik u misschien helpen.' Abrupt draait hij zich om en loopt met stevige pas terug naar de school, zonder hun nog een blik waardig te keuren.

Verbouwereerd kijkt Lorenzo naar het visitekaartje in zijn

hand. *Nieuwe ronde, nieuwe kansen.* Hij prent het adres meteen in zijn hoofd en kijkt dan op zijn horloge. Het is even voor twaalven. Hoe komt hij die ellenlange tijd tot vanavond halfnegen door? Met een schuin oog kijkt hij naar Carolien. Graag zou hij haar nog verder uithoren over het Leliegenootschap en de uitdaging die zij moest aangaan om te mogen toetreden tot Sergio Mattarezes club, maar zoals ze er nu bij staat... Nee, haar rol is op dit moment wel een beetje uitgespeeld; hij zal moeten wachten tot ze weer een beetje bij kennis is om überhaupt een fatsoenlijk gesprek met haar te kunnen voeren. En wanneer dat zal zijn, valt met geen mogelijkheid te zeggen. Hij zal geduld moeten hebben en hij hoopt dat hij dat kan opbrengen. Plotseling overvalt hem een enorme empathie voor Caroliens dochter. Hoe heette ze ook alweer? Nienke. Wat moet het zwaar zijn om met de alzheimer van je moeder te dealen, haar het ene moment bij je te hebben en het andere moment weer kwijt te raken en dat telkens weer en steeds frequenter. Ineens voelt hij zich schuldig omdat hij altijd zo moppert op zijn eigen moeder. Ook al wordt hij af en toe gek van haar bemoeizucht, ze bedoelt het allemaal goed. Dat verliest hij te vaak uit het oog. Hij belooft zichzelf dat hij zijn leven zal beteren en elke dag die zijn moeder in goede gezondheid doorbrengt van nu af aan te koesteren.

'Waar ben ik?' onderbreekt Carolien zijn gedachtestroom.

Daar gaan we weer.

'Op het terrein van de International Academy of Florence, je oude school.'

'O. En wat doe ik hier? Wie bent u?'

Zo goed en zo kwaad als hij kan legt hij haar de situatie uit en daarna zet hij haar in zijn auto. Dan checkt hij snel nog even zijn telefoon. Weer drie gemiste oproepen en een voicemail van Fabia. Hij moet grinniken. Het geeft hem een goed gevoel dat zij nu eens achter hem aan loopt, in plaats van andersom. Maar wanneer de voicemail doorschakelt naar het volgende bericht, betrekt zijn gezicht. Zijn baas heeft ook opnieuw gebeld en de man klinkt op zijn zachtst gezegd behoorlijk nijdig.

'Lorenzo, ik kreeg net een verontrustend telefoontje van de directeur van de International Academy of Florence over het feit dat ze overwegen aangifte tegen jou en de krant te doen omdat je onder valse voorwendselen de school bent binnengedrongen. Waar ben je in godsnaam mee bezig? Je kunt maar beter met een goede verklaring komen, anders heb je vanaf maandag bureaudienst. Voor een heel lange tijd.'

19

Nienke veegt de tranen uit haar ogen en ademt een paar keer diep door. Ze zou opluchting moeten voelen nu ze zowel van Noor als van Marieke heeft gehoord dat het goed komt met Levi, maar ze is er pas gerust op als ze zeker weet dat haar zoon in Noors veilige handen is. En dan zit ze nog met dat verdomde schuldgevoel. Marieke kan wel zeggen dat dat niet terecht is en rationeel gezien weet ze dat ook wel, maar vooralsnog voelt ze zich nog steeds verscheurd. Ze wil er zijn voor haar kind én haar moeder, maar aan geen van beiden kan ze zich honderd procent geven zonder de ander gevoelsmatig tekort te doen. Voor de zoveelste keer in de afgelopen tijd vervloekt ze Kevin. Dat hij haar dit nu flikt, net als ze met haar moeder in Italië zit. Haar ex heeft er natuurlijk geen weet van dat Carolien is verdwenen, maar hij wist wel dat ze erg toe was aan een weekje zon en ontspanning. Opnieuw is ze blij dat ze destijds de knoop heeft doorgehakt en bij hem weg is gegaan. Kevin denkt alleen aan Kevin en laat, als het erop aankomt, geen ruimte in zijn leven over voor andere mensen. Niet voor een vrouw, maar ook niet voor zijn zoon.

Het lijkt allemaal met een sisser af te lopen, maar als Kevin zijn plan had doorgezet, was Levi's leven totaal op zijn kop gezet. De jongen zou alleen maar schade hebben opgelopen door Kevins ondoordachte en egoïstische handelen. Terwijl ze zich dat realiseert, begint ze weer te twijfelen over het al dan niet aanvragen van de volledige voogdij. Het feit dat zijzelf overbelast is door de zorg voor haar moeder is geen reden om niet het beste voor haar zoon te willen. Bestaat het ouderschap niet uit jezelf volledig wegcijferen ten faveure van je kind als dat beter is? Met Marieke heeft ze afgesproken dat ze, zodra ze weer thuis is, rustig alle voors en tegens op een rij zal zetten. Ze wil dat zo snel mogelijk doen, maar eerst moet ze zich richten op het terugvinden van haar moeder.

Nienke concentreert zich op de weg en voelt de spanning in haar lijf toenemen als de borden laten zien dat ze Florence bijna binnenrijdt. Wat ze nu moet beslissen, is of ze eerst naar het oude centrum rijdt, waar de taxichauffeur haar moeder volgens eigen zeggen in de buurt van het Palazzo Vecchio heeft afgezet, of toch meteen naar de International Academy of Florence gaat om te achterhalen wie het meisje op de foto in het medaillon is. Haar gevoel zegt: het spoor van haar moeder volgen, dus direct door naar het Palazzo Vecchio. Maar het is natuurlijk een illusie om te denken dat haar moeder zich daar nog steeds bevindt. Dus wat kan ze eigenlijk doen als ze eenmaal daar is? Ze kijkt even naar de stapel affiches op de bijrijdersstoel en de moed zinkt haar in de schoenen. Hoe lang heeft ze gisteren in Todi wel niet lopen leuren met die affiches, toen ze nota bene hulp had van John en Bas? En uiteindelijk heeft het niets opgeleverd en zorgde het affiche op het prikbord op het politiebureau pas voor een doorbraak. Als ze nu eerst deze affiches gaat verspreiden, is ze zo weer een paar uur verder. Die school heeft echter openingstijden en ze moet er niet aan denken dat ze voor een dichte deur staat nadat ze een rit van ruim twee uur achter de rug heeft. Met een verbeten gezicht omklemt ze het stuurwiel nog wat steviger. Ze weet wat haar te doen staat.

Ruim twintig minuten later parkeert Nienke de huurauto op het terrein van de International Academy of Florence. Haar mond is droog en haar handen zijn klam. Wanneer ze uitstapt, bungelt haar moeders medaillon rond haar hals. Ze omklemt het met haar rechterhand en doet een schietgebedje. Dan begeeft ze zich naar de ingang van de school. De wetenschap dat haar moeder hier ook ooit heeft gelopen, geeft haar een apart gevoel. Een soort verbondenheid, hoewel ze hier zelf nooit eerder is geweest. Ze beklimt de treden van de korte trap die naar de openstaande deur leidt en als ze naar binnen gaat, valt haar oog meteen op de informatiebalie. Ze haalt het medaillon van haar hals, opent het en vist de foto van het meisje achter die van haar vader vandaan. Pas als ze haar vader weer heeft opgeborgen en hij veilig om haar nek hangt, loopt ze naar de balie.

De vrouw begroet haar vriendelijk in het Italiaans en schakelt meteen over op vloeiend Engels als Nienke haar vertelt dat ze uit Nederland komt.

'Wat kan ik voor u doen?'

'Ik heb een beetje een rare vraag,' begint Nienke.

'Ik ben wel wat gewend,' stelt de vrouw haar glimlachend gerust.

Nienke laat haar de foto van het meisje zien. 'Ik zou graag willen weten wie dit meisje is. Ze heeft hier in de jaren tachtig op school gezeten, sterker nog, deze foto is hier gemaakt.' Ze draait de foto om en laat de vrouw het logo van de school zien dat erachterop staat.

'Populaire jaren, die jaren tachtig. Ik had eerder vandaag al twee bezoekers die op zoek waren naar informatie uit die tijd. In de jaren tachtig werkte ik hier nog niet, dus van mij zult u het niet moeten hebben, maar wellicht is er in de archieven iets te vinden.'

Nienkes ogen lichten op.

'Maar voordat ik wat belletjes ga plegen, wil ik graag eerst weten waarom u dit meisje zoekt. Ook al is het al lang geleden, we hebben wel te maken met privacy, veiligheid, et cetera.'

'Ja, ja, dat snap ik. Ik heb deze foto gevonden in het medaillon van mijn moeder. Ik vermoed dat ze oude schoolvriendinnen zijn, maar mijn moeder heeft er nooit iets over verteld en ik heb deze foto per toeval in handen gekregen.'

'En u kunt uw moeder zelf niet vragen naar het meisje omdat zij... overleden is?' vraagt de baliemedewerkster voorzichtig.

'Nee, dat niet gelukkig, maar mijn moeder wordt wel vermist. Ze heeft gisteren in verwarde toestand vanuit onze B&B in Umbrië een taxi naar Florence genomen en sindsdien is er niks meer van haar vernomen. Tijdens haar jeugd heeft ze een tijdje in Italië gewoond en toen hier op de International Academy op school gezeten, dus ik vermoed dat ze misschien op zoek is gegaan naar dit meisje. Mijn hoop is dat als ik dit meisje vind, ik ook mijn moeder weer vind.'

De vrouw knikt een paar keer terwijl ze Nienke aanhoort. 'En u hoopt dat meisje via ons te vinden omdat u vermoedt dat ze hier ook op school heeft gezeten, net als uw moeder?'

'Precies. Mijn moeders kortetermijngeheugen werkt steeds slechter, maar de laatste tijd komen herinneringen uit het verre verleden juist steeds sterker naar boven en haar bezoek aan Italië heeft wellicht allerlei zaken van vroeger weer levensecht teruggebracht. Ik moet misschien ook even uitleggen dat ze lijdt aan de ziekte van Alzheimer.'

'Wát zegt u? Alzheimer?'

'Ja. Ze is nog niet zo oud, het is een vroegtijdige variant. Maar waarom kijkt u zo verbaasd?'

'Omdat ik vanochtend een man en een vrouw aan mijn balie had staan en die vrouw was een oud-studente van deze school die leed aan alzheimer. Ik ben haar naam vergeten, maar...'

'Dat moet mijn moeder wel geweest zijn! Dat is fantastisch!' roept Nienke uit. Dan dringt tot haar door wat de vrouw precies zei. 'Wacht even, wát zei u? Ze was samen met een man? Wie was dat dan?'

'Hij stelde zich voor als haar neef.'

Nienkes maag trekt samen. Een wildvreemde kerel die zich voorstelt als haar moeders neef? Ze weet zeker dat ze geen familie in Italië heeft wonen, dus wie is die vent en waarom heeft haar moeder zich met hem ingelaten? Ervan uitgaande dat de vrouw die hier was inderdaad haar moeder is, maar daar lijkt het wel op.

'Weet u wat, ik bel de conciërge even. Hij heeft de man en vrouw uitgebreid gesproken en rondgeleid door de school. Wellicht kan hij u wat meer informatie geven.'

Kordaat pakt de vrouw de telefoon en pleegt het telefoontje. Al snel komt er een man aanlopen die zich aan Nienke voorstelt als Silvano Cinardo. Terwijl hij haar de hand schudt, vraagt hij of ze met hem mee wil lopen naar buiten. Ze staat er even van te kijken dat hij haar niet gewoon ter plekke te woord wil staan, maar ziet dan dat hij een pakje sigaretten uit zijn borstzak haalt. Niks raars aan de hand dus, de man ziet door haar bezoekje zijn kans schoon om een extra rookpauze in te lassen.

'Slechte gewoonte, ik weet het. Ik zou eigenlijk moeten stoppen, maar het lukt me niet, terwijl mijn vader nota bene aan longkanker is overleden. Een slappeling ben ik, veel te lang geweest ook, net als mijn vader. Daarom ben ik het die u nu hier te woord staat.' Silvano kijkt even besluiteloos naar de sigaret in zijn handen en steekt hem dan aan.

'Sorry, maar ik kan u niet helemaal volgen,' zegt Nienke voorzichtig, terwijl de conciërge een rookpluim uitblaast. Ze wil de man niet voor het hoofd stoten en ze vindt het heel erg voor hem dat zijn vader dood is, maar ze begrijpt niet zo goed wat dat met haar eigen moeder te maken heeft.

'Mijn vader was conciërge op deze school in de tijd dat uw moeder hier leerling was. Mijn vader heeft uw moeder gekend.'

'Dus het was inderdaad mijn moeder die hier vanochtend is geweest?' Ze laat Silvano een foto van Carolien zien.

'Ja, zij was hier.'

Nienke kan wel janken van geluk dat ze eindelijk het spoor weer te pakken heeft en prijst zichzelf omdat ze ervoor gekozen heeft eerst langs de school te gaan, in plaats van naar het centrum van Florence. Maar de onrust slaat meteen weer toe als ze bedenkt dat haar moeder in het gezelschap verkeerde van een vreemde man die zich uitgaf voor haar neef.

'Volgens uw collega aan de balie dook mijn moeder hier op met haar neef. Ik weet niet wie die man was, maar hij is in elk geval geen familie. U zult begrijpen dat ik me grote zorgen maak. Mijn moeder heeft alzheimer en is regelmatig de kluts kwijt.'

'Ik denk dat u zich geen zorgen hoeft te maken. De man die bij haar was is inderdaad niet haar neef. Zijn ware identiteit is Lorenzo Bianchi en hij is journalist voor een Italiaanse krant. In mijn ogen is hij te vertrouwen. Ik weet niet hoe uw moeder met hem in contact is gekomen, maar hij is bezig een doofpotaffaire rond deze school in de jaren tachtig bloot te leggen. Uw moeder ondersteunt hem daarbij.'

'Een doofpotaffaire?'

'In de jaren tachtig is hier een studente omgekomen. Het is altijd afgedaan als zelfmoord, maar er zijn aanwijzingen dat er een heel ander verhaal achter zat. Die journalist probeert de ware toedracht te achterhalen en onderzoekt of er een eventuele connectie is met een bepaalde club die toentertijd actief was, het Leliegenootschap, en een bekende politicus, Sergio Mattareze.'

Dat genootschap zegt Nienke niks, maar de naam van de politicus doet een lampje branden. Ze ziet de opengeslagen krant op de ontbijttafel in de B&B in Todi weer voor zich. Haar moeder had vlak voor haar verdwijning een artikel over deze man gelezen.

'En mijn moeder is hier op de een of andere manier bij betrokken?'

'Uw moeder heeft het meisje gekend, maar kan zich haar naam niet meer herinneren. Ze was hier met die journalist om de jaarboeken uit die tijd te bekijken, in de hoop dat er dan herinneringen boven zouden komen of misschien zelfs een naam. Maar voordat ik ze toegang kon geven tot onze bibliotheek, stak onze directeur daar een stokje voor. Hij ontzegde hun allebei ogenblikkelijk de toegang tot de school.'

'Hè, meen je dat nou? Waarom deed hij dat dan?'

'Ik vermoed omdat hij niet wil dat deze zwarte bladzijde uit de geschiedenis van de Academy weer boven water wordt gehaald.'

Nienke laat het allemaal op zich inwerken. 'Als het klopt wat u zegt, dan begrijp ik ineens een stuk beter waarom mijn moeder nooit heeft willen praten over haar tijd in Italië. Was zij op de een of andere manier betrokken bij de dood van die studente?'

'Dat zult u haar zelf moeten vragen.'

'Dan zal ik haar wel eerst moeten vinden.'

'Daar kan ik u waarschijnlijk wel bij helpen. Ik weet niet waar uw moeder nu is, maar ik heb de heer Bianchi en uw moeder vanavond bij mij thuis uitgenodigd om verder te praten over dit heikele onderwerp. Uiteraard bent u ook van harte welkom.'

Hij overhandigt Nienke een visitekaartje met zijn privéadres erop.

'Bij u thuis? Dan neem ik aan dat uw baas hier niets van weet?'

'Dat klopt.'

'Mag ik vragen waarom u tegen zijn wens ingaat? Als uitkomt dat u die journalist helpt, kunt u waarschijnlijk fluiten naar uw baan.'

'Ik vraag u dan ook om uw discretie, net zoals ik dat uw moeder en de heer Bianchi heb gevraagd. En om antwoord te geven op uw vraag, ik help uw moeder en Bianchi omdat ik dat aan mijn vader en aan de waarheid verplicht ben.'

'Hebt u toevallig het telefoonnummer van die meneer Bianchi voor mij, of eventueel andere contactgegevens? Het duurt nog wel even tot het avond is en ik zou graag zo snel mogelijk contact met hem opnemen om te horen of mijn moeder oké is.'

'Het spijt me. Ik heb hem wel míjn visitekaartje gegeven, maar ben vergeten om het zíjne te vragen. Mijn directeur hijgde in mijn nek en ik had orders om de heer Bianchi en uw moeder onmiddellijk buiten de deur te zetten.'

'Dus ik kan alleen maar hopen dat die Bianchi vanavond samen met mijn moeder bij u op de stoep staat...'

'Dat gebeurt, daar ben ik vast van overtuigd,' stelt Silvano haar gerust. 'Een journalist die een verhaal ruikt, laat zo'n kans echt niet schieten. Hij zal goed op uw moeder passen, want hij heeft haar nodig om verder te komen met zijn onderzoek.'

20

Het is even voor achten als Nienke haar auto parkeert in de Via Senese in Galluzzo, de voorstad van Florence waar Silvano volgens zijn visitekaartje woont. Ze is een halfuur te vroeg, maar ze houdt het niet langer uit – ze kan niet wachten tot ze haar moeder weer in de armen kan sluiten. Vanaf het moment dat ze het parkeerterrein van de school verliet, is het een slopende dag geweest. Eerst heeft ze de ene na de andere espresso gedronken, tot haar ogen bijna uit haar hoofd knalden, daarna heeft ze door Florence gedoold. Urenlang, wat haar veel te veel tijd gaf om te piekeren. De gedachte dat haar moeder misschien bij een schandaal met dodelijke afloop betrokken is, is nauwelijks voor te stellen. Ze wil dan ook niets liever dan haar moeder uithoren, net zo lang tot ze precies weet hoe het zit. Alleen is het maar de vraag óf haar moeder nog precies weet hoe het zit. Want hoe zou ze haar moeder aantreffen? Een helder moment? Complete verwarring? Ze hoopt maar dat de journalist met wie Carolien kennelijk al een tijdje optrekt, goed voor haar heeft gezorgd en geen misbruik heeft gemaakt van haar kwetsbaarheid.

Na wat gedraal op de smalle stoep voor het terracottakleurige gebouw met groene luiken waar Silvano zijn appartement heeft, trekt Nienke de stoute schoenen aan en drukt op de bel. Aan weerszijden van de houten toegangsdeur staat een verdroogde potplant die haar doet denken aan de yucca's die haar moeder in de woonkamer heeft staan. Onder een van de ramen hangt een Italiaanse vlag gebroederlijk naast die van voetbalclub Fiorentina. Gelach en geschreeuw van kinderen dringt ergens vanuit het gebouw door tot op straat. Ze wacht geduldig tot er wordt opengedaan en veegt ondertussen met haar hand wat zweetdruppels van haar voorhoofd. Hoewel de zon over niet al te lange tijd ondergaat, is het nog steeds ontzettend broeierig. Haar kleren plakken aan haar lichaam en ze snakt naar een douche. Ze wil het straks van de toestand van haar moeder en de lengte van het gesprek laten afhangen of ze vanavond nog terugrijdt naar Todi, of voor één nacht een hotelletje pakt in Florence.

Net als ze zich begint af te vragen of de bel wel werkt, gaat er boven haar een raam open.

'Si?' vraagt een knappe vrouw met een vlot kort kapsel.

Nienke tuurt naar boven. '*I'm looking for Silvano Cinardo*?'

De vrouw verdwijnt en het raam wordt met een klap dichtgeslagen. Nienke heeft geen flauw idee of dat een goed of een slecht teken is. Ze besluit nog maar even af te wachten voordat ze weer op de bel drukt. Het laatste wat ze wil is irritatie opwekken, want dat is natuurlijk geen goede basis voor een open en eerlijk gesprek. Ze legt haar oor tegen de deur om te horen of er in het gebouw iets gebeurt. Ze hoort snelle voetstappen dichterbij komen en dan zwaait de deur plotseling naar binnen toe open. Nienke, die nog steeds staat te luistervinken, valt bijna letterlijk met de deur in huis en weet zich net op tijd te herstellen. Silvano kijkt haar geamuseerd aan.

'Hallo, eh, sorry, ik ben ietsje te vroeg. Ik hoop niet dat dat erg is?'

'Als u niet schrikt van een beetje chaos is dat geen probleem. Mijn vrouw en ik proberen de tweeling in bed te krijgen, maar dat is elke avond opnieuw weer een heel gevecht. De jongens bruisen van de energie.'

Nienke lacht begrijpend. 'Ik heb zelf ook een zesjarige rondlopen, dus ik weet wat het is.'

'Dan kan ik u met een gerust hart mee naar boven nemen.'

Silvano gaat haar voor de trap op en plukt in allerijl nog even een rondslingerend speelgoedautootje van een van de treden. De deur naar het appartement staat nog open en Nienke volgt haar gastheer naar binnen. De geur van tomaten, uien en oregano doet haar maag knorren – naast de overload aan espresso's heeft ze vandaag nauwelijks iets binnengekregen. Op het fornuis staan pannen met resten spaghetti en tomatensaus en het water loopt haar in de mond. De vrouw die zojuist uit het raam hing, loopt nu met uitgestoken hand naar haar toe en stelt zich voor als Angelica. Ze ziet Nienkes schalkse blikken op het fornuis en vraagt haar of ze al gegeten heeft.

'Niet echt,' antwoordt Nienke.

'Laat mij dan nog even iets voor u opwarmen.'

'Dat hoeft echt niet, hoor.'

'Natuurlijk wel, ik sta erop. Een mens moet eten.'

'Nou, eh... als het echt niet te veel moeite is. Graag!'

Angelica klopt op een stoel aan de eettafel en legt een placemat neer. Terwijl Nienke naar de tafel loopt, wordt ze bijna onder de voet gelopen door een schaterlachend donkerharig jongetje, dat als een pijl uit een boog de woonkamer in schiet. Abrupt houdt hij zijn pas in als hij erachter komt dat er een vreemde in huis is en hij duikt verlegen achter zijn moeder weg. Angelica aait de jongen over zijn hoofd en zegt iets tegen hem. Waarschijnlijk was het dat hij zich netjes moet voorstellen aan Nienke, want de jongen komt op haar af geschuifeld en mompelt zijn naam. Hij durft haar amper aan te kijken.

'*Mi chiamo Vito.*'

De jongen is blijkbaar naar zijn opa vernoemd. Nienke laat de kleine hand met vuile nagels kort in de hare verdwijnen, en laat hem meteen weer los om de jongen niet nog meer in verlegenheid te brengen. Silvano klopt zijn zoon goedkeurend op zijn rug en legt hem dan in een vloeiende zwaai over zijn schouder.

'Tijd om deze jongeman naar bed te brengen.'

De jongen giert het uit terwijl zijn vuistjes in rap tempo op Silvano's rug roffelen. Angelica, die achter het fornuis in een pan staat te roeren, draait zich even om en kijkt naar het onderonsje tussen haar man en zoon. Het is duidelijk dat dit gezin dol op elkaar is en even knaagt het gemis van een eigen volwaardig gezin aan Nienke. Dit was het plaatje dat ze altijd voor zich zag voor haar, Levi en Kevin... totdat hij alles verknalde. Silvano verdwijnt met Vito in de slaapkamer en niet veel later klinkt weer een schaterlach. Het hoofd van een jongen die op zijn haardracht na een exacte kopie van Vito is, piept om de deurpost heen. Zodra hij Nienke ziet, verdwijnt hij meteen weer. Duidelijk de verlegen helft van de tweeling.

Angelica zet inmiddels een goedgevuld bord met opgewarmde spaghetti voor Nienkes neus en raspt er wat verse Parmagiano Reggiano overheen, voordat ze haar een vork en een lepel aangeeft. Nienke valt erop aan. Ze is uitgehongerd en haar moeder en de journalist kunnen elk moment voor de deur staan. Het smaakt fantastisch en hoewel de spanning een knoop lijkt te hebben gelegd in haar maag, kost het haar weinig moeite om de maaltijd in recordtempo weg te werken. Angelica heeft haar intussen een glas water ingeschonken en Nienke slaat het in één keer achterover. De espresso's hebben haar duidelijk dorstig gemaakt. Op het moment dat de bel gaat steekt ze juist de laatste hap in haar mond, en bijna verslikt ze zich. Snel veegt ze haar mond schoon met het servet dat naast haar bord ligt, schuift ze haar stoel naar achteren en staat op. Silvano is al onderweg naar de voordeur en een paar seconden later hoort ze stemmen. Dan voetstappen op de trap. En dan...

'Mam!'

Ze gunt haar moeder amper de tijd om binnen te komen en vliegt haar huilend om de hals. Haar moeder houdt haar alleen maar vast en zegt niks, totdat Nienke weer wat is gekalmeerd.

'Alles is goed, meisje. Stop maar met huilen.'

'Ik was zo bang dat er iets ergs met je was gebeurd,' snikt ze, terwijl haar tranen in haar moeders nek lopen. 'Waarom heb je niks van je laten horen?'

'Ik wist je telefoonnummer niet. En ik wist ook niet meer goed waar die B&B zich bevond. Het spijt me.'

Nee, uiteraard had ze dat niet geweten. Hoe kan ze ook, als ze zich regelmatig niet eens kan herinneren wat ze een paar uur eerder als ontbijt heeft gehad. Vanaf het moment dat Carolien de B&B op eigen houtje had verlaten, was ze kansloos geweest. Nienke had ook geweten dat haar moeder onmogelijk op eigen houtje de weg terug zou kunnen vinden, maar ze had die gedachte verdrongen – ze mócht van zichzelf niet zo denken, want dan zou ze alle hoop opgeven. Ze had zichzelf gedwongen te blijven geloven in een goede afloop; dat op de een of andere manier haar moeder zich zou herinneren waar de B&B was en er zou terugkeren. Het was niet gebeurd, maar toch was alles goed gekomen.

Ze droogt haar tranen en bestudeert haar moeder wat beter. Op het eerste gezicht ziet ze er goed uit, het avontuur lijkt geen al te grote impact op haar te hebben gehad. Pas dan merkt Nienke op dat er nog iemand is binnengekomen. In de deuropening staat een man van een jaar of dertig in een lichtblauw, enigszins verfrommeld kostuum er wat ongemakkelijk bij. Het moet haast wel de journalist zijn die haar moeder mee op sleeptouw heeft genomen. *Een redder in nood. Hoewel, hij had het niet gedaan om haar te helpen. Nee, hij had haar voor zijn karretje gespannen.* Ze werpt de man een argwanende blik toe en hij lijkt niet zo goed te weten waar hij moet kijken. Silvano merkt dat er wat speelt en hij doet een manhaftige poging de twee tot elkaar te brengen.

'*Signorina* Dijkstra, mag ik u voorstellen aan Lorenzo Bianchi, de man die zich over uw moeder heeft ontfermd. Lorenzo, dit is signorina Dijkstra.'

De journalist steekt zijn hand uit en Nienke accepteert hem met enige terughoudendheid.

'Aangenaam kennis te maken,' zegt hij. Het klinkt haast verontschuldigend. 'Ik kan me voorstellen dat u erg opgelucht bent dat uw moeder weer terecht is.'

Het overvalt Nienke een beetje. Zijn stem klinkt warm en vertrouwenwekkend, heel anders dan ze had gedacht. Het is niet een stem die zij associeert met een journalist die gewend is mensen het vuur na aan de schenen te leggen in een niet-aflatende zoektocht naar de waarheid en een scoop.

'Eh, ja, dat klopt. Dank u wel.'

Ze schudden elkaar de hand en daarmee lijkt de ergste kou uit de lucht. Silvano nodigt hen uit om plaats te nemen in de zithoek en Nienke trekt haar moeder mee naar de tweezitter. Lorenzo kiest voor de driezitter en de gastheer zelf neemt plaats in de zwarte leren relaxfauteuil. Zodra ze zitten haalt Nienke haar telefoon tevoorschijn en trekt haar moeder tegen zich aan voor een selfie.

'Zo, mam, nu gaan we eerst even wat bezorgde mensen geruststellen met een foto.'

Ze klikt een keer of vier en appt dan de beste foto naar Noor en naar de appgroep die gisteren is aangemaakt tijdens de zoektocht naar haar moeder. Ze voorziet de foto van de tekst: *Herenigd met het verloren schaap*. Per ommegaande ontvangt ze van Noor een paar hartjes terug en ook de reacties van John, Bas en Claudette laten niet lang op zich wachten. Nienke leest de berichtjes snel even en moet dan glimlachen. De verdwijning van haar moeder is een enorm stressvolle gebeurtenis geweest, maar het heeft haar ook laten zien hoe lief en behulpzaam mensen – wildvreemden eigenlijk – kunnen zijn als je in nood zit. Nu dringt ook pas echt tot haar door dat haar moeder weer in veiligheid is en het is alsof er op dat moment letterlijk een last van haar schouders glijdt.

Lorenzo is intussen al met heel andere dingen bezig. Prominent op de salontafel ligt een reeks boeken met een jaartal erop – van 1980 tot en met 1985 – en hij kan duidelijk niet wachten tot hij ze in kan kijken.

'Ik durf het bijna niet te vragen, maar mag ik...' wijst hij naar de jaarboeken, terwijl hij Silvano smekend aankijkt.

'Ga uw gang,' knikt Silvano instemmend.

Met trillende handen pakt de journalist de editie van 1980.

'De studenten zijn er per klas in alfabetische volgorde van de achternaam in opgenomen,' licht Silvano toe, maar Lorenzo is al verzonken in het jaarboek en laat zijn wijsvinger langs de namen glijden.

'Maldini, Mancini, Marino...' klinkt het binnensmonds. De eerste namen zijn nog wel te verstaan, maar al snel begint hij zo te mompelen dat er geen touw meer aan vast te knopen is.

'Waar zoekt hij naar, mama? Silvano heeft me heel summier iets verteld over een omgekomen studente tijdens jouw tijd hier op de Academy.'

Carolien, die tot nu toe amper iets heeft gezegd, doet aarzelend haar mond open. 'Hij... hij zoekt naar de naam van die overleden studente om verder te kunnen met zijn onderzoek. Ik kan het me niet meer herinneren.'

'Wat niet? De naam van de studente of wat er destijds is gebeurd?'

'De naam van de studente. De rest staat me helderder voor de geest dan ik zou willen.'

Nienke haalt Caroliens medaillon onder haar shirt vandaan en haar moeders ogen lichten op.

'Mijn medaillon! Ik was het al kwijt.'

'Je bent het verloren in de taxi naar Florence, maar de chauffeur heeft het netjes afgegeven bij de politie,' zegt Nienke. Ze pakt de foto van het meisje eruit. 'Gaat het soms om dit meisje?'

Haar moeder verstart en pakt het fotootje uit haar handen.

'Luna,' zegt ze, terwijl ze liefdevol met haar vinger over de foto strijkt. 'Luna.'

Luna?

Ineens gaat er een belletje rinkelen bij Nienke: ze heeft dit eerder gehoord. Ze denkt terug aan de avond voor haar moeders verdwijning, toen Carolien door Todi zwalkte terwijl ze 'Luna' prevelde.

'Ik dacht dat je het over de maan had, mam, die avond toen we in Todi een ijsje waren gaan eten. Ik had geen idee dat het een naam was. Is dit meisje een jeugdvriendin van je?'

Carolien knikt. 'Ik heb haar nadat ik met mijn ouders uit Italië ben vertrokken nooit meer gesproken.' Haar gezicht betrekt. 'We waren zulke goede vriendinnen. Deden en deelden alles samen totdat we die vreselijke ruzie kregen.' Ze staart in het niets en haar gedachten lijken ineens heel erg ver weg.

Nienke pakt haar moeders hand en knijpt erin, geeft er wat zachte tikjes op in de hoop haar bij de les te houden. Dat lijkt te lukken. Carolien kijkt haar aan en haar ogen staan helder. *Oké, nu doorpakken.*

'Waar kregen jullie ruzie over?'

'Waar maken meiden op die leeftijd ruzie over? Jongens, natuurlijk. We waren allebei smoorverliefd op dezelfde jongen en wisten dat van elkaar. Daarom hadden we plechtig gezworen dat we geen van beiden iets met hem zouden beginnen. De jongen in kwestie maakte het ons echter heel erg moeilijk. Hij flirtte zowel met mij als met Luna en waar het mij nauwelijks lukte om daar weerstand aan te bieden, lukte dat Luna uiteindelijk helemaal niet. Ze kreeg verkering met hem en hield dat voor mij verborgen. Ik betrapte ze op een avond bij haar thuis toen ik spontaan langskwam. Ik... ik denk niet dat ik ooit bozer ben geweest dan op dat moment. Het verraad...'

Ze maakt haar zin niet af en staart met een verbeten blik voor zich uit.

'Was jullie vriendschap daarmee helemaal voorbij?' vraagt Nienke na een tijdje, in een poging haar moeder weer aan het praten te krijgen.

Het blijft nog een minuutje stil, maar dan gaat haar moeder verder met haar verhaal. 'Het was onvergeeflijk voor mij. Luna deed meerdere pogingen om het goed te maken, maar ze had het bij mij definitief verbruid. Althans, dat vond ik toen. Niet lang daarna besloten mijn ouders om terug te gaan naar Nederland en ik ben vertrokken zonder afscheid te nemen van Luna of de rest van de vriendenclub waar ik toen toe behoorde.'

'Maar je hebt haar nooit helemaal losgelaten, anders had je haar foto niet al die jaren bij je gedragen in het medaillon dat je van papa hebt gekregen. Toch?'

'Dit was geen cadeau van je vader, maar van Luna, in de tijd dat we nog on speaking terms waren. Zij had zo'n zelfde medaillon met mijn foto erin. Het was een soort vriendschapsketting. Toen ik je vader leerde kennen heb ik zijn foto erin gedaan, maar ik kon die van Luna er niet uit halen. Ik hield van haar, ondanks wat ze me had aangedaan. Diep vanbinnen wist ik ook wel dat ik het haar niet helemaal kon aanrekenen; zij stond net als ik destijds nogal onder invloed van die jongen en je moest van goeden huize komen om zijn charmes te weerstaan. Eigenlijk heeft Luna me achteraf gezien heel erg geholpen. Na haar verraad vielen eindelijk de schellen van mijn ogen en zag ik dat ik me al die tijd op een heel ongezonde manier had laten beïnvloeden door die jongen en de rest van de club. Dat ik vreselijke dingen had gedaan en bij vreselijke dingen betrokken was geweest. Het had uiteindelijk niets met echte vriendschap te maken, maar gebeurde allemaal onder invloed van de groepsdruk van die club.'

'Je hebt het telkens over een club. Silvano had het ook over een of andere club toen ik hem vanochtend sprak. Iets van het... Lelieverbond of zo?'

'Het Leliegenootschap.'

'Ja, dat. Heb je het over die club? Was je daar lid van?'

Haar moeder kijkt strak voor zich uit. 'Je moet begrijpen dat ik destijds vreselijk eenzaam was. Ik had alles en iedereen in Nederland moeten achterlaten, kende in Florence helemaal niemand en sprak de taal niet goed. Het eerste halfjaar was echt een hel. Ik werd genegeerd, uitgelachen om mijn slechte uitspraak, ik hoorde nergens bij. En toen vond ik op een dag in mijn postvak een kaart met het symbool van een lelie erop. Achterop stond een handgeschreven locatie en tijd. Er gingen wel geruchten over een geheim genootschap dat verbonden was aan de school, maar er was nooit iemand die met harde bewijzen kwam. Toen ik de kaart in mijn postvak vond, wist ik dat het geen fabel was; het Leliegenootschap bestond echt en ze hadden contact opgenomen met mij. Met mij! Ik kon mijn geluk niet op. De jongen op wie ik toen al heimelijk verliefd was, had volgens de geruchten iets te maken met het Leliegenootschap en ik kon alleen maar hopen dat dat echt zo was. Zijn naam was Sergio Mattareze.'

'De politicus over wie je een artikel zag in de krant,' concludeert Nienke.

'Dat klopt. Zijn vader was de burgemeester van Florence.'

'Ik denk dat ik haar gevonden heb!' roept Lorenzo ineens enthousiast uit.

Verschrikt kijken Carolien en Nienke op. De journalist staat op, loopt met het jaarboek naar Carolien toe en laat haar de foto zien van een studente waar de naam 'Moretti, Donna' bij staat.

'Herken je haar?' vraagt hij hoopvol.

Carolien pakt het jaarboek uit zijn handen en bestudeert de foto van Donna Moretti grondig. Zonder iets te zeggen bladert ze verder door het boek en uiteindelijk weer terug naar de pagina die Lorenzo haar oorspronkelijk liet zien. Met haar handen op de bladzijde staart ze voor zich uit en mompelt: 'Donna Moretti, het was Donna Moretti.'

Lorenzo probeert het jaarboek weer uit haar handen te trekken, maar Carolien houdt hem tegen. Ze begint weer te bladeren. 'Kijk, hier staat Luna,' wijst ze Nienke op een foto, precies dezelfde als die in het medaillon. Eronder staat vermeld dat de volledige naam van het meisje Luna Rossi is. Ze bladert weer een aantal pagina's verder. 'En kijk, dit... dit ben ik.'

'Wat ben je daar nog jong! Echt een meisje,' roept Nienke uit, terwijl ze zich over de foto van haar moeder buigt. 'Carolien van Zandbergen. Je had daar je meisjesnaam natuurlijk nog, en niet papa's naam.'

'Silvano,' onderbreekt Lorenzo hen, 'zou ik wat pagina's uit het jaarboek mogen fotograferen?'

'Zolang het niet naar mij terug te leiden is, heb ik daar geen enkel probleem mee.'

Opnieuw doet Lorenzo een poging om het jaarboek van Carolien af te pakken en nu laat ze wel los. Hij legt het boek op tafel en maakt de foto's. Daarna bewerkt hij de afbeeldingen op dusdanige wijze dat er niks te zien is van de omgeving waarin hij de foto's heeft gemaakt. Hij laat Silvano het resultaat zien ter controle.

'Prima zo.'

Lorenzo mailt de foto's meteen naar zijn account bij de krant en naar zijn privéadres.

'Zodra ik thuis ben, print ik ze ook nog en die prints berg ik dan op in mijn kluis, maar mag ik ze voor de zekerheid ook nog even aan jou mailen?' vraagt hij aan Nienke. 'Ik ben nogal paranoïde als het om back-ups gaat.' Hij grinnikt verlegen.

'Onder voorwaarde dat je me vertelt wat er aan de hand is en wat de rol van mijn moeder in dit geheel is.'

'Prima.'

Ze geeft hem haar telefoonnummer en mailadres en hij stuurt de foto's aan haar door. Daarna wist hij meteen de mail en de app in zijn verzonden items. Wanneer dat gedaan is, richt hij zich tot Carolien.

'Zal ik je dochter bijpraten, en dat jij aanvult waar nodig?'

Ze knikt instemmend.

'Oké, daar gaan we dan...'

In een tien minuten durende monoloog zet Lorenzo uiteen wat hij weet over het Leliegenootschap, Sergio Mattareze en de dood van Donna Moretti – alle kennis die hij tot nu toe heeft verzameld – en Carolien hoeft hem niet één keer bij te vallen. Nienke zit met open mond te luisteren en valt van de ene verbazing in de andere. Vooral het nieuws dat haar moeder en Luna verantwoordelijk zijn voor de valse zelfmoordbrief van Donna Moretti moet ze even verwerken. Het toont een kant van haar moeder die ze nooit gekend heeft en die voor Nienke haaks staat op de doelgerichte vrouw die zich voor niemands karretje laat spannen.

'Het spijt me dat ik je teleurstel, Nienke,' zegt haar moeder, wanneer Lorenzo eindelijk is uitgepraat. 'Het spijt me dat ik mezelf niet altijd heb gehouden aan de normen en waarden die ik jou en Noor heb bijgebracht. Ik ben er niet trots op en dit geheim drukt al veel te lang op me.'

'Wist papa ervan?'

'Nee. Ik heb het hem nooit durven te vertellen. Mijn grootste angst was dat hij het zo vreselijk zou vinden dat hij bij me weg zou gaan. Ik wilde mijn gezin tegen elke prijs beschermen en dat woog zwaarder dan oude koeien uit de sloot halen. En dat bedoel ik niet zo respectloos als het klinkt,' voegt ze er snel aan toe.

'Je had het papa toch kunnen vertellen toen jullie verkering hadden? Toen waren Noor en ik er nog niet.'

'Ik durfde niet, Nienke. Ik wilde vergeten wat er was gebeurd en doorgaan met mijn leven. Verbazingwekkend genoeg is dat nog best aardig gelukt.'

Even hangt er een stilte in de kamer. Nienke weet niet zo goed hoe ze hierop moet reageren. Zou zij zelf wél de moed hebben gehad om anders te handelen dan haar moeder? Als zij in haar moeders schoenen had gestaan, zou zij dan wél 'eerlijk' zijn geweest? Ze hoopt het, maar een stemmetje in haar hoofd zegt dat ze zichzelf in de maling neemt.

'Nou ja, gedane zaken,' zegt ze uiteindelijk maar. 'Om nog even terug te komen op dat Leliegenootschap, iedereen die er lid van wilde worden moest dus een "toelatingsexamen" doen dat bestond in het overwinnen van je grootste angst?'

'Dat klopt, we noemden het "de uitdaging" en de aspirant-leden noemden we "de uitgedaagden".'

'Wat was jouw uitdaging, mama?'

Carolien zucht en masseert haar slapen. 'Ik was al bang dat je dat zou vragen.'

'Eerlijk gezegd ben ik daar ook heel erg benieuwd naar,' bemoeit Lorenzo zich met het gesprek. Zonder toestemming te vragen activeert hij de opnamefunctie van zijn telefoon. De journalist in hem ziet duidelijk zijn kans schoon om weer een extra brokje informatie te verzamelen.

Carolien aarzelt nog even en begint dan te praten: 'Ik heb me levend laten begraven. Dat was en is een van mijn grootste angsten.'

'O, mama,' kreunt Nienke.

'Ja, het was echt vreselijk. Ik heb er nog steeds nachtmerries van en in plaats van bevrijd te zijn van mijn angst, heb ik er juist een angst bij gekregen: claustrofobie.'

'Wat hebben ze met je gedaan?'

'Ik had mijn ouders wijsgemaakt dat ik die nacht bij Luna logeerde. Sergio had een doodskist geregeld via Luna – haar vader was begrafenisondernemer – en in de deksel van de kist had hij een gat geboord waar hij een pvc-buisje in had gestoken. Dat was mijn enige luchttoevoer. Toen ik in de kist lag en de deksel door Sergio was gesloten, gooide de rest van de groep er zand overheen. Zo hebben ze me een hele nacht laten liggen voordat ik weer werd uitgegraven.'

'Maar dat is ziek!' roept Nienke geschokt uit. 'Je had wel kunnen stikken! En wat als ze je niet hadden uitgegraven?'

'Voordat ik in die kist ging liggen, vertrouwde ik Sergio blind. Gedurende die lange uren in het donker, met amper genoeg zuurstof, ben ik heel veel gaan twijfelen, heb ik hem herhaaldelijk vervloekt. Toen die kist openging en hij me in zijn armen nam, vergat ik echter meteen weer hoe bang ik was geweest, hoe ik had geleden. Sergio had dat magische effect op mensen. Hij kon met één blik, met één simpele aanraking, alles weer goedmaken. Het verbaast me dan ook niet dat hij net als zijn vader de politiek in is gegaan. Zijn vader was van hetzelfde laken een pak.'

'En was het dat waard? Door de hel gaan om bij een of ander stom genootschap te mogen horen?'

'Nee, natuurlijk niet, maar op dat moment leek het van wel. Ik was gewoon enorm kwetsbaar en Sergio speelde daar handig op in. Hij zei precies wat ik wilde horen. Als je in zijn buurt was, dan straalde zijn glans ook op jou af. Ik was verslaafd aan dat gevoel. Ik deed alles voor hem.'

'Ja, dat blijkt wel,' mompelt Nienke afkeurend.

'Ik praat het niet goed, maar een mens is in zijn puberjaren heel weerloos, Nienke. Je bent op zoek naar jezelf, je eigen identiteit, terwijl allerlei invloeden van buitenaf continu op je inbeuken en je uit je evenwicht brengen. De een kan zich daarin beter staande houden dan de ander. Ik was duidelijk "de ander".'

'Kun je me misschien ook iets meer vertellen over de uitdaging "boterham met pindakaas" waar het dagboek over rept?' onderbreekt Lorenzo hen.

Nienke kijkt geërgerd naar de journalist, die hun moederdochtergesprek zo lomp verstoort, maar die lijkt zich van geen kwaad bewust.

'Dat was Luna's uitdaging. Ze had een ernstige pinda-allergie en was als de dood dat dat haar een keer de kop zou kosten. Sergio vond het een mooie uitdaging om haar zo'n allergische reactie eens te laten ervaren.'

'Maar dat is levensgevaarlijk! Mam!' roept Nienke vol afschuw uit.

'Je hoeft niet steeds open deuren in te trappen, Nienke,' bijt Carolien van zich af. 'Ik weet dat het fout was, hartstikke fout, maar op dat moment zag ik dat niet zo. Sergio beloofde ons verlossing en vrijheid als we onze grootste angst in de ogen keken en overwonnen. Hoe onbegrijpelijk misschien ook, we geloofden hem en wilden niets liever dan dat. Hij had Luna zonder al te veel moeite overtuigd en als zij het verantwoord vond, waarom zouden wij – ik en de rest van de groep – dan moeilijk doen? Maar als ik heel eerlijk was, dan zag ik natuurlijk wel aan haar dat ze het in haar broek deed van angst en zich alleen groothield voor Sergio, en ook voor mij. Ik had mijn uitdaging immers doorstaan en ze kon natuurlijk niet achterblijven.'

'Was dat voor of na het incident met Donna?' vraagt Lorenzo, die duidelijk het tijdpad kloppend wil hebben.

'Ervoor. Luna en ik hadden beiden onze uitdaging volbracht, samen met nog een handvol andere leden. Tot dan toe ging het op het nippertje steeds goed, zonder ongelukken.'

'Totdat het misging met Donna,' concludeert Nienke.

'Tot het inderdaad misging met Donna,' beaamt Carolien. 'Maar goed, Sergio had dus verzonnen dat Luna brood met pindakaas moest eten en op het moment dat ze een allergische reactie kreeg, moest ze zichzelf injecteren met adrenaline. Ze droeg altijd zo'n EpiPen bij zich. Mocht dat niet genoeg zijn, dan zouden we een ambulance bellen. In die tijd hadden we nog geen mobiele telefoons, dus de uitdaging moest plaatsvinden in de buurt van een telefoon. Er stond een telefooncel aan de rand van het schoolterrein, dus daar spraken we tegen middernacht met de leden en aspirant-leden van het genootschap af. Sergio wees een van de aspiranten ter plekke aan om stand-by te staan en het noodtelefoontje te plegen, mocht er toch iets misgaan. Ikzelf had de dag ervoor een pot pindakaas gejat uit de voorraad die mijn moeder uit Nederland had meegenomen toen we voor onbepaalde tijd naar Italië vertrokken.'

Carolien slikt hoorbaar iets weg.

'En toen?' vraagt Lorenzo ongeduldig. 'Wat gebeurde er toen?'

'Het was echt op het randje, het ging bijna mis. Luna nam een paar happen van een stuk stokbrood met een dikke laag pindakaas en begon vrijwel meteen heel erg op te zwellen. Haar gezicht werd rood en dik en haar ogen puilden uit hun kassen omdat ze geen lucht meer kreeg. Ze was te zeer in paniek en in ademnood om zichzelf nog te kunnen injecteren en... en ik zag mijn beste vriendin voor mijn ogen bijna doodgaan. Iedereen stond erbij en keek ernaar. Niemand deed wat. Toen heb ik die EpiPen uit haar handen gerukt en haar die adrenaline ingespoten terwijl ik krijste om een ambulance, maar het duurde echt een eeuwigheid voordat die jongen in die telefooncel eindelijk in actie kwam. En Sergio deed he-le-maal niks. Hij stond de boel van een afstandje met zo'n schuine grijns gade te slaan, terwijl Luna lag te stikken.'

De tranen springen Carolien in de ogen bij de herinneringen die nu in volle hevigheid terugkomen. Ze wrijft met haar hand over haar keel alsof ze een poging doet Luna's gezwollen keel alsnog, met terugwerkende kracht, te laten slinken. Nienke staat op en loopt naar de keuken, op zoek naar iets te drinken. Ze ziet een fles S.Pellegrino staan en neemt die samen met een glas mee terug naar de woonkamer. Ze schenkt in en geeft het glas aan haar moeder. Die neemt een paar slokken en krijgt zichzelf weer enigszins onder controle. Met verstikte stem gaat ze verder.

'De ambulance was er net voordat Luna het bewustzijn verloor. Iedereen was weggevlucht en ik was de enige die nog bij haar was. Ik was bij haar gaan zitten, haar hoofd lag op mijn schoot en ik bleef maar tegen haar praten om haar wakker te houden. Ik mocht mee in de ambulance omdat ik volgens de broeder Luna's leven had gered door haar op tijd de adrenaline toe te dienen. Maar zo voelde het niet. Ik had haar inderdaad die adrenaline toegediend, maar ik had ook toegestaan dat ze bijna het loodje legde met die idiote actie, waar ik medeverantwoordelijk voor was. Het enige waar ik aan kon denken was: wat als het écht mis was gegaan?'

Carolien verbergt haar gezicht in haar handen alsof ze zo alle herinneringen kan buitensluiten. Ze begint hardop te huilen, terwijl ze met een machteloos gebaar haar hoofd schudt. Nienke trekt haar tegen zich aan om haar te troosten. Terwijl ze zachtjes over haar haren streelt en haar sussend toespreekt, ziet ze dat Lorenzo nog steeds druk aantekeningen maakt. Dan valt haar oog op Silvano. De man heeft al die tijd niets gezegd en Nienke was al bijna vergeten dat hij er ook nog was. Hij zit nog steeds op de stoel waarop hij na hun binnenkomst heeft plaatsgenomen en lijkt zich niet verroerd te hebben. Zijn handen liggen gevouwen op zijn buik en hij kijkt alsof hij rustig zijn beurt afwacht. Het verbaast haar dat hij totaal niet gechoqueerd lijkt. Alsof... alsof het niet de eerste keer is dat hij de bekentenissen van haar moeder hoort.

'Silvano, wist jij iets van dit alles? Je lijkt niet bepaald verbaasd, terwijl ik – en laat ik alleen voor mezelf spreken – wel even nodig heb om dit allemaal te verwerken.'

'Ik heb mijn informatie uit de tweede hand, maar inderdaad, ik wist dat er een heleboel dingen niet deugden en dat de school niet ingreep. Ik kende niet alle details die net voorbij zijn gekomen, maar de strekking van het verhaal klinkt mij niet onbekend in de oren. Mijn vader heeft op zijn sterfbed zijn hart gelucht. Hij had enorme spijt dat hij altijd zijn mond heeft gehouden en mee heeft geholpen Donna's dood in de doofpot te stoppen. Hoe ze met die arme ouders om zijn gegaan... Ze mochten niet eens een fatsoenlijke rouwadvertentie in de krant zetten en ze moesten hun dochter in besloten kring begraven. De media werden onder druk gezet om het onderwerp te laten rusten. Het was echt helemaal niet oké.'

'En die druk kwam van de familie Mattareze, neem ik aan?' bemoeit Lorenzo zich met het gesprek.

Silvano knikt. 'Toen duidelijk werd dat Sergio een kwalijke rol had gespeeld in het geheel, gingen alle seinen op rood. De Mattarezes konden het natuurlijk niet hebben dat hun kroonprins betrokken was bij een schandaal. Ze hadden grootse plannen met hem en accepteerden het niet dat hij al had afgedaan voordat zijn leven goed en wel was begonnen. Iedereen maakte weleens een "foutje", toch? Het zou niet meer gebeuren en hij moest een tweede kans krijgen.'

'Maar waarom danste iedereen naar de pijpen van die familie?' vraagt Nienke verontwaardigd.

'Omdat ze de hele stad in hun zak hadden. De Mattarezes waren stinkend rijk en hun invloed was enorm; in elk bestuur waren ze vertegenwoordigd en ze kochten zich overal in. De school draaide voor een belangrijk deel op hun donaties en wie het geld heeft, heeft de macht en komt overal mee weg. Dat was in de middeleeuwen al zo en dat is nog steeds het geval. Dit soort spelletjes is van alle tijden.'

'Nou, noem het maar een spelletje,' roept Nienke verontwaardigd uit. 'En jouw vader heeft daar dus ook aan meegewerkt?'

'Hij was er niet trots op en hij heeft het zijn hele leven met zich meegedragen, maar destijds was hij van mening dat hij geen andere keus had. Hij is niet met een schoon geweten gestorven en voor een godvrezend mens als mijn vader was dat de ergst mogelijke straf. Maar als hij indertijd dwars was gaan liggen, had dat verregaande consequenties voor de rest van zijn leven gehad. Hij moest voor zijn gezin zorgen en kon het zich niet permitteren om zijn baan kwijt te raken. We hadden het al niet bepaald breed en mijn ouders moesten elke maand de eindjes aan elkaar knopen. Ander werk zoeken was ook geen optie, want als je de familie Mattareze tegen je had, dan maakte je geen enkele kans. Dan was je voorgoed een paria. Ik ben niet trots op wat mijn vader heeft gedaan, of eerder nagelaten, maar ik begrijp het wel. Ik heb zelf in eerste instantie ook niets gedaan met de dingen die hij me heeft verteld, om dezelfde reden als hij: angst voor mijn baan, het welzijn van mijn gezin. Als Lorenzo en uw moeder niet op mijn pad waren gekomen, had ik nu waarschijnlijk nog steeds gezwegen. Misschien heeft mijn vader daarboven' – Silvano wijst naar de hemel – 'wel gezorgd dat ik werd geconfronteerd met Lorenzo en uw moeder. Ik geloof niet zo in toeval, ik ben ervan overtuigd dat dingen met een reden gebeuren. Hoe dan ook, ik vond dat ik deze kans om enigszins schoon schip te maken niet kon laten liggen. Daarom heb ik tegen de uitdrukkelijke wens van mijn baas in deze avond georganiseerd om Lorenzo en uw moeder de informatie te geven waar ze naar op zoek waren.'

'Via die jaarboeken?' vraagt Nienke.

'Inderdaad. Op de Academy had je die trouwens niet gevonden,' richt hij zich nu tot Lorenzo. 'In de jaarboeken die op school in de bibliotheek aanwezig zijn zul je Donna Moretti niet terugvinden. Op het moment van haar overlijden was er net een proefdruk klaar van het jaarboek 1980. Toen alle commotie wat was afgezwakt en het jaarboek weer werd opgepakt, is Donna eruit geschrapt, alsof ze nooit bestaan had. Die jaarboeken zonder Donna zijn aan de studenten uitgereikt.'

'Maar waar zit ik hier dan in te bladeren?' vraagt Lorenzo.

'Dat is de proefdruk van voor Donna's dood. Uniek materiaal dus. Mijn vader kreeg destijds de opdracht om het te vernietigen, maar hij kon het niet. Hij had vlak daarvoor een gesprek gehad met Donna's ouders, die verteerd werden door het verlies van hun enige kind. De pijn van die mensen kreeg hij niet meer uit zijn systeem. De ontkenning van hun dochter, dat haar bestaan onder het tapijt werd geveegd, dat deed hun zoveel verdriet. Dat Domingo Mattareze, de burgemeester van Florence, hen dwong hun eigen kind te verloochenen, zijn ze nooit te boven gekomen. Maar ze hadden geen keus, ze waren doodsbang voor represailles als ze zich niet aan de gemaakte afspraken hielden. Ze waren een arm gezin en Donna was toegelaten op de Academy met een studiebeurs, betaald uit een fonds waar Domingo Mattareze de hoofdsponsor van was. Bovendien werd al snel duidelijk dat het létterlijk levensgevaarlijk was om je tegen de Mattarezes te keren. Een journalist van wie werd gezegd dat hij onderzoek deed naar de doofpotaffaire kwam plotseling te overlijden. Volgens de officiële lezing zou hij een auto-ongeluk hebben gehad, maar de omstandigheden waaronder dat gebeurde waren dubieus.'

'De vroegere directeur van de Academy, Enrico Mancini, maakte gisteren ook al een opmerking over de dood van een journalist en de vraagtekens daaromtrent,' brengt Lorenzo te berde. 'Ook naar zíjn dood is geen verder onderzoek gedaan, neem ik aan?'

'Uiteraard niet. Niemand durfde in die tijd tegen Domingo Mattareze in te gaan, in elk geval niet in het openbaar. Mijn vader pleegde op zijn eigen manier verzet door deze proefdruk achterover te drukken voor "het geval dat", en dat moment is nu aangebroken. Ik zou zeggen, Lorenzo, doe er je voordeel mee.'

Lorenzo kijkt de conciërge van de International Academy of Florence aan. Hij is hem zo ongelooflijk dankbaar.

'Voor mij heeft het zijn waarde nu al bewezen. Ik ben eindelijk achter de naam van het meisje gekomen – Donna Moretti – en wat je me net vertelt over de fraude met het jaarboek, want dat is het, is helemaal saillant. Voor het totaalplaatje moet ik ook een foto hebben van de pagina van het jaarboek waar Donna uit is gehaald. Dat is keihard bewijs dat er sprake is van een doofpot. Kun je me op de een of andere manier helpen om daaraan te komen?'

Silvano glimlacht en staat op. 'Kijk nog eens goed naar die stapel jaarboeken.'

Lorenzo doet wat hem gevraagd wordt en checkt de jaartallen op de ruggen. Onder op de stapel ligt nog een jaarboek uit 1980. Silvano tilt de andere jaarboeken op zodat hij het tweede boek van 1980 kan pakken. Hij bladert meteen naar pagina 55 en een opgewonden 'Si!' ontsnapt aan zijn lippen als de foto van Donna inderdaad blijkt te ontbreken. Snel maakt hij een paar foto's en dan bladert hij nog een keer het hele jaarboek pagina voor pagina door, om zeker te weten dat Donna echt nergens meer terug te vinden is.

'Ik geloof je op je woord, hoor, maar ik moet het zelf checken,' verontschuldigt hij zich tegenover Silvano. 'Ik hecht aan mijn beroepsethiek. Om conclusies te kunnen en mogen trekken moet ik alle feiten zelf constateren en controleren. Dat is ook belangrijk voor eventuele toekomstige rechtszaken en geloof maar dat die er komen als ik dit doorzet.'

'Voel je niet bezwaard, ik snap hoe het werkt. Zorgvuldigheid boven alles,' stelt Silvano hem gerust.

'Weten jullie misschien of er nog andere slachtoffers zijn gevallen, behalve Donna en die journalist?' Hij kijkt eerst Silvano en dan Carolien aan.

'Niet dat ik weet,' reageert Carolien meteen ontkennend, maar Silvano knikt van ja.

'Dat moet dan gebeurd zijn nadat ik weer terug was in Nederland,' concludeert Carolien.

Silvano kijkt haar met medelijden in zijn ogen aan. Dan

schraapt hij een paar keer zijn keel. 'Het spijt me dat ik u dit nieuws moet vertellen, maar ik vrees dat het om uw vriendin Luna gaat. Ze is helaas dood.'

Caroliens handen ballen zich eerst tot vuisten en daarna slaat ze ze wanhopig voor haar gezicht. Aan het schokken van haar schouders is te zien dat ze huilt. Haar dochter wrijft zachtjes over haar rug, maar probeert haar verder niet te troosten. Ze beseft duidelijk dat woorden tekortschieten op zo'n moment.

'Sergio sprak dus toch de waarheid,' mompelt Carolien na een tijdje.

'Ik zou willen dat ik beter nieuws had,' zegt Silvano.

Ook Lorenzo is bedrukt, maar om een heel andere reden. Luna was net als Carolien een ooggetuige van de dood van Donna en hij had haar graag als zodanig opgevoerd. Twee getuigenverslagen zijn altijd sterker dan één. Maar helaas, hij zal het met het verhaal van Carolien moeten doen. Aan de andere kant, achter de dood van Luna zit mogelijk weer een ander interessant verhaal waar hij wat mee kan. Dus al met al valt er toch nog een lichtpuntje te bespeuren.

'Je koppelde de dood van Luna aan mijn vraag of er nog meer slachtoffers zijn gevallen. Bedoel je daarmee te zeggen dat Sergio Mattareze en zijn familie ook iets met háár dood te maken hebben?' Lorenzo gaat op het puntje van de bank zitten en kijkt Silvano doordringend aan.

'Het fijne weet ik er niet van, maar ik kan jullie wel de contactgegevens van Luna's vader overhandigen. Mijn eigen vader heeft tot vlak voor zijn dood altijd contact met de man gehouden. Ik heb mijn pa er wel vaker naar gevraagd, maar hij wilde er nooit veel over kwijt. Hij vond het sowieso moeilijk om over de hele situatie te praten. Mijn vader was een vrij gesloten man en de openheid die hij me gaf op zijn sterfbed was behoorlijk uniek. Helaas was ons niet genoeg tijd gegeven om dieper op de zaak in te gaan; de tijd die we nog hadden, hebben we voornamelijk gebruikt om het over dingen binnen ons gezin te hebben.'

'Wat ook heel logisch is,' valt Nienke hem bij, terwijl ze haar moeder nog steeds troostend over haar rug wrijft. 'Ik had hetzelfde gedaan als ik in jouw schoenen stond, Silvano. De laatste momenten met iemand die je liefhebt zijn onvervangbaar en kun je nooit meer herhalen. Dan ligt de prioriteit bij het samenzijn en doen waar je hart om vraagt.'

'Dat is inderdaad precies hoe het is en wat we hebben gedaan.'

'Maar je hebt dus de contactgegevens van de vader van Luna?' Lorenzo realiseert zich dat hij het gesprek tussen Silvano en Nienke vrij lomp onderbreekt.

'Ja, ik zal ze voor je opzoeken.' Silvano loopt naar de antiek aandoende kast in de kamer en trekt een deurtje open. Op de planken liggen keurig geordende stapels en hij vist er een adresboekje uit, dat hij door begint te bladeren. 'Ah, hier heb ik het. Nicolai Rossi, de man zal inmiddels wel een jaar of vijfentachtig zijn.'

Hij laat het adres zien en Lorenzo noteert het gretig in zijn Moleskine-boekje. 'Kende jij Luna's vader?' vraagt hij daarna aan Carolien.

'Ja. Ik kwam destijds regelmatig bij Luna thuis.'

'Denk je dat meneer Rossi openstaat voor een gesprek? Is hij een toegankelijke man?'

'Toen wel, maar ik weet niet wat het verlies van zijn dochter met hem heeft gedaan. Hij was stapeldol op haar en haar dood zal grote littekens hebben achtergelaten.'

'Zou het helpen als we met Lorenzo meegaan, mama?' stelt Nienke voor. 'Misschien dat meneer Rossi dan wat loslippiger is? Bovendien vindt hij het misschien wel heel fijn om jou nog eens te zien. Hij zal niet met veel mensen over zijn dochter kunnen praten en wellicht vindt hij het prettig om herinneringen op te halen met iemand die haar echt goed gekend heeft.'

Carolien knikt instemmend. 'Ik zou hem graag nog eens zien en ik wil net als Lorenzo weten wat er precies met Luna is gebeurd.'

'Oké, dat is dan geregeld, als Lorenzo het er tenminste mee eens is.'

'Graag,' antwoordt hij meteen. 'Het is nu te laat, maar ik stel voor dat we er morgenochtend vroeg meteen heen rijden.'

'Dan lijkt het me verstandig dat we voor vannacht een hotelletje pakken in Florence, mam.' Nienke kijkt haar moeder aan en die knikt.

'Als je een beetje lekker wilt slapen, dan is dat wel zo verstandig,' beaamt Lorenzo, terwijl hij terugdenkt aan zijn eigen brakke nacht op zijn doorgezakte bank, toen Carolien in zijn bed lag. 'Ik heb maar één extra slaapplek in mijn bescheiden appartement.'

'Waar woont die meneer Rossi eigenlijk?' vraagt Nienke. 'Hier in Florence?'

Lorenzo schudt zijn hoofd. 'In Massa Martana, een middeleeuws stadje in Umbrië.'

'Ah, dat is mooi. Mijn moeder en ik verblijven in een B&B in Umbrië, in Todi om precies te zijn, en als we dan eerst naar Massa Martana gaan, zijn we al een eind op weg.'

'Verder dan je denkt, want je kunt Todi vanuit Massa Martana praktisch zien liggen. De stadjes liggen maar een paar kilometer bij elkaar vandaan.'

'Dus eigenlijk was Luna's vader onze buurman, we hadden hem bij wijze van spreken tegen het lijf kunnen lopen in Todi. Hoe bizar is dat, hè, mam?'

Maar Carolien staart voor zich uit en reageert niet. Van het ene op het andere moment is ze weer voor onbepaalde tijd verdwenen in haar wereld van vergetelheid.

21

Het is nog rustig op de snelweg naar Umbrië als Nienke en Carolien achter Lorenzo aan zoeven. De zon is fel en Nienke zet haar zonnebril op om haar branderige ogen te beschermen. Net als haar moeder heeft ze vannacht geen oog dichtgedaan. De verhalen van haar moeder, Silvano en Lorenzo hielden haar hersenen continu in overdrive. Het was te veel om te verwerken. Zoveel schokkende informatie, zoveel vragen waarvan niet zeker is of ze ooit allemaal beantwoord worden. Carolien heeft niet veel meer gezegd sinds ze gisteravond laat afscheid namen van Silvano en zijn vrouw. Haar zwijgen en de afwezige blik in haar ogen baren Nienke zorgen, evenals het feit dat ze niet echt contact met haar moeder krijgt.

'De koffie is loeiheet, mam, kijk uit dat je je mond niet brandt,' waarschuwt Nienke als haar moeder als een robot de kartonnen beker naar haar mond brengt. In eerste instantie reageert Carolien niet, maar dan begint ze tot Nienkes opluchting in de beker te blazen om de koffie wat af te laten koelen. Om de gespannen sfeer te doorbreken, zet Nienke de radio zachtjes aan. Al snel vult vrolijke Italiaanse muziek de auto. Als 'Se bastasse una canzone' van Eros Ramazotti uit de speakers klinkt, kan ze zich niet bedwingen en zingt ze uit volle borst mee.

'Jeugdsentiment, mam!'

Carolien knikt nauwelijks zichtbaar en blijft consequent uit het raampje staren, naar het heuvelachtige landschap dat bekleed is met een lappendeken van overwegend groene tinten, afgewisseld met middeleeuws uitziende stadjes. Her en der glinstert een beekje door een vallei en Nienke is jaloers op de boomgaarden met grote indrukwekkende olijfbomen, terwijl het haar thuis amper lukt om het karige exemplaar in haar eigen tuin in leven te houden.

'Zie je ertegen op, mam, om Luna's vader te ontmoeten?' probeert Nienke wanhopig opnieuw een gesprek te beginnen, maar weer komt er amper een reactie, laat staan een antwoord. Ze heeft zo'n behoefte aan echt contact met haar moeder; voor zichzelf, maar ook om haar moeder te steunen in het verdriet om haar jeugdvriendin. Achteraf gezien was dit tripje naar Italië misschien toch niet zo'n goed idee. Tot nu toe heeft het weinig vreugde opgeleverd en alleen maar geheimen naar boven gebracht die ze liever niet had geweten. Nienke zou willen dat ze een toverstafje had en alles in één klap ongedaan kon maken. Als de realiteit te schokkend is, brengen sprookjes soms verlichting. Ze werpt de idiote gedachte weer snel van zich af; ze is geen kind meer en aan de waarheid valt niet te ontsnappen.

De klok geeft tien uur aan als ze haar knipperlicht aanzet om de afslag naar Massa Martana te nemen die Lorenzo net heeft genomen. Ze komen op een provinciale weg terecht, die algauw een scherpe bocht naar rechts maakt, en na een paar kilometer rijden ze het stadje binnen. Ze kijkt nogmaals op de dashboardklok. Over een uur landt Levi als het goed is weer veilig op Nederlandse bodem. Hoewel dat allemaal onder controle lijkt te zijn, bezorgt het haar nog steeds een knagende onrust en blijft het door haar hoofd spoken. Vanochtend vroeg heeft ze nog even kort met Noor en Marieke gebeld om de laatste stand van zaken door te spreken. Noor heeft ze op het hart gedrukt haar meteen een foto van Levi te sturen, als bewijs dat alles goed met hem is, en hem meteen naar haar te laten bellen. Ze móét zijn stem horen zodra dat kan, ook als dat het gesprek met meneer Rossi verstoort. Ze heeft Lorenzo in het kort op de hoogte gesteld van de problemen aan het thuisfront, maar Carolien heeft ze er tot nu toe buiten gehouden. Haar moeder heeft even genoeg aan haar hoofd en ze wil haar, voor zover dat kan, nog meer ellende besparen.

Het kost Nienke door alle kopzorgen moeite om zich te concentreren op de weg, maar ze weet Lorenzo toch aardig strak te volgen over de kronkelige weggetjes die uiteindelijk naar het huis van meneer Rossi leiden. Hij bezit het onderste appartement in een klein en redelijk onderhouden complex. Nienke parkeert haar auto achter die van Lorenzo en helpt haar moeder uitstappen.

'Zal ik het voortouw nemen en aanbellen?' stelt Lorenzo voor.

'Prima, wij volgen wel.'

Nienke slaat een arm om haar moeder heen en loopt achter Lorenzo aan. Wanneer de journalist aanbelt, begint er meteen een hond te blaffen. Het duurt even voordat de deur opengaat en vrijwel meteen schiet een spierwitte Italiaanse dwergkees langs de rollator van een oude man naar buiten. Lorenzo springt aan de kant als het beestje speels naar zijn kuiten hapt.

'Bella, *finiscila*!' corrigeert de oude man zijn hond streng als hij Lorenzo's benauwde gezicht ziet. Het hondje keft verontwaardigd, snuffelt even aan Nienke en Carolien en vliegt dan weer naar binnen. Lorenzo is even van zijn à propos door de witte wervelwind, maar herstelt zich snel. Hij wil zijn hand uitsteken om zich voor te stellen aan meneer Rossi, maar de oude man is hem, leunend op zijn rollator, voor.

'*Signore Lorenzo Bianchi, cosa ti ha fatto perdere così tanto tempo?*' vraagt hij met krassende stem.

Lorenzo kijkt de man verbaasd aan en antwoordt dan in rap

Italiaans. Er ontspint zich een dialoog die vergezeld gaat van veel handgebaren, waardoor hij meer weg heeft van een ruzie dan van een goed gesprek. Dan duwt de oude man, ondanks zijn broze gestel, Lorenzo ferm aan de kant en er verschijnt een stralende lach op zijn gezicht als hij iets tegen Nienkes moeder zegt. Hij steekt zijn hand verlangend naar haar uit en Carolien grijpt hem stevig vast. Nienke ziet haar moeders lip trillen en ze houdt het zelf ook nauwelijks droog als haar moeder en de oude man met de kromme benen elkaar in de armen vallen. Snel gaat ze bij Lorenzo staan om de twee wat ruimte te geven.

'Wat was dat net?' vraagt ze aan Lorenzo. 'Had je nou ruzie met die man?'

'Ruzie? Nee, hij zei dat hij me al veel eerder had verwacht en ik was daar nogal verbaasd over, want het is een rit van tweeenhalf uur vanuit Florence en gisteravond was het al te laat om nog op pad te gaan. Maar toen zei hij dat hij dat niet bedoelde. Silvano had hem gisteren gebeld om te zeggen dat we vandaag zouden langskomen, maar hij had verwacht dat mijn "journalistieke neus" mij al eerder op zijn pad zou brengen. Met alle aanwijzingen die ik had.'

Nienke moet gniffelen. 'Die ouwe is nog scherp van geest. En wat zei hij tegen mijn moeder?'

'Letterlijk iets van: "Carolien, meisje, wat fijn om jou na al die tijd weer te zien."'

Op dat moment komt het hondje weer keffend naar buiten rennen en springt opgewonden tegen haar baasje aan. Hij heeft echter alleen aandacht voor Carolien, die hij in zijn armen houdt. Er lijkt geen einde te komen aan de omhelzing, maar na een paar minuten laten ze elkaar dan toch eindelijk – met grote tegenzin, zo te zien – los. De oude man pakt de handvatten van zijn rollator weer vast, draait zich om en schuifelt naar binnen, terwijl hij gebaart dat ze hem moeten volgen. In ganzenpas lopen ze achter hem aan en komen terecht in een kleine, ouderwets ingerichte woonkamer. Veel donker hout, kleedjes en tierelantijntjes. De grijswitte tegelvloer doet wat kil aan, maar maakt het huis ook minder bedompt.

'*Please, sit*,' zegt de heer Rossi, op het Engels overschakelend.

Zou Silvano hem verteld hebben dat ik geen Italiaans spreek? denkt Nienke.

Rossi wijst naar een tafel waar wat houten stoelen omheen staan en gaat zelf kreunend zitten. Op de tafel staan een thermoskan, een glas met staafjes poedermelk en suiker, een kan water en wat lege kopjes en glazen. Het ziet er inderdaad naar uit dat hij op hun komst heeft gerekend. 'Help uzelf met een drankje.'

Nienke schiet meteen in haar verzorgende rol en voorziet iedereen van water en koffie. Als ze zelf ook heeft plaatsgenomen, geeft haar telefoon met een ping aan dat ze een nieuw bericht heeft. Ze vliegt overeind en excuseert zich, en terwijl ze de kamer uit loopt opent ze het bericht. Een foto van Noor met een stralende Levi verschijnt op haar beeldscherm. *Levi in the pocket, check!* heeft Noor erbij geschreven. Haar zus sluit af met een lading kusjes en hartjes. Een snik ontsnapt aan Nienkes keel en ze slaat haar hand voor haar mond om het geluid te onderdrukken. Ze wil niet dat haar moeder het hoort. Het liefst zou ze nu een potje keihard janken, maar dit is niet het moment. Ze loopt naar buiten en belt Noor met een keel die dik is van de ingehouden emoties. Er trekt een kriebel door haar buik als ze Levi's stem aan de andere kant van de lijn hoort.

'Hi mam! Ik was een paar dagen met papa op vakantie. We gingen vet lang in een vliegtuig en er was een scherm in de stoel voor me en dan kon je allemaal tekenfilms zien en games spelen en toen kregen we te eten en later ook nog een ijsje en eerst vond ik het wel cool, maar later saai.' De woordenstroom wordt kort onderbroken omdat hij adem moet halen. 'Kom je snel naar huis?'

Aan Levi's ouderwetse geklets hoort Nienke dat haar zoon inderdaad niet geleden heeft onder Kevins ondoordachte actie. 'Dag lieve jongen van me, wat leuk dat je ook op vakantie bent geweest. Mama komt over een paar daagjes weer thuis en tot die tijd gaat tante Noor je heel erg verwennen. Misschien gaan jullie wel een keer naar de McDonald's.'

'Happy Meal!' roept Levi enthousiast uit.

'Denk je ook een beetje aan de heupen van tante Noor?' neemt haar zus grinnikend het gesprek over.

'O, Noor, ik ben zo blij dat hij terug is. Ging het allemaal zonder al te veel gedoe?'

'Ik heb Levi meteen meegenomen en Marieke is op de luchthaven gebleven om met Kevin en zijn ouders te praten. De stoom kwam nog steeds uit hun oren, dus ik vrees dat je ex nog wat te wachten staat.'

'Zijn eigen schuld. Loser.'

'Zeg, hoe is het daar?'

'Gecompliceerd. Ik zal je helemaal bijpraten zodra we weer terug zijn in Nederland, want nu heb ik daar eerlijk gezegd de rust en de tijd niet voor. Maar mama's verdwijning heeft heel wat losgemaakt hier. We zijn nu op bezoek bij de vader van een oud schoolvriendinnetje van mama, dat meisje van wie ik de foto in mama's medaillon vond. Het meisje zelf is overleden.'

'Ach, hoe is mama daaronder?'

'Verdrietig. Geschokt. We zijn nu bij haar vader om te horen wat er precies is gebeurd.'

'Ga maar gauw dan, ik hoor later wel hoe en wat. Over Levi hoef je je in elk geval geen zorgen meer te maken, dus je kunt je aandacht nu weer volledig op mama richten.'

'Noor?'

'Ja?'

'Dank je wel. *Love you*, dat zeg ik veel te weinig.'

'*Love you too, sissie*. Kus van mij en Levi en wens mama sterkte van me.'

'Doe ik.'

Nienke hangt op en loopt weer naar binnen. Haar moeder en de oude heer Rossi zijn druk in gesprek; aan de ontspannen gezichten te zien gaat het over koetjes en kalfjes en duidelijk nog niet over het onvermijdelijke: Luna, en hoe ze is overleden. Lorenzo kijkt haar vragend aan en ze steekt haar duim naar hem op ten teken dat alles goed is met Levi. Ze ziet zijn ogen afdwalen naar de plek waar de tweezitsbank staat. Eerst denkt ze dat het een verlangende blik is, omdat de houten stoelen behoorlijk beroerd zitten, maar als ze goed kijkt, ziet ze hem staren naar een plek boven de bank. Op de muur is een verkleurd vlak te zien van zo'n dertig bij dertig centimeter. Halverwege de bovenrand van het vlak is een zwart puntje, onmiskenbaar een spijker. Er heeft recent nog iets aan die muur gehangen en gezien de duidelijke verkleuring op de muur heeft het er een hele tijd gehangen. Lorenzo's ogen branden van nieuwsgierigheid en die van haar nu ook. Rossi heeft het blijkbaar in de gaten en geeft antwoord op de vraag die ze slechts in gedachten hebben gesteld.

'Daar heeft een schilderij gehangen. Ik was het na al die jaren zat en heb het recent verkocht. Ik heb nog geen geschikt alternatief gevonden.'

'Luna,' zegt Carolien ineens plompverloren en er valt een doodse stilte in de kamer. Carolien lijkt zich er niet van bewust. 'Wat is er met Luna gebeurd?'

Nienke is haar moeder dankbaar dat ze de koe bij de hoorns vat en ter sprake brengt waar ze eigenlijk voor zijn gekomen. Ook Lorenzo lijkt Caroliens directe aanpak te waarderen, maar Rossi verstijft. Zijn ogen gaan zenuwachtig de kamer rond en blijven dan uiteindelijk ergens midden op het tafelblad hangen. 'Ach, ja, mijn meisje,' mompelt hij.

'Ik vind het zo erg dat ze dood is. De laatste keer dat ik haar zag, hadden we vreselijke ruzie en nu kunnen we het nooit meer bijleggen.' Carolien grijpt naar het medaillon, dat sinds gisteren weer om haar nek hangt.

Rossi zwijgt en knikt alleen maar wat. Hij lijkt heel ver weg met zijn gedachten. 'Ze is bijzonder, mijn Luna. Ze is vernoemd naar de maan, maar voor mij is ze de zon.'

'Ik begrijp dat het moeilijk voor u is om over uw dochter te praten, maar kunt u ons vertellen wat er precies met haar is gebeurd?' spoort Lorenzo hem aan. 'Hoe is ze aan haar einde gekomen?'

'Het was een ongeluk. Ze moet er met haar gedachten niet bij zijn geweest toen ze achter het stuur stapte. Ze had pas ontdekt dat ze zwanger was en de vader wilde er niets van weten. Ze waren nog zo jong. Hij wilde dat ze abortus liet plegen, zijn ouders boden haar zelfs een grote som geld, waar ze een paar jaar ruimschoots van kon studeren en leven. Een kind zou alles in de war schoppen en hun levens een heel ander pad op sturen dan de bedoeling was, in elk geval in de ogen van de ouders van de vader.'

'En u? Wat vond u daarvan?'

'Ik ben een goed katholiek. Als God een leven geeft, dan mogen wij dat als mens niet eigenhandig vernietigen. Dat is wat mijn vrouw, God hebbe haar ziel, en ik Luna ook altijd hebben bijgebracht.'

'Luna zat dus tussen twee vuren in,' concludeert Nienke.

'Het moet haar verscheurd hebben,' valt Lorenzo bij.

'Dat deed het,' beaamt Rossi. 'En haar geworstel brak het hart van mij en mijn vrouw. De druk werd door de familie van de jongen steeds meer opgevoerd. Toen het goedschiks niet werkte, gingen ze over op kwaadschiks en Luna kwam steeds verder klem te zitten. Uiteindelijk resulteerde dat in die fatale dag waarop ze van de weg reed en met haar auto in een ravijn terechtkwam. Een voorbijganger zag rook uit het ravijn komen en heeft de politie gebeld. Toen die uiteindelijk aanwezig was, was het al te laat. Haar auto was volledig uitgebrand. Er was niets van haar over. Ze vonden alleen een paar voortanden in het uitgebrande wrak, die van haar bleken te zijn. Waarschijnlijk is ze door de klap met haar gezicht op het stuur geslagen; er zaten in die tijd nog geen airbags in de auto's. Haar tas met onder andere haar rijbewijs vonden ze verderop. Die moet uit de auto zijn geslingerd voordat de boel in de brand vloog.'

'Was Sergio de vader van het kind?' vraagt Carolien. 'Sergio Mattareze?'

Het gezicht van de oude man verhardt. 'Ja, dat was hij.'

'Heeft de politie nog verder onderzoek gedaan naar de toedracht van Luna's ongeluk? De reden waarom ik dat vraag, is omdat u net zegt dat ze onder druk is gezet door de familie Mattareze. Weet u zeker dat Luna niet van de weg is gereden? Ik zeg niet dat er een verband is, maar een journalist die in diezelfde periode onderzoek deed naar Sergio Mattareze en zijn mogelijke betrokkenheid bij de dood van een klasgenote van Luna en Carolien, is ook met zijn auto van de weg geraakt. Ik zou dat op zijn minst opmerkelijk willen noemen.'

Meneer Rossi trekt even een nadenkend gezicht en schudt dan zijn hoofd. 'Voor zover ik weet waren er geen aanwijzingen voor opzet in het spel. De politie heeft destijds geen sporen van een tweede voertuig gevonden of andere aanwijzingen die daarop duidden. Luna is waarschijnlijk door onoplettendheid van de weg geraakt. Ze zat zo met de kwestie in haar maag, dat dat haar waarschijnlijk heeft afgeleid van de situatie op de weg. Ze is een bocht uit gevlogen die ze, naar het zich liet aanzien, te snel heeft genomen. Er was geen vangrail op dat stuk weg en dat was al langer een doorn in het oog van de bevolking. Na Luna's dood is die vangrail er alsnog gekomen. Een groot optimist zou zeggen dat haar dood toch nog ergens goed voor is geweest.' Hij neemt een slok van zijn koud geworden koffie voor hij verdergaat. 'Ik heb haar een kwartier voor het ongeluk nog aan de telefoon gehad. Ze kwam net terug van de verloskundige en was compleet overstuur.'

'Heeft de politie ook zelfmoord overwogen?' vraagt Lorenzo. Het is een pijnlijke vraag, maar hij moet hem stellen voor de volledigheid.

Rossi's gezicht vertrekt. 'Dat zou mijn Luna nooit doen.'

'Ik bedoel, omdat ze zo overstuur was en in gewetensnood verkeerde?' pusht Lorenzo nog een beetje verder.

'Zoals ik al zei, een leven dat door God is gegeven mag je als mens niet vernietigen. Luna geloofde daar net zo heilig in als ik. Zichzelf en haar ongeboren kind opzettelijk doden druist daar volledig tegen in.'

'Soms is de wanhoop zo groot dat zelfs het geloof geen troost meer biedt. Misschien heeft ze u willen sparen en haar diepste gedachten en gevoelens niet met u gedeeld?'

'Luna heeft geen zelfmoord gepleegd, hoort u me! Het was een ongeluk!' De oude man slaat met zijn broze vuist op tafel. 'Als ik ook maar iets anders teruglees in die krant van u, dan weet ik u te vinden. Ik mag dan oud zijn, maar ik laat niet over me heen lopen. U zult in mij een waardig tegenstander vinden, meneer Bianchi. U moet die klootzak van een Mattareze aanpakken, in plaats van mijn dochter te bezoedelen. Daarom heb ik u dat dagboek gestuurd. Elke keer als ik de kop van die vent op tv zie, als ik in de krant over hem lees...'

Er klinkt gekraak achter de deur van de woonkamer. Bella springt piepend van de bank en begint te kwispelen terwijl de klink van de kamerdeur naar beneden gaat. Rossi lijkt het in eerste instantie niet in de gaten te hebben en praat gewoon door.

'Walgelijk is het, hoe hij floreert en door is gegaan met zijn leven, terwijl mijn Luna...'

Alle kleur trekt weg uit zijn gezicht als de deur opengaat en een vrouw de kamer binnenstapt.

'... terwijl jouw Luna ook door is gegaan met haar leven,' maakt ze zijn zin af.

22

De monden van Nienke, Carolien en Lorenzo vallen vrijwel gelijktijdig open. Carolien is de eerste die zichzelf bij elkaar weet te rapen. Ze staat op, wankelt even en vliegt de vrouw dan in de armen.

'Luna. Luna,' huilt ze. 'Ben je het echt?'

Nienke staat perplex. *Wat?!*

'Ja, mijn lieve vriendin, ik ben het echt,' antwoordt de vrouw met verstikte stem.

Lorenzo springt op. 'Wat... wat heeft dit te betekenen? U belazert de zaak.' Hij wijst met een beschuldigende vinger naar Rossi, die er nog steeds uitziet alsof hij een spook heeft gezien.

Nienke kijkt naar de oude heer. Ze lijkt niet te kunnen geloven dat hij hun bewust heeft wijsgemaakt dat zijn dochter is omgekomen bij een auto-ongeluk. 'U wist hiervanaf?' vraagt ze aarzelend.

'Het is goed, papa, het heeft lang genoeg geduurd. Ik wil me niet langer verstoppen.'

Luna laat Carolien los en loopt naar haar vader toe. Ze gaat achter hem staan en slaat haar armen om hem heen. Met zijn trillende handen pakt hij haar polsen vast.

'Heb je dit met Umberto besproken?' vraagt hij aan zijn dochter.

'Ja,' antwoordt ze. 'Hij staat volledig achter me. Zonder zijn goedkeuring had ik dit nooit gedaan.'

In Lorenzo borrelen allemaal tegenstrijdige emoties omhoog. De scoop dat Mattareze nóg een dood op zijn geweten heeft, gaat ter plekke in rook op. Het gaat gepaard met een gevoel van spijt en teleurstelling, maar wanneer hij zich dat realiseert, schaamt hij zich. De dochter van deze man leeft nog en dat is veel belangrijker dan zijn stomme verhaal. Waar hij een paar dagen geleden Fabia in het ziekenhuis gevoelloosheid verweet toen ze de dochter van de mishandelde Enrico Mancini bestookte, doet hij met zijn primaire reactie nu in wezen precies hetzelfde. Hij schrikt van de constatering dat hij niet roomser is dan de paus, terwijl hij dat altijd wel dacht.

'Wie is Umberto?' weet hij er nog uit te persen, terwijl hij op zijn stoel neerzinkt.

Luna kijkt hem met heldere, krachtige ogen aan. 'Umberto is mijn zoon. De zoon van Sergio Mattareze en mij.'

Carolien verslikt zich bijna nu ze Luna zelf hoort vertellen dat Mattareze de vader is van haar kind. Luna ziet het.

'Ik kan het allemaal niet goedpraten, Carolien, maar ik kan wel proberen het uit te leggen als je me de kans geeft.'

Carolien knikt gelaten terwijl ze haar medaillon afdoet en het met een afwezig gebaar voor zich op tafel legt. Nienke ziet het, maar laat het maar even zo. Ze kan niet goed inschatten wat haar moeder met dit gebaar voor ogen heeft.

'Iemand nog een glaasje water?' probeert ze de ongemakkelijke sfeer in de kamer te doorbreken.

Lorenzo reageert als eerste en houdt zijn glas op. Nienke pakt de kan water van tafel en schenkt hem bij. Luna laat ondertussen haar vader los, loopt naar de bank en plukt er iets achter vandaan. Het is een ingelijste foto van haarzelf en een jongen, duidelijk van een paar decennia geleden. Ze hangt hem terug aan de spijker op de verkleurde plek van de wand en draait zich met een goedkeurend gezicht om naar haar vader.

'Zo papa, nou klopt alles weer. Je hoeft me niet langer te verbergen.'

Ze loopt terug naar de tafel en gaat tegenover Carolien zitten. Ze strekt haar hand uit naar haar vroegere hartsvriendin. In eerste instantie reageert Carolien niet. Haar handen blijven als verlamd in haar schoot liggen en de spanning in de kamer is om te snijden. Als Carolien uiteindelijk haar hand in die van Luna legt, is er een collectieve zucht van opluchting te horen. Ook Luna kijkt duidelijk opgelucht.

'Het spijt me, het spijt me zo. Ik zou willen dat ik alles kon terugdraaien, het verleden kon wissen en opnieuw kon invullen, samen met jou en zonder Sergio. Die man is één brok ellende. Altijd al geweest, alleen hebben we het nooit willen zien.'

'Hoe konden we ook?' fluistert Carolien. 'We waren jong, beïnvloedbaar, naïef en verliefd.'

'Dat neemt niet weg dat ik me aan onze deal had moeten houden en bij Sergio uit de buurt had moeten blijven, zoals we hadden afgesproken. Maar ik was zwak en kon hem niet weerstaan. Pas veel later ben ik gaan inzien dat het hem nooit om mij te doen is geweest. Hij heeft me gebruikt om onze vriendschap kapot te maken. Jij en ik waren te close en te gehecht aan elkaar, en dat zat hem dwars. Sergio wilde dat zijn volgers volledig loyaal aan hem waren en aan hem alleen. Zeker na wat er met Donna was gebeurd, moest hij zijn positie als leider van het genootschap verder verstevigen.'

'Heb je meteen toegehapt toen hij je verleidde?' vraagt Carolien.

'Nee, natuurlijk niet. Mijn afspraak met jou was me heilig.'

'Maar uiteindelijk niet heilig genoeg.' Caroliens gezicht betrekt.

'Nee, en daar schaam ik me ook diep voor. Weet je nog dat je geveld was door de griep en we elkaar een week niet konden zien? Toen is het gebeurd. Sergio zag zijn kans schoon toen ik alleen en een beetje ontheemd rondliep op school. Hij stelde voor om naar de film te gaan. Ik zag er geen kwaad in.

In die donkere bioscoop kroop zijn hand steeds dichter naar me toe, tot zijn huid de mijne raakte. Het was allemaal heel subtiel, maar dat maakte het spannend en opwindend. Aan het einde van de film lag zijn hand op mijn bovenbeen. Ik ondernam zelf geen enkele actie naar hem toe, maar ik liet het wel gebeuren. Na de film nam hij me mee naar een kroegje. Ook daar gebeurde niets, we hebben alleen maar gepraat. Tegen elf uur stelde hij voor om me naar huis te brengen. Ik stemde er schoorvoetend mee in. Eigenlijk wilde ik dat de avond niet eindigde. Sergio's volledige aandacht helemaal voor mezelf, dat voelde… magisch. Op weg naar mijn huis maakte hij een omweg en zette zijn scooter op een beschutte plek stil. Hij hielp me af te stappen en voor ik het goed en wel doorhad stonden we te zoenen. Ik wilde hem wegduwen, maar het voelde zo goed en bijzonder. Ik kon het niet. Ik vergat alles om me heen, ook jou en onze afspraak, Carolien.'

Luna slaat beschaamd haar ogen neer.

'En het bleef niet bij zoenen. Hij nam me mee de bosjes in. Het was mijn eerste keer. Ik weet niet of ik die keer al meteen zwanger werd of de dagen erna. We gebruikten geen condooms en ik was niet aan de pil. Sergio was woedend toen hij dat later hoorde. Hij was er gewoon van uitgegaan en had me er nooit naar gevraagd. Ik, naïef als ik was, dacht dat het niet zo'n vaart zou lopen, maar dat was een ontzettende misrekening. Toen ik de maand erna niet ongesteld werd, kon ik mezelf wel voor mijn kop slaan. Tussen Sergio en mij was het toen al over. Na die clash met jou toen je ons betrapt had, was de magie ervan af. Ik was jou kwijt, hem kwijt en het genootschap liep op zijn laatste benen door dat gedoe met Donna. Ik voelde me ontzettend alleen en durfde mijn ouders niet op te biechten dat ik zwanger dacht te zijn. Uiteindelijk ben ik naar de huisarts gegaan en werd mijn vermoeden bevestigd. Ik kreeg een baby. Ik ben linea recta naar Sergio gegaan om hem op de hoogte te stellen. Hij was woedend en eiste dat ik abortus liet plegen. Ik schrok van zijn hardvochtigheid. Hoe kon hij zonder enige emotie een levend wezentje doodmaken? Ik kon dat in elk geval niet. Hoe meer hij me onder druk zette, hoe sterker bij mij de wens werd om de baby te houden. Ik besloot open kaart te spelen tegen mijn ouders en hun steun te vragen. Papa en mama waren fantastisch.'

Liefdevol kijkt ze naar haar vader, die duimendraaiend naast haar zit.

'Natuurlijk waren ze in eerste instantie geschokt, maar ze hebben me vanaf het moment dat ze het wisten gesteund en achter mijn keuze gestaan om het kind te houden. Toen ik richting de drie maanden zwangerschap ging en Sergio doorkreeg dat ik het kind echt niet liet weghalen, schakelde hij zijn vader in. Mijn vader werd gesommeerd om bij de burgemeester te komen. In eerste instantie bood Domingo Mattareze een grote som geld om de abortus te bekostigen en de rest van mijn studie te betalen. Mijn ouders hadden het niet breed en moesten zichzelf veel ontzeggen om mij te kunnen laten studeren. Domingo wist dat en probeerde daar handig gebruik van te maken. Er zat namelijk nog een ander addertje onder het gras: ik was nog geen achttien en Sergio had een groot probleem als bekend werd dat hij zich schuldig had gemaakt aan seks met een minderjarige. Buiten de juridische gevolgen, zou dat een enorme blamage zijn voor de Mattarezes en het zou Sergio's geplande carrière in de politiek dwarsbomen.

Toen mijn vader consequent bleef weigeren zich af te laten kopen door Domingo Mattareze, begonnen de bedreigingen en dat ging van kwaad tot erger. Toen er serieuze doodsbedreigingen aan mijn adres kwamen en Domingo probeerde de business van mijn vader kapot te maken, was voor mij de maat vol. Ik was doodsbang en ervan overtuigd dat ik in opdracht van de familie Mattareze zou worden vermoord. Ik moest mijn kind, mijn ouders en mezelf beschermen. Samen met mijn ouders bedacht ik het rigoureuze plan om mijn dood in scène te zetten en mijn leven ergens anders te vervolgen. We staken mijn auto in brand en duwden hem het ravijn in. Mijn voortanden – die ik had laten trekken door een bevriende tandarts die een bloedhekel aan de Mattarezes had – lieten we in de auto achter zodat er enige vorm van identificatie mogelijk was. De politie heeft de auto maar heel summier onderzocht en geconcludeerd dat het een noodlottig ongeluk was. Tegen die tijd zat ik allang veilig en wel bij een tante in Massa Martana en kwam de politie bij mijn ouders aan de deur om te vertellen dat ik was omgekomen bij een auto-ongeluk.'

'Wow, wat heftig allemaal,' stamelt Nienke.

Lorenzo, die weer driftig mee heeft zitten schrijven, kijkt op. 'Maar vond de politie het dan niet raar dat ze geen botresten vonden in de auto? Botten verbranden namelijk niet volledig.'

'Wie zegt er dat er geen botresten in de auto lagen?' antwoordt Luna. Ze wil verder vertellen, maar haar vader geeft aan dat hij dit stukje van het verhaal op zich wil nemen.

'Ik had een uitvaartonderneming met een eigen crematorium,' begint hij, 'dus het was voor mij mogelijk om de botresten van een overledene na de crematie achterover te drukken zonder dat de nabestaanden dat doorhadden. Ik ben er niet trots op, maar ik moest mijn kind en mijn kleinkind redden.'

'Maar heeft de politie die botresten dan niet onderzocht op DNA?' vraagt Lorenzo.

'Zoals ik al zei, stelde het onderzoek niet veel voor, mede door druk van Domingo Mattareze om alles zo snel mogelijk te laten rusten,' antwoordt Luna. 'Het kwam hem verdomd goed uit dat ik mezelf uit de weg had geruimd. De politie nam er genoegen mee om de gevonden tanden aan mij te koppelen en liet het daar verder bij. Het was een logische gedachte dat als de tanden aan mij toebehoorden, dat ook zou gelden voor de botresten. De eerste twee maanden na mijn "begrafenis" heeft mijn tante voor me gezorgd en daarna zijn papa en mama naar Massa Martana gekomen en hebben we hier als gezin een nieuw leven opgebouwd. Umberto is hier ook geboren. Ik heb hem nog niet zo lang geleden verteld wie zijn biologische vader is en waarom ik hem dat niet eerder kon vertellen.'

'Mattareze weet dus niet dat hij een zoon heeft rondlopen?' concludeert Lorenzo, die alweer een mooie verhaallijn voor zijn boek ziet ontstaan.

'Dat klopt. Sterker nog, het zou me niet verbazen als Sergio mij is vergeten. Maar ik hem niet, en nu hij landelijk dreigt door te breken als politicus, is me er alles aan gelegen om zijn opmars te stoppen. Die man deugt niet en het zou heel slecht voor ons land zijn als hij de leiding krijgt. Daar kom jij in beeld, Lorenzo. Waar de meeste journalisten dwepend over Sergio schreven, ben jij altijd kritisch geweest. Jij moest dus de pion worden waarmee ik hem schaakmat kon zetten. In overleg met papa stuurde ik je mijn dagboek met wat aanwijzingen, in de hoop dat je je in de zaak zou vastbijten en de schandalen rond Sergio Mattareze zou ontrafelen. Gelukkig hapte je toe en dat heeft ons hier vandaag allemaal samengebracht, hoewel het in eerste instantie niet de bedoeling was dat ik weer "tot leven" zou worden gewekt en mijn veiligheid zou opgeven. Mijn nieuwe leven bevalt me prima en als mijn verhaal en mijn in scène gezette dood bekend worden, dan is die rust voorbij. Dan heb ik het nog niet eens over wat het voor Umberto zou betekenen, als buitenechtelijk kind van een van de populairste politici van dit land, verwekt bij een destijds minderjarig meisje.'

'Maar toch heb je jezelf aan ons bekendgemaakt. Wat heeft je van gedachten doen veranderen?' vraagt Lorenzo.

'Carolien. Carolien heeft me van gedachten doen veranderen. Een paar avonden geleden was ik in Todi en daar zag ik haar zitten op een terras. Nadat ik van de schok was bekomen, werd ik overspoeld door emoties, maar met name door een groot gemis. Mijn dierbare vriendin met wie ik al bijna veertig jaar geen contact meer had gehad, zat daar ineens een paar meter van me vandaan.' Luna richt zich nu specifiek tot Carolien. 'Ik wilde op dat moment meteen naar je toe rennen, maar ik besefte dat er dan geen weg terug meer was. Bovendien wist ik niet hoe je zou reageren. Ik had al eerder op het punt gestaan om je te zoeken, maar ik durfde niet. Bang voor een afwijzing. We waren nou niet bepaald gezellig uit elkaar gegaan, al die jaren terug. Toen ben ik je gaan volgen.'

'Dus ik heb je toch gezien, in dat steegje. Dat was geen hallucinatie.' Carolien kijkt opgelucht en haar ogen worden vochtig. Luna kijkt haar bevreemd aan.

'Ze heeft alzheimer,' legt Nienke uit. 'In een wat verder gevorderd stadium kunnen ook levensechte hallucinaties ontstaan en daar heeft mama al eerder last van gehad. Op die avond in Todi leek ze op een gegeven moment helemaal de kluts kwijt. Ze bleef maar "Luna" prevelen en ik dacht dat ze het over de maan had. Mama heeft... mama heeft nooit gepraat over haar jaren in Italië tegen mij en mijn zus, dus jouw naam was mij niet...' Ze maakt haar zin niet af.

Luna loopt naar Carolien toe en pakt haar stevig vast. 'Wat erg, Carolien, dat je dit moet meemaken. En wat fijn en bijzonder dat je je mij nog herinnert.'

Carolien pakt haar medaillon van tafel, klapt het open en haalt Luna's foto tevoorschijn. 'Ik heb je altijd bij me gedragen, vanaf het moment dat ik Italië verliet.'

'In het medaillon dat ik je cadeau heb gegeven.'

'Ja.'

Luna grabbelt onder haar shirt en haalt er een lange ketting onder vandaan. 'Ik heb het ook nog. Ook nooit afgedaan,' grinnikt ze.

Ze klapt haar medaillon open en laat de foto van Carolien

zien die erin zit. Zowel bij Luna als bij Carolien komen de jarenlang opgekropte emoties via tranen naar buiten. Nienke staat op en loopt weg van de tafel om de twee vriendinnen van vroeger dit moment met elkaar te gunnen. Lorenzo concentreert zich snel weer op zijn aantekeningen.

'Genoeg gejankt,' snuft Luna even later, als ze weer een beetje gekalmeerd is. 'Ik zou jullie nu heel graag willen voorstellen aan mijn fantastische zoon, die gelukkig geen enkele karaktertrek van zijn vader heeft. Hij zit buiten in de auto te wachten op mijn seintje.'

'Prima,' zegt Nienke, hoewel ze langzamerhand wel klaar is met het hele gedoe rond die politicus en wat hij al die jaren geleden heeft gedaan. Nu haar moeder haar vriendin heeft teruggevonden en het contact lijkt te zijn hersteld, wil ze eigenlijk het liefst terugkeren naar de B&B om haar spullen op te halen en de eerste vlucht naar Nederland, naar Levi, te pakken. Maar goed, als ze nu nog even beleefd is en die zoon de hand schudt, kunnen ze daarna misschien vertrekken. Luna voert een kort telefoongesprekje en een minuutje later gaat de deur achter Nienke open. Ze draait zich om.

In de deuropening staat de mooiste man die ze ooit heeft gezien. Hij glimlacht naar haar. Ze hapt naar adem.

'*Buongiorno*,' zegt hij. '*Mi chiamo Umberto*.'

23

Lorenzo zit weer in de Lancia. Deze keer staat hij niet te posten bij het huis van Sergio Mattareze, maar bij dat van de familie Moretti. Het was niet moeilijk om het adres te vinden toen hij eindelijk de naam van Donna had achterhaald. Het huis is oud, maar ziet er vanbuiten goed onderhouden uit.

Nadat Umberto zich bij het gezelschap in het huis van meneer Rossi had gevoegd, was bij Lorenzo de drang om te vertrekken steeds sterker geworden. Hij voelde zich een buitenstaander tussen Carolien, Nienke en Luna en haar familie. Hij is nog lang niet uitgepraat met Luna en haar zoon, maar het voelde wel zo gepast om haar vandaag te laten genieten van de hereniging met Carolien. Voor zijn vertrek heeft Luna hem echter beloofd dat ze haar verhaal en dat van Umberto exclusief aan hem zal doen voor zijn boek. Ze heeft hem ook toegezegd dat ze geen enkel contact met Mattareze zal zoeken totdat hij zijn eerste artikel over de zaak heeft gepubliceerd. Het is zijn scoop, altijd al geweest.

Luna is net als Lorenzo erg voor een verrassingsaanval om Mattareze een stap voor te zijn. Bam, ineens is daar een goed onderbouwd artikel dat hem in diskrediet brengt en hem op zijn voetstuk doet wankelen. Lorenzo denkt erover om een week lang elke dag nieuwe onthullingen te doen. Hij heeft genoeg in handen. Het Leliegenootschap en Mattarezes leidende rol daarbij, de dood van Donna Moretti, de geënsceneerde dood van Luna en de zoon die hij bij haar heeft verwekt toen ze nog minderjarig was... De mensen zullen ervan smullen en de verkoop van 'zijn' krant krijgt vast een enorme boost. Maar voordat hij begint aan zijn eerste artikel en verder schrijft aan zijn boek, wil hij eerst de ouders van Donna Moretti spreken om hun kant van het verhaal te horen en bevestigd te krijgen wat Carolien, Luna en de huidige conciërge van de school, Silvano, hem hebben verteld.

En dus staat hij hier nu voor hun huis. Al een uur of wat. Hij heeft nog steeds niet genoeg moed verzameld om aan te bellen, omdat hij maar al te goed beseft dat hij het leven van deze mensen totaal op zijn kop gaat zetten. Wil hij dat op zijn geweten hebben? In het algemeen belang is het antwoord ja, maar persoonlijk heeft hij het er moeilijk mee. Zeker nu hij pas het inzicht heeft gekregen dat zijn gedrevenheid om dit verhaal te publiceren een beetje begint te lijken op die van Fabia. Hij denkt aan de donkerharige schone. Zojuist heeft hij alweer een oproep van haar gemist. Ze geeft niet op, zoals ze hem ook via zijn voicemail heeft laten weten. 'Laat me gewoon even weten of alles goed met je is, Lorenzo. Je lijkt wel van de aardbodem verdwenen. Ik maak me zorgen. Ik blijf het proberen tot ik je te pakken heb.'

Zou ze zich echt zorgen om hem maken? Bij die gedachte kriebelt er weer wat in zijn onderbuik. Of is het een manier om hem te paaien en informatie los te weken die ze voor zichzelf kan gebruiken? Hij is haar nog wel wat verschuldigd, nadat ze hem uit de gevangenis heeft laten halen door die ex van haar: advocaat Caruso. Zal hij haar nu dan toch maar even bellen? Dan slaat hij twee vliegen in één klap. Hij kan Fabia vertellen dat alles goed met hem gaat – en verder niets! – en de ouders van Donna hebben nog een kwartiertje extra rust voordat hij hun leven overhoopgooit en pijnlijke herinneringen oprakelt. Zijn handen beginnen spontaan te zweten als hij Fabia's nummer intoetst. Ze heeft duidelijk op zijn telefoontje zitten wachten, want ze neemt meteen op.

'Dit moet ik even nemen,' hoort hij haar tegen iemand zeggen. Een collega? Aan haar ademhaling te horen, haast ze zich naar een rustig plekje toe. 'Lorenzo,' sist ze. 'Eindelijk! Ik wilde je al bijna als vermist opgeven.'

'Ja, ik, eh... heb het een beetje druk gehad.'

'Nou, vertel me dan maar eens waarmee. Je brandt natuurlijk van verlangen om je avonturen met mij te delen.'

'Nou, nee, eigenlijk niet. Het is nog te vroeg en ik ben nog bezig wat dingen uit te zoeken.'

'Dat is nogal vaag. We hadden toch een afspraak dat we elkaar op de hoogte zouden houden? Stond je niet een beetje veel bij mij in het krijt?'

'Ja, ja, ik weet wat we hadden afgesproken, maar je wilt toch niet dat ik speculaties met je deel? Jij zit toch net als ik te wachten op publicabele feiten?'

'Ik ben op basis van speculaties heel goed in staat om eigen onderzoek te doen en het kaf van het koren te scheiden. Dus wat heb je voor me?'

'Het spijt me, Fabia. Zodra het kan, zal ik je wat geven, maar het is echt nog te vroeg. Ik ben al heel lang bezig met deze scoop. Dit gaat mijn carrière redden en ik kan dit niet uit handen geven. Dat kun je niet van me vragen. Jij zou toch ook...'

'Lorenzo, het is al goed. Eindelijk toon je eens ruggengraat, ik was eerlijk gezegd al tot de conclusie gekomen dat je die helemaal niet had. Je was altijd zo onderdanig en meegaand. Natuurlijk ga je je scoop niet weggeven, ik weet toch hoe het werkt. Waar we kunnen helpen we elkaar, maar we blijven natuurlijk ook gewoon concurrenten.'

Lorenzo weet even niet wat hij moet zeggen. Deze reactie had hij niet van Fabia verwacht. Heeft hij dan toch te hard over haar geoordeeld? Hoe goed kent hij haar nou eigenlijk? Hij heeft zich altijd blindgestaard op haar uiterlijk en nooit heel veel verder gekeken. Nou heeft ze hem daar ook nooit echt de kans voor gegeven, maar toch. Dat hij zojuist in haar achting is gestegen omdat hij informatie die hij bezit niet met haar wil delen, verrast hem. Heeft zijn moeder toch een beetje gelijk met haar goedbedoelde, maar meestal uiterst irritante adviezen.

Karakter tonen, Lorenzo, daar kom je verder mee in deze wereld dan met klakkeloos naar ieders pijpen dansen.

Hij stelt zich altijd makkelijk op als de underdog en het wordt tijd dat hij eens ergens voor gaat staan. Deze scoop, dit onderzoek naar Mattareze, daar staat hij voor en hij laat zich door niemand meer van de wijs brengen of ontmoedigen. Als zijn baas het verhaal niet wil hebben, prima, dan gaat hij gewoon naar een ander. Elke krant met een neus voor nieuws zou een moord doen om zijn verhaal als eerste te hebben.

'Ben je daar nog?' vraagt Fabia, als de stilte die valt omdat hij in gedachten is haar te lang duurt.

'Ja, ik ben er nog.' Tot zijn eigen schrik zegt hij dan: 'Zeg, Fabia, wat dacht je ervan als we ons diner in de ziekenhuiskantine nog eens overdoen?'

'Nou moet je niet overmoedig worden, Lorenzo,' grinnikt ze.

Zijn maag trekt samen.

'Maar ach, waarom ook niet.'

'Prima, dan geef ik je wel een datum door. En deze keer kies ik het restaurant,' zegt hij er stoer achteraan.

'Was mijn keuze je niet bevallen?' vraagt ze geamuseerd. 'Goed, ik wacht je voorstel af. En succes met je onderzoek, Lorenzo.'

Het geluid van een verbroken verbinding galmt in zijn oor. Hij zet zijn telefoon uit en staart even dromerig voor zich uit. 'Waarom ook niet?' heeft ze gezegd. Inderdaad: waarom ook niet. Hij schrikt van een scooter die dicht langs zijn auto scheurt en beseft meteen weer waarom hij daar zit. De steen in zijn maag is weer terug. Genoeg gedraald, actie.

Zonder verder nadenken stapt hij uit en belt aan bij de familie Moretti. Het duurt even voordat de deur wordt opengedaan door een magere vrouw met een kromme rug. Het lijkt wel of het leven haar letterlijk in elkaar heeft gedrukt. De diepe groeven in haar gezicht wijzen ook in die richting. Haar ogen zijn roodomrand, alsof ze nooit is gestopt met huilen, en hebben een doffe glans. Ondanks haar verlepte uiterlijk is nog steeds te zien dat ze vroeger een mooie vrouw moet zijn geweest.

'Sofia Moretti?' vraagt Lorenzo, terwijl hij haar zijn hand toesteekt.

'Wie wil dat weten?' De vrouw kijkt hem achterdochtig aan en maakt geen aanstalten om zijn uitgestoken hand te pakken.

'Ik ben Lorenzo Bianchi, journalist voor *La Gazzetta del Giorno*.'

De vrouw wil de deur dichtsmijten, maar Lorenzo is haar voor en zet zijn voet ertegenaan. 'Wacht, ik doe onderzoek naar de dood van Donna.'

Bij het horen van haar dochters naam lijkt de vrouw alle kracht te verliezen en laat ze de druk op de deur verslappen. 'Ik heb u niets te zeggen,' fluistert ze. terwijl de opkomende tranen in haar ogen glinsteren. 'Mijn dochter heeft zelfmoord gepleegd.'

'Ik denk dat u mij heel veel te zeggen hebt, mevrouw Moretti, maar ik heb u ook veel te zeggen. Ik heb bewijs dat de dood van Donna geen zelfmoord was.'

Sofia Moretti kijkt hem verschrikt aan. Dan krijgt ze een duistere blik in haar ogen. 'Wat ben u voor een monster, dat u zulke leugens probeert te verspreiden? Denkt u dat het verdriet al die jaren niet groot genoeg is geweest? En waarom? Om een paar kranten te verkopen?' Ze spuugt de woorden haast uit. 'Mijn dochter heeft een brief voor ons achtergelaten die er geen misverstand over liet bestaan dat ze zelfmoord heeft gepleegd.'

'Maar wat als ik u nou zeg dat ze die brief niet zelf heeft geschreven en dat ik weet wie hem wel heeft geschreven?'

Het vuur in haar ogen dooft even plotseling als dat het opkwam. 'W... wat zegt u?'

'Uw dochter heeft geen afscheidsbrief geschreven. Dat is in scène gezet.'

Haar weerstand is gebroken. Voorzichtig duwt Lorenzo de deur ver genoeg open om naar binnen te kunnen stappen en hoewel Sofia Moretti niet aan de kant gaat, houdt ze hem ook niet tegen. Zachtjes duwt hij haar verder de gang in en sluit de voordeur achter zich. Als de deur in het slot klikt, geeft Donna's moeder haar laatste verzet op en gaat ze hem voor naar een keurige, maar sfeerloze woonkamer. Het eerste wat Lorenzo opvalt, is dat er geen foto van Donna te bekennen is. Wel een zwart-witportret van een man in een leunstoel, met aan de ene kant een triest kijkend meisje en aan de andere kant een stuurse jongen. Hoewel haar gezicht wat scherpere trekken heeft, is het meisje bijna een kopie van Donna. Ook de jongen lijkt ontzettend op haar.

'Bent u alleen thuis?' vraagt Lorenzo, terwijl hij subtiel naar de man op de foto kijkt.

'Mijn man is overleden,' antwoordt ze kortaf. 'Dat is uw geluk, want hij had u zonder pardon het huis uit geslagen.'

'Zou u me ook het liefst het huis uit slaan?'

De vrouw haalt haar schouders op. 'Wat doet het ertoe wat ik wil? Daar heeft nog nooit iemand zich iets van aangetrokken.' De bitterheid druipt van haar woorden.

'Zullen we even gaan zitten?' stelt Lorenzo voor. 'Ik heb veel vragen, maar ik kan ook goed luisteren. Alles wat u me vertelt, gebruik ik in eerste instantie alleen als achtergrond om wat dingen te kunnen verifiëren. Zonder uw toestemming zal ik niets van wat u me vertelt citeren en ik kan u desgewenst opvoeren als anonieme bron.'

Sofia Moretti kruist haar armen besluiteloos voor haar borst.

'Ik denk dat we veel voor elkaar kunnen betekenen,' spoort Lorenzo haar aan.

'O ja? Kunt u mijn dochter terugbrengen dan?' Ze kijkt hem zo fel aan dat Lorenzo als vanzelf zijn ogen neerslaat.

'Nee, ik kan Donna niet terugbrengen, hoe graag ik dat ook zou willen. Maar ik kan wel zorgen dat de waarheid boven tafel komt en dat uw dochter na al die jaren recht wordt gedaan. Daarvoor heb ik ook uw verhaal nodig.'

'Ik kan er niets over zeggen.'

'Kán of mág? Ik weet welke druk Domingo Mattareze destijds heeft uitgeoefend om de zaak in de doofpot te stoppen en hoe ver hij daarin is gegaan. Ik heb twee ooggetuigen die aanwezig waren bij Donna's dood.'

'Er was niemand bij Donna toen ze van het dak van die school sprong. De conciërge heeft haar de volgende ochtend pas gevonden, samen met die brief.'

'Dat is wat ze u hebben doen geloven, en blijkbaar zijn ze daarin geslaagd. Waarom denkt u dat u niet mocht praten over Donna en over wat er gebeurd was?'

'De reputatie van de school. Daar waren ze bang voor. Wat mijn Donna had gedaan was een grote schande.'

'Hebt u vlak nadat het gebeurde bezoek gehad van iemand van de school, of van een ander voornaam iemand?'

'De directeur, Enrico Mancini, kwam langs met de burgemeester.'

'Domingo Mattareze?'

'Klopt. Ze vertelden ons dat Donna zelfmoord had gepleegd en kwamen haar brief brengen. Daarna kregen we een heel takenpakket op ons bord van wat we wel en niet mochten doen. We kregen een grote som geld als we ons aan de gestelde voorwaarden hielden. Als we ze schonden, dan... nou ja, dan zouden ze ons kapotmaken, daar kwam het eigenlijk op neer. We moesten Donna doodzwijgen, dat was het eigenlijk. We mochten niet met de pers of andere belangstellenden praten, we moesten haar in besloten kring begraven, er mocht nog geen rouwadvertentie in de krant worden geplaatst.' Woede vlamt weer op in haar ogen.

'Ik zie dat het u nog steeds heel erg raakt,' concludeert Lorenzo.

'Ja, natuurlijk raakt het me nog. Ik loop al veertig jaar rond met opgekropte emoties die ik met niemand heb kunnen delen.'

'Ook niet met uw man en uw andere kinderen?'

Ze schudt haar hoofd. 'In het begin, toen het net gebeurd was, hebben we er binnenshuis nog wel over gepraat, maar op een gegeven moment zijn we daar maar mee gestopt. Het bracht ons niks, het leverde alleen maar meer vragen, frustratie en schuldgevoelens op. Waarom was Donna niet eerst naar ons gekomen, voordat ze tot zo'n drastische stap overging? Niets wees erop dat ze zo ongelukkig was dat ze er een einde aan wilde maken. Het kwam als een complete verrassing, evenals de verwijten die ze ons in haar afscheidsbrief maakte.' De stem van de vrouw wordt dik van emotie. 'Ze voelde zich onbegrepen, had het gevoel dat we meer van haar broer en zus hielden dan van haar. Kunt u zich ook maar enigszins voorstellen hoe verschrikkelijk het is als dat de laatste woorden zijn die je kind tegen je "spreekt"? Je kunt je niet verdedigen, je kunt haar niet meer zeggen dat ze het mis heeft, je kunt haar niet meer zeggen dat ze je wereld is en dat je juist zo ongelooflijk veel van haar houdt.'

Ze verbergt haar gezicht in haar handen en begint te huilen. Lorenzo laat haar even begaan en zit zwijgend tegenover haar. Een gebroken moeder. Na een paar minuten veegt ze de tranen van haar wangen en kijkt hem recht aan. 'En nu komt u me na al die jaren vertellen dat Donna geen zelfmoord zou hebben gepleegd en dat die brief niet door haar is geschreven. Hebt u enig idee wat dat met me doet?'

'Ik hoop dat u snapt dat ik nooit naar u toe was gekomen als ik geen heel sterke aanwijzingen had dat de waarheid anders ligt dan u destijds is verteld. Ik begrijp maar al te goed wat dit met u doet. Ik ben geen onmens, mevrouw Moretti. Ik vraag u alleen om mijn verhaal aan te horen en dan kunt u zelf uw conclusies trekken. Voordat ik mijn verhaal begin, wil ik u nog één ding vragen. Hebt u destijds het geld aangenomen dat u werd geboden en zo ja, van wie kwam dat geld?'

'Is dat belangrijk?'

'Ja, om de feiten op een rij te krijgen en te bepalen wie er verantwoordelijkheid draagt, is dat nodig, ja.'

Ze kijkt hem aan en zegt in eerste instantie niets. Dan slaakt ze een zucht. 'Ik schaam me om het te zeggen, maar ja: we hebben het geld aangenomen. Wat moesten we anders? We hadden nog twee kinderen die we moesten onderhouden en die wilden studeren, terwijl we dat eigenlijk niet konden betalen. Donna was een heel slim kind en had een studiebeurs voor de International Academy of Florence weten te krijgen, dus haar kostje was gekocht. Althans, dat dachten we toen. Of onze andere kinderen dat ook zou lukken, moesten we maar afwachten. Met het aanbod van Domingo Mattareze, want hij was de geldschieter, hoefden we ons geen zorgen meer te maken. De toekomst van Donna konden we niet meer redden, maar die van onze andere kinderen wel.'

'Hebt u enig idee waarom Domingo Mattareze zo royaal in zijn buidel tastte en waarom hij het zo belangrijk vond dat Donna en haar "zelfmoord" zo snel mogelijk in de vergetelheid raakten?'

'Dat heb ik u al gezegd. Het was hem om de reputatie van de school te doen. Hij was een grote investeerder.'

'Ik heb sterke aanwijzingen dat zijn motieven heel anders waren. De reputatie van de school was bijzaak, in wezen ging het hem om de reputatie van zijn familie en in het bijzonder om die van zijn zoon Sergio.'

'Sergio? Wat heeft hij ermee te maken?'

'Dat zal ik u vertellen.'

En Lorenzo vertelt Sofia alles wat hij te weten is gekomen. Over het Leliegenootschap en de betrokkenheid van Sergio Mattareze daarbij. Over de uitdagingen die iedereen moest aangaan om tot het genootschap te worden toegelaten. Over hoe Donna's uitdaging fataal afliep en hoe Sergio Mattareze zijn discipelen tot zwijgen dwong en twee van hen een valse zelfmoordbrief liet schrijven namens Donna. Hij noemt de namen van Carolien en Luna niet, om hen te beschermen, en ook het verhaal van Luna's in scène gezette dood laat hij weg. Op dit moment doet het niet ter zake en hij wil niet dat het nieuws dat Luna nog leeft en een zoon van Mattareze heeft, uitlekt voordat hij zijn artikel heeft gepubliceerd.

Terwijl Lorenzo zijn verhaal doet, lopen de emoties van Sofia steeds hoger op. Als hij klaar is, kan ze geen woord uitbrengen. Minutenlang zit ze in stilte en hij kan zien dat ze moeite heeft om alles te verwerken. Geen wonder ook, dit verhaal heeft zoveel vuiligheid in zich en toont de werkelijk allerslechtste kant van de mens; wie kan zoiets nou begrijpen?

'Hoe konden ze?' fluistert ze uiteindelijk. 'Hoe konden ze een moeder tientallen jaren opzadelen met een schuldgevoel over het feit dat ze haar eigen kind niet heeft kunnen helpen? Ze hebben me al die tijd laten denken dat ik een slechte moeder was. Ze hebben me al die tijd mijn eigen kind laten doodzwijgen. Ze hebben ons gezin kapotgemaakt, want we hebben er allemaal diepe wonden aan overgehouden. En dat allemaal omdat Sergio Mattareze zo nodig een politieke carrière moest?'

Ze slaat met haar vuisten op tafel en blijft daarmee doorgaan totdat Lorenzo voorzichtig haar handen pakt.

'En daarom ga ik er met onder meer uw hulp voor zorgen dat Sergio Mattareze niet aan de macht komt. We gaan hem aan de schandpaal nagelen en hem daar zo op vastspijkeren dat hij er nooit meer af komt.'

'Voor Donna,' zegt Sofia Moretti met een vastberaden blik in haar ogen.

'Precies, voor Donna,' beaamt Lorenzo.

24

'We zijn er over vijf minuten, Bas, tot zo.'

Nienke verbreekt de verbinding en verwijdert haar oortje. Haar moeder zit met een dromerige blik naast haar. Nienke vraagt zich af wat er allemaal in haar omgaat sinds ze afscheid heeft genomen van Luna en haar zoon.

'Wat ben je stil, mam.'

'Mmm. Ik mis Luna nu al. We hebben elkaar nog zoveel te vertellen. Je kunt bijna veertig jaar niet inhalen in amper achtenveertig uur.'

'Ik beloof je dat we Luna snel weer gaan opzoeken. Zodra Levi weer een schoolvakantie heeft, boeken we een ticket.'

Carolien glimlacht in eerste instantie en daarna wordt haar blik triest. 'Misschien kan ik me Luna tegen die tijd wel niet meer herinneren.'

'Daar gaan we niet van uit, mam. We moeten positief blijven denken. Het is de afgelopen dagen toch eigenlijk heel goed met je gegaan? En mocht je toch sneller achteruitgaan dan verwacht, dan boeken we eerder en probeer ik vrijstelling van school te krijgen voor Levi. Afgesproken?'

Carolien knikt en lijkt enigszins gerustgesteld. Op haar gezicht verschijnt weer een lach. 'Hij is wel knap, hè?'

Nienke doet in eerste instantie net of ze gek is en laat haar moeders vraag in de lucht zweven.

'Volgens mij hadden jij en Umberto het de afgelopen twee dagen wel gezellig met elkaar,' gaat Carolien verder.

'Ma-ham.'

'Wat?'

'Niks.'

Ze zwijgen even. 'Ik gun je zoveel geluk, Nienke. Volgens mij ben je er wel klaar voor om een nieuwe man toe te laten in je leven.'

'Liefde laat zich niet dwingen, mam. Mijn leven is op het moment al ingewikkeld genoeg en hoe spijtig ook, een langeafstandsrelatie kan ik er echt niet bij hebben. Levi komt op de allereerste plaats. Dat verdient hij.'

'Dat verdient hij zeker, maar Levi komt niets tekort. Bovendien is het ook goed voor hem als zijn moeder gelukkig is.'

'Ik ben gelukkig. Praat me nou geen probleem aan dat er niet is.'

'Maar er is wel een klik tussen jullie, hè?'

'Mam, bemoei je er niet mee.'

'Oké, oké.' Carolien steekt in een gebaar van overgave haar handen in de lucht.

'Zullen we het anders eens over jou en John hebben?' kaatst Nienke terug. 'Kijk, hij staat al op je te wachten.' Ze port haar moeder plagend in haar zij terwijl ze het terrein van de B&B op rijden, waar John uitbundig staat te zwaaien. Nienke ziet dat de wangen van haar moeder ineens lichte blosjes vertonen.

'Ik koester de herinneringen aan je vader, Nienke. Ik ben te oud voor dat soort dingen. Voor jou daarentegen...'

Nienke bijt op haar tong. Haar moeder heeft een gevoelige snaar geraakt door over Umberto te beginnen. Ze kan niet ontkennen dat ze zich ontzettend tot hem aangetrokken voelt en hij heeft laten merken ook van haar gecharmeerd te zijn. Maar wat ze al tegen haar moeder zei, een langeafstandsrelatie is te veel gedoe in haar toch al moeilijke leven. Bovendien voelt het ook een beetje gek als ze iets zou beginnen met de zoon van haar moeders beste vriendin. Het heeft iets incestueus. Nee, wanneer ze weer thuis is zal ze zich volledig focussen op Levi, het aanpakken van Kevin en zijn wispelturige gedrag en de zorg voor haar moeder. Bovendien heeft ze ook haar werk nog. De tijd die ze daarnaast nog overhoudt, als die er al is, gaat ze aan zichzelf besteden. Naar de sauna, een keertje naar de film, met een boek op de bank. Dat is wat haar betreft wild genoeg. De kriebels in haar buik als ze aan Umberto denkt, zullen vanzelf minder worden zodra ze thuis weer in haar oude patroon zit.

Nienke parkeert de auto en helpt haar moeder naar buiten. John schiet meteen te hulp en omhelst Carolien spontaan.

'Blij je weer in goede gezondheid terug te zien,' zegt hij tegen Carolien. 'En jou ook.'

Hij laat Carolien los en geeft Nienke ook een knuffel. Bas komt samen met de andere gasten aanlopen om hen te verwelkomen. Alleen Claudette lijkt te ontbreken en Nienke vraagt Bas waar zijn vrouw is.

'Claudette moest halsoverkop naar Nederland omdat haar moeder ziek is.'

'Och, wat vervelend. Niks ernstigs, hoop ik?'

'Het is allemaal een beetje vaag, dus Claudette is maar poolshoogte gaan nemen. Haar moeder is nogal een dramaqueen. Waarschijnlijk is er uiteindelijk niet zoveel aan de hand.'

Bas kijkt een beetje geërgerd en het is duidelijk dat hij ervan baalt dat zijn vrouw is vertrokken terwijl de B&B nog vol zit met gasten die culinair gezien ook nog wat verwachten.

'Hopelijk valt het mee en is ze snel weer terug.'

'Het is in elk geval heel fijn dat jullie hier weer zijn, ook al is het dan om jullie spullen op te halen,' zegt Bas glimlachend.

'Ja, sorry dat we er zo weinig zijn geweest,' verontschuldigt Nienke zich. 'Dat had ik ook niet voorzien. Laten we het er maar op houden dat dit tripje naar Umbrië één grote verrassing was.'

'Hopelijk toch ook deels een verrassing die voor herhaling vatbaar was.'

'Zeker. De gastvrijheid van jou en Claudette, het heerlijke eten dat we gemaakt en gegeten hebben, de rust, het prachtige landschap en de mooie stadjes. Als het aan mij ligt, komen we hier zeker nog eens terug. En dan neem ik mijn zoontje ook mee.'

'Jullie zijn meer dan welkom, Nienke. Ik zal Claudette je complimenten overbrengen zodra ik haar spreek.'

'Graag.'

Nienke geeft Bas een hand en kijkt dan over haar schouder. Ze ziet haar moeder met John praten. De twee staan dicht bij elkaar en hebben meteen weer lol. Als haar moeder weer over Umberto begint, zal zij niet nalaten om John te berde te brengen. De natuurlijke manier waarop hij met haar moeder omgaat, raakt haar opnieuw.

Ondanks alle schokkende en pijnlijke onthullingen die haar moeder, Luna en Lorenzo hebben gedaan over het verleden, koestert Nienke de afgelopen dagen. Sinds Carolien Luna twee dagen geleden weer in haar armen heeft gesloten, lijkt ze een opleving te hebben. Ze is voor haar doen ongewoon helder en energiek. Nienke weet dat het waarschijnlijk van korte duur is en probeert daarom elke seconde in zich op te nemen. Het verwerken van de rol van haar moeder bij de valse zelfmoordbrief van Donna Moretti bewaart ze voor een later moment. Alle energie die ze heeft, wil ze nu besteden aan het genieten van haar moeder zoals ze haar het liefst ziet: vrolijk, ad rem en alert.

Samen met Luna heeft Nienke afgesproken om Carolien volledig uit de wind te houden als de mediastorm rond Mattareze en zijn verleden losbarst. Lorenzo zal haar verhaal wel gebruiken, maar Luna daarbij als bron opvoeren. Ook heeft hij beloofd zijn eerste artikel pas te publiceren als Nienke en Carolien veilig op Nederlandse bodem zijn geland. Mocht er op een of andere manier toch iets uitlekken over Carolien als meer oud-leden van het Leliegenootschap de behoefte krijgen om te praten, dan is Carolien niet meer binnen handbereik van de microfoons en flitsende fotocamera's. Carolien opsporen is ook niet zomaar gedaan, mede omdat ze haar meisjesnaam niet meer voert, maar de achternaam van haar overleden echtgenoot.

Nienke is Lorenzo eeuwig dankbaar omdat hij haar moeder zo goed heeft opgevangen toen ze in verwarde toestand voor het huis van Mattareze stond. Zijn bereidheid om Carolien niet alleen tegen de media, maar ook tegen zichzelf te beschermen in dit hele verhaal, waardeert ze nog meer. Maar ook Luna is ze zo dankbaar, omdat die bereid is alle schuld voor de vervalste afscheidsbrief op zich te nemen. Luna is zelfs van plan om langs te gaan bij Sofia Moretti om haar kant van het verhaal rond Donna's dood te doen en haar excuses aan te bieden.

'Ik moet dat doen. Dat verdienen Donna en haar familie en ik heb het nodig om met mezelf in het reine te komen,' had ze gezegd.

Toen Carolien aanbood om met Luna mee te gaan, reageerde die met galgenhumor. 'Ach, bespaar je de moeite, jij bent het allemaal over een tijdje toch vergeten. Maak daar gebruik van.'

In eerste instantie had Carolien geschokt gekeken, maar toen had ze er net zo hard om gelachen als haar vriendin. 'Maar ik meen het wel, Luna,' had ze gezegd toen ze waren uitgelachen. 'Ik vind dat we samen moeten gaan.'

'Jouw toekomst wordt al zwaar genoeg, Carolien, maak het jezelf en je dochters niet nog moeilijker. Het is goed zo.' Luna had haar vriendin liefdevol over haar wang gestreken en haar daarna stevig omhelsd, en ze hadden beiden iets moeten wegslikken. Bij de herinnering aan dat moment krijgt Nienke weer een brok in haar keel. Ze ademt een keer diep door en loopt naar haar moeder en John toe. De drang om hun spullen in te pakken en terug naar Nederland te vliegen is heel sterk. Hoewel Noor haar bombardeert met blije foto's van Levi mist ze hem ontzettend en ze wil hem zo snel mogelijk in haar armen sluiten. Ze wil hem voelen en ruiken, hem horen schaterlachen en kletsen, om zich ervan te verzekeren dat hij echt in orde is en geen schade heeft ondervonden van de onbezonnen actie van zijn vader.

'Sorry dat ik een spelbreker moet zijn, John, maar als je het goedvindt neem ik mijn moeder even van je over. We moeten gaan pakken, anders halen we onze vlucht niet.'

John knikt begripvol en pakt Caroliens handen in de zijne. 'Ik vond het heel aangenaam om je te leren kennen, Carolien. Hopelijk kunnen we contact onderhouden. Als ouderwetse penvrienden,' zegt hij lachend.

'Dat lijkt me ontzettend leuk, John,' antwoordt haar moeder, terwijl ze hem een kus op zijn wang geeft. Nienke glimlacht als ze ziet dat zowel haar moeder als John ervan bloost.

'We pennen,' hoort ze haar moeder zeggen en daarna loopt ze met Nienke mee naar hun kamers om hun spullen te verzamelen.

25

'Meneer Bianchi, meneer Bianchi!'

Microfoons worden onder Lorenzo's neus geduwd en hij wordt verblind door de flitsende fotocamera's die in rijen staan opgesteld voor de rechtbank die hij zojuist verlaten heeft. Sergio Mattareze is samen met zijn advocaat met stille trom vertrokken via een achterdeur.

Lorenzo voelt zich goed en krijgt de lach, die hij heeft sinds de uitspraak van de rechter, niet meer van zijn gezicht. Na de publicatie van zijn eerste artikel had Mattareze meteen een klacht wegens smaad ingediend en geprobeerd toekomstige publicaties van Lorenzo over zijn persoon tegen te houden. De rechter heeft echter zojuist zijn eisen op alle gronden afgewezen.

Journalist Bianchi heeft zijn werk naar behoren gedaan en de feiten spreken voor zich. Verder heeft hij, zoals het een goede journalist betaamt, hoor en wederhoor gepleegd.

Lorenzo is blij dat hij Mattareze vlak voor de publicatie van zijn eerste artikel toch om een reactie heeft gevraagd. Daarmee was het verrassingseffect een beetje weg, maar als verdediging tegen een eventuele aanklacht was het beter. Vandaag is dat dus ook gebleken.

Achter hem staat zijn hoofdredacteur te glunderen voor de camera van een landelijke televisiezender. Lorenzo heeft niet de behoefte om ernaast te gaan staan. Hij heeft zijn punt gemaakt en sinds zijn onthullingen over Mattareze wordt hij op de redactie met het grootste respect behandeld. Niemand van zijn collega's haalt het nog in zijn hoofd om lacherig te doen over zijn 'obsessie' met Mattareze. Dankzij hem staat *La Gazzetta del Giorno* weer op de kaart en zijn hoofdredacteur heeft hem een extra bonus toegezegd aan het einde van het jaar. Sinds het verhaal van Luna is gepubliceerd, hebben zich tientallen vrouwen gemeld die zeggen onheus te zijn bejegend door Mattareze. Er zijn zelfs een paar aangiftes wegens verkrachting tegen hem gedaan. Morgen praat Lorenzo met een aantal vermeende slachtoffers die staan te popelen om hun verhaal te doen en Mattarezes stoelpoten nog verder onder hem vandaan te zagen.

'Meneer Bianchi! Hebt u nog meer publicaties over Sergio Mattareze op de rol staan?' Een brutale verslaggever stapt weg bij zijn collega's en duwt hem dwingend een microfoon onder zijn neus.

'Ik zou zeggen, laat u verrassen,' antwoordt Lorenzo lekker vaag. 'Maar over een maand verschijnt in elk geval mijn boek over Sergio Mattareze, met achtergronden en nieuwe onthullingen.'

'Hebben Mattareze en zijn buitenechtelijke zoon Umberto elkaar al ontmoet?'

'Dat is een familiekwestie waar ik op dit moment geen mededelingen over kan doen.'

'Wanneer krijgt het volk een foto van Umberto en zijn moeder te zien?'

'Hou *La Gazzetta del Giorno* en *La Repubblica* goed in de gaten, zou ik zeggen.'

Hij wurmt zich door het bataljon aan verslaggevers heen en speurt de straat af. Een auto toetert en hij stapt vlug in. Fabia zit achter het stuur en kijkt hem lachend aan.

'Appeltje-eitje in de rechtszaal, hè?'

'De krant heeft een goede advocaat,' antwoordt Lorenzo.

'De krant heeft een goede journalist die zijn werk voorbeeldig heeft gedaan,' complimenteert Fabia hem.

Lorenzo wordt helemaal warm vanbinnen. In de voorbereiding op zijn eerste artikel en sinds de publicatie ervan heeft hij veel contact met Fabia gehad, en daarbij ging het niet alleen over zaken. Hij heeft haar een stuk beter leren kennen. Ze heeft toch niet zo'n nietsontziende ambitie als hij eerst dacht. Ze is gedreven, dat absoluut, maar dat is hij ook. Over een paar uur staat een fotosessie gepland met Luna en Umberto, waar hij samen met Fabia naartoe gaat. De sessie vindt in het geheim plaats met een fotograaf van *La Gazzetta del Giorno* en eentje van *La Repubblica.* Zelf brengt hij een groot interview met Luna en Umberto in zijn eigen krant, maar hij gunt Fabia een exclusieve *second best* met haar eigen foto's. Ze zijn overeengekomen dat hij daarmee zijn schuld aan haar heeft ingelost. En wanneer zijn boek is verschenen, krijgt zij – nadat zijn eigen krant de voorpublicatie heeft geplaatst – de eerste interviewrechten met hemzelf en de mensen die in het boek aan het woord komen.

In zijn achterhoofd houdt hij er nog steeds een beetje rekening mee dat Fabia op dit moment voornamelijk zo close met hem is omdat hij deuren voor haar opent die anders gesloten zouden blijven. Daarom heeft hij haar ook nog niet voorgesteld aan zijn moeder. Het gezeur over zijn vrijgezellenbestaan is sinds zijn scoop gelukkig naar de achtergrond verdwenen, dus hij voelt ook geen haast. Als mama van een beroemde zoon is zijn moeder behoorlijk in achting gestegen bij haar vriendinnen. Ze geniet met volle teugen van alle aandacht die het haar oplevert en ze is er ontzettend druk mee hem tegenover iedereen de hemel in te prijzen. Ze houdt de dochters van haar vriendinnen en kennissen nu juist op afstand, omdat 'Lorenzo het echt te druk heeft voor een relatie, vanwege zijn belangrijke werk'. Hij is blij dat de druk op dat front eindelijk een beetje van de ketel is en zijn moeder voor het eerst in jaren echt trots op hem lijkt te zijn. Haar continue gevit deed hem toch meer dan hij wilde toegeven en hij warmt zich nu aan haar complimentjes, hoewel ze ongetwijfeld over een tijdje wel weer iets nieuws zal vinden waar ze over kan zeuren.

'Wat dacht je van een stevige lunch voordat we verder rijden naar onze geheime locatie?'

Fabia tikt zachtjes tegen zijn bovenbeen en er gaat een schok door zijn lijf. Als ze al in de gaten heeft dat haar aanraking hem niet onberoerd laat, dan laat ze het niet merken. Ze praat gewoon door.

'Het is vandaag jouw beurt om een restaurant te kiezen. Zeg maar waar ik naartoe moet rijden.'

Tot nu toe heeft Lorenzo steeds op neutrale plekken in de binnenstad afgesproken met Fabia, maar vandaag is hij er klaar voor om haar een eerste inkijkje in zijn privéleven te geven. Hij tikt in de ingebouwde navigator van de auto het adres in van zijn favoriete eetcafeetje, waar hij toen ook met Carolien heeft gegeten. En misschien, als het erg gezellig is, laat hij zijn collega – die voor hem toch een beetje meer dan een collega is – dan ook wel zijn appartement even zien. In gedachten gaat hij na hoe hij de boel vanochtend heeft achtergelaten voordat hij in allerijl de deur uit rende. Geen rondslingerende vuile was? Afwas gedaan? Bed dichtgeslagen? Geen etensresten op het aanrecht? Hij schat in dat dat de eerste dingen zijn waar Fabia op zal letten, maar misschien generaliseert hij nu wel te veel. Aan de andere kant, voor de zekerheid moet hij misschien toch wachten met haar bij hem thuis uit te nodigen tot hij wat beter is voorbereid.

Eigenlijk zou hij zich nu volledig moeten focussen op zijn boek. Over twee dagen moet hij het definitieve manuscript aanleveren bij zijn uitgever en hij moet nog een paar dingen aanpassen. Hij vreest dat hij een paar nachten non-stop zal moeten doorhalen om het af te krijgen. Overdag heeft hij nog steeds zijn reguliere werk voor de krant en de interviewafspraken die hij heeft staan – met de vrouwen die ook hun beklag over Mattareze willen doen – kan hij niet laten lopen. De onthullingen over Mattareze blijven intussen binnenkomen en hij heeft met zijn uitgever al afgesproken dat hij na de verschijning van zijn boek meteen aan een vervolg gaat werken, dat ongeveer een halfjaar na verschijning van het eerste boek in de winkels moet liggen.

Hij is redelijk tevreden met het resultaat van zijn schrijfwerk tot nu toe. In dit eerste boek heeft hij zich vooral gefocust op Mattareze en het Leliegenootschap, en de enorme doofpot die eromheen is gecreëerd om de welgestelde en veelbelovende Sergio uit de wind te houden zodat zijn geplande carrière geen gevaar zou lopen. De verhalen over Donna en Luna vormen een prominent onderdeel van het boek. Ook Umberto komt uitgebreid aan het woord. Lorenzo heeft hem veelvuldig geïnterviewd over hoe het was om op te groeien zonder vader en een teruggetrokken leven te leiden. De zoon verdedigde zijn moeder met hand en tand en nam haar niets kwalijk. Hij begreep haar keuzes en de noodzaak om zichzelf en hem te beschermen. Voor zijn biologische vader, daarentegen, had hij geen goed woord over. Tot op heden heeft hij ook niet de behoefte gevoeld hem te ontmoeten. Lorenzo hoopt dat Umberto de mediastorm aankan. Die zal namelijk ongetwijfeld losbreken als hij en Fabia hun artikelen met de eerste foto's hebben gepubliceerd. Lorenzo voelt zich daar toch een beetje verantwoordelijk voor.

'We zijn er,' klinkt de heldere stem van Fabia, terwijl ze aan de handrem trekt. Bijna gelijktijdig klikken ze hun gordel los en stappen uit. Lorenzo wijst naar het eetcafeetje aan de overkant van de straat.

'Daar is het.'

'Dat had ik al begrepen, Lorenzo, het is de enige tent hier in de buurt,' zegt Fabia lachend.

Hij lacht wat ongemakkelijk terug. Vlug loopt hij langs haar heen zodat hij de deur voor haar open kan houden. Ze lijkt het gebaar te waarderen. Hij loodst haar naar zijn vaste tafeltje aan het raam en zwaait naar de eigenaar achter de bar, die meteen komt aanlopen en hen hartelijk begroet.

'Vaste recept?' vraagt hij Lorenzo.

'Misschien wil mijn gast de kaart nog wel even zien.'

'Nee hoor,' zegt Fabia. 'Ik ben wel benieuwd naar wat jij hier altijd eet. Als jij het voor herhaling vatbaar vindt, dan moet het wel lekker zijn, toch? Een man met een goede neus moet ook een goed ontwikkelde smaak hebben.'

'Klopt, daarom zit jij hier ook,' flapt hij er zonder na te denken uit. Met angst en beven houdt hij haar reactie in de gaten, maar ze lijkt geen aanstoot aan zijn opmerking te nemen. Sterker nog, ze kijkt nog vrolijker dan ze al deed.

'Twee keer het vaste recept dus,' bevestigt de café-eigenaar en hij gaat er weer vandoor.

Fabia kijkt om zich heen. 'Wat een gezellige tent is dit, helemaal mijn ding. Zo anders dan de gelegenheden waar we de vorige keren hebben gegeten.'

'Meen je dat nou? Ik had jou ingeschat als zo'n modern, hip type.'

Ze lacht en gooit haar hoofd achterover. 'Dan moet ik toch eens werken aan mijn imago. Ik hou van een beetje oubollige huiskamerknusheid, precies zoals dit.' Ze maakt een weids gebaar met haar arm.

'Dit is mijn stamtent, eigenlijk een beetje mijn tweede huiskamer,' reageert Lorenzo met gepaste trots. 'Ik kom hier bijna dagelijks.'

'Dat snap ik heel goed. Ik zou willen dat ik zo'n tentje om de hoek had zitten.' Er klinkt verlangen door in haar stem.

Het is nu of nooit, denkt Lorenzo. Hij wil nu weleens weten wat ze nou eigenlijk van hem vindt of voor hem voelt.

'Als het aan mij ligt, valt dat in de nabije toekomst wel te regelen,' antwoordt Lorenzo schoorvoetend.

Hij kijkt haar gespannen aan. Heeft ze de hint opgepikt? Ze

lijkt iets te willen zeggen, maar precies op dat moment komt de uitbater aanlopen met een fles wijn en twee glazen. Lorenzo kan hem wel vervloeken! Ze wachten allebei zwijgend tot hun glazen zijn volgeschonken en de café-eigenaar zich weer heeft teruggetrokken achter de toog, en het is de langste minuut in Lorenzo's leven. Hij heeft de moed al bijna opgegeven, als Fabia hem een glas aanreikt en haar eigen glas heft.

'Laten we daarop proosten, Lorenzo.'

Ze neemt een slok, zet haar glas weg en buigt zich over tafel naar hem toe. Ineens voelt hij haar lippen vol op de zijne. Hij sluit zijn ogen en weet niet wat hem overkomt.

'Dit had ik al veel eerder moeten doen,' fluistert ze in zijn oor.

26

'Hoe lang duurt het nog voordat tante Luna en Umberto komen, mama?'

Levi staat opgewonden tussen Nienke en Carolien in te springen. Ze zijn een uurtje eerder dan noodzakelijk naar Schiphol gereden zodat Levi zich nog even kon vergapen aan de vliegtuigen. Sinds zijn tripje naar Thailand is hij helemaal idolaat van vliegtuigen en wil hij 'later als hij groot is' piloot worden. Het kostte Nienke de grootste moeite om hem uiteindelijk mee te krijgen naar de aankomsthal.

Iets meer dan een week geleden heeft ze een telefoontje gekregen van Luna. Na wat geklets over koetjes en kalfjes was Luna ineens ernstig geworden. 'Ik heb een voorstel, Nienke, en ik wil het eerst met jou overleggen voordat ik het met Carolien bespreek.'

'Nou, je maakt me heel nieuwsgierig... Barst los, zou ik zeggen.'

'Wat zou je ervan vinden als Umberto en ik eens een tijdje naar Nederland komen? In eerste instantie voor een paar maanden en als het bevalt langer, misschien wel voorgoed? We zijn erg toe aan rust en dat gaat met al die mediahectiek in Italië voorlopig niet lukken. Om het maar even recht voor zijn raap te zeggen, de pleuris is hier uitgebroken.'

'Daar kan ik me inderdaad wel iets bij voorstellen.'

Luna laat even een stilte vallen voordat ze verdergaat. 'Maar los daarvan: er is nog een reden waarom ik naar Nederland wil komen. Ik wil je helpen met de zorg voor Carolien. Als jij en vooral ook Carolien dat zien zitten, natuurlijk.' Haar stem klinkt aarzelend, alsof ze bang is dat Nienke haar voorstel zal afwijzen.

'Maar, Luna, dat zou fantastisch zijn! Ik weet zeker dat mama het heerlijk vindt om je in de buurt te hebben. Ze mist je ontzettend. Ook in haar slechtste momenten weet ze nog steeds wie je bent en praat ze bijna nergens anders over.'

'Ik mis haar ook zo. Ik wil haar bijstaan, samen met Umberto. Denk je dat Carolien het goed zou vinden als we tijdelijk bij haar intrekken, totdat we iets voor onszelf hebben gevonden?'

'Dat zou ze heerlijk vinden, Luna. Ze heeft ruimte zat. En weet je, je doet mij er ook een heel groot plezier mee. Het zou me heel veel rust geven als ik weet dat er op mama wordt gelet als ik er niet ben. Helaas moet ik af en toe ook nog werken en Levi vraagt ook de nodige aandacht. Noor zit weer veel in het buitenland, dus een paar, wat zeg ik, twee paar extra handen, is zeer welkom. Als we de zorg kunnen verdelen, dan kan mama ook langer thuis blijven wonen. Ze zou er doodongelukkig van worden als ze naar een verzorgingstehuis moet, dus dat wil ik zo lang mogelijk uitstellen.'

'Daar gaan we met zijn allen voor. Als Carolien het ook een goed idee vindt dan begin ik meteen met wat dingen in gang te zetten en pakken we volgende week het vliegtuig.'

'En je vader dan?'

Nienke denkt aan meneer Rossi, die ook niet bepaald de jongste meer is.

'Om eerlijk te zijn was het papa die met dit idee kwam. Hij heeft meer rust als we veilig in Nederland zitten, in plaats van hier in die heksenketel.'

'Wil hij niet meekomen?'

'Nee, papa zou doodongelukkig worden als hij Italië moest verlaten. Hij is zelfs nog nooit buiten Italië op vakantie geweest. En als hij ons heel erg mist, vliegen we gewoon voor een weekendje heen en weer. Umberto en ik zien dit trouwens ook als een mooie gelegenheid om jou en Levi beter te leren kennen.'

Nienke voelt wat fladderen in haar onderbuik. Sinds ze vertrokken is uit Italië heeft ze intensief WhatsApp-contact onderhouden met Umberto. Hij was het die begon met het sturen van berichtjes, en haar voornemen om hem uit haar hoofd te zetten zodra ze weer in Nederland was, is niet helemaal gelukt. Ze is niet alleen heel blij voor haar moeder dat Luna en haar zoon naar Nederland willen komen, maar ook een beetje voor zichzelf.

'Zal ik Carolien zelf bellen of wil jij het idee aan haar voorleggen?' vraagt Luna.

'Ze heeft geen al te beste dag vandaag, dus ik ga wel even bij haar langs. Tegen de tijd dat ze de telefoon heeft gevonden en doorheeft waar het geluid vandaan komt, ben je waarschijnlijk al doorverbonden met het antwoordapparaat.'

'Oké, dan laat ik het aan jou over en dan hoor ik het wel.'

'Zo snel mogelijk, dat beloof ik. Ik snap dat je nog een hoop dingen te regelen hebt.'

Carolien was net als Nienke razend enthousiast over Luna's voorstel en nu, een week later, staan ze haar en Umberto op te wachten. Hun vliegtuig is een kwartier geleden geland, dus ze kunnen elk moment in de aankomsthal verschijnen. Met zijn drieën kijken ze vol verwachting naar de mensenstroom die aan komt lopen. En dan... Nienkes adem stokt even als ze Umberto ziet – hij is nog knapper dan ze zich herinnert. Dan ziet hij haar ook en er verschijnt een stralende lach op zijn gezicht. Ze zwaait verlegen naar hem.

'Mama, je gezicht is helemaal rood.'

Levi trekt aan haar hand en ze kijkt hem aan. 'Mama heeft het gewoon een beetje warm, knul.'

Als ze weer omhoogkijkt, staat Umberto voor haar neus.

Levi wurmt zich tussen hen uit en steekt Umberto zijn kleine hand toe.

'*Mi chiamo Levi.*'

Hij heeft de hele week geoefend op dat ene zinnetje en spreekt het met een uiterst geconcentreerd gezicht uit. Umberto glimlacht, schudt zijn hand en geeft hem een aai over zijn bol terwijl hij zichzelf aan de jongen voorstelt. Dan steekt hij zijn hand uit naar Nienke en trekt haar naar zich toe.

'*Mi chiamo Umberto*,' zegt hij zachtjes, terwijl zijn lippen Nienkes wang raken en er een kus op drukken, vlak bij haar mondhoek.

Als vanzelf draait ze haar mond naar zijn lippen en kust hem terug. Voor het eerst in lange tijd doet ze iets zonder na te denken, zonder te overwegen en te heroverwegen. Ze weet niet waar deze kus toe leidt en op dit moment wil ze het ook niet weten. Ze geniet ervan en koestert het moment. Onbezorgd en met haar blik op oneindig. Als Umberto haar loslaat, voelt ze Levi's hand in de hare.

'Mama, heb je het weer warm? Je gezicht is nu nóg roder.'

Carolien vertaalt Levi's woorden voor Luna en Umberto, en met zijn allen schateren ze het uit.

Epiloog

Een paar weken eerder

Claudette heeft zich teruggetrokken in haar kantoor om wat achterstallige administratie bij te werken en de mailbox te checken op nieuwe boekingen. Bas en zij runnen de bed and breakfast in Todi nu vijf jaar en ze kunnen er misschien niet royaal van leven, maar wel goed. Het is meer dan voldoende voor hen tweeën, want hoe rijk ben je als je elke dag met volle overtuiging kunt zeggen: '*I'm living the dream!*' En dat doen ze ook echt, allebei. De B&B was haar droom geweest, de kookcursussen die van Bas. Hoewel Claudette zich intussen aardig weet te redden in de keuken, is hij de echte kok. Hij stelt de maaltijden samen, kookt voor de gasten en geeft de cursussen. Zij assisteert en regelt de logistiek, de boekingen, de administratie en de acquisitie.

Door het open raam waait een zoetige bloemengeur naar binnen en ze hoort de stem van een van hun gasten boven het geroezemoes van de anderen uit. Ze denkt dat het Mary is, een van de twee Engelse zussen die zojuist zijn aangekomen. Daarna klinkt gelach, gevolgd door een andere vrouwenstem. Dat zal haar zus Rose zijn. De groep die de kookcursus volgt is bijna compleet, de enigen die nog ontbreken zijn een Nederlandse moeder en dochter die pas morgen aankomen. Carolien en Nienke Dijkstra. Het is een leuke en diverse groep met mensen die het onderling gezellig hebben en zichzelf ook prima lijken te kunnen redden, vandaar dat ze zich zonder schuldgevoel even in haar kantoor kan terugtrekken. Bas weet dat ze af en toe behoefte heeft aan een momentje voor zichzelf om op te laden, want hoewel ze geniet van de gasten en de cursussen, vreet het ook energie. Ze moet aan duizend dingen tegelijk denken om alles soepel te laten verlopen en de ene gast is de andere niet. Sommigen redden zich uitstekend zelf, anderen vragen veel aandacht en hebben regelmatig behoefte aan een praatje. Er zitten gasten tussen die ze aardig vindt en mensen met wie ze minder een klik heeft, maar uiteraard behandelt ze hen allemaal met dezelfde gastvrijheid en charme. Gewoon, professioneel.

Bas is – heel cliché – haar lot uit de loterij. Het was niet eens liefde op het eerste gezicht. Voor haar dan. Hij daarentegen zag bij de eerste kennismaking al dat zij 'de ware' was. Het was in Amsterdam, bij restaurant Bella Italia. Ze was daar na haar opleiding International Hotel & Hospitality Management begonnen als assistent-restaurantmanager, Bas was er souschef. In eerste instantie had ze helemaal niet doorgehad dat hij haar leuk vond. Hij was zes jaar ouder en zijn Italiaanse genen maakten hem nogal aantrekkelijk voor het vrouwelijk geslacht, wat hem de reputatie van rokkenjager had bezorgd bij het personeel van Bella Italia. De wildste verhalen deden over hem de ronde; over de modellen die hij datete en de vele harten die hij had gebroken. Het was niet eens bij haar opgekomen dat een man als hij, die aan elke vinger tien schatjes kon krijgen, zou vallen op een eenvoudig groentje als zij. Bovendien was ze, gezien haar ervaringen in het verleden, in die periode erg terughoudend geweest op het gebied van mannen, en Italiaanse mannen hadden bovendien de reputatie niet altijd even monogaam en eerlijk te zijn. Dus om nou te zeggen dat het vanzelfsprekend was dat zij en Bas al snel een stel zouden worden…

Bas' reputatie als Italiaanse rokkenjager bleek echter op niets te zijn gestoeld. Hij was in het gezelschap van vrouwen eerder verlegen dan zelfverzekerd, en 'ontrouw' was een woord dat simpelweg niet in zijn woordenboek voorkwam. En al snel was ze erachter gekomen dat hij anders was dan andere mannen. Dat hij zorgzaam was en betrokken, en dat hij altijd bij haar wilde zijn. Dat hij van haar hield om wie ze was...

Ze hebben het goed samen, Bas en zij. Ze maken lol en de passie is na al die jaren nog steeds onverminderd aanwezig. Een betrouwbaardere man dan Bas bestaat er volgens haar niet en op een leugentje, zelfs om bestwil, heeft ze hem nog nooit kunnen betrappen. Ze is dan ook gelukkig. Maar niet onbekommerd. Elke dag is er weer dat stemmetje dat zegt dat ze het niet verdient. Dat ze ervan moet genieten zolang het nog duurt, omdat het verleden haar elk moment kan inhalen. En als dat gebeurt, dan is het over; dan spat alles uit elkaar. Elke dag weer vraagt ze zich af of het echt mogelijk is om voorgoed te verdwijnen, of dat karma een bitch is die je altijd weet te vinden.

Ze schudt haar angstige en sombere gedachten van zich af en opent de mailbox. Vijf nieuwe berichten, zo te zien allemaal nieuwe boekingen, want de mailadressen komen haar niet bekend voor. Ze begint ze te openen. De eerste twee zijn inderdaad nieuwe boekingen, die ze meteen in het systeem invoert. Als ze echter het derde mailtje opent, stokt haar adem in haar keel, en daarna begint ze als een gek te hyperventileren. De kamer begint te draaien en ze moet zich vastgrijpen aan haar bureau om niet van haar stoel te vallen. Ze voelt het ontbijt van die ochtend omhoogkomen en moet alles op alles zetten om het binnen te houden. Zweet parelt op haar voorhoofd, loopt in straaltjes over haar rug. En de kou, die begint in haar buik, verspreidt zich razendsnel door haar hele lichaam, tot ze klappertandt en trilt... Ze sluit haar ogen om het scherm van haar computer maar niet te hoeven zien. Dan laat ze haar hoofd tussen haar knieën zakken, en zo blijft ze zitten tot de duizeligheid wat is weggetrokken. In de tussentijd probeert ze haar ademhaling weer onder controle te krijgen. Langzaam maar zeker komt haar hart weer tot rust en krijgen haar longen weer genoeg zuurstof.

Claudette opent haar ogen en kijkt weer naar haar scherm. Deze keer is ze voorbereid en de fysieke reactie is minder heftig, maar de schrik blijft onverminderd groot. Ze staart naar de uitvergrote foto, met het gezicht dat ze dacht nooit meer terug te zien. De eerste tijd na zijn verdwijning, toen de ergste boosheid was weggezakt, had ze nog hoop gehad dat hij zou terugkomen. Maar de dagen, de maanden, de jaren gingen voorbij zonder enig teken van leven. Dood, hij moest wel dood zijn, daar was ze steeds meer van overtuigd geraakt. Het kon toch niet zo zijn dat hij haar in de steek had gelaten? Maar op het scherm voor haar ziet ze nu het bewijs: hij leeft nog en hij heeft haar wel degelijk in de steek gelaten. Ze kijkt nog eens goed naar zijn knappe gezicht. Hij is ouder geworden, maar hij is het onmiskenbaar. Zijn huid is diep gebruind van de zon, waardoor zijn witte rechte tanden en blauwe ogen nog meer opvallen. Rond zijn ogen en mondhoeken zijn de subtiele lachrimpeltjes te zien die hij vroeger ook al had, alleen zijn ze nu dieper. Uitgesleten door een blij leven. Hij staat achter een donkere houten bar die vol staat met snuisterijen. In zijn hand heeft hij een cocktailshaker en boven zijn hoofd hangt een beschilderd bord met de tekst: MEMORIES BEACH BAR – EAT, SLEEP, SURF, omringd door vrolijk lachende zonnetjes. Hij draagt een wit overhemd met korte mouwen, de knoopjes open tot net boven zijn navel. Haar ogen gaan als vanzelf naar zijn gladde bruine borst. Ze voelt zijn huid bijna weer onder haar handen. Hij is gespierder dan vroeger, mannelijker, en daardoor nog aantrekkelijker. Beelden uit haar verleden razen als een film aan haar voorbij en dompelen haar onder in verdriet, schaamte en schuldgevoel. Het is allemaal zo overweldigend dat ze haar hand voor haar mond slaat om een kreun te onderdrukken. Het liefst zou ze de longen uit haar lijf gillen in de hoop dat het oplucht, maar diep vanbinnen weet ze dat dat een illusie is. Net als haar 'onbezorgde' leventje onder de Italiaanse zon. Er is niets wat haar pijn kan verlichten. Of toch wel: de waarheid kan dat misschien, maar die brengt weer andere pijn met zich mee. Pijn waarvan ze niet weet of ze die aankan. Ineens kan ze niet begrijpen hoe ze al die jaren heeft kunnen doorleven alsof er niets aan de hand is. Alsof ze nooit deel heeft uitgemaakt van wat er is gebeurd.

Ze maakt haar ogen los van de foto en leest de korte tekst die eronder staat:

Dag Claudette, kijk eens wie ik tussen de Thaise palmbomen heb gevonden… We hebben eens even flink bijgepraat. Ik persoonlijk vind het wel tijd voor een reünie tussen jou en mij. Na wat aandringen ben ik heel interessante dingen te weten gekomen. Je weet hoe onze vriend is: als zijn eigen hachje in gevaar komt, laat hij alles en iedereen vallen en verraadt hij je waar je bij staat. Hij heeft je altijd in de gaten gehouden en ik hoefde maar heel weinig moeite te doen om achter je verblijfplaats te komen. Laat ik het zo zeggen, een barman heeft niet per se tien vingers nodig om een cocktailtje te shaken. Hij zegt dat jij weet waar hij het verstopt heeft en je gaat me ernaartoe brengen. Doe je dat niet, dan moeten ze hier in Khao Lak binnenkort op zoek naar een nieuwe cocktailshaker… Zijn lot ligt in jouw handen. Ik verwacht per ommegaande een antwoord op deze mail, zodat we een datum en tijd kunnen afspreken waarop ik je van Schiphol kan ophalen. Tot ik je mail binnen heb, blijf ik nog even in Thailand om de druk wat op te voeren. En laat ik je een gratis tip geven: maak me niet boos, je hebt geen idee waartoe ik allemaal in staat ben.

Politie erbij halen? Slecht idee. Vergeet niet dat je dan zelf ook de lul bent. Ik en onze gezamenlijke vriend groeten je en misschien sturen we je nog wel een cadeautje. Misschien ook niet. Het blijft een verrassing, maar ik weet nog van vroeger dat je daar altijd gek op was. Kusje van je weet wel wie.

Murw geslagen staart ze naar het scherm en ze moet de mail nog een keer lezen voordat de tekst goed tot haar doordringt en ze beseft wat dit betekent. *Zijn lot ligt in jouw handen.* Door haar hierbij te betrekken, heeft Rick zijn eigen graf gegraven. Ze weet namelijk niks, het is niet waar wat hij beweert. Zelfs als Claudette dat zou willen, dan zou ze hem niet kunnen redden. Na al die jaren probeert hij haar een schuld in de schoenen te schuiven die niet van haar is. Om zijn eigen hachje te redden.

Hoe serieus moet ze het dreigement nemen? Is deze man echt bereid om te doden, of is het grootspraak? Hij neemt een grote gok door ervan uit te gaan dat ze nog genoeg om haar ex geeft om meteen in de houding te springen. Dat ze alles zal doen, alles in de steek zal laten, om zijn leven te redden. Wat moet ze doen? Dit bericht negeren en het risico nemen dat er weer iemand doodgaat door haar schuld? Of toch dat ticket naar Nederland boeken? Kon ik Bas maar om advies vragen, denkt ze. Maar Bas weet niks van dit alles. Haar grote geheim heeft ze altijd voor hem verborgen kunnen houden. Ze denkt dat hij zich geen raad zou weten als hij erachter kwam wie ze daadwerkelijk is. Als hij beseft aan wie hij een paar jaar geleden vol overtuiging zijn jawoord heeft gegeven. *For better and for worse. And the worst is yet to come…* Hoe goed kennen we de mensen met wie we dagelijks samenleven eigenlijk? Een stuk minder goed dan we denken. Dat geldt in elk geval voor Bas en haar. Ze heeft hem nooit het achterste van haar tong laten zien, om haarzelf, maar ook hem te beschermen. Al die jaren heeft ze geprobeerd iemand anders te zijn en ze is daar zo goed in geslaagd, dat ze het zelf bijna is gaan geloven. Maar vandaag is haar geloof kapotgeslagen en staat er nog maar één ding op haar cv: medeplichtig aan doodslag.

Wordt vervolgd…

Claudette heeft haar hectische leventje in Amsterdam achter zich gelaten en is met haar vriend een bed and breakfast begonnen in Umbrië. Het leven lacht haar toe, maar wat vrijwel niemand weet, is dat ze niet vrijwillig uit Nederland is vertrokken. Al meer dan tien jaar draagt ze een geheim met zich mee en door de komst van een jonge Nederlandse vrouw en haar moeder dreigt het verleden haar nu in te halen. Tijdens het bereiden van een maaltijd tijdens een kookcursus valt een naam. Claudette dacht dat ze voorgoed afscheid had genomen, maar nu blijkt dat sommige zaken niet weggaan. Dat fouten niet zomaar verdwijnen. En dus zal ze moeten terugkeren naar waar het ooit allemaal begon...